국어 교과서
소설 탐구여행①

일러두기

1. 2009 개정 중학교 검정 교과서 『국어』(①~⑥) 16종 96책에 수록된 소설 가운데 39편을 엄선하여 두 권으로 나누어 수록하였습니다.
2. 작품의 표기는 원문에 충실히 따르는 것을 원칙으로 하되 맞춤법과 띄어쓰기는 현행 표기법을 따랐습니다.
3. 교과서 원문을 충실하게 반영하였으나 불가피한 경우에는 작품의 일부를 생략하고 줄거리를 제시하였습니다.
4. 작품 감상과 이해에 필요한 내용을 상세하게 행간주로 달았으며 작품을 한눈에 파악할 수 있도록 문단 요약과 구성 단계를 요약해서 제시했습니다.
5. 작품 본문의 어려운 어휘와 구절에 어휘 풀이와 구절 풀이를 달았습니다.
6. '생각 톡톡'을 통해 학생 스스로 작품을 입체적으로 감상해 볼 수 있도록 안내하였습니다.
7. 중학교 과정에 나오는 모든 문학 작품을 한눈에 파악하고 쉽고 빠르게 이해할 수 있도록 핵심 내용들을 간결하게 정리하였습니다.
8. 작품을 감상하고 난 뒤에는 독서기록장을 따로 작성하지 않고도 독서 이력을 쌓을 수 있게 '독서논술 콕콕'을 실었습니다.
9. '독서 퀴즈'를 재미있게 풀다 보면 작품을 더 잘 이해할 수 있고, 독서에 흥미를 불러일으킬 수 있습니다.
10. '어휘력 팡팡'은 작품에 등장한 핵심 어휘의 뜻을 확인하고 학생의 부족한 어휘력을 길러 줍니다.

국어 교과서
소설 탐구여행①

한철우 한국교원대학교 명예교수 감수
OK통합논술연구소 편저

(주)교학사

머리말

　국어는 만과(萬科)의 기초, 즉 모든 교과 학습의 기초가 된다고 합니다. 그리고 국어 공부의 중심은 독서에 있습니다. 독서는 문학 작품을 읽는 것과 설명문, 논설문 등을 읽는 것을 모두 포함합니다. 특히 문학 작품은 그 비중이 매우 크기 때문에 국어 공부에서 문학 감상 능력은 필수적입니다. 그러므로 국어 실력의 차이는 독서와 문학 감상의 실력에 비례한다고 볼 수도 있습니다.

　독서와 문학 감상의 기초는 물론 국어 수업 시간에 배웁니다. 시 감상의 기초는 운율, 심상, 시의 짜임 분석 등이고, 소설의 주제, 구성, 배경, 인물과 사건, 복선 등에 관한 내용일 겁니다. 설명문과 논설문의 공부는 글의 짜임과 주제, 어휘 등이 주요 학습 내용입니다. 이런 내용의 학습은 국어 시간에 잘 듣고 이해하고 기억해야 합니다. 그것이 기초가 되기 때문입니다.

　그러나 국어 실력의 향상은 이 기초만으로 되지 않습니다. 학습한 기초를 다지고 확장해야 합니다. 다른 작품의 반복적인 감상을 통해서 감상의 기초적인 내용을 다시 한 번 확인하여 적용하면서 잘 이해하고 있는지를 점검하고, 다시 또 다른 작품 감상으로 확장해야 합니다. 자기가 공부하는 국어 교과서의 작품 감상과 읽기만으로는 국어 능력이 향상되지 않습니다. 자전거를 타는 기초를 배웠으면 운동장에서만이 아니라 거리로 나가 실제 현장에서 많이 타 보아야 자전거 타는 실력이 향상되고 자전거 타기가 즐거워집니다. 국어 공부도 이 자전거 타기 원리와 같습니다. 즉 학교 수업 시간에 익힌 기초를 적용하고 확장하는 수많은 독서와 감상이 있어야 합니다. 다른 교과서의 모든 문학 작품과 설명문, 논설문을 읽음으로써 국어 공부의 만전을 기할 수 있을 것입니다.

독시와 문학 감상의 적용과 확장에는 상호 텍스트성이 있습니다. 이는 주제, 구성, 운율, 심상, 배경, 사건 등의 관련되는 다른 글과 문학 작품을 다양하게 감상하는 것입니다.

이 책은 국어 공부와 문학 감상의 기초 다지기, 상호 텍스트성의 원리를 바탕으로 편찬되었습니다. 현재 중학교에서 사용되는 16종의 모든 국어 교과서의 작품을 망라하여 독서와 문학 감상의 완벽을 기하도록 하였습니다. 교과서에 수록된 문학 작품과 글 자료들은 교과서 편찬자들이 신중에 신중을 기하고, 심혈을 기울여 엄선한 주옥같은, 국어 공부에 피와 살이 되는 작품들이므로 반드시 읽어야 합니다.

동서양을 막론하고 교과 학습의 기초는 국어와 수학입니다. 국어가 만과(萬科)의 기초가 된다는 사실을 학생들은 잊기가 쉽습니다. 이 국어 교과서 탐구 여행 시리즈 읽기를 통하여, 국어 능력을 키우고 다른 교과 학습의 기초를 튼튼히 하기 바랍니다.

2013년 2월
한국교원대학교 국어교육과 명예교수 한철우

1

소년,
어른으로
성장하다

소나기

황순원

소년은 개울가에서 소녀를 보자 곧 윤 초시네 증손녀라는 걸 알 수 있

<u>소년과 소녀의 만남의 장소</u>   <u>과거의 첫 시험, 또는 그 시험에 급제한 사람</u>

었다. 소녀는 개울에다 손을 잠그고 물장난을 하고 있는 것이다. 서울서

는 이런 개울물을 보지 못하기나 한 듯이.

벌써 며칠째 소녀는, 학교에서 돌아오는 길에 물장난이었다. 그런데

『어제까지는 개울 기슭에서 하더니, 오늘은 징검다리 한가운데 앉아서

『 』: 소년과 친해지고 싶은 소녀의 적극적 성격

하고 있다.』

소년은 개울둑에 앉아 버렸다. 소녀가 비키기를 기다리자는 것이다.

소년의 소극적인 성격

요행 지나가는 사람이 있어, 소녀가 길을 비켜 주었다.

뜻밖에 얻는 행운   ▶ 소년과 소녀가 개울가에서 만남.

다음 날은 좀 늦게 개울가로 나왔다.

이날은 소녀가 징검다리 한가운데 앉아 세수를 하고 있었다. 『분홍 스웨터 소매를 걷어 올린 팔과 목덜미가 마냥 희었다.』

『 』: 소녀가 도시에서 살다 왔음을 짐작할 수 있음.

한참 세수를 하고 나더니, 이번에는 물속을 빤히 들여다본다. 얼굴이라도 비추어 보는 것이리라. 갑자기 물을 움켜 낸다. 고기 새끼라도 지나가는 듯.

소녀는 소년이 개울둑에 앉아 있는 걸 아는지 모르는지, 그냥 날쌔게 물만 움켜 낸다. 그러나 번번이 허탕이다. 그래도 재미있는 양, 자꾸 물만 움킨다. 어제처럼 개울을 건너는 사람이 있어야 길을 비킬 모양이다.

▶ 소녀는 징검다리를 막고 물장난을 함.

그러다가 소녀가 물속에서 무엇을 하나 집어낸다. 하얀 조약돌이었다. 그러고는 벌떡 일어나 팔짝팔짝 징검다리를 뛰어 건너간다.

소년에 대한 소녀의 관심을 상징

다 건너가더니만 홱 이리로 돌아서며,

"이 바보."

소극적인 소년에 대한 소녀의 서운한 마음

조약돌이 날아왔다.

소년은 저도 모르게 벌떡 일어섰다.

단발머리를 나풀거리며 소녀가 막 달린다. 갈밭 사잇길로 들어섰다. 뒤에는 청량한 가을 햇살 아래 빛나는 갈꽃뿐.　▶ 소녀가 소년에게 조약돌을 던짐
　　　　　　　　　계절적 배경　　　　　　　　갈대꽃

이제 저쯤 갈밭머리로 소녀가 나타나리라. 꽤 오랜 시간이 지났다고 생각했다. 그런데도 소녀는 나타나지 않는다. 발돋움을 했다. 그러고도 상당한 시간이 지났다고 생각됐다.

저쪽 갈밭머리에서 갈꽃이 한 옴큼 움직였다. 소녀가 갈꽃을 안고 있
　　　　　　　　　　　　　　한 손으로 움켜쥘 만한 분량을 세는 단위
었다. 그리고 이제는 천천한 걸음이었다. 유난히 맑은 가을 햇살이 소녀의 갈꽃 머리에서 반짝거렸다. 소녀 아닌 갈꽃이 들길을 걸어가는 것만 같았다.

소년은 이 갈꽃이 아주 뵈지 않게 되기까지 그대로 서 있었다. 문득, 소녀가 던진 조약돌을 내려다보았다. 물기가 걷혀 있었다. 소년은 조약돌을 집어 주머니에 넣었다.　▶ 소년이 소녀에게 관심을 가짐.
　　　　　　　　　　　　　　　　　　　　　　　발단 개울가에서 소년과 소녀가 만남.

다음 날부터 좀 더 늦게 개울가로 나왔다. 소녀의 그림자가 뵈지 않았다. 다행이었다.

그러나 이상한 일이었다. 소녀의 그림자가 뵈지 않는 날이 계속될수록 소년의 가슴 한구석에는 어딘가 허전함이 자리 잡는 것이었다. 주머니 속 조약돌을 주무르는 버릇이 생겼다.　▶ 소녀가 보이지 않자 허전해하는 소년
　　　　　　소녀에 대한 소년의 그리움

그러한 어떤 날, 소년은 전에 소녀가 앉아 물장난을 하던 징검다리 한가운데에 앉아 보았다. 물속에 손을 잠갔다. 세수를 하였다. 물속을

들여다보았다. 검게 탄 얼굴이 그대로 비치었다. 싫었다.
<u>소녀와 대비되는 자신의 모습이 볼품없어 보였기 때문에</u>

소년은 두 손으로 물속의 얼굴을 움키었다. 몇 번이고 움키었다. 그러

다가 깜짝 놀라 일어나고 말았다. 소녀가 이리로 건너오고 있지 않느냐.

'숨어서 내가 하는 일을 엿보고 있었구나.' 소년은 달리기 시작했다.

디딤돌을 헛디뎠다. 한 발이 물속에 빠졌다. 더 달렸다.
▶ 소녀의 행동을 따라 하다가 소녀에게 들킴.

<u>몸을 가릴 데가 있어 줬으면 좋겠다.</u> 이쪽 길에는 갈밭도 없다. 메밀
<u>소년의 부끄러운 마음</u>

밭이다. 전에 없이 메밀꽃 내가 짜릿하게 코를 찌른다고 생각됐다. 미간

이 아찔했다. 찝찔한 액체가 입술에 흘러들었다. 코피였다.
두 눈썹 사이

소년은 한 손으로 코피를 훔쳐 내면서 그냥 달렸다. 어디선가 '바보,

바보.' 하는 소리가 자꾸만 뒤따라오는 것 같았다.   ▶ 소년은 부끄러워 달아남.
<u>자신의 내성적이고 소극적인 성격에 대한 자책감</u>

토요일이었다.

개울가에 이르니, 며칠째 보이지 않던 소녀가 건너편 가에 앉아 물장

난을 하고 있었다.

모르는 체 징검다리를 건너기 시작했다. 얼마 전에 소녀 앞에서 한

번 실수를 했을 뿐, 여태 큰길 가듯이 건너던 징검다리를 오늘은 조심스
익숙하게

럽게 건넌다.

"애."

못 들은 체했다. 둑 위로 올라섰다.

"애, 이게 무슨 조개지?"

자기도 모르게 돌아섰다. 소녀의 맑고 검은 눈과 마주쳤다. 얼른 <u>소</u>

녀의 손바닥으로 눈을 떨구었다.

<u>부끄러워하는 소년의 소심한 성격을 간접적으로 제시함.</u>

　"비단 조개."

<u>소년과 소녀의 사귐이 이루어지는 매개물</u>

　"이름도 참 곱다."　　　　　　　　▶ 처음으로 소년과 소녀가 대화를 나눔.

　갈림길에 왔다. 여기서 소녀는 아래편으로 한 삼 마장쯤, 소년은 우

<u>헤어져야 하는 상황</u>　　　　　　　　<u>오 리나 십 리가 못 되는 거리를 이르는 단위</u>

대로 한 십 리 가까운 길을 가야 한다.

<u>'위쪽으로, 높은 쪽으로'라는 의미의 사투리</u>

　소녀가 걸음을 멈추며,

　"너, 저 산 너머에 가 본 일 있니?"

　벌 끝을 가리켰다.

<u>넓고 평평하게 생긴 땅</u>

　"없다."

　"우리, 가 보지 않으련? 시골 오니까 혼자서 심심해 못 견디겠다."

　"저래 봬도 멀다."

　"멀면 얼마나 멀기에? 서울 있을 땐 사뭇 먼 데까지 소풍 갔었다."

　　　　　　　　<u>매우</u>

소녀의 눈이 금세 '바보, 바보.' 할 것만 같았다.

　　　　　　　　　　▶ 소녀가 산 너머까지 가 보자고 제안함.

　논 사잇길로 들어섰다. 벼 가을걷이하는 곁을 지났다.

　　　　　　　<u>가을에 익은 곡식을 거두어들임.</u>

　허수아비가 서 있었다. 소녀가 새끼줄을 흔들었다. 참새가 몇 마리

날아간다. 『'참, 오늘은 일찍 집으로 돌아가 텃논의 참새를 봐야 할걸.'

　　　　　　　　「」: 집안일을 도와야 한다는 마음과 소녀와 놀고 싶은 마음 사이에서 갈등하는 소년

하는 생각이 든다.』

　"아, 재밌다!"

　소녀가 허수아비 줄을 잡더니 흔들어 댄다. 허수아비가 자꾸 우쭐거

리며 춤을 춘다. 소녀의 왼쪽 볼에 살포시 보조개가 패었다.

　저만큼 허수아비가 또 서 있다. 소녀가 그리로 달려간다. 그 뒤를 소

년도 달렸다. 오늘 같은 날은 일찍 집으로 돌아가 집안일을 도와야 한다

는 생각을 잊어버리기라도 하려는 듯이.

소녀의 곁을 스쳐 그냥 달린다. 메뚜기가 따끔따끔 얼굴에 와 부딪친
<u>시골의 가을 정취가 드러남.</u>
다. 쪽빛으로 한껏 갠 가을 하늘이 소년의 눈앞에서 맴을 돈다. 어지럽
<u>짙은 푸른빛</u>   <u>'매암'의 준말. 제자리에 서서 뱅뱅 도는 장난</u>
다. 『저놈의 독수리, 저놈의 독수리, 저놈의 독수리가 맴을 돌고 있기
       『 』: 자신의 흥분된 마음을 독수리 때문이라고 핑계를 댐.
때문이다.』

돌아다보니, 소녀는 지금 자기가 지나쳐 온 허수아비를 흔들고 있다.

좀 전 허수아비보다 더 우쭐거린다.   ▶ 소년과 소녀는 한껏 즐거워짐.

논이 끝난 곳에 도랑이 하나 있었다. 소녀가 먼저 뛰어 건넜다.
돌아올 때 소년이 소녀를 업고 건너게 되는 곳으로, 사건 전개에 필연성을 부여함.
거기서부터 산 밑까지는 밭이었다.

수숫단을 세워 놓은 밭머리를 지났다.
                      밭이랑의 양쪽 끝이 되는 곳
"저게 뭐니?"

"원두막."

"여기 참외, 맛있니?"

"그럼. 참외 맛도 좋지만 수박 맛은 더 좋다."

"하나 먹어 봤으면."

소년이 참외 그루에 심은 무밭으로 들어가, 무 두 밑을 뽑아 왔다. 아
              작물을 심어 기르고 거둔 자리
직 밑이 덜 들어 있었다. 잎을 비틀어 팽개친 후, 소녀에게 한 개 건넨

다. 그러고는 이렇게 먹어야 한다는 듯이, 먼저 대강이를 한 입 베물어
                                    '머리'를 속되게 이르는 말
낸 다음, 손톱으로 한 돌이 껍질을 벗겨 우쩍 깨문다.
          무엇의 둘레로 한 바퀴 돌아가거나 감긴 것을 세는 단위
소녀도 따라 했다. 그러나 세 입도 못 먹고,

"아, 맵고 지려."

오줌 냄새와 같거나 그런 맛이 있음.

하며 집어던지고 만다.

"참, 맛없어 못 먹겠다."

소년이 더 멀리 팽개쳐 버렸다.　　　　　　　▶ 소년과 소녀가 무를 뽑아 먹음.

소녀의 말에 동의함을 표현하기 위해서

산이 가까워졌다.

단풍잎이 눈에 따가웠다.

"야아!"

소녀가 산을 향해 달려갔다. 이번은 소년이 뒤따라 달리지 않았다.

그러고도 곧 소녀보다 더 많은 꽃을 꺾었다.

"이게 들국화, 이게 싸리꽃, 이게 도라지꽃……."

"도라지꽃이 이렇게 예쁜 줄은 몰랐네. 난 보랏빛이 좋아! 그런데 이

우울하고 불길한 느낌의 색. 소녀의 비극적 운명을 암시함.

양산같이 생긴 노란 꽃이 뭐지?"

"마타리꽃."

소녀는 마타리꽃을 양산 받듯이 해 보인다. 약간 상기된 얼굴에 살포

흥분이나 부끄러움으로 얼굴이 붉어짐.

시 보조개를 떠올리며.

다시 소년은 꽃 한 옴큼을 꺾어 왔다. 싱싱한 꽃가지만 골라 소녀에

소녀를 위하는 소년의 마음

게 건넨다.

그러나 소녀는

"하나도 버리지 마라."　　　　　　　　　　▶ 소년이 소녀에게 꽃을 꺾어 줌.

소년의 정성에 대한 고마운 마음

산마루께로 올라갔다.

산등성이의 가장 높은 곳

맞은편 골짜기에 오순도순 초가집이 몇 모여 있었다.

누가 말한 것도 아닌데, 바위에 나란히 걸터앉았다. 유달리 주위가
<u>소년과 소녀의 마음이 통하고 있음.</u>
조용해진 것 같았다. 따가운 가을 햇살만이 말라 가는 풀 냄새를 퍼뜨리
고 있었다.

"저건 또 무슨 꽃이지?"

적잖이 비탈진 곳에 칡덩굴이 엉키어 꽃을 달고 있었다.

"꼭 등꽃 같네. 서울 우리 학교에 큰 등나무가 있었단다. 저 꽃을 보
<u>5월에 등나무에 피는 꽃</u>
니까 등나무 밑에서 놀던 동무들 생각이 난다."
▶ 소녀는 꽃을 보고 서울 생활을 그리워함.
소녀가 조용히 일어나 비탈진 곳으로 간다. 꽃송이가 많이 달린 줄기
를 잡고 끊기 시작한다. 좀처럼 끊어지지 않는다. 『안간힘을 쓰다가 그
『 』: 소년과 소녀가 좀 더 가까워지는 계기가 됨.
만 미끄러지고 만다.』 칡덩굴을 그러쥐었다.

소년이 놀라 달려갔다. 소녀가 손을 내밀었다. 손을 잡아 이끌어 올
리며, 소년은 제가 꺾어다 줄 것을 잘못했다고 뉘우친다. 소녀의 오른쪽
무릎에 핏방울이 내맺혔다. 소년은 저도 모르게 생채기에 입술을 가져
<u>손톱 따위로 할퀴어지거나 긁히어서 생긴 작은 상처</u>
다 대고 빨기 시작했다. 그러다가, 무슨 생각을 했는지 홱 일어나 저쪽
으로 달려간다.

좀 만에 숨이 차 돌아온 소년은

"이걸 바르면 낫는다."

송진을 생채기에다 문질러 바르고는 그 달음으로 칡덩굴 있는 데로
<u>어떤 행동의 여세를 몰아 계속함.</u>
내려가, 꽃 많이 달린 몇 줄기를 이빨로 끊어 가지고 올라온다. 그러고는

"저기 송아지가 있다. 그리 가 보자." ▶ 소년은 다친 소녀를 치료해 줌.
<u>소년의 태도가 적극적으로 변함.</u>
누렁 송아지였다. 아직 코뚜레도 꿰지 않았다.
<u>소의 두 콧구멍 사이를 뚫어 끼는 나무 고리</u>

소년이 고삐를 바투 잡아 쥐고 등을 긁어 주는 체 훌쩍 올라탔다. 송
_{두 대상이나 물체의 사이가 썩 가깝게}
아지가 껑충거리며 돌아간다.

소녀의 흰 얼굴이, 분홍 스웨터가, 남색 스커트가, 안고 있는 꽃과 함
께 범벅이 된다. 모두가 하나의 큰 꽃묶음 같다. 어지럽다. 그러나 내리
_{소녀의 아름다운 모습을 비유함.}
지 않으리라. 자랑스러웠다. 이것만은 소녀가 흉내 내지 못할, 자기 혼
자만이 할 수 있는 일인 것이다. ▶ 소년은 송아지를 타고 자랑스러워함.
_{전개 소년과 소녀가 산으로 놀러 가서 친해짐.}

"너희 예서 뭣들 하느냐?"

농부 하나가 억새풀 사이로 올라왔다.

송아지 등에서 뛰어내렸다. 어린 송아지를 타서 허리가 상하면 어쩌
느냐고 꾸지람을 들을 것만 같다.

그런데 나룻이 긴 농부는 소녀 편을 한 번 훑어보고는 그저 송아지 고
_{수염}
삐를 풀어내면서,

"어서들 집으로 가거라. 소나기가 올라." ▶ 농부가 소나기가 올 것을 예고함.

참, 먹장구름 한 장이 머리 위에 와 있다. 갑자기 사면이 소란스러워
_{어두운 분위기를 조성하고 긴장감을 고조시킴.}
진 것 같다. 바람이 우수수 소리를 내며 지나간다. 『삽시간에 주위가 보
_{『 』: 어둡고 불안한 분위기}
랏빛으로 변했다.』

산을 내려오는데, 떡갈나무 잎에서 빗방울 듣는 소리가 난다. 굵은
_{눈물, 빗물 따위의 액체가 방울져 떨어지는}
빗방울이었다. 목덜미가 선뜩선뜩했다. 그러자 대번에 눈앞을 가로막
_{갑자기 서늘한 느낌이 드는 모양}
는 빗줄기. ▶ 갑자기 소나기가 쏟아짐.

비안개 속에 원두막이 보였다. 그리로 가 비를 그을 수밖에.
_{비를 장시 피하여 그치기를 기다릴}
그러나 원두막은 기둥이 기울고 지붕도 갈래갈래 찢어져 있었다. 그

런대로 비가 덜 새는 곳을 가려 소녀를 들어서게 했다.

소녀의 입술이 파랗게 질렸다. 어깨를 자꾸 떨었다.
<u>소녀의 비극적 운명을 암시함.</u>

무명 겹저고리를 벗어 소녀의 어깨를 싸 주었다. 소녀는 비에 젖은
<u>솜을 자아 만든 실로 짠 천</u>
눈을 들어 한번 쳐다보았을 뿐, 소년이 하는 대로 잠자코 있었다. 그러

고는 안고 온 꽃묶음 속에서 『가지가 꺾이고 꽃이 일그러진 송이를 골
『 』: 소녀의 비극적 운명을 암시
라 발밑에 버린다.』

소녀가 들어선 곳도 비가 새기 시작했다. 더 거기서 비를 그을 수 없

었다.
▶ 원두막에서 비를 피함.

밖을 내다보던 소년이 무엇을 생각했는지 수수밭 쪽으로 달려간다.

세워 놓은 수숫단 속을 비집어 보더니, 옆의 수숫단을 날라다 덧세운다.

다시 속을 비집어 본다. 그러고는 이쪽을 향해 손짓을 한다.

수숫단 속은 비는 안 새었다. 그저 어둡고 좁은 게 안됐다. 앞에 나앉

은 소년은 그냥 비를 맞아야만 했다. 그런 소년의 어깨에서 김이 올랐다.

소녀가 속삭이듯이, 이리 들어와 앉으라고 했다. 괜찮다고 했다. 소

녀가 다시, 들어와 앉으라고 했다. 할 수 없이 뒷걸음질을 쳤다. 그 바람

에, 소녀가 안고 있는 꽃묶음이 망그러졌다. 그러나 소녀는 상관없다고
<u>소녀의 비극적 운명을 암시함.</u>
생각했다. 비에 젖은 소년의 몸 내음새가 확 코에 끼얹어졌다. 그러나

고개를 돌리지 않았다. 도리어 소년의 몸기운으로 해서 떨리던 몸이 적
꽤 어지간한 정도로
이 누그러지는 느낌이었다.
▶ 수숫단 속에서 비를 피함.

소란하던 수숫잎 소리가 뚝 그쳤다. 밖이 멀게졌다.

수숫단 속을 벗어 나왔다. 멀지 않은 앞쪽에 햇빛이 눈부시게 내리붓

고 있었다. 도랑 있는 곳까지 와 보니, 엄청나게 물이 불어 있었다. 빛마
저 제법 붉은 흙탕물이었다. 뛰어 건널 수가 없었다.

소년이 등을 돌려 댔다. 소녀가 순순히 업히었다. 걷어 올린 소년의
잠방이까지 물이 올라왔다. 소녀는 "어머나!" 소리를 지르며 소년의 목
가랑이가 무릎까지 내려오도록 짧게 만든 홑바지
을 끌어안았다.

개울가에 다다르기 전에, 『가을 하늘은 언제 그랬는가 싶게 구름 한
『 』: 소년과 소녀의 순수한 사랑을 돋보이게 함.
점 없이 쪽빛으로 개어 있었다.』   ▶ 소년이 소녀를 업고 도랑을 건넘.
위기 소년과 소녀가 소나기를 만나 비를 피하며 더욱 가까워짐.

그 뒤로는 소녀의 모습이 뵈지 않았다. 매일같이 개울가로 달려와 봐
도 뵈지 않았다.

학교에서 쉬는 시간에 운동장을 살피기도 했다. 남몰래 5학년 여자
반을 엿보기도 했다. 그러나 뵈지 않았다.   ▶ 소녀의 모습이 보이지 않음.

그날도 소년은 주머니 속 흰 조약돌만 만지작거리며 개울가로 나왔
다. 그랬더니 이쪽 개울둑에 소녀가 앉아 있는 게 아닌가.

소년은 가슴부터 두근거렸다.

"그동안 앓았다."

어쩐지 소녀의 얼굴이 해쓱해져 있었다.
얼굴에 핏기나 생기가 없이 파리해져
"그날, 소나기 맞은 탓 아냐?"

소녀가 가만히 고개를 끄덕이었다.

"인제 다 나았냐?"

"아직도……."

"그럼 누워 있어야지."

소녀를 걱정하는 소년의 마음

"하도 갑갑해서 나왔다. …… 참, 그날 재밌었어……. 그런데 그날 어디서 이런 물이 들었는지 잘 지지 않는다."

소녀가 분홍 스웨터 앞자락을 내려다본다. 거기에 검붉은 진흙물 같은 게 들어 있었다.

소년과 소녀의 순수한 사랑의 추억

소녀가 가만히 보조개를 떠올리며,

"그래 이게 무슨 물 같니?"

소년은 스웨터 앞자락만 바라다보고 있었다.

"내, 생각해 냈다. 그날, 도랑을 건너면서 내가 업힌 일이 있지? 그때, 네 등에서 옮은 물이다."

소년은 얼굴이 확 달아오름을 느꼈다.　　▶ 소년과 소녀는 개울가에서 다시 만남.

갈림길에서 소녀는
소년과 소녀의 이별을 암시
"저, 오늘 아침에 우리 집에서 대추를 땄다. 낼 제사 지내려고……."
소년을 위하는 소녀의 마음
대추 한 줌을 내준다. 소년은 주춤한다.

"맛봐라. 우리 증조할아버지가 심었다는데, 아주 달다."

소년은 두 손을 오그려 내밀며,

"참, 알도 굵다!"

"그리고 저, 우리 이번에 제사 지내고 나서 좀 있다 집을 내주게
이사를 하게 됨.
됐다."

소년은 소녀네가 이사해 오기 전에 벌써 어른들의 이야기를 들어서, 윤 초시 손자가 서울서 사업에 실패해 가지고 고향에 돌아오지 않을 수

없게 되었다는 걸 알고 있었다. 그것이 이번에는 고향 집마저 남의 손에 넘기게 된 모양이었다.

"왜 그런지 난 이사 가는 게 싫어졌다. 어른들이 하는 일이니 어쩔 수
<u>소년과의 이별을 서운해하는 소녀의 마음</u>
없지만······."

전에 없이, 소녀의 까만 눈에 쓸쓸한 빛이 떠돌았다. ▶ 소녀가 이사를 가게 됨.

소녀와 헤어져 돌아오는 길에, 소년은 혼잣속으로, 소녀가 이사를 간다는 말을 수없이 되뇌어 보았다. 무어 그리 안타까울 것도 서러울 것도 없었다. 그렇건만 『소년은 지금 자기가 씹고 있는 대추알의 단맛을 모
『 』: 갑작스런 소녀와의 이별에 충격을 받았기 때문에
르고 있었다.』
▶ 소녀의 이사 소식에 소년이 충격을 받음.

이날 밤, 소년은 몰래 덕쇠 할아버지네 호두밭으로 갔다.

낮에 봐 두었던 나무로 올라갔다. 그리고 봐 두었던 가지를 향해 작대기를 내리쳤다. 호두송이 떨어지는 소리가 별나게 크게 들렸다. 가슴이 선뜩했다. 그러나 다음 순간, 굵은 호두야 많이 떨어져라, 많이 떨어져라, 저도 모를 힘에 이끌려 마구 작대기를 내리치는 것이었다.

돌아오는 길에는 열이틀 달이 지우는 <u>그늘만 골라 디뎠다.</u> 그늘의 고
<u>호두를 훔쳤다는 죄책감 때문에</u>
마움을 처음 느꼈다.

불룩한 주머니를 어루만졌다. 호두송이를 맨손으로 깠다가는 옴이
<u>옴진드기가 기생하여 일으키는 피부병</u>
오르기 쉽다는 말 같은 건 아무렇지도 않았다. 그저 근동에서 제일가는
<u>가까운 이웃 동네</u>
이 덕쇠 할아버지네 <u>호두를 어서 소녀에게 맛보여야 한다는 생각만이</u>
<u>소녀를 위하는 소년의 마음</u>
앞섰다.

그러다, 아차 하는 생각이 들었다. 소녀더러 병이 좀 낫거들랑 이사

가기 전에 한 번 개울가로 나와 달라는 말을 못 해 둔 것이었다. 바보 같
은 것, 바보 같은 것.
약속을 정하지 못한 안타까움으로 자책함.   ▶ 소년은 소녀를 위해 몰래 호두를 땀.

이튿날, 소년이 학교에서 돌아오니, 아버지가 나들이옷으로 갈아입
고 닭 한 마리를 안고 있었다.

어디 가시느냐고 물었다.

그 말에는 대꾸도 없이, 아버지는 안고 있는 닭의 무게를 겨냥해 보
면서,

"이만하면 될까?"

어머니가 망태기를 내주며,

"벌써 며칠째 '걀걀' 하고 알 낳을 자리를 보던데요. 크진 않아도 살
은 쪘을 거예요."

소년이 이번에는 어머니한테, 아버지가 어디 가시느냐고 물어보았다.

"저, 서당골 윤 초시 댁에 가신다. 제사상에라도 놓으시라고……."

"그럼 큰 놈으로 하나 가져가지. 저 얼룩수탉으로……."
                        소녀를 위하는 소년의 마음
이 말에, 아버지는 허허 웃고 나서,

"인마, 그래도 이게 실속이 있다."

소년은 공연히 열없어, 책보를 집어던지고는 외양간으로 가, 쇠 잔등
           좀 겸연쩍고 부끄러워서
을 한 번 철썩 갈겼다. 쇠파리라도 잡는 체.
쑥스러운 마음을 감추기 위해서   ▶ 소년은 좀 더 큰 닭을 소녀에게 주고 싶음.
                        절정 소녀는 병이 나고, 소년은 소녀가 이사 가게 되었다는 말을 듣고 서운해함.

개울물은 날로 여물어 갔다.
가을이 깊어 감. 소녀에 대한 소년의 그리움이 깊어짐.

소년은 갈림길에서 아래쪽으로 가 보았다. 갈밭머리에서 바라보는 서당골 마을은 쪽빛 하늘 아래 한결 가까워 보였다.

어른들의 말이, 내일 소녀네가 양평읍으로 이사 간다는 것이었다. 거기 가서는 조그마한 가겟방을 보게 되리라는 것이었다.

소년은 저도 모르게 주머니 속 호두알을 만지작거리며, 한 손으로는 수없이 갈꽃을 휘어 꺾고 있었다.

그날 밤, 소년은 자리에 누워서도 같은 생각뿐이었다. 내일 소녀네가 이사하는 걸 가 보나 어쩌나. 가면 소녀를 보게 될까, 어떨까.

▶ 소년은 소녀를 만나지 못하여 안타까워함.

그러다가 까무룩 잠이 들었는가 하는데,

"허, 참, 세상일도……."

마을 갔던 아버지가 언제 돌아왔는지,

"윤 초시 댁도 말이 아니야. 그 많던 전답을 다 팔아 버리고, 대대로
             논밭
살아오던 집마저 남의 손에 넘기더니, 또 악상까지 당하는 걸 보
                            젊어서 부모보다 자식이 먼저 죽는 일. 소녀의 죽음
면……."

남폿불 밑에서 바느질감을 안고 있던 어머니가
남포등에 켜 놓은 불
"증손이라곤 계집애 그 애 하나뿐이었지요?"

"그렇지. 사내애 둘 있던 건 어려서 잃어버리고……."

"어쩌면 그렇게 자식 복이 없을까."

"글쎄 말이지. 이번 애는 꽤 여러 날 앓는 걸 약도 변변히 못 써 봤다더군. 지금 같아선 윤 초시네도 대가 끊긴 셈이지……. 그런데 참, 이번 계집애는 어린것이 여간 잔망스럽지가 않아. 글쎄, 죽기 전에 이
                          얄밉도록 맹랑한 데가 있지

런 말을 했다지 않아? 『자기가 죽거든 자기 입던 옷을 꼭 그대로 입혀

『 』: 소년과의 아름다운 추억을 영원히 간직하고 싶은 마음을 유언으로 남김.

서 묻어 달라고……."』

▶ 소녀는 유언을 남기고 죽음.

결말 소년은 소녀가 유언을 남기고 죽었다는 말을 아버지로부터 전해 들음.

● 작가 만나기

황순원(1915~2000) 평안남도 대동군에서 태어났다. 1931년 평양 숭실 중학교에 다닐 때 "동광"에 시 '나의 꿈'을 발표하였다. 그 후 와세다 대학교 영문과를 졸업하고 귀국하여 교사 생활을 하면서부터 본격적으로 소설을 쓰기 시작했다. 그는 한국인의 전통적인 삶과 아픈 역사적 사건을 배경으로 펼쳐지는 인간의 내면세계를 간결하고 세련된 문체로 담아낸 소설을 주로 썼다. 특히 그의 많은 소설에는 서정적인 아름다움이 담겨 있다. 주요 작품으로는 '별', '목넘이 마을의 개', '카인의 후예' 등이 있다.

● 작품 만나기

'소나기'는 1953년에 발표된 황순원의 단편 소설로, 소년과 소녀의 안타깝고 순수한 사랑을 아름답게 표현한 작품이다. 소나기처럼 짧지만 강렬하면서도 순수한 사랑이 낭만적이고 향토적인 가을 풍경을 배경으로 그려져 있다. 소년과 소녀의 성격과 심리 변화를 통해 극적인 분위기를 만들어 내고 있으며 간결한 문체가 이러한 분위기를 만드는 데에 기여하고 있다. 짧지만 소중했던 소년과의 추억을 영원히 간직하고 싶어 하는 소녀의 유언이 안타까움과 함께 잔잔한 감동을 전한다.

● 핵심 만나기

갈래	현대 소설, 단편 소설
성격	서정적, 향토적, 비극적
배경	• 시간적: 늦여름에서 초가을 • 공간적: 어느 농촌 마을
시점	3인칭 관찰자 시점(부분적으로 전지적 작가 시점)
제재	소나기
주제	소년과 소녀의 순수하고 아름다운 사랑
특징	• 극도로 압축된 짧은 문장으로 산뜻한 느낌을 주며, 아름다운 표현이 돋보임. • 감각적이고 함축적인 표현으로 서정성과 향토성이 두드러짐. • 인물의 내면 심리를 행동이나 상징적 소재 등을 통해 간접적으로 묘사함.

● 등장인물

소년	• 내성적이고 소극적이며 순박한 성격임.
	• 소나기라는 위기를 만나서는 적극적이고 헌신적으로 소녀를 보호함.
소녀	• 소년과 친해지고자 먼저 다가가는 적극적인 성격임.
	• 위기 상황에서 소년의 보호를 받을 때에는 연약한 모습을 보임.

● '소나기'에 나타난 소재의 의미

• 보랏빛: 소녀의 비극적인 죽음을 암시함.

• 갈림길: 소년과 소녀의 헤어짐을 암시함.

• 도랑: 소년이 소녀를 업고 건너는 곳으로 사건 전개에 필연성을 부여함.

• 소나기: 소녀가 죽게 되는 원인을 제공하면서 짧고 안타까운 소년과 소녀의 사랑을 상징함.

● '소나기'의 결말 처리의 효과

| 소녀의 죽음을 아버지와 어머니의 대화를 통해 전달함. | ➡ | • 짧고 순수한 사랑을 돋보이게 하여 읽는 이에게 안타까움과 감동을 전달함.
• 소녀의 죽음을 간접적으로 전달함으로써 소년의 감정 표현이 절제되고, 슬픈 여운을 줌.
• 여운과 감동을 주고 독자의 상상력을 불러일으킴. |

❶ 이 소설의 제목이 '소나기'인 이유를 생각해 보자.

❷ '검붉은 진흙물이 든 스웨터'가 어떤 의미를 지니는지 써 보자.

● 책 이름(출판사)　　　　　　　　　　● 지은이

● 줄거리 요약

　　소년은 개울가 징검다리에서 물장난을 하고 있는 소녀를 보지만 비켜 달라는 말도

못하고 지나가는 사람을 기다린다. 그 다음 날도 소녀가 징검다리에 있어서 소년은 지

나가는 사람을 기다리는데

● 인상 깊은 내용과 그 이유

● 읛고 난 후의 생각이나 느낌

✏️ **이 소설의 뒷이야기를 상상하여 써 보자.**

1. 이 소설의 발단 단계에서 징검다리를 막고 앉아 소년을 기다릴 때 소녀의 마음과 관계 없는 것은?

    ① 소년과 친해지고 싶다.　　　② 소년과 말을 하고 싶다.

    ③ 소년을 멀리 하고 싶다.　　　④ 소년과 친구가 되고 싶다.

    ⑤ 먼저 말을 걸어오지 않는 소년에게 서운하다.

2. 이 소설에서 계절을 알 수 있는 표현이 아닌 것은?

    ① 벼 가을걷이하는 곁을 지났다.

    ② 삽시간에 주위가 보랏빛으로 변했다.

    ③ 청량한 가을 햇살 아래 빛나는 갈꽃뿐.

    ④ 가을 햇살이 소녀의 갈꽃머리에서 반짝거렸다.

    ⑤ 따가운 가을 햇살만이 말라 가는 풀 냄새를 퍼뜨리고 있었다.

3. 이 소설의 주요 소재와 그 의미로 옳지 않은 것은?

    ① 갈림길: 소년과 소녀의 만남

    ② 대추: 소년을 위하는 소녀의 마음

    ③ 조약돌: 소년에 대한 소녀의 관심

    ④ 얼룩 수탉: 소녀를 위하는 소년의 마음

    ⑤ 비단 조개: 소년과 소녀가 처음으로 대화하게 되는 매개체

4. 다음 구절들이 공통적으로 의미하는 바가 무엇인지 2어절로 쓰시오.

    • 삽시간에 주위가 보랏빛으로 변했다.

    • 소녀의 입술이 파랗게 질렸다.

    • 가지가 꺾이고 꽃이 일그러진 송이를 골라 발밑에 버린다.

5. 소녀가 이사를 간다고 하자 이별의 정표로 소년이 준비한 선물은 무엇인지 쓰시오.

6. 이 소설의 등장인물인 소년과 소녀에 대한 설명으로 알맞지 않은 것은?

① 소녀는 시골에서만 살았다.

② 소녀는 이사 가기 싫어한다.

③ 소년은 내성적이고 소박한 성격이다.

④ 소녀는 소년과 친해지고 싶어서 적극적으로 행동한다.

⑤ 소년은 소녀가 소나기를 맞지 않게 하려고 적극적으로 행동한다.

7. 이 소설에서 '검붉은 진흙물이 든 스웨터'와 관련이 없는 것은?

① 소년의 등에서 옮은 물

② 소년과 소녀의 순수한 사랑의 추억

③ 소녀가 영원히 간직하고 싶어 하는 옷

④ 수숫단 속에서 비를 피할 때 생긴 얼룩

⑤ 도랑을 건널 때 소년이 소녀를 업었던 일

8. 소녀의 죽음을 나타내는 말은?

① 악상   ② 제사상   ③ 소나기
④ 선뜩하다   ⑤ 잔망스럽다

9. 이 소설에서 소녀가 죽게 되는 원인을 제공하면서 소년과 소녀의 짧고 안타까운 사랑
을 상징적으로 보여 주는 소재를 쓰시오.

● 다음 뜻에 해당하는 단어를 〈보기〉에서 골라 알맞은 기호를 빈칸에 써 보자.

보기 ㉠ 지리다 ㉡ 듣다 ㉢ 긋다 ㉣ 해쓱하다 ㉤ 열없다 ㉥ 잔망스럽다

(1) 비를 잠시 피하여 그치기를 기다리다.

(2) 얼굴에 핏기나 생기가 없이 파리하다.

(3) 얄밉도록 맹랑한 데가 있다.

(4) 좀 겸연쩍고 부끄럽다.

(5) 오줌 냄새와 같거나 그런 맛이 있다.

(6) 눈물, 빗물 따위의 액체가 방울져 떨어지다.

동백꽃

김유정

오늘도 또 우리 수탉이 막 쪼이었다. 내가 점심을 먹고 나무를 하러

<u>닭싸움이 반복적으로 일어났음을 알려 주는 대목(현재)</u>

갈 양으로 나올 때였다. 산으로 올라서려니까 등 뒤에서 "푸드덕 푸드

덕" 하고 닭의 횃소리가 야단이다. 깜짝 놀라서 고개를 돌려 보니 아니

<u>닭이 날개를 벌려 탁탁 치는 소리</u>

나 다르랴, 두 놈이 또 얼리었다.

<u>서로 얽혀 있다.</u>

점순네 수탉(대강이가 크고 똑 오소리같이 실팍하게 생긴 놈)이 덩저

<u>'머리'를 속되게 이르는 말</u>　　　<u>보기에 매우 든든하고 튼튼하게</u>　<u>몸집</u>

리가 작은 우리 수탉을 함부로 해내는 것이다. 그것도 그냥 해내는 것이

<u>여지없이 이겨 내는</u>

아니라 "푸드덕" 하고 면두를 쪼고 물러섰다가 좀 사이를 두고 또 "푸드

<u>볏</u>

덕" 하고 모가지를 쪼았다. 이렇게 멋을 부려 가며 여지없이 닦아 놓는

<u>성가시게 굴어 괴롭힘.</u>

다. 그러면 이 못생긴 것은 쪼일 적마다 주둥이로 땅을 받으며 그 비명

<u>몸집이 작은 '나'의 닭</u>

이 "킥킥" 할 뿐이다. 물론 미처 아물지도 않은 면두를 또 쪼이어 붉은

선혈은 뚝뚝 떨어진다. 이걸 가만히 내려다보자니 『내 대강이가 터져서

<u>닭의 고통을 선명하게 시각적으로 묘사</u>

피가 흐르는 것같이 두 눈에 불이 번쩍 난다.』 대뜸 지게막대기를 메고

<u>『　』: 닭이 피 흘리는 모습을 보고 화가 많이 남.</u>

달려들어 점순네 닭을 후려칠까 하다가 생각을 고쳐먹고 헛매질로 떼

어만 놓았다.

이번에도 점순이가 쌈을 붙여 놨을 것이다. 바짝바짝 내 기를 올리느

라고 그랬음에 틀림없을 것이다. 고놈의 계집애가 요새로 접어들어서

왜 나를 못 먹겠다고 고렇게 아르릉거리는지 모른다.

나흘 전 감자 쪼간만 하더라도 나는 저에게 조금도 잘못한 것은 없

다. 계집애가 나물을 캐러 가면 갔지 남 울타리 엮는 데 쌩이질을 하는

것은 다 뭐냐? 그것도 발소리를 죽여 가지고 등 뒤로 살며시 와서,

"애! 너 혼자만 일하니?"

하고 긴치 않은 수작을 하는 것이다.

어제까지도 저와 나는 이야기도 잘 않고 서로 만나도 본척만척하고

이렇게 점잖게 지내던 터이련만, 오늘로 갑작스레 대견해졌음은 웬일

인가. 항차 망아지만 한 계집애가 남 일하는 놈 보구…….

"그럼 혼자 하지 떠루 하디?"

내가 이렇게 내뱉는 소리를 하니까,

"너 일하기 좋니?"

또는,

"한여름이나 되거든 하지, 벌써 울타리를 하니?"

잔소리를 두루 늘어놓다가 남이 들을까 봐 손으로 입을 틀어막고는

그 속에서 깔깔댄다. 별로 우스울 것도 없는데 날씨가 풀리더니 『이놈

의 계집애가 미쳤나 하고 의심하였다.』 게다가 조금 뒤에는 제 집께를

할끔할끔 돌아보더니 행주치마 속으로 꼈던 오른손을 뽑아서 나의 턱

밑으로 불쑥 내미는 것이다. 언제 구웠는지 아직도 더운 김이 홱 끼치는

굵은 감자 세 개를 손에 뿌듯이 쥐었다.

"느 집엔 이거 없지?"

하고, 생색 있는 큰소리를 하고는 제가 준 것을 남이 알면 큰일 날 테니

다른 사람 앞에 당당히 나설 수 있거나 자랑할 수 있는 체면

얼른 먹어 버리란다. 그리고 또 하는 소리가,

"너, 봄 감자가 맛있단다."

'나'에 대한 애정을 표현하는 점순이

"난 감자 안 먹는다. 너나 먹어라."

자존심이 상해 점순이의 호의를 거절함.

『나는 고개도 돌리지 않고 일하던 손으로 그 감자를 도로 어깨 너머

『 』: 점순이의 호의를 거절함으로써 두 사람의 갈등이 시작됨.

로 쑥 밀어 버렸다.』 그랬더니 그래도 가는 기색이 없고, 그뿐만 아니라

쌔근쌔근하고 심상치 않게 숨소리가 점점 거칠어진다. 이건 또 뭐야 싶

점순이의 심리 – 무안함, 노여움, 불쾌함, 창피함.

어서 그때에야 비로소 돌아다보니 나는 참으로 놀랐다. 우리가 이 동네

에 들어온 것은 근 삼 년째 되어 오지만, 『여지껏 가무잡잡한 점순이

의 얼굴이 이렇게까지 홍당무처럼 새빨개진 법이 없었다.』게

『 』: 자신의 호의가 거절당하자 부끄럽고 화가 난 점순이

다가 눈에 독을 올리고 한참 나를 요렇게 쏘아보더니 나

중에는 눈물까지 어리는 것이 아니냐. 그리고 바구니를 다시 집어 들더
눈에 눈물이 조금 괴는
니 이를 꼭 악물고는 엎어질 듯 자빠질 듯 논둑으로 힝하게 달아나는 것
지체하지 않고 매우 빨리 가는 모양
이다.
▶ '나'의 거절에 상처를 받아 가 버린 점순이

어쩌다 동네 어른이,

"너 얼른 시집을 가야지?"

하고 웃으면,

"염려 마서유. 갈 때 되면 어련히 갈라구⋯⋯."
천연덕스럽고 시원시원한 점순이의 성격을 알 수 있음.
이렇게 천연덕스레 받는 점순이었다. 본시 부끄러움을 타는 계집애
도 아니거니와 또한 분하다고 눈에 눈물을 보일 얼병이도 아니다. 분하
다부지지 못하여 어수룩하고 얼빠져 보이는 사람
면 차라리 나의 등어리를 바구니로 한 번 모지게 후려 때리고 달아날지
등   기세가 몹시 매섭고 사납게
언정⋯⋯.
▶ 점순이의 행동을 이해하지 못하는 '나'

그런데 고약한 그 꼴을 하고 가더니 그 뒤로는 나를 보면 잡아먹으려
점순이의 마음을 전혀 눈치 채지 못하는 '나'
고 기를 복복 쓰는 것이다. 설혹 주는 감자를 안 받아먹은 것이 실례라
설령
하면, 주면 그냥 주었지 "느 집엔 이거 없지?"는 다 뭐냐. 그렇잖아도 저

희는 마름이고 우리는 그 손에서 배재를 얻어 땅을 부치므로 일상
땅 주인을 대신하여 소작권을 관리하는 사람   땅을 소작할 수 있는 권리
굽실거린다. 우리가 이 마을에 처음 들어와 집이 없어서

곤란으로 지낼 제, 집터를 빌리고 그 위
곤란하게
에 집을 짓도록 마련해 준 것도 점
순네의 호의였다. 그리고 우리 어
머니 아버지도 농사 때 양식이
달리면 점순네한테 가서 부지런

히 꾸어다 먹으면서, 인품 그런 집은 다시 없으리라고 침이 마르도록 칭

<u>사람이 사람으로서 가지는 품격이나 됨됨이</u>

찬하곤 하는 것이다. 그러면서도 열일곱씩이나 된 것들이 수군수군하

고 붙어 다니면 동리의 소문이 사납다고 주의를 준 것도 또 어머니였다.

<u>마을에 나쁜 소문이 날 것이라고</u>

왜냐하면, 『내가 점순이하고 일을 저질렀다가는 점순네가 노할 것이고,

『 』: '나' 가 점순이에게 소극적일 수밖에 없는 구체적인 이유

그러면 우리는 땅도 떨어지고 집도 내쫓기고 하지 않으면 안 되는 까닭

이었다.』 그런데 이놈의 계집애가 까닭 없이 기를 복복 쓰며 나를 말려

죽이려고 드는 것이다.　　　　　　　▶ '나' 가 점순이와 자신의 신분 차이를 의식함.

전개1　점순이가 준 감자를 '나' 가 거절하자 점순이가 '나' 를 괴롭힘. (과거)

<u>눈물을 흘리고 간 담날</u> 저녁나절이었다. 나무를 한 짐 잔뜩 지고 산

<u>오늘로부터 3일 전</u>

을 내려오려니까, 어디서 닭이 죽는 소리를 친다. 이거 뉘 집에서 닭을

잡나, 하고 점순네 울타리 뒤로 돌아오다가 나는 고만 두 눈이 뚱그레졌

다. 점순이가 제집 봉당에 홀로 걸터앉았는데, 아 이게 치마 앞에다 우

<u>토방. 방에 들어가는 문 앞에 좀 높이 편평하게 다진 흙바닥</u>

리 씨암탉을 꼭 붙들어 놓고는,

　　"이놈의 닭! 죽어라, 죽어라."

　　　　'나' 에 대한 점순이의 원망이 나타남.

　　요렇게 <u>암팡스레</u> 패 주는 것이 아닌가. 『그것도 대가리나 치면 모른

　　　　　　<u>야무지고 다부진 면이 있게</u>

다마는, 아주 알도 못 낳으라고 그 볼기짝께를 주먹으로 콕콕 쥐어박는

『 』: '나' 에 대한 점순이의 원망이 매우 크다는 것을 나타냄.

것이다.』

　　나는 눈에 <u>쌍심지가 오르고</u> 사지가 부르르 떨렸으나 사방을 한 번 휘

　　　　　<u>몹시 화가 나서 눈을 부릅뜨고</u>

둘러보고야 그제야 점순이네 집에 아무도 없음을 알았다. 잡은 참지게

막대기를 들어 울타리의 중턱을 후려치며,

　　"이놈의 계집애! 남의 닭 알 못 낳으라구 그러니?"

비속어 사용 → 생동감과 재미를 더함.

하고, 소리를 **빽** 질렀다.　　　　　　　▶ '나' 의 닭에게 분풀이를 하는 점순이

그러나 점순이는 조금도 놀라는 기색이 없고, 그대로 의젓이 앉아서 제 닭 가지고 하듯이 또 죽어라, 죽어라 하고 패는 것이다. 이걸 보면, 내가 산에서 내려올 때를 겨냥해 기지고 미리 닭을 잡아 가지고 있다가, 너 보란 듯이 내 앞에서 쮀지르고 있음이 확실하다. 그러나 나는 그렇다

주먹으로 힘껏 내지르고

고 남의 집에 뛰어들어가 계집애하고 싸울 수도 없는 노릇이고, 형편이 썩 불리함을 알았다. 그래 닭이 맞을 적마다 지게막대기로 울타리를 후

'나'와 점순이를 가로막는 사회 계층적 금기를 상징

려칠 수밖에 별 도리가 없다. 왜냐하면, 울타리를 치면 칠수록 울섶이

울타리를 만드는 데 쓰는 섶나무

물러앉으며 뼈대만 남기 때문이다. 허나 아무리 생각하여도 나만 밑지

들인 밑천이나 제 값어치보다 얻는 것이 적은, 또는 손해를 보는

는 노릇이다.

"아, 이년아! 남의 닭 아주 죽일 터이냐?"

내가 도끼눈을 뜨고 다시 꽥 호령을 하니까, 그제서야 울타리께로 쪼르르 오더니, 울 밖에 서 있는 나의 머리를 겨누고 닭을 내팽개친다.

"에이 더럽다! 더럽다!"

"더러운 걸 널더러 입때 끼고 있으랬니? 망할 계집애 년 같으니."

여태

하고, 나도 더럽단 듯이 울타리께를 힝하게 돌아내리며 약이 오를 대로 다 올랐다, 라고 하는 것은 암탉이 풍기는 서슬에 나의 이마빼기에다 물

강하고 날카로운 기세   이마

찌똥을 찍 갈겼는데, 그걸 본다면 알집만 터졌을 뿐 아니라 골병은 단단

물기가 많은 묽은 똥   겉으로 드러나지 않고 속으로 깊이 든 병

히 든 듯싶다.

그리고 나의 등 뒤를 향하여 나에게만 들릴 듯 말 듯한 음성으로,

"이 바보 녀석아!"

점순이가 자신의 마음을 몰라주는 '나'를 원망하는 말

"애! 너, 배냇병신이지?"

태어날 때부터 기형인 사람

그만도 좋으련만,

"애! 너, 느 아버지가 고자라지?"

"뭐? 울 아버지가 그래 고자야?"

할 양으로 열벙거지가 나서 고개를 홱 돌리어 바라봤더니, 그때까지
_{매우 급하게 치밀어 오르는 화증}
울타리 위로 나와 있어야 할 점순이의 대가리가 어디를 갔는지 보이지
를 않는다. 그러다 돌아서서 오자면 아까에 한 욕을 울 밖으로 또 퍼붓
_{집요하게 '나'의 약을 올림.}
는 것이다. 『욕을 이토록 먹어 가면서도 대거리 한마디 못하는 걸 생각
_{『 』: 분하지만 신분 차이 때문에 맞서서 대들지 못하는 '나'의 처지}
하니』 돌부리에 차여 발톱 밑이 터지는 것도 모를 만치 분하고, 급기야
는 두 눈에 눈물까지 불끈 내솟는다. ▶ 신분 차이 때문에 화가 나도 참아야 하는 '나'

그러나 점순이의 침해는 이것뿐이 아니다. 사람들이 없으면 틈틈이
_{침범하여 해를 끼침.}
제집 수탉을 몰고 와서 우리 수탉과 쌈을 붙여 놓는다. 제집 수탉은 썩
험상궂게 생기고, 쌈이라면 회를 치는 고로 으레 이길 것을 알기 때문이
_{아주 능숙한 까닭에 두말할 것 없이 당연히}
다. 그래서 툭하면 우리 수탉이 면두며 눈깔이 피로 흐드르하게 되도록
해 놓는다. 어떤 때에는 『우리 수탉이 나오지를 않으니까 요놈의 계집
_{『 』: 점점 심해지는 점순이의 행동}
애가 모이를 쥐고 와서 꾀어내다가 쌈을 붙인다.』▶ 점점 심해지는 점순이의 분풀이
_{전개2} 감자를 거절당한 사건 이후 점순이의 침해가 날로 심해짐.(과거)
이렇게 되면 나도 다른 배차를 차리지 않을 수 없었다. 하루는 우리
_{계획을 세우지}
수탉을 붙들어 가지고 넌지시 장독께로 갔다. 쌈닭에게 고추장을 먹이
면, 병든 황소가 살모사를 먹고 용을 쓰는 것처럼 기운이 뻗친다고 한
다. 장독에서 고추장 한 접시를 떠서 닭 주둥아리께로 들이밀고 먹여 보
았다. 닭도 고추장에 맛을 들였는지 거스르지 않고 거진 반 접시 턱이나
_{정도나 처지}
곧잘 먹는다. 그리고 먹고 금시는 용을 못 쓸 터이므로 얼마쯤 기운이
_{한꺼번에 모아서 내는 센 힘}

들도록 홰 속에다 가두어 두었다. ▶ 닭에게 고추장을 먹이는 '나'

닭장 속에 닭이 올라앉게 가로질러 놓은 나무 막대

밭에 두엄을 두어 짐 져 내고 나서 쉴 참에 그 닭을 안고 밖으로 나왔

거름

다. 마침 밖에는 아무도 없고 점순이만 저희 울안에서 헌 옷을 뜯는지

혹은 솜을 터는지 웅크리고 앉아서 일을 할 뿐이다.

나는 점순네 수탉이 노는 밭으로 가서 닭을 내려놓고 가만히 맥을 보

고추장을 먹인 닭이 어떻게 하는지 찬찬히 살펴보았다.

았다. 두 닭은 여전히 얼리어 쌈을 하는데 처음에는 아무 보람이 없었

'나' 의 닭이 계속 점순이네 닭에게 당했다.

다. 멋지게 쪼는 바람에 우리 닭은 또 피를 흘리고 그러면서도 날갯죽지

만 푸드덕푸드덕하고 올라 뛰고 뛰고 할 뿐으로, 제법 한 번 쪼아 보지

도 못한다. 그러나 한번은 어쩐 일인지 용을 쓰고 펄쩍 뛰더니 발톱으로

눈을 하비고 내려오며 면두를 쪼았다. 큰 닭도 여기에는 놀랐는지 뒤로

긁어 파고

멈씰하며 물러난다. 이 기회를 타서 작은 우리 수탉이 또 날쌔게 덤벼들

멈칫하며

어 다시 면두를 쪼니, 그제에는 감때사나운 그 대강이에서도 피가 흐르

험하고 거친

지 않을 수 없었다. '옳다, 알았다. 고추장만 먹이면 되는구나.' 하고 나

'나' 의 순진하고 어수룩한 생각

는 속으로 아주 쟁그러워 죽겠다. 그때에는 뜻밖에 내가 닭쌈을 붙여 놓

고소해

는 데 놀라서 울 밖으로 내다보고 섰던 점순이도 입맛이 쓴지 눈살을 찌

일이 뜻대로 되지 않아 기분이 언짢거나 괴로움.

푸렸다. 나는 두 손으로 볼기짝을 두드리며 연방,

"잘한다! 잘한다!"

하고, 신이 머리끝까지 뻗치었다. ▶ 닭싸움을 붙이는 '나'

그러나 얼마 되지 않아서 나는 넋이 풀리어 기둥같이 묵묵히 서 있게

되었다. 왜냐하면, 큰 닭이 한 번 쪼인 앙갚음으로 호들갑스레 연거푸

쪼는 서슬에 우리 수탉은 찔끔 못 하고 막 곯는다. 이걸 보고서 이번에

은근히 해를 입어 골병이 든다.

는 점순이가 깔깔거리고 되도록 이쪽에서 많이 들으라고 웃는 것이다.

<small>상황이 역전되자 다시 '나'를 약 올리는 점순이</small>

나는 보다 못 하여 덤벼들어서 우리 수탉을 붙들어 가지고 도로 집으로 들어왔다. 고추장을 좀 더 먹였더라면 좋았을 걸 너무 급하게 쌈을 붙인 것이 퍽 후회가 난다. 장독께로 돌아와서 다시 턱밑에 고추장을 들이댔다. 흥분으로 말미암아 그런지 당최 먹질 않는다. 나는 하릴없이 닭을

<small>도무지   달리 어떻게 할 도리 없이</small>

반듯이 눕히고 그 입에다 궐련 물부리를 물리었다. 그리고 고추장 물을

<small>얇은 종이로 가늘고 길게 말아 놓은 담배   담배를 끼워서 빠는 물건</small>

타서 그 구멍으로 조금씩 들이부었다. 닭은 좀 괴로운지 "킥킥" 하고 재채기를 하는 모양이나, 그러나 당장의 괴로움은 매일같이 피를 흘리는

<small>고추장을 먹는 괴로움</small>

데 댈 게 아니라 생각하였다.

<small>매일같이 점순이네 수탉에게 당하는 것에 비하면 아무것도 아님.</small>

　그러나 한 두어 종지가량 고추장 물을 먹이고 나서는 나는 고만 풀이

<small>간장, 고추장 따위를 담는 작은 그릇   활기나 기세가 꺾였다.</small>

죽었다. 싱싱하던 닭이 왜 그런지 고개를 살며시 뒤틀고는 손아귀에서 뻐드러지는 것이 아닌가. 아버지가 볼까 봐서 얼른 홰에다 감추어 두었

<small>굳어서 뻣뻣하게 되는</small>

더니, 오늘 아침에야 겨우 정신이 든 모양 같다.

<small>▶ 다시 패배한 '나'의 닭에게 고추장을 더 먹이는 '나'</small>

<small>위기 '나'는 닭에게 고추장을 먹여 반격했으나 실패함.(과거)</small>

　그랬던 걸 이렇게 오다 보니까 또 쌈을 붙여 놓으니, 이 망할 계집애

<small>'처음' 부분의 닭싸움에서 내용이 이어짐.</small>

가 필연 우리 집에 아무도 없는 틈을 타서 제가 들어와 홰에서 꺼내 가

<small>틀림없이 꼭</small>

지고 나간 것이 분명하다. 나는 다시 닭을 잡아다 가두고, 염려가 되었지만 그렇다고 산으로 나무를 하러 가지 않을 수도 없는 형편이었다. 소나무 삭정이를 따며 가만히 생각해 보니 암만해도 고년의 목정강이를

<small>살아 있는 나무에 붙어 있는, 말라 죽은 가지   목덜미를 이루고 있는 뼈</small>

돌려놓고 싶다. 이번에 내려가면 망할 년 등줄기를 한번 되게 후려치겠

<small>몹시 심하거나 모질게</small>

다 하고 싱둥겅둥 나무를 지고는 부리나케 내려왔다.

<small>건성건성. 대강대강   서둘러서 아주 급하게</small>

　거지반 집에 다 내려와서 나는 호드기 소리를 듣고 발이 딱 멈추었

<small>거의 절반 가까이   버드나무 가지의 껍질이나 밀짚 토막 따위로 만든 피리</small>

다. 산기슭에 널려 있는 굵은 바윗돌 틈에 노란 동백꽃이 소보록하니 깔

^{이 소설에 나오는 동백꽃은 생강나무에서 피는 노란색 꽃을 가리킴.}

리었다. 그 틈에 끼어 앉아서 점순이가 청승맞게스리 호드기를 불고 있

는 것이다. 그보다도 더 놀란 것은 그 앞에서 또 "푸드덕푸드덕" 하고

들리는 닭의 횃소리다. 필연코 요년이 나의 약을 올리느라고 또 닭을 집

^{아직도 점순이의 마음을 모르는 순진한 '나'}

어내다가 내가 내려올 길목에다 쌈을 시켜 놓고, 저는 그 앞에 앉아서

호드기를 불고 있음에 틀림없으리라. 나는 약이 오를 대로 다 올라서,

두 눈에서 불과 함께 눈물이 퍽 쏟아졌다. 나무지게도 놓을 새 없이 그

대로 내동댕이치고는 지게막대기를 뻗치고 허둥지둥 달려들었다.

　가까이 와 보니 과연 나의 짐작대로 우리 수탉이 피를 흘리고 거의 빈

사지경에 이르렀다. 닭도 닭이려니와 그러함에도 불구하고 눈 하나 깜

^{거의 죽게 된 처지나 형편}

짝 없이 고대로 앉아서 호드기만 부는 그 꼴에 더욱 치가 떨린다. 동네

에서도 소문이 났거니와 『나도 한때는 걱실걱실히 일 잘하고 얼굴 예쁜

^{성질이 너그러워 말과 행동을 시원스럽게 하는 모양}

계집앤 줄 알았더니,』시방 보니까 그 눈깔이 꼭 여우 새끼같다.

^{『 』: 갈등이 생기기 전에는 '나'도 점순이에게 호감이 있었음.　▶ '나'가 없는 사이 또 닭싸움을 시키고 있는 점순이}

　나는 대뜸 달려들어서 나도 모르는 사이에 큰 수탉을 단매로 때려 엎

^{단 한 번 때리는 매}

었다. 닭은 푹 엎어진 채 다리 하나 꼼짝 못 하고 그대로 죽어 버렸다.

^{다그치는}

그리고 나는 멍하니 섰다가 점순이가 매섭게 눈을 흡뜨고 닦치는 바람

^{눈알을 위로 굴리며 눈시울을 위로 치뜨고}

에 뒤로 벌렁 나자빠졌다.

　"이놈아! 너 왜 남의 닭을 때려죽이니?"

　"그럼 어때?"

하고 일어나다가,

　"뭐, 이 자식아! 누 집 닭인데?"

^{두 사람의 신분 차이가 드러남.}

하고, 복장을 떼미는 바람에 다시 벌렁 자빠졌다. 그러고 나서 가만히

가슴의 한복판

생각을 하니 분하기도 하고 무안하기도 하고, 또 한편 일을 저질렀으니

인젠 땅이 떨어지고 집도 내쫓기고 해야 되는지 모른다. ▶ 홧김에 점순이네 닭 죽인 '나'

절정 나는 거의 죽게 된 우리 닭을 보고 홧김에 점순이네 닭을 죽임. (현재)

나는 비슬비슬 일어나며 소맷자락으로 눈을 가리고는 얼김에 "엉"

자꾸 힘없이 비틀거리는 모양　　　　　　　　　　　　자기도 모르게 정신이 얼떨떨한 상태

하고 울음을 놓았다. 그러나 점순이가 앞으로 다가와서,

　　"그럼 너, 이담부턴 안 그럴 테냐?"

다음부터는 나의 호의를 거절하지 않을 테냐?

하고 물을 때에야 비로소 살길을 찾은 듯싶었다. 나는 눈물을 우선 씻고

뭘 안 그러는지 명색도 모르건만,

　　"그래!"

하고 무턱대고 대답하였다.

　　"요담부터 또 그래 봐라, 내 자꾸 못살게 굴 테니."

다음부터 또 나의 호의를 거절해 봐라.

　　"그래그래, 인젠 안 그럴 테야."

점순이가 하는 말의 의미도 모르고 무작정 대답부터 함.

　　"닭 죽은 건 염려 마라. 내 안 이를 테니." ▶ 걱정하는 '나'를 달래는 점순이

점순이와 '나'의 화해

　　그리고 뭣에 떠다밀렸는지 나의 어깨를 짚은 채 그대로 퍽 쓰러진다.

그 바람에 나의 몸뚱이도 겹쳐서 쓰러지며, 한창 피어 퍼드러진 노란 동

흐드러진

백꽃 속으로 푹 파묻혀 버렸다.

　　『알싸한, 그리고 향긋한 그 냄새에 나는 땅이 꺼지는 듯이 온 정신이

매운맛이나 독한 냄새로 콧속이나 혀끝이 알알한

고만 아찔하였다.』

『 』: '나'와 점순이의 순박하고 풋풋한 사랑이 시작됨.

　　"너, 말 마라!"

　　"그래!"

　　조금 있더니 요 아래서,

"점순아! 점순아! 이년이 바느질을 하다 말구 어딜 갔어?"

하고 어딜 갔다 온 듯싶은 그 어머니가 역정이 대단히 났다.

　　　　　　　　　　　　몹시 언짢거나 못마땅하여서 내는 노여움이나 화
　점순이가 겁을 잔뜩 집어먹고 꽃 밑을 살금살금 기어서 산 아래로 내

려간 다음, 나는 바위를 끼고 엉금엉금 기어서 산 위로 치빼지 않을 수

　　　　　　　　　　　　　　　　　　　　냅다 달아나지
없었다.
　　　　　　　　　　　　　　　　　▶ '나'와 점순이는 화해를 함.

　결말　'나'와 점순이는 화해를 하고, 동백꽃 속으로 파묻힘.(현재)

김유정 문학촌 www.kimyoujeong.org
'김유정 문학촌'을 방문하여 김유정의 생애와 작품 세계에 관련된 다양
한 정보들을 찾아보자.

● 작가 만나기

　　김유정(1908~1937) 강원도 춘천에서 태어나 1929년 연희 전문학교를 들어갔으나 1930년에 중퇴했다. 1932년 고향인 실레 마을로 내려가 야학을 열었으며, 이를 발전시켜 정식으로 인가를 받아 금병의숙을 설립했다. 평생 소설가의 길을 걸었으나 가난과 질병으로 일찍 세상을 떴다. '동백꽃', '봄봄', '산골 나그네' 등 주로 산골 마을 사람들의 가난한 삶을 그린 단편 소설을 남겼다.

● 작품 만나기

　　'동백꽃'은 김유정이 1936년 5월 "조광"에 발표한 단편 소설로 농촌의 순박한 처녀 총각이 사랑에 눈떠 가는 과정을 해학적으로 그리고 있다. 소작인의 아들과 마름의 딸이라는 계층 관계가 드러나긴 하지만 그로 인한 대립이나 갈등이 심각하게 다루어지지는 않는다. 오히려 신분이나 계층의 차이에도 불구하고 자연스럽게 싹트는 이성에 대한 사랑을 동백꽃이 활짝 핀 농촌 마을을 배경으로 순수하고 아름답게 보여 주고 있다.

　　이 소설은 어수룩한 주인공을 서술자로 설정하여 작품의 주제인 사춘기 산골 남녀의 사랑을 더욱 순수하게 부각시키고 있다. 특히 상대방의 관심을 끌기 위해 적극적으로 행동하는 점순이와 이를 이해하지 못하는 '나'의 대비를 통해 작품의 해학미가 돋보이고 있다.

● 핵심 만나기

갈래	현대 소설, 단편 소설
배경	•시간적: 1930년대 / •공간적: 강원도 농촌 시골 마을
시점	1인칭 주인공 시점
성격	서정적, 향토적, 해학적
제재	남녀 간의 애정과 갈등
주제	사춘기 산골 남녀의 순박한 사랑
특징	•역순행적 구성으로 되어 있음. (현재 → 과거 → 현재) •사투리와 비속어의 사용으로 토속적인 분위기를 형성함.

● 등장인물

나 (서술자)	• 소작인의 아들로 어수룩하고 눈치 없으며 순박한 성격임. • 점순이에게 호감은 있지만 점순이의 집요한 닭싸움에 치를 떰.
점순이	• 마름집의 딸로 '나'에 비해 훨씬 성숙하고 영악하며 감정을 적극적으로 표현하는 성격임. • 자신의 호의를 '나'가 받아들이지 않는 듯하자 '나'를 괴롭힘.

● '동백꽃'의 중심 소재와 의미

• 감자: '나'에 대한 점순이의 애정이 담긴 소재
• 닭싸움: 갈등을 더욱 심화시키는 소재이자 해소의 매개체
• 동백꽃: 향토적, 서정적 분위기를 형성하는 소재

● '동백꽃'의 역순행적 구성 방식

역순행적 구성이란 이야기가 시간의 흐름에 따라 진행되는 것이 아니라 현재와 과거를 오가며 전개되는 것을 말한다. 이 소설은 다음과 같이 역순행적 구성을 취하고 있다.

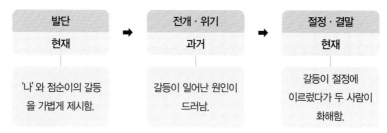

발단 현재	→	전개·위기 과거	→	절정·결말 현재
'나'와 점순이의 갈등을 가볍게 제시함.		갈등이 일어난 원인이 드러남.		갈등이 절정에 이르렀다가 두 사람이 화해함.

❶ 점순이가 '나'를 괴롭힌 이유는 무엇인지 생각해 보자.

❷ 점순이가 닭이 죽은 것을 이르지 않기로 한 까닭에 대해 생각해 보자.

● 책 이름(출판사)　　　　　　　　　　● 지은이

● 줄거리 요약

　　점순이는 '나'에 대한 관심과 애정을 표현하기 위해 감자를 가지고 왔으나 '나'에게 거절을 당한다. 그러자

● 인상 깊은 내용과 그 이유

● 읽고 난 후의 생각이나 느낌

✎ 이 소설의 '나'에게 하고 싶은 말을 편지 형식에 맞추어 써 보자.

1. '동백꽃'에 나오는 '동백꽃'은 어떤 색의 꽃인지 쓰시오.

2. '동백꽃'에서 '나'를 좋아하는 소녀의 이름과 나이를 쓰시오.

3. 점순이가 주는 감자를 '나'가 거절했을 때 점순이의 반응으로 알맞은 것은?

　① 다시 한 번 '나'에게 간곡히 부탁했다.

　② 화를 내며 감자를 '나'에게 집어 던졌다.

　③ 억지로 '나'의 입에 감자를 넣어 먹게 하였다.

　④ 얼굴이 새빨개지더니 눈물까지 고여 달아났다.

　⑤ 아무렇지 않은 표정으로 점순이 혼자 감자를 먹었다.

4. '나'와 점순이가 갈등을 일으키는 주요 사건을 쓰시오.

5. '감자'가 의미하는 것은 무엇인지 쓰시오.

6. '나'가 점순이에게 앙갚음을 하기 위해 세운 계획은?

　① 싸움 잘하는 닭을 새로 사 온다.

　② '나'의 닭에게 고추장을 먹인다.

　③ 점순이네 어머니에게 일러바친다.

　④ 점순이와 이야기를 하지 않기로 한다.

　⑤ 점순이네 닭을 장에 갖다 팔아 버린다.

7. '동백꽃'에 나타나는 점순이의 성격으로 알맞은 것은?

    ① 순박하고 어수룩하다.

    ② 내성적이고 소심하다.

    ③ 눈치가 없고 포악하다.

    ④ 이기적이고 현실적이다.

    ⑤ 천연덕스럽고 적극적이다.

8. 점순이가 울타리를 엮는 '나'에게 말을 건 이유는?

    ① '나'에게 관심이 있어서

    ② 집에 혼자 있기 심심해서

    ③ 혼자 일하는 '나'를 도와주려고

    ④ '나'가 일하는 것을 방해하려고

    ⑤ '나'가 일을 잘하고 있는지 감시하려고

9. 점순이가 했던 말 중에서 '나'가 점순이가 내민 감자를 거절하게 된 결정적인 말을 본문에서 찾아 4어절로 쓰시오.

10. '나'가 점순이를 멀리하는 이유로 적절하지 않은 것은?

    ① 어머니가 주의를 주었기 때문에

    ② 점순이의 성격이 매우 포악했기 때문에

    ③ 점순이와 붙어 다니면 동네에 소문이 날 수 있기 때문에

    ④ 점순네가 마름이고 '나'의 집은 배재를 얻어 땅을 부치므로

    ⑤ 점순이와 일을 저질렀다가는 점순네가 노하여 땅도 빼앗기고 집도 내쫓길 것이므로

● 다음 뜻풀이에 해당하는 단어를 찾아 선으로 연결해 보자.

(1) 어떤 것을 매우 간절하게 부탁할 때 나 무엇이 꼭 필요하다는 것을 표현할 때 쓰는 말이야. •

(2) 그릇에 밥을 많이 담으면 이렇게 되지. 발등이 부어올랐을 때도 이렇다고 말해. •

(3) 말과 행동을 시원스럽게 하는 모양을 나타낼 때 쓰는 말이야. 난 이렇게 일하는 사람이 좋아. •

(4) 몸은 작아도 야무지고 다부진 친구들이 이렇게 행동하지. •

(5) 사람이나 물건 따위가 보기에 매우 튼튼한 것을 말해. •

(6) 매운맛이나 독한 냄새로 콧속이나 목구멍이 알알해질 때 쓰는 말이야. •

(7) 어떤 일이 갑자기 벌어지는 바람에 나도 모르게 정신이 얼떨떨한 상태를 가리키는 말이야. •

• 알싸하다

• 실팍하다

• 소보록하다

• 긴하다

• 암팡스레

• 얼김

• 걱실걱실

나비를 잡는 아버지

현덕

황혼의 종로로 방향을 돌려서

버스는 떠난다, 경쾌하게.

<u>건드러진</u> 노랫소리가 푸른 언덕을 넘어온다. 바우는 송아지를 뜯기
목소리나 맵시 따위가 멋들어지게 부드럽고 가는
며, 밤나무 그늘에 앉아 그림 그리는 책을 펴 들었다. 송아지가 움직이

는 대로 자리를 옮겨 앉으며, 풀을 뜯는 송아지 모양을 그리느라 열심히

들여다보고 연필을 놀리고 하더니, 잠시 멈추고 귀를 기울인다. 그리고

"흥!" 하고 빈정거리는 웃음을 한 번 웃고는, 그 소리가 듣기 싫다는 듯

그 편에 등을 대고 돌아앉는다.

'겨우 서울 가서 공부한다고 배워 가지고 온 것이 유행가 나부랭이하
어떤 부류의 사람이나 물건을 낮잡아 이르는 말
고, 나비 잡는 것이냐.'
▶ 바우는 경환이가 하는 일을 못마땅하게 여김.

지난해 봄에 바우와 경환이는 한날에 그곳 소학교를 졸업을 하였다.
오늘날의 초등학교
경환이는 서울로 상급 학교를 가고, 바우 자기는 집에서 <u>꾸벅꾸벅</u> 땅이
남이 시키는 대로 그저 따르는 모양
나 파고 있어야 했을 때, 바우는 무척 슬퍼하고 억울해하고, 따라서 경

환이를 부러워도 하였다.

바우 자기가 값없이 보내는 그 하루하루에 경환이는 좋은 학교와 훌
보람이나 대가 따위가 없이

룽한 선생 아래서 날마다 새로워 가고 높아 갈 것을 생각할 때, 바우는 가만히 있지 못했다. 그 상급 학교에 가지 못하는 벌충을 여기다 하려는 듯이 틈 있는 대로 그림을 그렸고, 그것으로 즐거움을 삼았다.

손실이나 모자라는 것을 보태어 채움.

▶ 바우와 경환이의 달라진 환경

그리고 얼마 전에 그 경환이가 하기휴가를 하고 서울서 집에 돌아왔

여름 방학

다. 그러나 전보다 얼굴빛이 희어지고, 바지통이 넓은 양복에 흰 테두리의 모자를 멋있게 쓴 것이 달라졌을 뿐, 하는 일이라고는 고작, 서울이 얼마나 좋고 자기 다니는 학교가 얼마나 훌륭한 곳인가를 자랑하는 것과 활동사진 배우 중 누구는 어떻고 누구는 어쩌고, 그리고 잡된 유행가

오늘날의 영화

를 부르고, 동네 어린아이들을 몰고 다니며 나비를 잡는 것이 전부였다.

이 소설의 중심 소재

경환이는 그런 짓으로 전날 소학교 때 늘 바우에게 성적으로 머리를 눌려 오던 분풀이를 하려는 듯이 뻐기며 다녔다. 바우에게 그 꼴이 곱게 보일 리가 없었다.

▶ 바우는 서울 생활을 자랑하는 경환이를 못마땅하게 여김.

발단 바우는 방학 동안 고향에 내려와 있는 경환이가 유행가를 부르며 나비를 잡는 것을 못마땅하게 여김.

꽃피는 남산으로 방향을 돌려서

버스는 떠난다, 가로수 그늘.

노랫소리는 점점 가까워 온다. 그리고 잠시 언덕 너머가 떠들썩하더

나비 잡는 아이들이 점점 가까이 오고 있음.

니, 호랑나비 한 마리가 피로한 나래로 갈팡질팡 날아와 밤나무 가지에 야트막하게 앉는다.

바우는 그 나비를 쉽게 잡을 수 있었다. 그리고 잠깐, 그 호사스런 모

호화롭게 사치하는 태도가 있는

양과 찬란한 빛깔을 들여다보다가 도로 날려 보내려 할 즈음, 언덕 위로

동네 아이들의 머리가 불쑥불쑥 나타나며, 곧이어 경환이가 나비 잡는

채를 휘두르며 뛰어 내려온다.

경환이는 바우가 앉아 있는 밤나무 그늘로 들어서며,

"너, 호랑나비 어디로 날아가는지 봤니?"

하더니, 바우 손에 잡혀 있는 나비를 보고는 반색을 한다.
　　　　　　　　　　　　　　　　　　　　매우 반가워함.

"나 다우."

하고, 으레 줄 것으로 알고 손을 내밀었으나, 『바우는 그 손을 툭 쳐 버
　　두말할 것 없이 당연히　　　　　　　　　『　』: 경환에게 나비를 주기 싫어하는 바우의 행동
리고 몸을 돌린다.』

『"넌 무슨 까닭으로 어린애들을 몰고 다니며 애먼 나비를 못살게 하
　『　』: 경환이의 행동을 못마땅히 여기는 바우의 심리가 드러남.　엉뚱한, 억울한
는 거냐?"』

"뭐?"

하고, 경환이는 뜻하지 않은 말에 잠시 멍하니 바라보다가,

"누가 장난으로 잡는 거냐? 『학교서 숙제를 냈어. 동물 표본을 만들
　　　　　　　　　　　　　　『　』: 나비를 잡아야 하는 이유를 들어 정당성을 밝힘.
어 오라고."』

"장난 아니믄, 벌써 너 나비 잡기 시작한 지가 며칠이냐? 그동안에 못

잡아도 백 마리는 잡았겠구나. 그것을 다 동물 표본 만들고도 모자라

서 또 잡는 거냐?"

"모두 못 쓰게 잡았으니까 그렇지. 날개도 상하고."

하더니, 경환이는 변색을 하고 한 발자국 다가서며,
　　　　　　　흥분을 하여 얼굴색을 바꿈.
"넌 남이 나비를 잡건 말건 무슨 상관이냐, 건방지게."

"나두 상관할 만해서 그런다."

"무슨 상관이냐?"

"너 때문에 나비 구경을 못하게 되겠으니까 하는 말이다."

하고, 바우는 경환이 얼굴을 마주 노려보다가,

"네가 동물 표본을 만들기 위해 나비가 필요하다면, 난 그림 그리는 데에 나비가 필요해. 너만을 위해서 생긴 나비는 아니지."

▶ 나비로 인해 바우와 경환이가 말다툼을 함.

그러나 경환이는 "흥!" 하고 코웃음을 친다. 바우는 한층 음성을 높여 계속한다.

"그리고 어린아이들에게 잡된 유행가는 너 왜 가르치는 거냐? 부르고 싶으면 너나 부르지."

이 말엔 매우 괘씸한 모양인지, 경환이는 낯을 붉히며 대든다.

『"이 동네에서 나한테 시비할 사람 없어. 건방지게 왜 이래?"』

옳고 그름을 가림.   『 』: 경환이가 신분적 우월감을 나타냄.

하는 그 말 속엔 분명 『자기는 마름집 외아들로서 지위가 높은 몸, 너같

지주를 대신하여 소작권을 관리하는 사람

이 소나 뜯기는 놈에게 시비를 받을 몸이 아니라는』 빈정거림이 있다.

『 』: 경환이네와 바우네의 신분 차이를 알 수 있음.

바우는 썩 비위가 상해서,

"흥!"

하며 마주 코웃음을 치고, 좀 더 골을 올리려고 두 손가락에 날개를 접

비위에 거슬리거나 언짢은 일을 당하여 벌컥 내는 화

어 쥔 나비를 이것 너 줄까, 하는 시늉으로 경환이 등을 향해 두어 번 겨

누다가 그대로 공중으로 날려 버린다.

나비는 방향이 없이 어지러이 한 바퀴 맴을 돌더니 언덕 아래로 높았

다 낮았다 날아간다. 경환이는 갑자기 몸을 날려 그 나비를 쫓아간다.

그러다가 나비가 논 가운데로 날아가자 뒤돌아서 바우를 무섭게 한 번

눈을 흘겨보고, 『돌 하나를 집어 근처에서 풀을 뜯고 있는 송아지를 때
_{『 』: 바우와의 다툼에 대한 경환의 심술이자 분풀이 ①}
리고는 언덕 아래로 달아났다.』

그러나 경환이의 심술은 이것만으로 그치지 않았다. 송아지한테 먹

을 만치 풀을 뜯기고, 언덕 아래로 몰고 내려와 수수밭 모퉁이를 돌아섰

을 때, 바우는 다시금 놀랐다. 개울 건너 『바우네 참외밭에서 경환이란

놈이 나비 잡는 채를 휘두르며 날뛰고 있다.』 그까짓 송장 나비를 잡으
_{『 』: 바우와의 다툼에 대한 경환의 심술이자 분풀이 ②}
려고 그러는 것이 아닐 텐데, 경환이는 그 나비를 쫓아 구두 신은 발로

지금 한창 참외가 익기 시작하는 넝쿨을 함부로 질겅질겅 밟으며, 이리

뛰고 저리 뛰고 한다. 일부러 그러는 것이 분명하다. 『나비를 잡는 척 참

외밭으로 몰아넣고, 참외 넝쿨을 결딴내는 것이리라.』 바우는 눈이 뒤
_{『 』: 경환이의 의도적인 행동}
집혔다. 더욱이 『그 참외밭은 장차 햇곡식 나기 전까지의 바우 집 식구
_{『 』: 참외밭이 소중한 이유}
들의 식량을 책임질 땅이요, 바우 자기도 참외가 잘 열리면 책 한 권쯤

사 달라려고 벼르고 있던 터다.』 바우는 나는 듯 개울을 건너 쫓아가 등

줄기를 한 번 후리고는,

　　"인마, 눈 없어? 이거 못 봐?"

하고, 낭자한 그 자취를 손으로 가리키며,
_{짓밟혀 못 쓰게 된 참외밭의 모습}
　　"넌 남의 집 농사 결딴나두 상관없니, 인마?"
_{망가뜨려도}
　　그러나 경환이는,

　　"우리 집 땅 내가 밟았기로 무슨 상관이야."
_{자신의 아버지가 마름임을 내세워 은근히 압박감을 주려고 함.}
하고, 기가 막히다는 듯 "피이!" 하며 고개를 옆으로 돌린다.
_{▶ 바우는 참외밭을 망가뜨린 경환이에게 화를 냄.}
　　그러나 사실 기가 막히는 건 바우다.

"우리 집 땅?"

하고, "허, 참!" 하늘을 쳐다보고 탄식하고는,

"땅은 너희 집 거라두 참외 넝쿨은 우리 집 기 이니냐? 누가 너희
집 땅을 밟는다고 하는 말이냐? 우리 집 참외 넝쿨을 결딴내니까
말이지."

마름집 - 경환네 / 소작농 - 바우네

그러자 경환이는 머리에 썼던 운동모자를 벗으며 한 발자국 다가
선다.

"너희 집 참외 넝쿨 소중한 건 알면서, 어째 남의 나비 잡는 건 훼방을
놓는 거냐? 나두 장난으로 잡는 건 아냐."

"장난이 아닌지는 몰라도 넌 나비를 잡는 거고, 우리 집은 참외 농사
로 양식도 팔고 그래야 할 것이거든. 그래, 나비가 중하냐, 사람 사는
게 중하냐?"

비중이나 가치가 큼.

바우가 팔을 저어 시늉하며 어느 것이 소중하냐고 턱을 대는데, 경환
이는,

"나두 거기에 학교 성적이 달린 거야."

나비를 채집하여 동물 표본을 만드는 것

하고, "피이!" 하며 업신여기는 웃음을 짓더니,

"너희 집 집안 살림을 내가 알게 뭐냐."

경환이의 이기적인 성격이 드러남.

하고, 같은 웃음으로 좌우를 돌아본다. 개울 건너 길가에 동네 아이들이
모여 섰고, 그 뒤로 지게를 진 어른들도 섰다. 바우는 낯이 화끈 달았다.

▶ 나비 잡기와 참외 농사의 중요성을 놓고 경환과 바우가 말다툼을 함.

"뭐, 인마?"

대뜸 상대의 멱살을 잡고,

"그래서 남의 참외밭 결딴내는 거냐? 나비가 우리 집 참외밭에만 있구 다른 덴 없어, 인마?"

경환이는 멱살을 잡힌 채 이리저리 목을 내저으며,

"이게 유도 맛을 보지 못해 이래. 너, 다 그랬니, 다 그랬어?"

하고 어르다가 날래게 궁둥이를 들이대고 팔을 낚아 넘겨 치려 하나, 원체 나무통처럼 버티고 섰는 바우의 몸은 호리호리한 경환의 허릿심으로는 꺾이지 않았다.

도리어 바우가 슬쩍 딴죽을 걸고 밀자 경환이 자신이 쿵 나둥그러
_{씨름이나 태껸에서, 발로 상대편의 다리를 옆으로 치거나 끌어당겨 넘어뜨리는 기술}
졌다.

그러나 쓰러졌다가 다시 일어설 때, 경환이는 손에 돌을 집어 들고 얼굴에 울음을 만들고는,

"이 자식아, 나비 잡는 사람, 왜 때리고 훼방을 놓는 거야, 왜!"

하고, 비겁하게 돌 든 손을 머리 위로 쳐들어 겨누는 것이다.

결국 싸움은, 이때껏 아이들 등 뒤에 입을 벌리고 서서 보고만 있던 동네 어른 하나가 성큼성큼 개울을 건너와 사이를 뜯어 놓고, 경환이를 참외밭 밖으로 이끌어 나간 것으로 끝났으나, 경환이가 손목을 이끌려 가면서도 계속 뒤를 돌아보며, <u>어디 두고 보자고 벼르던 그 말이 허사가 아니었다.</u>
_{복수를 통해 갈등이 고조될 것임을 암시함.}

▶ 바우와 경환이가 몸싸움을 함.

<u>전개</u> 경환이가 바우네 참외밭을 망치며 나비를 잡자 경환이와 바우가 몸싸움을 함.

바우가 자기 집 장독간 앞에서 벌통을 들여다보고 앉았는데, 경환이 집에서 부엌 심부름을 하는 계집아이가 왔다. 『바우는 까닭 없이 가슴
_{다음 사건이 일어날 것을 예고함.}   _{『 』: 사회적 약자로서의 자격지심}
이 뜨끔했다.』

"바우 어머니, 집에 있수?"

하고, 계집아이는 안방과 부엌을 기웃거리다가 마당에 서 있는 바우를

보고,

"너, 우리 집 서울 학생 때렸니?"

하고 쳐다보다가 대답이 없으니까,

"너 야단났다. 우리 집 아씨가 막 역정이 나서 너희 어머니 불러오
<u>큰일 났다.</u>   <u>경환이 어머니</u>

래, 애."

마침 우물에서 돌아오는 바우 어머니를 보고, 계집아이는 다시 한 번

그 말을 옮기고는 문 밖으로 사라졌다.

'난 잘못한 거 없으니까.'
   <u>속으로 자신을 변명함.</u>

하면서도 바우는 가슴이 두근거렸다. 일없이 뒤꼍으로 갔다 마당으로
                    <u>집 뒤에 있는 뜰이나 마당</u>

나왔다 하며, 어머니가 돌아올 때를 기다리면서 조마조마한다.

▶ 바우는 마름집에 불려 간 어머니를 초조하게 기다림.

먼저, 아버지가 뒷밭에서 돌아왔다. 이맛살을 찌푸린 얼굴로, 아버지

는 기색이 좋지 못하다. 호미를 마당 가운데 던지더니 아버지는 갑자기
   <u>마음의 작용으로 얼굴에 드러나는 빛</u>

큰소리를 냈다.

"참외밭에서 누구하구 싸웠니?"

바우는 벌통 앞에 돌아앉아서 말이 없다.

"너두 눈 있거든 참외밭에 좀 가 봐. 넝쿨 하나 성한 게 있나. 인마, 그

밭에 도지가 얼만지 아니? 벼로 열 말이야. 참외는 안 되두 낼 것은
   <u>남의 논밭을 빌려서 부치고 그 대가로 해마다 내는 벼</u>

내야지. 그리고 허구한 날 먹을 건 먹어야지. 그런 걱정은 없구, 참외

밭에서 싸움이 뭐냐, 싸움이."

바우는 벌통 앞에서 일어서서 볼멘소리로,

성이 나서 퉁명스럽게 하는 말소리

"누가 싸웠나. 경환이가 나비를 잡는다고 참외밭에서 막 넝쿨을 밟길
래 말린 거지."

그러나 아버지의 음성은 한층 커졌다.

"내가 뭐랬어. 참외밭 근처서 멀리 떠나지 말고 지키랬지. 그놈의 그
림책, 이리 내놔라. 『그것만 잡고 앉아 있으면 정신없다가 참외밭을

『 』: 아버지는 바우가 그림을 그리는 것을 탐탁찮게 생각하고 있음.

결딴내는 것두 몰랐지,』 인마."

하고, 그 그림책을 찾는 것처럼 두리번거리고 뒤꼍으로 가더니 아버지
는 혼잣말로, 서울 가서 공부한 것이 나비 잡는다고 남의 집 참외밭 결
딴내는 거냐고 중얼거리며 울타리에서 호박잎을 따고 있다. 아마 부러
진 참외 넝쿨을 그것으로 이어 보려는 것이리라.

▶ 참외밭이 망가진 것에 대한 바우 아버지의 역정과 바우의 변명

조금 후, 아버지는 호박잎을 따 가지고 나오며,

"너희 어머니 어디 갔니?"

그러나 바우는 경환이 집에서 어머니를 불러 갔다는 말은 나오지 않
았다. 묵묵히 바우는 대답이 없다. 하지만 아버지는 더 묻지 않아도 좋
았다. 바로 그 어머니가 상기된 얼굴로 대문을 들어섰기 때문이다.

흥분하여 얼굴이 화끈 달아오름.

어머니는 다짜고짜 바우에게로 달려가 등줄기를 후리고는,

"자식이 어떻게 했으면 어미 망신을 그렇게 시키니. 어서 나비 잡아
가지고 가서 빌어라, 빌어." ▶ 바우 어머니는 바우에게 나비를 잡아 가지고 가서 빌라고 함.

그리고 아버지를 향하고는,

"당신도 가 보우. 바깥사랑에서 부릅디다."

경환이 아버지 – 마름

아버지는 어리둥절하여 바우와 어머니를 번갈아 쳐다보다가,

"어떻게 된 일이야, 응?"

그러나 어머니는 바우를 향해서만 또,

"남이 나비를 잡거나 말거나 내버려 두지, 왜 다니며 어쭙잖게 훼방을 놓는 거냐?"

"누가 훼방을 놓았나? 남의 참외밭에 들어가 그러길래 못하게 말린 거지."

『"아, 네가 밤나뭇골 언덕에서 손에 잡았던 나비까지 날려 보내며 뭐라구 그랬다는데, 그래."』

『 』: 경환이가 바우와 싸운 일을 집에 가서 자세하게 고자질한 것을 알 수 있음. - 경환이의 비겁함.

그러나 담 밑에 붙어 서서 움직이지 않는 바우를 어머니는 쫓아와 다조진다.

일이나 말을 바짝 재촉함.

"이렇게 고집을 부리고 안 가면 어떡헐 셈이냐. 땅 떨어져도 좋겠니? 너두 소견이 있지."

경환네가 농사지을 땅을 주지 않으면 생계가 어려워짐.

어떤 일이나 사물을 살펴보고 가지게 되는 생각이나 의견

그러나 바우는 어슬렁어슬렁 길로 나가더니 우물 앞 정자나무 앞에 이르자 걸음을 멈추고, 동네 노인들이 장기를 두고 앉았는 것을 넋을 놓고 들여다보고 서 있다. 장기가 두 판이 끝나고, 세 판이 끝나고, 모였던 사람이 헤어져도 바우는 자리를 뜨지 않는다. 바우는 『자기가 조금도 잘못한 것이 없다는 것, 누구에게도 머리를 굽힐 까닭이 없다는 고집이 정자나무통만큼 뻣뻣할 뿐이었다.』

『 』: 바우의 자존심 강한 성격이 드러남.

▶ 바우는 자존심 때문에 빌러 가지 않음.

해가 저물었다. 지붕 너머로 바우 집 굴뚝에도 연기가 오르고, 그 연기가 잦아든 때에야 바우는 슬슬 눈치를 살피며 대문을 들어섰다.

그러나 『건넛방 쪽에 눈이 갔을 때 바우는 크게 놀랐다. 아궁이 앞에
『 』: 아버지와 바우의 갈등이 심해짐.
그토록 아끼던 그림 그리는 책이 조각조각 찢기어 허옇게 흩어져 있
다.』 바우는 그 앞에 이르러 멍하니 내려다보고 서 있는데, 등 뒤에서 아
버지 음성이 났다.

"인마, 남은 서울 학교 다녀서 나비도 잡고 그러는 건데, 건방지게 왜
다니며 훼방을 놓는 거냐, 훼방을."

그리고 바우가 그림 그리는 것과 그것은 상관없는 일일 텐데 아버
지는,

"담부턴 내 눈앞에 그 그림 그리는 꼴 보이지 말어라. 『네깐 놈이 그
림 그걸루 남처럼 이름을 내겠니, 먹고 살게 되겠니?』
『 』: 바우 아버지는 바우가 자신의 처지를 인정하기를 바람.
하고, 돌아서 문 밖으로 나가려다가 다시 돌아서며 아버지는,

"나비는 잡아 갔지?"

하고 다져 묻는다.   ▶ 바우 아버지가 바우의 그림 그리는 책을 찢어 버림.
뒷말이 없도록 단단히 강조하거나 확인함.
바우는 고개를 숙인 채 묵묵하다. 아버지는 기가 막힌 듯 잠시 건너
다보기만 하다가 언성을 높였다.

『"이때껏 나가서 뭘 했어. 지난봄에 늙은 아비가 땅 얻어 붙이느라고
『 』: 당시 사회에서 소작농이 겪던 어려움과 농사지을 땅의 중요성
가진 애 다 쓰던 것을 네 눈으로도 보았지? 그런데 너까지 말썽일 게
뭐냐. 어서 가서 빌지 못하겠어?"』

아버지는 담뱃대 끝으로 바우의 수그린 머리를 찌를 듯 겨눈다. 『바
우는 슬금슬금 피할 뿐, 조금도 걸음을 옮기려 하지 않는다.』
『 』: 빌러 가지 않겠다는 바우의 고집스런 행동
"그래도 네 고집만 부릴 테냐? 그럴려거든 아주 나가거라. 아주

나가."

하고, 아버지는 빗자루를 들고 나섰다. 그때 어머니가 방에서 나와 그걸 빼앗아 던져 버리고,

"가서 빌기만 하면 뭘 하우. 나비를 잡아 가야지. 그리고 지금은 어두 워서 잡겠수? 내일 잡아 가라지."

그리고 어머니는 바우의 등을 밀며,

"어서 올라가 저녁이나 먹어라."

하지만 아버지는 여전히 못마땅한 눈으로 흘겨보며,

"저런 놈 저녁은 먹여 뭘 해. 아주 내쫓으라니깐, 그래."

하고, 자기가 먼저 문 밖으로 나간다.

어머니는 아버지가 들어오기 전에 어서 저녁을 먹으라고 권한다. 그 러나 바우는 서 있는 자리에 그대로 고개를 숙인 채, 어머니가 달랠수록 더 짜증만 낸다. 『한종일 아버지 어머니에게 애매한 미움을 받고, 그림

『 』: 바우의 억울한 심정과 아버지에 대한 야속함.

책을 찢기운 그 억울한 심정이 가슴속에 벅차 다른 무엇이 들어갈 여지 가 없었다.』

▶ 아버지의 역정과 바우의 억울함.

위기 바우의 부모는 소작하는 땅이 떨어질까 봐 바우에게 빌러 가라고 강요함.

이튿날 아침이다. 건넛방 모퉁이에서 바우는 아버지와 얼굴이 마주 쳤다. 아버지는 어제와 다름없는 그 얼굴과 그 음성으로 부엌에서 아침

화가 풀리지 않은 아버지

을 짓는 어머니를 향해 소리쳤다.

"오늘도 저놈이 제 고집만 세우고 나비를 잡아 가지 않거든, 밥 주지 말어."

그리고 바우를 향해서는,

"오늘은 나비를 잡아 가지고 가 봐야지. 그러지 않으려거든 영 집에
들어올 생각 말어라."

_{아주}

아버지가 보이지 않자, 어머니는 부엌에서 나와 작은 음성으로 바우
를 달랜다.

"아버지 속상하시게 하지 말고, 오늘은 나비를 잡아 가지고 가 봐라.
땅이 떨어지거나 하면 너는 좋겠니? 생각해 봐라."

바우는 여전히 말이 없다. 어머니는 그것을 바우가 순종하는 뜻으로
여기고, 부엌에서 아침을 차리기에 분주하였다.

"얼른 밥 차려 줄게, 먹고 나가 봐."

▶ 부모님은 바우에게 나비를 잡아 가서 사과하라고 강요함.

그러나 바우는 어머니가 밥상을 날라 오기 전에 자기가 먼저 슬며시
집 밖으로 나갔다. 『밥을 열 끼를 굶는 한이 있더라도 그 경환이 앞에 나

『 』: 자신이 한 행동에 대한 정당성과 자존심을 지키고 싶은 심정

비를 잡아 가지고 가서 머리를 숙이기는 싫었다.』 아들의 그만한 체면
쯤 보아줄 줄 모르고 자기 요구만 고집하는 아버지가, 그리고 어머니까
지 바우는 무척 야속했다.

바우는 동구 밖 아랫마을로 가는 길가 축동, 버드나무 그늘 밑에서

물을 막기 위하여 크게 쌓은 둑

고개를 숙이고 생각에 잠겨 걷는다. 『아침부터 요란스레 매미는 울고,

『 』: 바우의 마음을 더욱 울적하게 해 주는 배경 묘사

속상하게 눈에 보이는 것은 여기저기 풀 위로 너풀거리는 나비다.』

바우는 그 나비를 피해 가는 듯 문득 걸음을 바꿔 뒷산으로 올라갔
다. 거기서 바우는 일상 하던 버릇으로 풀을 베어 널고, 그 위에 벌렁 나
둥그러져 하늘을 쳐다본다. 집에서보다 갑절 어버이에 대한 야속함과

_{배(倍)}

노여움이 사무친다.

▶ 바우는 자신의 자존심을 세워 주지 않는 부모에 대해 야속함과 노여움이 사무침.

『'아버지 말대로 정말 집을 나오고 말까? 그러면 아버지도 뉘우칠 때
　「 」: 바우의 반발 심리
가 있겠지. 그리고 서울 같은 도회로 나가서 어떻게 고학이라도 해
　　　　　　　　　　　　　학비를 스스로 벌어서 고생하며 배움.
볼까?』

바우는 정말 그렇게 해 볼 것처럼 벌떡 일어선다. 그리고 산 아래로
내려간다.

산 중턱쯤 이르렀다. 건너다보이는 맞은편 언덕 너머 메밀밭 두덩에
　　　　　　　　　　　우묵하게 들어간 땅의 가장자리에 약간 볼록한 곳
허연 사람의 그림자가 엎드려졌다 일어섰다 하며, 무엇을 쫓는 모양으
로 움직인다.

'흥! 경환이 저놈이 또 나비를 잡는구나.'
　　　바우가 잘못 생각한 것 ①
하고, 바우는 입가에 업신여기는 웃음을 짓는다. 산을 좀 더 내려와 봤
을 때 경환이로 본 그것은 어른이 분명했다.

'흥! 경환이란 놈이 저희 집 머슴을 시켜 나비를 잡게 하는구나.'
　　　　　바우가 잘못 생각한 것 ②
그리고 바우는 또 한 번 같은 웃음을 웃는다.

바우는 산을 내려와 맞은편 언덕 위로 올라섰다. 『그리고 가까운 거
리에서 메밀밭을 내려다보았을 때, 그는 놀라 벌린 입을 다물지 못했다.
「 」: 바우가 아버지의 사랑을 깨닫고, 현실을 인정하게 됨.
경환이 집 머슴으로 본 사람은 남 아닌 바로 아버지였다. 아버지는 농립
　　　　　　　　　　　　　여름에 농사일을 할 때 쓰는 모자
을 벗어들고 나비를 쫓아 엎드렸다 일어섰다 하며, 그 똑똑지 못한 걸음
으로 밭두덩을 지척지척 돌고 있다.』 ▶ 메밀밭에서 나비를 잡고 있는 아버지를 발견함.
　　　　　　　　　　절정 집을 나온 바우는 자기 대신 나비를 잡고 있는 아버지를 발견함.
바우는 머리를 얻어맞은 듯 멍하니 아래를 바라보고 서 있다. 그러다
　　　　현실적인 상황과 아버지의 마음을 이해하면서 갈등이 해소됨.
가 갑자기 언덕 모래 비탈을 지르르 미끄러져 빠른 속력으로 달려 내려
갔다. 그 순간, 그 아버지가 무척 불쌍하고 정답게 여겨졌고, 그 아버지
　　　　소작농으로서 땅을 지키려는 모습

를 위하여서는 어떠한 어려운 일도 못할 것이 없을 것 같았다. 바우는

울음이 되어 터져 나오려는 마음을 가슴 가득히 참으며 언덕 아래 메밀

아버지에 대한 사랑과 자신의 철없음에 대한 미안함.

밭을 향해 소리쳤다.

『"아버지!"

『 』: 아버지와 바우의 갈등이 해소됨.

"아버지!"

"아버지!"』

절정 바우는 나비를 잡는 아버지의 모습에서 아버지의 사랑을 깨달음.

● 작가 만나기

　현덕(1909~?) 서울에서 태어났으며 본명은 현경윤이다. 청년 시절 학교를 중
퇴하고, 일본에서 일을 하다가 귀국하여 소설가 김유정을 만나면서 문학에 입문하
였다. 1927년 "조선일보"에 동화 '달에서 떨어진 토끼'가 당선되면서 본격적으로
소설과 동화를 발표했으며 한국 전쟁 중 월북했다. 그의 작품에는 사회 곳곳에서
나타나는 불평등 문제, 땅의 분배 문제 등에 관한 비판 의식이 담겨 있다. 주요 작품
에는 '집을 나간 소년', '남생이', '군맹' 등이 있다.

● 작품 만나기

　'나비를 잡는 아버지'는 신분이 다른 친구 사이의 갈등을 그린 소설이다. 이 소
설에는 세 가지 외면적 갈등이 드러난다. 가장 먼저 나타나는 갈등은 나비를 잡는
일로 다투게 된 경환과 바우의 갈등이다. 두 번째 갈등은 그림을 그리는 것을 반대
하는 아버지와 바우의 갈등이다. 그리고 작품 전체에 나타나 있는 소작농과 마름
간의 갈등이다. 자존심을 굽히지 않는 자식을 대신하여 나비를 잡는 아버지를 보면
서 우리는 소작농의 어려움과 아버지의 사랑을 느낄 수 있다.

● 핵심 만나기

갈래	현대 소설, 단편 소설, 성장 소설
성격	토속적, 사회적
배경	• 시간적: 일제 강점기 • 공간적: 시골 농촌 마을
시점	전지적 작가 시점
제재	불합리한 현실 문제를 이겨 나가는 아버지와 아들의 사랑 / 나비
주제	깊고 뜨거운 아버지의 사랑
특징	• 바우와 경환 간의 갈등, 아들과 아버지 간의 갈등, 소작농과 마름 간의 갈등이 　잘 드러나 있음. • 시골의 순박하고 정감 넘치는 분위기가 잘 나타남.

● 등장인물

바우	소작인의 아들로 시골에서 농사를 지음. 그림 그리기를 좋아하고, 자존심이 강하며 순수함.
경환	마름집 아들로 서울에서 공부를 함. 부유한 환경으로 자긍심이 있으나 남을 배려하는 마음이 부족하고 자기중심적임.
아버지	소작농으로서 땅의 소중함을 직접 몸으로 보여 줌. 아들을 사랑하나 표현력이 부족함.

● '마름'과 '소작농'의 의미

마름은 땅 주인을 대신하여 소작권을 관리하는 사람으로서 자신의 권리를 이용하여 위세를 떨친다. 소작농은 그들의 생계가 달린 농사지을 땅을 빌릴 수 없을까 봐 마름의 눈치를 보게 된다. 따라서 계층 간의 갈등이 빚어지게 된다.

이 소설에서도 '마름'과 '소작농'의 아들이라는 신분의 차이가 바우와 경환의 관계를 불평등하게 한다. 그러한 관계로 인해 바우는 경환에게 열등감을 갖게 되고, 경환은 우월감을 가지게 된다.

● '나비를 잡는 아버지'에 나타난 갈등

바우와 경환의 갈등	개인과 개인의 갈등
바우 부모와 경환 부모의 갈등	집단과 집단의 갈등(소작농 ↔ 마름)
바우와 바우 부모의 갈등	개인과 개인의 갈등

●바우는 왜 아버지가 잡으라는 나비를 잡지 않았는지 생각해 보자.

● 책 이름(출판사)　　　　　　　　　　● 지은이

● 줄거리 요약

　　바우는 방학 동안 고향에 내려와 있는 경환이가 유행가를 부르며 나비를 잡는 것

을 못마땅하게 여긴다. 그러던 어느 날

● 인상 깊은 내용과 그 이유

● 읽고 난 후의 생각이나 느낌

✎ 이 소설을 읽고 난 후의 생각이나 느낌을 4컷짜리 만화로 표현해 보자.

1. 이 소설에서 사건의 발단이 되는 소재를 한 단어로 쓰시오.

2. 이 글의 내용으로 알맞지 <u>않은</u> 것은?

   ① 바우는 그림 그리는 일을 좋아한다.
   ② 참외밭은 바우네 식구들의 생계 수단이다.
   ③ 바우는 자존심이 강하며 올곧은 성격이다.
   ④ 바우 아버지는 바우가 사과하지 않기를 바라고 있다.
   ⑤ 경환이는 남의 참외밭을 망가뜨리고도 대수롭지 않게 여긴다.

3. ㉠의 역할로 알맞은 것은?

   > 결국 싸움은, 이때껏 아이들 등 뒤에 입을 벌리고 서서 보고만 있던 동네 어른 하나
   > 가 성큼성큼 개울을 건너와 사이를 뜯어 놓고, 경환이를 참외밭 밖으로 이끌어 나간 것
   > 으로 끝났으나, 경환이가 손목을 이끌려 가면서도 계속 뒤를 돌아보며, ㉠ <u>어디 두고 보
   > 자고 벼르던 그 말</u>이 허사가 아니었다.

   ① 갈등이 해소된다.
   ② 사건을 매듭 짓는다.
   ③ 과거를 회상하게 한다.
   ④ 다음 사건을 암시한다.
   ⑤ 인물의 내면을 묘사한다.

4. 바우와 경환이가 몸싸움을 한 까닭이 잘 드러나게 빈칸에 알맞은 말을 쓰시오.

   → 경환이가 바우네 ☐☐☐을(를) 망가뜨렸기 때문에

5. 다음 경환과 바우에 대한 설명으로 알맞지 <u>않은</u> 것은?

	경환	바우
①	인정이 많다.	순진하다.
②	마름의 아들이다.	소작농의 아들이다.
③	집안 형편이 넉넉하다.	집안 형편이 넉넉하지 않다.
④	부모님이 땅을 가지고 있다.	부모님이 땅을 빌리고 있다.
⑤	서울에 있는 학교에 다닌다.	농사를 짓고 있다.

6. 다음 내용에 해당되는 소설의 구성 단계는?

> 바우는 머리를 얻어맞은 듯 멍하니 아래를 바라보고 서 있다. 그러다가 갑자기 언덕 모래 비탈을 지르르 미끄러져 빠른 속력으로 달려 내려갔다. 그 순간, 그 아버지가 무척 불쌍하고 정답게 여겨졌고, 그 아버지를 위하여서는 어떠한 어려운 일도 못할 것이 없을 것 같았다. 바우는 울음이 되어 터져 나오려는 마음을 가슴 가득히 참으며 언덕 아래 메밀밭을 향해 소리쳤다.
> "아버지!"
> "아버지!"
> "아버지!"

① 발단   ② 전개   ③ 위기
④ 절정   ⑤ 결말

7. 이 소설에서 지은이가 궁극적으로 말하고 싶은 내용은?

① 친구 사이의 우정   ② 소작 농민의 어려운 삶
③ 마름과 소작 농민의 갈등   ④ 아버지를 생각하는 아들의 마음
⑤ 아들에 대한 아버지의 깊은 사랑

● 다음 뜻에 해당하는 단어를 〈보기〉에서 찾아 빈칸에 써 보자.

　　　　마름　　고학　　소견　　기색　　반색　　도지

(1) 지주를 대리하여 소작권을 관리하는 사람.

(2) 어떤 일이나 사물을 살펴보고 가지게 되는 생각이나 의견을 이르는 말.

(3) 마음의 작용으로 얼굴에 드러나는 빛.

(4) 남의 논밭을 빌려서 부치고 그 대가로 해마다 내는 벼.

(5) 학비를 스스로 벌어서 고생하며 배움.

(6) 매우 반가워함. 또는 그런 기색.

자전거 도둑

박완서

수남이는 <u>청계천 세운 상가 뒷길</u>의 전기용품 <u>도매상</u>의 꼬마 점원
　　　　　공간적 배경　　　　　　　　　　물건을 죄다 한데 묶어 파는 장사
이다.

'수남'이란 어엿한 이름이 있는데도 '꼬마'로 통한다. 열여섯 살이라
지만 <u>볼은 아직 어린아이처럼 토실하니 붉고, 눈 속이 깨끗하다.</u> 숙성한
　　　　　　　　　　　　수남이의 순박한 겉모습 묘사
건 목소리뿐이다. 제법 굵고 부드러운 저음이다. 그 목소리가 전화선을
타면 점잖고 <u>떨떠름한</u> 늙은이 목소리로 들린다.
　　　　　흐리멍덩하여 어딘가 똑똑하지 않은
이 가게에는 변두리 전기 상회나 <u>전공</u>들에게서 걸려 오는 전화가 잦
　　　　　　　　　　　　　　　　전기 기술자
다. 수남이가 받으면,

"주인 영감님이십니까?"

하고 깍듯이 존대를 해 온다.

"아, 아닙니다. 꼬맙니다."

수남이는 제가 무슨 큰 실수나 저지른 것처럼 <u>황공해하며</u> 볼까지 붉
　　　　　　　　　　　　　　　　　　　위엄이나 지위 따위에 눌리어 두려워하며
힌다.

"짜아식, 새벽부터 재수 없게 누굴 놀려. 너 이따 두고 보자."

이런 호령이라도 들려오면 수남이는 우선 고개를 움츠려 <u>알밤</u>을 피
　　　　　　　　　　　　　　　　　　　　　　　주먹으로 머리를 쥐어박는 일
하는 시늉부터 한다. 설마 전화통에서 알밤이 튀어나올 리는 없는데 말

이다. 실수만 했다 하면 알밤 먹을 것을 예상하고 고개가 자라 모가지처 <u>럼 오그라드는 게 수남이</u>가 이곳 전기 상회에 취직하고 나서부터 얻은
조건 반사다.

<small>수남이의 소심한 성격</small>

<small>동물이 환경에 적응하기 위하여 후천적으로 획득하는 반사</small>

이곳 단골손님들은 우락부락한 전공들이 대부분이어서 성질들이 거
칠고 급하다. 자기가 요구하는 것을 수남이가 빨리 알아듣고 척척 챙기
지 못하고 조금만 <u>어릿어릿하면</u> '짜아식' 하며 사정없이 밤송이 같은
머리에 알밤을 먹인다.

<small>활발하지 못하고 생기 없이 움직이면</small>

▶ <small>전기용품 도매상에서 점원으로 일하고 있는 수남</small>

수남이는 그 <u>숱한</u> 전기용품 이름을 척척 알아들을 수 있을 만큼 일에
익숙해질 때까지 숱한 알밤을 먹었다.

<small>아주 많은</small>

그런데 일에 익숙해진 후에도 수남이는 심심찮게 까닭도 없는 알밤
을 얻어먹는다. 이 거친 사내들은 그런 짓궂은 방법으로 수남이를 귀여
워하는 것이다. 예쁜 아이를 보면 물어뜯어 울려 놓고 마는 사람이 있듯
이, 이 사내들은 그런 방법으로 수남이에게 애정 표시를 했다.

"짜아식, 잘 잤냐?"

"짜아식, 요새 제법 컸단 말야. 장가들여야겠는데, 짜아식 좋아
서……."

그리곤 알밤이다. 주먹과 팔짓만 허풍스럽게 컸지, 아주 부드러운 알
밤이다. 그러니까 수남이는 그만큼 인기 있는 점원인 셈이다.

▶ <small>단골손님들에게 인기 있는 수남</small>

수남이는 단골손님들에게만 인기가 있는 게 아니라, 주인 영감에게
도 여간 잘 뵌 게 아니다. 누구든지 수남이에게 알밤을 먹이는 걸 들키
기만 하면 단박 <u>불호령</u>이 내린다.

<small>몹시 심하게 하는 꾸지람</small>

<small>그 자리에서 바로</small>

"왜 하필 남의 머리를 쥐어박아? 채 굳지도 않은 머리를. 그게 어떤 머린 줄이나 알고들 그래, 응? 공부 많이 해서 대학도 가고 박사도 될 머리란 말이야. 임자들 같은 돌대가리가 아니란 말이야."

'자네'라고 부르기가 거북한 사람이나 아랫사람을 높여 이르는 말

그러면 아무리 막돼먹은 손님이라도 선생님 꾸지람에 떠는 초등학생처럼 풀이 죽어서 수남이에게 진심으로 미안해했다. 그러고는,

"꼬마야, 그럼 너 요새 어디 야학이라도 다니니?"

야간 학교

하며 은근히 부러워하는 눈치까지 보였다. 그러면 영감님은 딱하다는

가게에 드나드는 손님들의 학력이 높지 않음을 알 수 있음.

듯이 혀를 차며,

"아니, 야학은 아무 때나 들어가나. 통통 학교라면 또 몰라. 수남이는

수준이 낮은 학교를 얕잡아 이르는 말

내년 봄에 시험 봐서 들어가야 해. 야학이라도 일류로, 그래서 인석이 그저 틈만 있으면 책이라고. 허허……." ▶ 주인 영감에게 신임을 받는 수남

수남이는 가슴이 크게 출렁인다. 수남이는 한 번도 주인 영감님에게 하다못해 야학이라도 들어가 공부를 해 보고 싶단 말을 비친 적이 없다. 맨손으로 어린 나이에 서울에 와서 거지도 안 되고 깡패도 안 되고 이런 어엿한 가게의 점원이 된 것만도 수남이로서는 눈부신 성공인데, 벼락 맞을 노릇이지, 어떻게 감히 공부까지를 바라겠는가.

언감생심(焉敢生心) - 감히 그런 마음을 품을 수 없음.

그러면서도 자기 또래의 고등학생만 보면 가슴이 짜릿짜릿하던 수남이다. 처음 전기용품 취급이 서툴러 시험을 하다 툭하면 손끝에 감전이 되어 짜릿하며 화들짝 놀랐던 것처럼, 『고등학교 교복은 수남이의 심장에 짜릿한 감전을 일으키며 가슴을 온통 마구 휘젓는 이상한 힘이

『 』: 고등학교에 다니고 싶은 수남이의 강렬한 마음이 드러남.

있었다.』

그런 수남이의 비밀을 주인 영감님은 알고 있었던 것이다. 수남이는 부끄럽고도 기뻤다.

그래서 수남이는 "내년 봄에 시험 봐서 들어가야 해. 야학이라도 일류로······." 할 때의 주인 영감님이 그렇게 좋을 수가 없다. 그 소리를 듣기 위해서라면 그까짓 알밤쯤 하루 골백번을 맞으면 대수랴 싶다. 그런
<u>알밤을 맞는 일은 별로 중요한 일이 아니라고 생각함.</u>
소리를 자기를 위해 해 주는 주인 영감님을 위해서라면 뼛골이 부러지게 일을 한들 눈곱만큼도 억울할 것이 없을 것 같다. 월급은 좀 짜게 주
▶ <u>자신의 꿈을 알아 주는 주인 영감에게 고마워하며 열심히 일하는 수남</u>
지만, 그 감미로운 소리를 어찌 후한 월급에 비기겠는가?
<u>발단</u> 수남이는 전기용품 도매상에서 점원으로 일하며 고등학교에 갈 꿈을 꾸고 있음.

수남이의 하루는 눈코 뜰 새 없이 고단하지만 행복하다. 내년 봄─ 내년 봄은 올봄보다는 멀지만 오기는 올 것이다. 그리고 영감님이 잘못 알아서 그렇지 시험 볼 때는 봄이 아니라 겨울이다. 겨울은 봄보다 이르다.

수남이는 온종일 눈코 뜰 새 없이 바쁘게 일을 하고 밤에는 가게 방에서 숙직을 한다. 꾀죄죄한 다후다 이불에 몸을 휘감고 나면 방바닥이야
<u>직장에서 밤에 교대로 잠을 자는 일</u>　　<u>광택이 있는 얇은 평직 견직물</u>
차건 덥건 잠이 쏟아진다.

그럴 때 "인석은 그저 틈만 있으면 책이라고" 하던 주인 영감님의 목
<u>이 녀석의 줄임말</u>
소리가 생생하게 들려온다. 수남이는 낮 동안 책은커녕 신문 한 귀퉁이 읽은 적이 없다. 도대체가 그럴 틈이 없다. 점원이 적어도 세 명은 있어야 해낼 가게 일을 혼자서 해내자니 여간 벅찬 것이 아니다. 그래도 수남이는 혹사당하고 있다는 억울한 생각 같은 것은 전혀 없다. 어쩌다 남
<u>혹독하게 일을 시킴.</u>
들이 영감님에게,

"꼬마 혼자 데리고 벅차시겠습니다. 좀 큰애 하나 더 쓰셔야죠."

영감님은 그런 소리를 제일 싫어한다. 『벌레라도 씹어 먹은 듯이 이
상야릇한 얼굴로 상대방을 흘겨보며,』
『 』: 돈을 아끼려고 직원을 쓰지 않는 자신의 속셈을 들킨 것 같아서
"누가 뭐 사람 더 쓰기 싫어 안 쓰나. 어디 사람 같은 놈이 있어야 말
이지. 깡패 놈이라도 걸려들어 봐. 우리 수남이가 물든다고. 이런 순
                                    주인 영감이 다른 사람을 쓰지 않는 표면적인 이유
진한 놈일수록 구정물 들긴 쉽거든."

얼마나 고마운 주인 영감님인가. 이런 고마운 어른을 위해 그까짓 세
     주인 영감의 속셈을 모르는 수남이의 순진한 성격
사람이 할 일 혼자 못 할까 하고 양팔의 근육이 팽팽히 긴장한다.
                        ▶ 점원을 더 뽑아 주지 않는 주인 영감을 원망하지 않고 열심히 일하는 수남
그런 고마운 어른이 보지도 않는 책을 틈만 있으면 본다고 남들에게

자랑을 한 뜻은 『밤에라도 잠만 자지 말고 열심히 공부해 두라는 뜻일
                 『 』: 주인 영감의 말을 자기 마음대로 해석하는 수남
것이다.』 수남이가 그렇게 풀이한 것이다. 그런 생각을 하면 눈이 말똥

말똥해지며 잠이 저만큼 달아난다. 혹시나 하고 보따리 속에 찔러 가지

고 온 중학교 때 교과서랑, 고등학교까지 다닌 형이 쓰던 참고서 나부랭

이를 이렇게 유용하게 쓸 줄은 정말 몰랐었다. 책이라야 통틀어 그것뿐

이다.

주인 영감님이 심심할 때 사 본 주간지 같은 것이 굴러다닐 적도 있어

서 소년다운 호기심이 동하지 않는 것도 아니었지만 "인석은 그저 틈만

있으면 책이라고" 하며 주인 영감님이 가리키는 책이란 결코 이런 주간

지 조각이 아닐 것이라는 영리한 짐작으로 수남이는 결코 그런 데 한눈

을 파는 법이 없다. 시간이 아까워서라도 그렇게는 할 수 없다.
                    ▶ 주인 영감의 기대에 어긋나지 않게 밤늦게라도 공부하려고 노력하는 수남
가게를 닫고 셈을 맞추고 주인댁 식모가 날라 온 저녁을 먹고 나서 혼

자가 될 수 있는 시각은 거의 열한 시경이다.

그때부터 공부라도 해야 되는 것이다. 그러고도 수남이는 이 동네 가게의 누구보다도 먼저 일어나야 하는 것이다. 수남이의 부지런함은 이 근처에서도 평판이 자자했다.
세상 사람들의 비평

제일 먼저 가게 문을 열고, 물뿌리개로 골목길에 물을 뿌리고는 긴 골목길을 남의 가게 앞까지 말끔히 쓸고 나서 가게 안 물건의 먼지를 털고, 어떡하면 보기 좋을까 연구를 해 가며 다시 진열을 하고 제 몸단장까지 개운하게 끝낸다. 그제야 주인 영감님이 나온다. ▶ 부지런한 수남이의 일상

주인 영감님은 만족한 듯 빙긋 웃고 '짜아식' 하며 손으로 수남이의 머리를 더듬는다. 그러나 알밤을 먹이는 일은 한 번도 없었다. 따뜻하고 큰 손으로 머리를 빗질하듯 두어 번 쓸어내려 주고는, 부드러운 볼로 해서 둥근 턱까지를 큰 손바닥에 한꺼번에 감쌌다가는 다시 한 번 '짜아식' 하곤 놓아준다. 수남이는 그 시간이 좋다. 그래서 남보다 일찍 일어나야 하는 것이다.
수남이가 일찍 일어나는 이유

아직은 육친애에 철모르고 푸근히 감싸여야 할 나이다. 그를 실제 나이보다 어려 뵈게 하는, 아직 상하지 않은 순진성이 더욱 그에게 육친애를 목마르게 한다. 주인 영감님의 든든하고 거친 손에서 볼과 턱을 타고 전해 오는 따뜻함, 훈훈함은 거의 육친애적이었고 그래서 수남이는 그 시간이 기다려질 만큼 좋았고, 꿀같이 단 새벽잠을 떨쳐 낸 보람을 느끼고도 남을 충족된 시간이기도 했다. ▶ 자신을 칭찬해 주는 주인 영감의 손길이 좋아서 일찍 일어나는 수남

문단2 수남이는 주인 영감에게 육친애를 느끼며 부지런히 바쁘게 일함.

그 어느 해보다도 긴 겨울이 가고 봄이 왔다. 내년 봄이 아니라 올 봄
시간의 흐름.

이 온 것이다. 캘린더에는 벚꽃이 만발해 있었다. 그런데도 그 어느 해

보다도 길게 해 먹은 겨울은 뭘 아직도 덜 해 먹었는지 화창한 봄날에

<u>끼어들어</u> 심술을 부렸다. 별안간 기온이 <u>급강하더니</u> 바람까지 세차
유난히 긴 겨울
꽃샘추위가 닥침.   기온, 가격 등이 갑자기 떨어짐.

게 몰아쳤다.

낮 동안 떼어서 세워 놓은 가게 판자문이 요란한 소리를 내고 나자빠

지는가 하면, 가게 함석지붕은 얇은 헝겊처럼 곧 뒤집힐 듯이 펄럭대고,
표면에 아연을 도금한 얇은 철판으로 이은 지붕

골목 위 공중을 가로지른 전화 줄에서는 온종일 귀신의 휘파람 같은 이

상한 소리가 났다.   ▶ 바람이 세차게 부는 봄의 어느 날

낮에는 이 가게 골목에서 사고까지 났다. 전선을 <u>도매</u>하는 집 아크릴
물건을 낱개로 팔지 않고 죄다 한데 묶어서 팖.

간판이 다 마른 빨래처럼 휠휠 나는가 했더니, 곧장 땅으로 떨어지면서

때마침 지나가던 아가씨의 <u>정수리</u>를 들이받고 떨어졌다.
머리 위의 숨구멍이 있는 자리

피가 아가씨의 분결 같은 볼을 타고 흘러 흰 스웨터에 선명한 붉은 반

점을 줄줄이 그렸다. 피를 보자 다 큰 아가씨가 어린애처럼 앙앙 울어

댔다.

가게마다에서 사람들이 뛰어나왔으나 아가씨를 부축해서 병원으로

달려간 것은 바람에 간판을 날린 전선 도매집 주인 아저씨였다.

사람들은 모두 치료비를 톡톡히 부담해야 할 그 아저씨를 동정했다.

지랄스러운 바람이지, 그 아저씨가 무슨 잘못이 있기에 생돈을 빼앗기
쓸데없는 곳에 공연히 쓰는 돈

냐고, 그렇지만 돈지갑 옆구리에 차고 부는 바람 못 봤으니, 그 재수 나
바람이 치료비를 물어 줄 수 없으니

쁜 아가씬들 그 재수 나쁜 아저씨한테 떼를 쓸밖에 도리 없지 않겠느냐

고 사람들은 쑥덕댔다.

하여튼 수남이가 알 수 있는 것은 그 아가씨도 그렇고 그 아저씨도 그렇고 오늘 재수 옴 붙었다는 것뿐이었다.

수남이는 문득 자기도 재수 옴 붙을 것 같은 예감이 들었다. 그래서
앞으로 수남이에게 안 좋은 사건이 일어날 것임을 알 수 있음.
화들짝 놀라 큰 간판을 다시 점검하고 힘껏 흔들어 보고, 대롱대롱 매달린 아크릴 간판은 아예 떼어서 안에다 갖다 두고, 떼어 세워 놓은 빈지
한 짝씩 끼웠다 떼었다 하게 만든 문
문은 좁은 옆 골목 변소 앞에 끼워 놓았다.
▶ 세찬 바람에 간판이 떨어져 지나가던 아가씨가 다침.
바람 부는 서울의 뒷골목은 흉흉하고 을씨년스러웠다. 먼지는 물론
날씨나 분위기 따위가 몹시 스산하고 쓸쓸한 데가 있었다.
온갖 잡동사니들이 다 날아들어 쓰레기 무더기를 만들었다. 쓸어도 쓸어도 당해 낼 도리가 없었다.

손님도 딴 날보다 적고 수남이는 까닭 없이 마음이 울적했다. 시골의 바람 부는 날 풍경이 생생하게 떠올랐다. 『보리밭은 바람을 얼마나 우
『 』: 시골의 바람 부는 날 풍경. 서울의 바람 부는 날 풍경과 대조됨.
아하게 탈 줄 아는가, 큰 나무는 바람에 얼마나 안달 맞게 들까부는가,
몹시 경망하게 행동하는가
큰 나무와 작은 나무가 함께 사는 숲은 바람에 얼마나 우렁차고 비통하게 포효하는가,』 그것을 알고 있는 것은 이 골목에서 자기 혼자뿐이라
사나운 짐승이 울부짖음.
는 생각이 수남이를 고독하게 했다.   ▶ 시골의 바람 부는 날 풍경을 그리워하는 수남

전선 가게 아저씨가 어두운 얼굴을 하고 돌아왔다. 가게 주인들이 우르르 전선 가게로 모였다. 『아가씨의 안부보다도 그 아저씨 손해가 얼
『 』: 다친 사람보다 돈을 먼저 생각하는 도시 사람들의 모습
마인가, 모두 그것이 궁금한 모양이었다.』

수남이네 주인 영감님도 가더니, 한참 만에 돌아오면서 하늘을 쳐다보며 욕지거리를 했다.

"육시랄 놈의 바람, 무슨 끝장을 보려고 온종일 이 지랄이야."

아마 전선 가게 아저씨 손해가 대단했던 모양이다. 그래서 동정 삼아 그렇게 화를 내는 눈치다. 하긴 그런 일이 아니더라도 서울 사람들에게는 바람이 손톱만큼도 반가울 리가 없겠다. 바람의 의미를, 간판이 날아가는 횡액, 한없이 날아오는 먼지, 쓰레기 그것밖에 모르니까.

횡래지액의 준말로 뜻밖에 닥쳐오는 불행

『봄바람이 게으른 나무들에, 잠든 뿌리들에, 생경한 꽃망울들에 얼마

『 」: 도시 사람들이 알지 못하는 시골의 아름다운 자연 풍경　　　익숙하지 않아 어색한

나 신기한 마술을 베풀고 지나갔나를 모르니까. 봄바람이 한차례 지나고 거짓말같이 화창하고 아늑하게 갠 날, 들판이나 산등성이에 있어 본적이 없을 테니까.』

　　　　　　　　　　　　　　　▶ 돈만 알고 자연의 아름다움을 모르는 도시 사람들

수남이는 다시 한 번 울고 싶도록 고독해진다.　사이에서 외로움을 느끼는 수남

전개 바람이 세게 부는 봄날, 수남이는 돈만 알고 자연의 아름다움을 모르는 도시 사람들 사이에서 외로움을 느낌.

전화를 받은 주인 영감님이 좀 생기가 나더니 계산서를 작성해 주면서 ××상회에 20와트 형광 램프 다섯 상자만 배달해 주고 오란다. 가까운 데 있는 소매상에서는 이렇게 전화 주문으로 배달까지를 부탁해

물건을 직접 소비자에게 파는 가게

오는 수가 많다. 수남이는 자전거도 잘 타 배달이라면 문제없다.

그래도 오늘은 바람이 유난해서 조심하느라 형광 램프 상자를 밧줄로 꼼꼼히 묶는다. 주인 영감님까지 묶는 걸 거들어 주면서,

"인석아, 까불지 말고 조심해. 사고 내 가지고 누구 못할 노릇 시키지

돈으로 물어 줘야 할 일

말고."

오늘 장사가 좀 잘 안돼서 그런지 말씨가 퉁명스럽긴 했지만, 나쁜 말은 아닌데도 수남이는 고깝게 듣는다.

섭섭하고 야속하며 마음이 언짢게

『꼭 네깟 놈 다칠 게 걱정이 아니라 나 손해 볼 게 겁난다는 소리로 들

『 」: 수남이가 그전에 눈치채지 못한 주인 영감의 속마음을 느끼게 됨.

린다.』

수남이는 보통 때 같으면 "할아버지, 다녀오겠습니다." 하고 신바람 나게, 그리고 붙임성 있게 외치고는 방긋 웃어 보이고 나서야 페달을 밟고 씽 달렸을 터인데, 오늘은 왠지 그래지지가 않는다.

아무 말 안 하고 자전거를 무거운 듯이 질질 끌다가 뭉기적 올라타면서 느릿느릿 페달을 젓는다. 주인 영감님이 뒤에서 악을 쓴다.

"인석아 조심해. 까불지 말고."

주인 영감님의 목소리가 회오리바람을 타고 이상하게 날카롭고 기분 나쁘게 들린다. 수남이는 '쳇' 하고 혀를 차고는 도망치듯 씽 자전거의 속력을 낸다.

▶ 주인 영감의 말에 기분이 상한 채 배달을 가는 수남

짐을 내려놓고
형광 램프를 ××상회에 부리고 나서 수금하는 데 또 한참이 걸린다.
받을 돈을 거두어들임.
장사꾼의 생리란 묘한 데가 있다.
생활하는 습성이나 본능
수남이는 아직도 그 생리만은 이해가 안 될뿐더러 문득문득 혐오감
싫어하고 미워하는 감정
까지 느끼고 있다.

『금고에 돈을 수북이 넣어 놓고도 꼭 땡전 한 푼 없는 얼굴을 하고 도
『 』: 인색하고 이기적인 장사꾼의 모습(수남이가 싫어하는 장사꾼의 생리)
무지 돈을 내주려 들지를 않는다.』 조금 있다 오란다. 그동안에 수금이
되면 주겠다는 것이다.

그러나 이쪽에선 그 수에 넘어가지 말고 악착같이 지키고 서서 받아
일을 해 나가는 태도가 매우 모질고 끈덕짐.
내야 하는 것이다. 그것이 수남이가 서울에 와서 점원 노릇하면서 배운
상인 철학 제1항이었다.
상인이 첫 번째로 지켜야 할 항목
"아유, 오늘 더럽게 장사 안된다."

××상회 주인은 니코틴이 새까맣게 달라붙은 이빨 안쪽을 드러내고
담배에 들어 있는 성분의 하나. 무색의 액체로, 빛이나 공기와 접촉하면 갈색을 띰.

크게 하품을 한다. 돈을 빨리 안 주는 변명 같기도 하고, '인석아, 하루

종일 기다려 봐라, 누가 돈을 호락호락 내줄 줄 아니.' 하는 공갈 같기도

하다.
    일이나 사람이 만만하여 다루기 쉬운 모양   위협적인 언동으로 남을 억누름.

    그러나 수남이는 들은 척도 안 하고 장승처럼 버티고 서 있다. 저런

수에 넘어가 호락호락 물러가면 주인 영감님에게 야단맞는 것도 맞는

거려니와, 앞으로 열 번도 넘게 헛걸음을 해야 수금을 끝마칠 수 있기

때문이다. 그것도 목돈이 아니라 오백 원, 천 원씩 푼돈을 녹여서 말
        비교적 많은 돈   적은 액수로 나뉜 돈   조금씩 나누어서

이다.

    이럴 때 수남이는 이 세상에 장사꾼처럼 징그러운 족속이 또 있을까

싶은 생각이 나서 한숨이 절로 난다. 그러면서도 자기도 어느 틈에 장사

꾼다운 징그러운 수를 쓰고 만다.
남을 속이면서 자기의 이익을 추구하는 술수

    "오늘 물건 대금은 꼭 결제해 주셔야 돼요. 은행 막을 돈이란 말
                                    부도를 막을

예요."

    수남이는 은행 막는다는 말의 정확한 뜻을 잘 모른다. 『그 번들번들

하고 위엄 있는 은행이 뒤로 어디 큰 구멍이라도 뚫려 있단 소린지, 뚫
『 』: 수남이의 순진함이 드러남.

려 있기로서니 왜 장사꾼이 막아야 하는지 잘 모르는 채로,』 급하게 돈

을 받아 내려는 장사꾼들이 으레 심각한 얼굴을 하고 그런 소리를 하길

래 수남이도 그래 보는 것이다.

    "짜아식, 알았어. 기다려 봐. 돈 들어오는 대로 줄게."

    주인이 퉁명스럽게 대답하곤 수남이의 머리에 힘껏 알밤을 먹인다.

수남이는 잽싸게 고개를 움츠렸는데도 눈에 눈물이 핑 돌 만큼 독한 알

밤이다.

▶ 배달해 준 물건의 대금을 받으려고 주인을 조르는 수남

장사 더럽게 안된다는 주인 말과는 달리 손님이 쉴 새 없이 들락거린다. 정말로 가게는 조그맣지만 길목이 아주 좋다.『수남이는 좁은 가게
위치가 아주 좋다.
에서 이리 밀리고 저리 밀리면서 잘 버틴다. 버틸 뿐만 아니라 속으로
「」: 끈질기고 집요한 수남이의 성격을 알 수 있음.
돈이 얼마나 들어오나 암산까지 하고 있다.』
머릿속으로 계산함.

소매상이라 큰돈은 안 들어와도 그동안 들어온 돈이 어림잡아 만 원
은 됨 직하다. 수남이는 비실비실 안 나오는 웃음을 웃으며,

"어떻게 결제 좀 해 줍쇼."
대금을 주고 받아 거래를 끝맺는 일
하고 또 한 번 빌붙는다. 주인은 '짜아식' 하며 또 한 번 알밤을 먹이곤
오백 원짜리, 백 원짜리 합해서 만 원을 세 번이나 세어 보더니 아까운
듯이 내준다.

"짜아식 끈덕지기가 꼭 되놈 같다니까, 됐어."
중국 사람을 낮잡아 이르는 말
칭찬인지 욕인지 모를 소리를 하고 씩 웃는다.『수남이는 주인이 세
번씩이나 세어서 준 돈을 또 두 번이나 센다.』 그리고 나서야 "고맙습니
「」: 수남이의 꼼꼼한 성격을 알 수 있음.
다. 안녕히 계십쇼." 하고는 저만큼 자전거를 세워 놓은 쪽으로 휑하니
달음질친다.
▶ 배달한 물건 대금을 받아 낸 수남
전개2 수남이는 배달해 준 물건의 대금을 끈질기게 받아 냄.

바람이 여전하다. 저만큼서 흙먼지가 땅을 한 꺼풀 벗겨 홑이불처럼
둘둘 말아 오는 것같이 엄청난 기세로 몰려온다. 골목 안의 모든 것이
'뎅그렁', '와장창', '우르릉' 하고 제각기의 음색으로 소리 높이 비명
을 지른다.

드디어 흙먼지 홑이불이 집어삼킬 듯이 수남이의 조그만 몸뚱이를
세찬 바람에 날리는 흙먼지

덮친다. 수남이는 눈을 꼭 감고 숨을 죽인다.
흙먼지가 눈이나 코로 들어갈까 봐

바람이 지난 후 수남이는 눈을 뜨고 침을 탁 뱉는다. 입속에 모래가
들어와 깔깔하고 목구멍이 알싸하니 아프다. 다시 자전거 쪽으로 걷는
다. 조금 전만 해도 서 있던 자전거가 누워 있다. 그래도 날아가진 않았
바람에 자전거가 넘어져 있음. (다음에 올 사건을 암시)
으니 다행이다.   ▶ 세찬 바람에 넘어져 있는 자전거

자전거뿐만 아니라 골목의 모든 것이 다 제자리에 그대로 있다. 수남
이는 그것이 신기하다. 누워 있는 자전거를 일으켜 세우고 날렵하게 올
라타 막 페달을 밟으려는데, 어디선지 고함이 벽력같이 들린다.
벼락
"이놈아, 어딜 도망가는 거야, 게 섰거라. 꼼짝 말고."

수남이는 자기에게 지르는 고함은 아니겠지 싶어 그대로 페달을 밟
는다.

"아니 이놈이, 어디로 도망을 가려고 이래."

뒷덜미를 사납게 붙들린다. 점잖고 깨끗한 신사다. 이런 신사가 자기
목덜미 아래의 양 어깻죽지 사이   인물의 직접적 제시
에게 어떤 볼일이 있다는 것인지, 수남이는 도시 짐작을 할 수 없다. 게
도무지
다가 신사는 몹시 화가 나 있다. 신사를 화나게 할 일을 자기가 저질렀
다고는 더구나 생각할 수 없다.

"인마, 꼼짝 말고 있어."

신사의 말이 아니더라도 꼼짝하려야 할 수 있을 처지가 아니다. 꼼짝
속수무책 – 손을 묶은 것처럼 어찌할 도리가 없어 꼼짝 못함.
은커녕 숨도 제대로 쉴 수 없을 만큼 수남이의 뒷덜미는 신사의 손에 잔
뜩 움켜쥐어져 있다.   ▶ 신사에게 뒷덜미를 잡힌 수남

"인마, 네놈의 자전거가 쓰러지면서 내 차를 들이받았단 말이야. 이
수남이에게 닥친 재수 없는 일

런 고급 차를 말이야. 이런 미련한 놈, 왜 눈은 째려, 째리긴. 그러니 내
_{못마땅하여 매서운 눈초리로 흘겨}
차에 흠이 안 나고 배겼겠냐. 내 차는 인마, 『여자들 손톱만 살짝 닿아도
_{『♩: 과장법}
생채기가 나는 고급 차야』 인마, 알간?"
_{긁히어서 생긴 작은 상처}

　　그러고는 거울처럼 티 하나 없이 번들대는 차체를 면면히 훑어보더
_{끊어지지 않고 쭉 이어서}
니 "그러면 그렇지." 하고 환성을 질렀다. 아마 생채기를 찾아낸 모양
_{고함치는 소리}
이다.

　　"일은 컸다. 인마, 칠만 살짝 긁혔어도 또 모르겠는데 여봐라, 여기가

이렇게 우그러지기까지 했으니 일은 컸다, 컸어."

　　신사가 덩칫값도 못하게 팔짝팔짝 뛰면서, 잘 봐 두라는 듯이 수남이
_{신사의 경망스러운 성격(간접적 제시)}
의 얼굴을 차에다 바싹 밀어붙였다.▶ _{수남이의 자전거가 쓰러지면서 신사의 차에 흠집을 냄.}

　　수남이는 차체에 비친 울상이 된 자기 얼굴을 볼 수 있을 뿐이었다.
_{전혀 예상하지 못했던 상황에 놀라고 당황함.}
꼭 오늘 재수 옴 붙은 일이 날 것 같더라만 이런 끔찍한 일이 일어나고

말았구나. 울음이 왈칵 솟구친다. 그러자 제 얼굴도, 차체의 흠도 아무
_{어떻게 해야 할지 몰라 막막해서}
것도 안 보이고 온 세상이 부옇게 흐려 보일 뿐이다.
_{눈물이 흘러서}
　　"울긴, 인마. 너 한 달에 얼마나 버냐?"

　　신사의 목청이 다분히 누그러지며 목소리에 연민이 담긴 것을 수남
_{불쌍하고 가련하게 여김.}
이는 재빨리 알아차린다. 그러자 흑흑 소리까지 내어 운다.
_{동정을 얻기 위한 의도적인 행동(제법 영악한 수남이의 모습)}
　　"울긴 짜아식, 할 수 없다. 너나 나나 오늘 재수 옴 붙은 걸로 치고 반

반씩 손해 보자. 오천 원만 내."
_{수리비를 반씩 내자.}　_{화폐 가치를 통해 시대적 배경을 알 수 있음.}
　　수남이는 너무 놀라 울음까지 끄르륵 삼키고 신사를 쳐다본다. 그 사이
_{오천 원이 수남이에게는 너무 큰돈이므로}
사람들이 큰 구경이나 난 것처럼 모여들어 신사와 수남이를 에워싼다.
　　　　　　　　　　　　　　　▶ _{수남이에게 차 수리비를 요구하는 신사}

누군가가 뒤에서 "빌어, 이놈아. 그저 잘못했다고 무조건 빌어." 하고 속삭인다. 수남이는 여러 사람이 자기를 동정하고 있다고 느끼자 적이 용기가 난다.

꽤 어지간한 정도로

"아저씨, 잘못했습니다. 한 번만 용서해 주십시오. 네, 아저씨."

제법 또렷한 소리로 용서를 빈다.

"용서라니, 이만큼 했으면 됐지 어떻게 더 용서를 해."

"아저씨, 그러시지 말고 한 번만 봐 주셔요. 네, 아저씨."

수남이는 주머니에 들은 만 원 생각을 하면 『얼굴이 화끈대고 공연히 무섭기까지 하다.』 그렇지만 주인 영감님을 위해 그 돈만은 죽기를 무릅쓰고 지킬 각오를 단단히 한다.

『 』: 수금한 돈을 수리비로 빼앗길까 봐 두려움.

▶ 주인 영감의 돈만은 지킬 각오를 하는 수남

"아니 욘석이 이제 보니 이런 큰일 저지르고 그냥 내뺄 심사 아냐? 요런 악질 녀석 같으니라고."

'요 녀석이'의 준말   마음속으로 생각하는 일. 또는 그 생각

신사의 표정은 은은히 감돌던 연민이 싹 가시고 점잖게 무표정해진다.

수리비를 반씩 부담하자는 자신의 제안을 받아들이지 않아 기분이 나쁨.

그러고는 옆에 섰던 운전사인 듯한 남자에게,

신사의 형편이 매우 좋음을 알 수 있음.

"안 되겠네. 요런 악질 깡패 녀석하고 시비해 봤댔자 공연히 시간만 낭비니, 자네 자물쇠 하나 마련해다 주게. 이 녀석 자전걸 잡아 놓기로 하세. 언제든지 오천 원 가져와서 찾아가라고."

아무 까닭이나 실속이 없이

그러고는 주머니에서 오백 원짜리를 한 장 꺼내서 운전사에게 주는 것이었다. 수남이로서는 전혀 예기치 못했던 사태였다.

오백 원짜리 지폐가 사용되던 시대임. (시대적 배경 - 1970년대)

앞으로 닥쳐올 일에 대하여 미리 생각하고 기다리지

주머니의 만 원에 대해서만 생각했었지 자전거에 대해선 전혀 생각이 미치지 못했었다.

▶ 수리비 대신 수남이의 자전거를 빼앗아 두려는 신사

운전사는 금방 커다란 자물쇠를 하나 사 가지고 왔다. 『신사는 다시

네놈은 쳐다보기도 싫다는 듯이 수남이를 전혀 상대 안 하고,』 묵묵히
『 』: 지금 수남이를 상대해 봐야 소용없다고 생각했기 때문에
자전거 바퀴에다 자물쇠를 채우고, 앞에 빌딩을 가리키면서,

"나 저기 306호실에 있으니까 돈 오천 원 갖고 와. 그러면 열쇠 내줄

테니."

하고는 수남이를 힐끗 흘겨보고 유유히 빌딩 속으로 사라져 갔다.
▶ 자전거에 자물쇠를 채운 후 가 버린 신사 <mark>위기</mark> 바람에 자전거가 부딪쳐 수리비 대신 자전거를 빼앗긴 수남
　　수남이는 울지도 못하고 빌지도 못하고 그냥 막연히 서 있었다. 수남
　　　　　　　　　　수남이의 심리 (막막함, 당황함)
이와 신사의 시비를 흥미진진하게 구경하던 사람들도 헤어지지 않고

그냥 서 있었다. 아마 『수남이가 앙앙 울거나, 펄펄 뛰면서 욕을 하거나
　　　　　　　　　　　『 』: 더 재미있는 일을 기대하는 이기적인 구경꾼들
그런 일이 일어나 주기를 기다리는 눈치였다.』

　　수남이는 바보가 돼 버린 아이처럼 조용히 멍청히 서 있었다. 누군가

가 나직이 속삭였다.
　소리가 꽤 낮게
　　"토껴라 토껴. 그까짓 것 갖고 토껴라."
　'도망가라'를 속되게 이르는 말
　　그것은 악마의 속삭임처럼 은밀하고 감미로웠다. 수남이의 가슴은
　　　　　　　　　　　　　　　　　　　수남이의 심리 (두려움, 긴장감)
크게 뛰었다. 이번에는 좀 더 점잖고 어른스러운 소리가 나섰다.

　　"그래라, 그래. 그까짓 거 들고 도망가렴. 뒷일은 우리가 감당할게."
　　　　　　　　　　　　　　　　실제로는 감당할 수 없음에도 수남이를 부추기고 있음.
그러자 모든 구경꾼이 수남이의 편이 되어 와글와글 외쳐 댔다.

　　"도망가라, 어서어서 자전거를 번쩍 들고 도망가라, 도망가라."
　　　　　　　　　　　　　▶ 수남이에게 자전거를 들고 도망치라고 부추기는 구경꾼들
수남이는 자기편이 되어 준 이 많은 사람을 도저히 배반할 수 없었
　　　　　　　　　　　자기의 행동을 정당화하기 위한 핑계
다. 이상한 용기가 솟았다. 수남이는 자전거를 마치 검부러기처럼 가볍
　　　　　　　　　　　　　　　　　　가느다란 마른 나뭇가지, 마른 풀, 낙엽 따위의 부스러기
게 옆구리에 끼고 질풍같이 달렸다.

정말이지 조금도 안 무거웠다. 타고 달릴 때보다 더 신 나게 달렸다.

달리면서 『마치 오래 참았던 오줌을 시원스레 내깔기는 듯한 쾌감까지

느꼈다.』
『 』: 수남이의 심리 (쾌감)

▶ 자진거를 들고 도망치며 쾌감을 느끼는 수남
위기2 수남이는 수리비를 요구하는 신사 몰래 자전거를 들고 도망침.

주인 영감님은 자전거를 옆에 끼고 질풍처럼 달려온 놈을 『눈을 휘둥

그렇게 뜨고 바라볼 뿐』이었다. 오늘 바람이 세더니만 필시 이 조그만
『 』: 깜짝 놀람.   아마도 틀림없이

놈이 바람에 날아왔나, 설마 그럴 리야 없을 텐데 내 눈이 어떻게 된 것

인가 그런 눈치였다.

수남이는 너무 숨이 차서 이런 주인 영감님의 궁금증을 시원히 풀어

주지 못하고 한동안 헉헉대기만 한다.

"인마, 말을 해. 무슨 일이야? 네놈 꼴이 영락없이 도둑놈 꼴이다,

인마."

도둑놈 꼴이라는 소리가 수남이의 가슴에 가시처럼 걸린다. 수남이
                    수남이의 심리 (죄책감)
는 겨우 숨을 가라앉히고 자초지종을 주인 영감님께 고해바친다. 다 듣
                 처음부터 끝까지의 과정   어떤 사실을 윗사람에게 말하여 알게 한다.
고 난 주인 영감님은 무엇이 그리 좋은지 무릎을 치면서 통쾌해 한다.
                                  금전적인 손해를 보지 않아서
"잘했다, 잘했어. 만날 촌놈인 줄만 알았더니 제법인데, 제법이야."
        수남이의 비도덕적인 행동을 야단치지 않고 오히려 칭찬함. (주인 영감의 부도덕성)
그러고는 가게에서 쓰는 드라이버니 펜치를 가지고 자전거에 채운

자물쇠를 분해하기 시작한다. 엎드려서 그 짓을 하고 있는 『주인 영감

님이 수남이의 눈에 흡사 도둑놈 두목 같아 보여』 속으로 정이 떨어진
『 』: 주인 영감이 비양심적인 사람임을 깨달았기 때문에   수남이의 심리 (불쾌감)
다. 주인 영감님 얼굴이 누런 똥빛인 것조차 지금 깨달은 것 같아 속이
        주인 영감의 비도덕적인 모습을 비유적으로 표현
메스껍다.

▶ 자신의 잘못된 행동을 칭찬하는 주인 영감에게 정이 떨어진 수남

마침내 자물쇠를 깨뜨렸나 보다. 영감님 얼굴에 회심의 미소가 떠오
                              마음에 흐뭇하게 들어맞음. 또는 그런 상태의 마음

르더니 자유롭게 된 자전거 바퀴를 시험이라도 하려는 듯이 자전거로 골목을 한 바퀴 빙그르르 돌아 들어와서는,

"네놈 오늘 운 텄다."

금전적인 손해를 보지 않았기 때문에

그러고는 『수남이의 머리를 쓰다듬고 볼과 턱을 두둑한 손으로 귀여

『 』: 수남이의 비양심적인 행동을 기특하게 여기는 주인 영감

운 듯이 감싼다.』 영감님이 기분이 좋을 때면 수남이에 대한 애정의 표

시로 으레 그렇게 했었고, 수남이도 그걸 좋아했었다.

그런데 오늘은 싫다. 영감님의 손이 싫다. 그것이 운 트기는커녕 재

주인 영감이 인간의 도리보다는 돈을 우선시한다는 것을 깨달았기 때문에

수 옴 붙었다는 생각이 여전하고, 수남이는 그날 온종일 우울했다. 그러

자신의 행동에 대한 자책감 때문에 우울한 수남이의 심리

나 자기가 왜 그렇게 우울한지 그걸 차분히 생각할 새도 없는 바쁜 하루

였다.   ▶ 주인 영감의 애정 표현이 싫어지며 온종일 우울해하는 수남

가게 문을 닫고 주인댁에서 날라 온 저녁밥을 먹고 나면 비로소 수남

이 혼자만의 시간이다. 꿀 같은 시간이었다. 책을 펴 놓고 영어 단어를

혼자 공부도 하고 생각도 할 수 있기 때문에

찾고, 수학 문제를 풀어 보고, 턱을 괴고 소년답게 감미로운 공상에 잠

현실적이지 못하거나 실현될 가망이 없는 생각

길 수 있는 그런 시간이었다.

그러나 오늘 수남이는 그게 되지를 않았다. 책을 집어던졌다.

낮에 한 행동이 계속 양심에 걸려서 마음이 복잡함.

낮에 내가 한 짓은 옳은 짓이었을까? 옳을 것도 없지만 나쁠 것은 또

수남이의 내면적 갈등

뭔가. 자가용까지 있는 주제에 나 같은 아이에게 오천 원을 우려내려고

빼앗으려고

그렇게 간악하게 굴던 신사를 그 정도 골려 준 것이 뭐가 나쁜가? 그런

간사하고 악독하게

데도 왜 무섭고 떨렸던가. 그때의 내 꼴이 어땠으면, 주인 영감님까지

"네놈 꼴이 꼭 도둑놈 꼴이다."라고 하였을까.

그럼 내가 한 짓은 도둑질이었단 말인가. 그럼 나는 도둑질을 하면서

그렇게 기쁨을 느꼈더란 말인가.　　　　　▶ 자신의 행동에 대해 고민하는 수남

　　수남이는 몸을 부르르 떨면서 낮에 자전거를 갖고 달리면서 맛본 공

포와 힘께 그 까닭 모를 쾌김을 회상한다. 『마치 참았던 오줌을 내깔길

때처럼 무거운 억압이 갑자기 풀리면서 전신이 날아갈 듯이 가벼워지
「」: 자전거를 들고 도망칠 때 느꼈던 감정 (수남이가 고민하는 근본적인 이유)
는 그 상쾌한 해방감』―한 번 맛보면 도저히 잊힐 것 같지 않은 그 짙은

쾌감, 아아 도둑질하면서도 나는 죄책감보다는 쾌감을 더 짙게 느꼈던

것이다.

　　혹시 내 핏속에 도둑놈의 피가 흐르고 있기 때문이 아닐까. 『순간 수

남이는 방바닥에서 송곳이라도 치솟은 듯이 후닥닥 일어서서 안절부절
「」: 도둑질을 했던 형이 떠올랐기 때문
못하고 좁은 방 안을 헤맸다.』　▶ 자전거를 가지고 도망칠 때 느낀 쾌감으로 고민하는 수남

　　『수남이의 눈앞에는 수갑을 차고, 순경들에게 끌려와 도둑질 흉내를
　　　　「」: 도둑질에 대한 현장 검증
그대로 내보이던』 형의 얼굴이 환히 떠오른다. 그리고 서울 가서 무슨

짓을 하든지 도둑질만은 하지 말라고 신신당부하던 아버지의 얼굴도
　　　　　　　　　　　　거듭하여 간곡히 당부함.
떠오른다.　　　　　　　　　　　▶ 형과 아버지를 떠올리는 수남

　　수남이의 형 수길이는, 온 집안 식구가 기대를 걸고 고등학교까지 마

쳐 준 보람도 없이 집에서 빈들대다가, 어느 날 갑자기 서울 가서 돈 벌
　　　　　　부끄러운 줄 모르고 게으름을 피우며 뻔뻔스럽게 놀기만 하다가
고 성공해서 돌아오겠다는 말 한마디를 남기고 훌쩍 집을 나갔다.

　　편지 한 장, 하다못해 인편에 안부 한마디 없는 2년이 지났다. 그동안
　　　　　　　　오거나 가는 사람의 편
아버지는 푹 노쇠하고, 어머니는 뼈만 남게 야위어서 수남이랑 동생들
　　　　늙어서 쇠약하고 기운이 별로 없음.
이랑을 들볶았다.

　　들볶는 푸념 속에서 무정한 장남에 대한 원망과 함께 그래도 행여나
　　마음속에 품은 불평을 늘어놓음.

하는 기대가 곁들여 있는 것을 수남이는 느낄 수 있었다.
돈을 벌어 올 것이라는 희망

수남이도 뭔가 형에 대한 기대를 안 할 수가 없었다. 동생들이 발바닥이 다 닳아 없어져 웃더껑이만 남은 운동화를 신고 다니는 걸 봐도
물건의 위에 덮어 놓는 물건
"조금만 참아, 큰형이 돈 많이 벌어 가지고 오면 운동화랑 잠바랑 다 사줄게." 하는 말을 할 지경이었다.　　　　▶ 돈 벌러 간 형을 기다리는 수남이의 가족

형이 돈을 많이 벌어 오면—이런 기대에 온 집안 식구가 하루하루를 매달려 살았다. 어느 날 밤, 형은 돌아왔다. 옷과 운동화와 과자와 고기를 한 짐이나 되게 사 가지고. 형이 정말 돈을 벌어서 별의별 것을 다 사가지고 온 것이었다. 아버지는 밤중이지만 동네 사람을 모아 큰 잔치를 벌이지 못해 안달을 했다.
동네 사람들에게 자랑하고 싶어서

『형이 험악한 얼굴을 하고 안 된다고 했다. 잔치는커녕 동생들이 좋
『 』: 도둑질한 돈으로 사 온 것임을 암시
아서 떠드는 것도 못 하게 윽박질렀다.』
심하게 짓눌러 기를 꺾었다.

수남이는 지금도 그날 밤 일이 생생하다. 그날 밤 형의 누런 똥빛 얼
형의 비도덕적인 모습을 비유적으로 표현
굴은 정말로 못 잊겠다. 꼭 악몽 같다.
　　　　　　　　　　▶ 많은 선물을 갖고 돌아왔으나 잔치를 못 하게 하는 수남이의 형

다음 날 형은 읍내에서 온 순경한테 수갑이 채워져 붙들려 갔다. 형은 악을 써서 변명을 하며 갔다.

"2년 만에 빈손으로 집에 들어갈 수는 없었단 말이야. 도저히 그럴
형 수길이가 도둑질을 한 이유
수는 없었단 말이야."

그래서 읍내 양품점을 털어 돈과 물건을 훔친 것이다. 다음에 수남이
형의 얼굴이 누런 똥빛인 이유
가 형을 본 것은 읍내에 현장 검증인가를 나왔을 때다. 도둑질한 것을
법원이나 수사 기관이 범죄 현장이나 기타 법원 외의 장소에서 실시하는 검증
다시 한 번 되풀이해 보여 주는 것인데, 딴 구경꾼들 틈에 섞여 수남이

는 몸서리를 치면서 그것을 봤다. 『그 도둑놈과 형제간이란 게 두고두
_{『 』: 형에 대한 실망과 분노(도둑질에 대한 수남이의 태도)}
고 생각해도 몸서리가 쳐졌다.』 ▶ 도둑질로 경찰에 붙들려 간 수남이의 형

아버지는 화병으로 몸져눕고 집안 형편은 말이 아니었다. 수남이는
_{분노나 슬픔으로 생긴 속병} _{집안 형편이 더욱 안 좋아짐.}
드디어 어느 날 형이 그랬던 것처럼 서울 가서 돈 벌어 오겠다고 집을

나섰다. 아버지는 말리지 않았다.

문지방을 짚고 일어나 앉아서 띄엄띄엄 수남이를 타일렀다.
_{병으로 몸을 제대로 가누지도 못함.}
"무슨 짓을 하든지 그저 도둑질을 하지 말아라, 알았쟈?"
▶ 도둑질을 하지 말라고 당부하는 수남이 아버지
그런데 도둑질을 하고 만 것이다. 하지만 수남이는 스스로 그것은 결
_{차 수리비를 물어 주지 않고 자물쇠가 채워진 자전거를 들고 도망친 일}
코 도둑질이 아니었다고 변명을 한다.

그런데 왜 그때, 그렇게 떨리고 무서우면서도 짜릿하니 기분이 좋았

던 것인가? 『문제는 그때의 그 쾌감이었다. 자기 내부에 도사린 부도덕
_{『 』: 수남이가 고민하는 원인}
성이었다.』 오늘 한 짓이 도둑질이 아닐지 모르지만 앞으로 도둑질을

할지도 모르겠다는 생각이 들었다. 형의 일이 자기와 정녕 무관한 일이

아니란 생각이 들었다. ▶ 자기 내부의 부도덕성 때문에 고민하는 수남
절정 수남이는 잘못된 행동을 칭찬하는 주인 영감에게 실망하고, 도둑질로 체포된 형을 생각하며 자신을 되돌아봄.
소년은 아버지가 그리웠다. 도덕적으로 자기를 견제해 줄 어른이 그
_{잘못된 행동을 꾸짖어 줄 사람 (아버지)}
리웠다. 주인 영감님은 자기가 한 짓을 나무라기는커녕 손해 안 난 것만

좋아서 "오늘 운 텄다."고 좋아하지 않았던가.

수남이는 짐을 꾸렸다. 아아, 내일도 바람이 불었으면. 바람이 물결
_{고향으로 내려갈 것임을 암시}
치는 보리밭을 보았으면.
_{돈만 중요하게 생각하는 서울을 떠나 아름답고 순수한 고향으로 가고 싶어 함.}
마침내 결심을 굳힌 수남이의 얼굴은 누런 똥빛이 말끔히 가시고, 소
_{고향으로 돌아가야겠다는 결심} _{비도덕적인 모습}
년다운 청순함으로 빛났다. ▶ 고향으로 돌아가기로 결심한 수남
_{양심의 회복} **결말** 수남이는 아버지가 계신 고향으로 돌아가기로 결심함.

● 작가 만나기

박완서(1931~2011) 경기도 개풍에서 태어나 1950년 서울대학교 국문과에 입학했으나 전쟁으로 인해 학교를 그만두었다. 1970년 "여성동아"에 장편 소설 '나목'이 당선되어 등단하였다. 그녀의 작품에는 주로 한국 전쟁과 분단 문제, 물질 중심주의에 대한 비판이 담겨 있다. 주요 작품으로 '엄마의 말뚝', '꼴찌에게 보내는 갈채' 등이 있다.

● 작품 만나기

'자전거 도둑'은 박완서가 1979년에 펴낸 창작 동화집 "달걀은 달걀로 갚으렴"에 수록된 작품이다. 이 소설은 1970년대 청계천 세운 상가 뒷골목을 배경으로 도덕적 이상과 현실 사이에서 갈등하는 한 소년의 이야기이다. 지은이는 시골에서 온 순박한 소년의 눈을 통해 자기 이익만 추구하는 도시 사람들의 모습을 비판적으로 그려 낸다.

이 소설에는 수남이와 매우 가까운 두 명의 어른이 등장한다. 각박하고 비도덕적인 도시 사람을 상징하는 주인 영감과 정직하고 도덕적인 시골 사람을 상징하는 아버지이다. 수남이가 이 두 인물 중 누구를 따를 것인지 고민하는 모습을 통해 이 소설 전체의 주제를 암시하고 있다.

● 핵심 만나기

갈래	현대 소설, 단편 소설, 성장 소설
배경	•시간적: 1970년대 / •공간적: 서울 청계천 세운 상가 뒷길
시점	전지적 작가 시점(부분적으로 1인칭 주인공 시점)
성격	교훈적, 비판적
주제	현대인들의 부도덕성에 대한 고발 / 우리가 지켜야 할 정신적 가치(양심)의 중요성
특징	•주인공의 내면 심리가 섬세하게 나타나 있음. •순진한 어린 소년의 눈을 통해 주제를 드러냄. •전체적으로 시간의 흐름에 따라 이야기가 진행되나 뒷부분에 회상 장면이 있음.

● 등장인물

수남	• 순진하고, 성실함. • 양심적이지 못한 행동으로 고민하다가 고향으로 돌아가기로 결심함.
주인 영감	• 이해타산적이고 부도덕함. • 수남이를 위하는 척하면서 혹사시킴.
××상회 주인	인색하고 이기적이며 비열함.
자동차 주인	인정이 없고 경망스러움.
아버지	주인 영감과 상반되는 인물로 도덕적임.

● '자전거 도둑'에 나타난 갈등

• 수남과 자동차 주인 사이의 갈등(개인과 개인 사이의 외면적 갈등)

  수리비를 주지 않으려고 함. ↔ 수리비를 받으려고 함.

• 수남이의 내면적 갈등

  도둑질을 한 것이 아님. ↔ 도둑질을 한 것임.

● '누런 똥빛'의 의미

주인 영감과 형의 누런 똥빛 얼굴	수남이의 누런 똥빛 얼굴
물질적인 탐욕과 비도덕적인 모습	자동차 수리비를 내지 않고 도망친 비도덕적인 모습

❶ 수남이가 자전거를 들고 도망친 이유는 무엇인지 생각해 보자.

❷ 소설 마지막 부분에 수남이의 얼굴이 소년다운 청순함으로 빛났다는 것은
무엇을 의미하는지 생각해 보자.

● 책 이름(출판사)   ● 지은이

● 줄거리 요약

　　열여섯 살의 어린 수남이는 청계천 세운 상가 뒷길의 전기용품 도매상에서 주인
영감의 신임을 받으며 점원으로 일한다. 그러던 어느 해 봄날

● 인상 깊은 내용과 그 이유

● 읽고 난 후의 생각이나 느낌

✎ 이 소설을 읽고 친구들과 토론하고 싶은 내용을 두 가지 이상 써 보자.

1. '자전거 도둑'에서 수남이가 일하는 곳은 어디인지 쓰시오.

2. 신사가 요구한 자동차 수리비의 금액은 얼마인지 쓰시오.

3. 수남이가 자전거를 들고 도망칠 때 느꼈던 기분으로 알맞지 <u>않은</u> 것은?

   ① 양심의 가책을 느껴 발걸음이 무거웠다.

   ② 자전거를 타고 달릴 때보다 더 신이 났다.

   ③ 오래 참았던 오줌을 시원하게 내깔기는 듯했다.

   ④ 자전거가 마치 낙엽이나 마른 풀처럼 가볍게 느껴졌다.

   ⑤ 무거운 억압이 갑자기 풀리면서 온 몸이 날아갈 듯했다.

4. 수남이가 비도덕적인 행동을 한 사람의 얼굴을 어떻게 표현했는지 2어절로 쓰시오.

5. 결국 수남이가 자신의 고민을 해결하기 위해 내린 결심은?

   ① 신사에게 찾아가 수리비를 물어 주기로 한다.

   ② 주인 영감을 떠나 다른 가게에 취직하기로 한다.

   ③ 주인 영감을 위해 더욱 열심히 일하기로 다짐한다.

   ④ 짐을 꾸려 도시를 떠나 고향으로 돌아가기로 한다.

   ⑤ 자신의 행동을 반성하며 전국 방방곡곡을 떠돌기로 한다.

6. 주인 영감이 일하는 사람을 더 쓰지 않는 진짜 이유는?

① 일이 바쁘지 않아서

② 수남이와 둘이서만 일하고 싶어서

③ 일하는 사람을 구하기가 힘들어서

④ 순진한 수남이가 나쁜 물이 들까 봐

⑤ 점원을 늘리는 비용을 아끼기 위해서

7. 수남이가 지금 가장 필요로 하는 사람은 누구인지 빈칸에 알맞은 말을 쓰시오.

→ ☐☐☐으로 자기를 견제해 줄 어른

8. '은행 막는다.'의 의미를 쓰시오.

9. 수남이가 느낀 장사꾼의 속성으로 알맞지 <u>않은</u> 것은?

① 돈이 들어오는 대로 대금을 지불한다.

② 장사가 잘 되지 않는다는 거짓말을 한다.

③ 물건 대금을 도무지 내주려 들지를 않는다.

④ 금고에 돈을 넣어 놓고도 한 푼도 없는 척 한다.

⑤ 대금을 한 번에 주지 않고 푼돈으로 나누어서 준다.

10. 수남이가 앞으로 자신이 도둑질을 할지도 모른다는 생각이 든 이유는 무엇인지 빈칸
에 알맞은 말을 쓰시오.

→ 자기 내부에 도사린 ☐☐☐☐

● 보물이 숨겨진 동굴에 들어가려면 각 문제에 알맞은 단어를 찾아야 한
  다. 다음 구슬에서 각 문제에 알맞은 단어를 찾아 써 보자.

(1) 아무 까닭이나 실속이 없음을 의미하는 말은?

(2) 마른 나뭇가지, 마른 풀, 낙엽 따위의 부스러
    기를 가리키는 말은?

(3) '처음부터 끝까지의 과정'이라는 의미를 나타
    내는 말은?

(4) 마음에 흐뭇하게 들어맞은 상태를 나
    타내는 것은?

(5) 부끄러운 줄 모르고 게으름을 피우
    며 뻔뻔스럽게 놀기만 하는 것을 가
    리키는 것은?

검부러기

자초지종

공연히

적이   회심   반전

생채기   빈들대다   자극

나비

헤르만 헤세

내가 나비를 잡기 시작한 것은 여덟 살인가 아홉 살 때부터이다. 처
<u>음엔 큰 관심도 없이 다른 애들이 다 하니까 나도 해 보는 정도였다. 그</u>
<small>'나'가 과거를 회상하고 있음을 알 수 있음.</small>
런데 열 살쯤 된 두 번째 여름에 나는 완전히 이 <u>유희</u>에 빠져서, 이 때문
<small>즐겁게 놀며 장난함.</small>
에 다른 일은 전혀 돌보지 않게 되었다. 그래서 주위 사람들은 나에게
<u>그것</u>을 하지 못하도록 말리지 않으면 안 되겠다고까지 걱정을 하게 되
<small>나비 잡기</small>
었다. ▶ 어린 시절, 나비 잡기에 몰두한 '나'

『나비 잡기에 열중하면 학교의 수업 시간도, 점심도 잊어버리고, 탑
<small>『 』: 나비 잡기에 열중했을 때의 '나'의 모습</small>
시계가 우는 것도 귀에 들어오지 않았다. 학교를 쉬는 날은 빵 한 쪽을
호주머니에 넣고는, 아침 일찍부터 밤늦게까지, 끼니때에도 집으로 돌
아가지 않고 뛰어다니곤 하였다.』지금도 아름다운 나비를 보면, 이따
금 그때의 열정이 몸에 스미는 듯 느껴진다. 그럴 때면 나는 잠시 어린
<small>나비 잡기에 몰두하던 어린 시절</small>
이만이 느낄 수 있는 뭐라고 표현할 수 없는 <u>황홀감</u>에 사로잡힌다. 소년
<small>어떤 사물에 마음이나 시선이 흑하여 흥분된 느낌</small>
시절에 처음으로 노랑나비를 찾아냈던 그때의 기분 그대로를 느낄 수
있는 것이다. 또한 그럴 때면 어린 날의 무수한 순간들이 홀연히 떠오른
다. 『풀 향기가 코를 찌르는 메마른 벌판의 찌는 듯한 무더운 낮과, 정원
<small>『 』: 나비를 잡을 때 '나'가 맛보는 긴장과 환희</small>
속의 서늘한 아침과, 신비스런 숲 속의 저녁, 나는 마치 보물을 찾아 헤

매는 사람처럼 포충망을 들고 나비를 노리는 것이었다. 그리하여 아리
_{벌레를 잡는 데 쓰는 그물}
따운 나비를 발견하면 ― 특별히 진귀한 것이 아니라도 좋다. 햇볕 아래

졸고 있는, 꽃 위에 앉아서 고운 빛깔의 날개를 호흡과 함께 파르르 떨

고 있는 것을 보면 ― 그것을 잡는 기쁨에 숨이 막힐 지경이 되어, 가만

가만 다가섰다. 반짝이는 반점의 하나하나, 날개 속에 드러난 맥줄의 하
_{맥이 벋어 있는 줄기}
나하나가 눈에 뚜렷이 보이면, 그 긴장과 환희란 이루 다 말할 수가 없

었다.』 그때의 그 미묘한 기쁨과 거센 욕망과의 교차를 그 뒤엔 자주 느
_{나비를 소유하고 싶은 욕망}
낄 수 없었다.   ▶ 나비를 잡으며 환희를 느낀 '나'

　부모님께서 좋은 도구를 전혀 마련해 주시지 않았기 때문에 나는 잡

은 나비들을 낡은 헌 종이 상자에 두는 수밖에 없었다. 병마개에서 뽑은

동그란 코르크를 밑바닥에 붙이고 그 위에 핀을 꽂는 것이었다. 이렇게
_{코르크나무의 겉껍질과 속껍질 사이의 두껍고 탄력 있는 부분}
초라한 상자 속에서 나는 나의 보물을 간직했다. 처음 한동안 나는 이
_{나비}
수집물을 친구에게 즐겨 보여 주기도 하였으나, 친구들이 가진 도구는
_{나비}
대개 유리 뚜껑의 나무 상자에 푸른빛 거즈를 친 사육 상자와 그 밖의
_{가축이나 짐승을 먹이어 기름.}
여러 가지 사치스런 것들이므로, 내가 가진 유치한 설비를 더 자랑할 수

가 없게 되었다. 그뿐만 아니라 아주 보기 드물고 센세이셔널한 나비가
_{선풍적인 인기를 끄는}
손에 들어와도 남에게는 비밀로 하고, 내 누이들에게만 이것을 보여 주

곤 하였다.   ▶ 잡은 나비들을 헌 상자에 보관한 '나'
　　　　　　　　　　　　　발단 '나'는 어린 시절에 나비를 잡는 일에 몰두하며 환희를 느낌.
　어느 날 나는 우리 고장에서 보기 드문 푸른 날개의 나비를 잡았었

다. 날개를 펴서 그것을 말린 다음에, 나는 하도 들뜨고 자랑스러워, 꼭

이웃집 아이에게만은 보여 주리라고 생각했다. 이웃집 아이란 뜰 건너

편 집에 사는 교사의 아들이다. 이 소년은 흠을 잡을 수 없을 만큼 깜찍
_{생각보다 태도나 행동이 영악함.}
한 녀석으로, 아이로서는 어딘지 못마땅한 데가 없지도 않았다. 그의 수
_{'나'가 이웃집 아이를 별로 좋아하지 않음을 알 수 있음.}
집물은 그리 대단하지는 않았으나, 깨끗한 점과 섬세한 솜씨는 보석을
간직한 것과 다름이 없었다. 게다가 그는 찢긴 헌 나비의 날개를 풀로
이어 붙이는, 남이 잘 못하는 어려운 기술을 가지고 있었다. 어쨌든 모
든 점에서 그런 모범적인 소년이었다. 그 때문에 나는 그를 부러워하면
서도, 속으로는 미움을 갖고 있었다. 이 소년에게 푸른 날개의 나비를
_{질투의 감정}   _{나비를 자랑하고 싶기 때문에}
보였더니 그는 무슨 전문가나 되는 듯이 그것을 세세히 보고 나더니, 신
기한 것임을 인정하면서 10전짜리 값은 된다고 하였다. 그러나 한편으
로 그는 트집을 잡기 시작하였다. 『날개를 편 방식이 나쁘다느니, 오른
      _{『』: 이웃집 아이가 잡은 트집}
쪽 촉각이 비틀어졌다느니 하며, 제법 그럴듯한 결함을 늘어놓았다.』
            _{부족하거나 완전하지 못하여 흠이 되는 부분}
나는 그런 결점을 그다지 대단한 것이라고는 생각지 않았으나, 『그의
혹평으로 인하여 내 푸른 날개의 나비에 대한 기쁨은 다분히 허물어지
_{가혹하게 비평함.}
고 말았다.』 그래서 나는 두 번 다시 그에게 수집물을 보여 주지 않았다.
_{『』: 자존심이 상한 '나'}   ▶ 이웃집 아이가 '나'의 푸른 나비를 보고 혹평을 하자 기분이 상한 '나'
  두 해가 지나서 우리는 꽤 머리가 굵은 소년이 되었는데, 그때도 나
             _{성장함.}
의 나비 잡기에 대한 열정은 변함이 없었다. 그때 이웃집 에밀이 점박이
를 번데기에서 길러 냈다는 소문이 퍼졌다. 『나는 이 말을 들은 때만큼
           _{『』: '점박이'를 갖고 싶었기 때문에}
흥분한 적이 없었다.』 『내가 아는 동무들 중에서는 아직 점박이를 잡은
           _{『』: '점박이'가 매우 희귀한 나비임을 알 수 있음.}
사람이 없었다. 나 역시 내가 가진 낡은 책에서 그림으로 보았을 뿐이
다.』 나비 이름을 알면서도 아직 잡아 보지 못한 것 중에서 나는 점박이
를 어느 것보다도 가지고 싶어 하였다. 『몇 번이고 나는 책 속의 그림을
           _{『』: '점박이'를 실제로 보고 싶어 하는 마음을 표현함.}

들여다보았다.』 한 친구는 내게 이런 말을 하였다. 나무 둥지나 바위에

앉아 있는 이 갈색 나비는 새나 다른 짐승이 자기에게 덤벼들려고 하면

거무스름한 앞날개를 펼치고 아름다운 뒷날개를 드러내 보일 뿐인데,

그 빛나는 커다란 무늬가 매우 이상한 모양을 나타내므로, 새는 겁을 먹

고 함부로 덤비지 못한다고…….

▶ 에밀이 '점박이'를 길러 냈다는 소문을 듣고 흥분한 '나'

전개1 '나'는 에밀이 나의 푸른 나비를 보고 혹평을
하자 기분이 나빴고, 2년 후 에밀이 '점박이' 나비를 가지고 있다는 소문을 듣고 흥분함.

에밀이 이 이상한 나비를 가졌다는 소문을 듣고부터 나의 흥분은 절

정에 이르러, 그것을 꼭 한번 보고 싶어 견딜 수 없었다. 나는 식사 뒤

틈을 이용해 곧 뜰을 건너서 이웃집 4층으로 올라갔다. 이 4층에 교사

의 아들 에밀은 작으나마 제 방을 하나 차지하고 있었다. 그것이 내게는

얼마나 부러웠는지 모른다. 방으로 가는 도중에 나는 아무와도 만나지

않았다. 문을 두드려 보았지만 아무런 대답이 없었다. 에밀이 없는 모양

이었다. 문의 손잡이를 돌려 보니, 문은 그대로 열려 있었다. 어쨌든 실

물을 한번 보리라는 생각에 나는 안으로 발을 들여놓았다. 그리고 에밀

이 나비를 보관하는 두 개의 커다란 상자를 집어 들었다. 어느 상자에도

점박이는 들어 있지 않았다. 그런데 문득 날개판에 물려 있는지도 모른

다는 생각이 들어 찾아보니 과연 생각한 바 그대로였다. 갈색 비로드 날

벨벳. 거죽에 곱고 짧은 털이 촘촘히 돋게 짠 비단

개가 길쭉한 종이쪽 위에 펼쳐진 채 날개판에 걸려 있었다. 나는 그 앞

에 허리를 굽히고, 『털이 돋친 적갈색의 촉각과, 그지없이 아름다운 빛

「 」: '점박이'의 모습을 묘사함.

깔을 띤 날개의 선과, 밑 날개 양쪽 선이 있는 양털 같은 털을』 바로 곁

에서 들여다볼 수 있었다.
▶ 에밀의 방에서 '점박이' 나비를 본 '나'

그러나 그 유명한 무늬만은 보이지 않았다. 종이쪽에 가려져서 보이

빛나는 커다란 무늬

지 않았다. 가슴을 두근거리면서 나는 유혹에 끌려 종이쪽을 떼어 내고, 꽂혀 있는 핀을 뽑았다. '점박이' 무늬를 보고 싶은 마음 그러자 네 개의 커다란 무늬가 그림에서보다는 훨씬 더 아름답게, 훨씬 더 찬란하게 나의 눈앞에 드러났다. 이것을 본 나는, 『이 보배를 내 손에 넣고 싶은, 견딜 수 없는 욕망으로』 난생처음 '점박이' 『 』: '나'가 난생 처음 도둑질을 한 이유 도둑질을 했다. 나비는 벌써 말라 있어서, 웬만큼 손을 대어도 형체가 일그러지지 않았다. 나는 그것을 손바닥 위에 받쳐 들고 에밀의 방을 나왔다. 나는 그때 어떤 커다란 만족감 이외에는 아무 생각도 없었다. 나 '점박이'를 훔칠 때의 기분 비를 오른쪽 손에 감추고 층계를 내려섰다. 이때였다. 아래편에서 위로 올라오는 발자국 소리가 났다. 이 순간, 나의 양심의 눈은 떠졌다. 나는 별안간, 내가 도둑질을 했다는 것과 비겁한 놈이란 것을 깨달았다. 그와 양심의 가책을 느낌. 동시에 들키면 어쩌나 하는 무서운 불안에 사로잡혀 나는 본능적으로, 『나비를 감추었던 손을 그대로 양복저고리 주머니 속에다 우겨 박았 『 』: '점박이'가 부서진 이유 다.』 그리고 천천히 발을 떼어 놓았다. 그러면서 속으로, 안 될 일을 했다는 부끄러운 생각에 가슴이 써늘해졌다. 나는 뒤미처 올라온 하녀와 어물어물 엇갈려서 『가슴이 두근거리고 이마에 땀을 흘리며 침착을 잃 『 』: 양심의 가책을 느낀 '나'의 모습 어 벌벌 떨며』 현관에 우뚝 섰다. ▶ '점박이'를 훔친 뒤 양심의 가책을 느낀 '나'

'이 나비를 가져서는 안 된다. 될 수만 있으면 그전대로 돌려놓아야 겠다.' 나는 이런 생각으로 마음이 괴로웠다. 그리고 혹시 사람의 눈에 뜨이지나 않을까, 이 점을 가장 두려워하면서도 날쌔게 발을 돌려 층계 를 뛰어올라, 1분 후에는 다시 에밀의 방 가운데 자신이 서 있는 것을 알 게 되었다. 나는 주머니에서 손을 뽑아 나비를 꺼내 책상 위에다 꺼내

놓았다. 나는 그것을 보기 전에 벌써 어떤 불행한 일이 생겼다는 것쯤은

미리 짐작했었다. 그저 울고 싶은 생각뿐이었다. 아니나 다를까, 『점박

이는 보기 싫게 망가져서 앞날개 하나와 촉각 한 개가 떨어져 버렸다.』
『 』: 망가져 버린 '점박이'

떨어진 날개를 조심스레 주머니 속에서 끄집어내려고 하니까, 그나마

산산이 부서져서 이제는 이어 붙일 수조차 없게 되었다.

　　『도둑질을 했다는 생각보다도, 그 아름답고 찬란한 나비를 자기 손으
　　『 』: '점박이'에 대한 '나'의 강한 애착을 알 수 있음.

로 망가뜨렸다는 것이 나로서는 더 괴로운 일이었다.』 날개에 있는 갈

색 분이 온통 나의 손끝에 묻은 것을 보았다. 그리고 또 산산이 부서진

날개가 책상 위에 이리저리 흩어진 것을 보았다.『그것을 완전하게 원

형대로 고쳐 놓을 수만 있다면, 나는 그 대신 내가 가진 어떤 물건이든
『 』: '점박이'를 되돌리고 싶은 절박한 마음. '나'의 죄책감과 후회의 마음이 잘 드러남.

지 기꺼이 버릴 수 있었을 것이다.』　　　　▶ 망가진 '점박이'를 보고 괴로워하는 '나'
어떤 희생도 감수할 수 있음.　　　　위기　'나'는 에밀의 '점박이'를 훔치다 망가뜨려 괴로워함.

　　『우울한 생각으로 가득 차 집에 돌아온 나는 하루 종일 좁은 뜰 안에
　　『 』: 양심의 가책을 느껴 우울한 '나'의 모습

주저앉아 있었다.』 그러다가 마침내 나는 용기를 내어, 모든 일을 어머
에밀의 나비를 훔치다 망가뜨린 일

니에게 말씀드리고 말았다. 어머니는 놀라움과 슬픔에 잠겨 어쩔 줄을

몰라 하였다. 그리고 이 나의 고백이, 그대로 벌을 받는 일보다 나 자

신으로서는 몇 배가 더 괴로운 사실이란 것도 넉넉히 짐작하시는 눈치

였다.

　　"너는 지금 곧 에밀에게 가야 한다."

　　어머니는 한마디로 잘라 말했다.

　　"에밀을 찾아가서 사실을 고백하고 용서를 빌어라. 그밖에는 아무런

길이 없다. 네가 가진 것 중에서 하나를 대신 처리해 달라고 말해 보
방법

렴. 그리고 용서를 빌어야지."

만일 모범 소년인 에밀이 아니고 다른 친구였다면, 나는 용서를 비는

것쯤 서슴지 않았을 것이다. 『그가 나의 고백을 이해해 준다거나 나의

사과를 믿어 주지 않을 것을 나는 미리부터 잘 알고 있었다.』 그럭저럭

『 』: '나'가 선뜻 에밀에게 사과할 용기를 내지 못한 이유

밤이 되었으나 나는 그때까지도 그를 찾아갈 용기를 얻지 못한 채 주저

하고만 있었다. 어머니는 내가 뜰에 있는 것을 보고 나직한 소리로 말하

였다.

"오늘 중으로 갔다 와야 해. 지금 곧 가렴."

▶ 어머니에게 사실을 고백하고 어머니로부터 에밀에게 사과할 것을 권유받은 '나'

나는 에밀을 찾아갔다. 그는 나를 만나자 곧 점박이에 관한 말을 꺼

냈다. 누가 그랬는지 점박이를 아주 못쓰게 만들어 놓았다고 하면서, 사

람의 소행인지 혹은 고양이가 그랬는지 알 수 없는 일이라 하였다. 나는

이미 해 놓은 일이나 짓

그 나비를 좀 보여 달라고 청했다. 두 사람은 방으로 올라갔다. 그는 촛

불을 켰다. 못쓰게 된 그 나비가 날개판 위에 올려져 있었다. 에밀이 그

날개를 손질하느라고 무척 고심한 흔적이 역력히 보였다. 그는 『부서진

날개를 정성껏 주워 모아서 작은 압지 위에 펴 놓았다.』 그러나 그것은

『 』: 에밀이 '점박이'를 되돌려놓기 위해 노력함.

도저히 본디 모양으로 바로잡힐 가망이 없었다. 촉각도 떨어진 그대로

이다.   ▶ '나'는 사과하기 위해 에밀의 집에 찾아감.

나는 그제서야 그것이 나의 소행인 것을 밝혔다. 그랬더니 에밀은 격

분한다거나 나를 큰소리로 꾸짖지도 않고, 혀를 차며 한동안 나를 지켜

마음이 격하게 움직여 성을 냄.

보다가, 나직한 소리로 말하였다.

"알았어. 말하자면 너는 그런 자식이란 말이지."

나는 그에게 내 장난감을 모두 주겠다고 하였다. 『그래도 그는 듣지 않고 냉담하게 도사리고 앉아, 여전히 나를 비웃는 눈으로 지켜보고만
『 』: '나'를 용서해 주지 않는 에밀. 에밀이 다른 사람을 배려하는 마음이 없음을 알 수 있음.
있으므로,』 이번에는 내가 수집한 나비의 전부를 주겠다고 하였다.

『"뭐, 그렇게까지 하지 않아도 좋아. 나는 네가 모은 것이 어떤 것인
『 』: 나를 비난하며 무시하는 에밀
지 잘 알고 있어. 게다가 오늘은 네가 나비를 다루는 성의가 어떻다
정성스러운 뜻
는 것을 알 만큼은 알았어."』

그 순간 나는 녀석의 멱살을 움켜쥐고 늘어지고 싶었다. 이제는 아무런 도리가 없음을 알았다. 나는 아주 나쁜 놈으로 결정이 나고 에밀은 천하에 정직한 사람이 되어, 냉정히 정의를 방패로 하고 모멸적인 태도
업신여기고 얕잡아 봄.
로 내 앞에 버티는 것이다. 그는 욕설을 늘어놓지도 않았다. 다만 나를 바라보면서 경멸할 따름이었다. 그때 나는 비로소, 한 번 저지른 일은
깔보아 업신여김.
▶ '나'의 용서를 받아 주지 않는 에밀
이미 어떻게도 바로잡을 도리가 없다는 것을 깨달았다.
절정 '나'는 에밀에게 용서를 빌었으나 에밀이 '나'의 용서를 받아 주지 않고 '나'를 경멸함.
나는 그 자리를 물러섰다. 『경과를 물어보려고도 하지 않고, 나에게
『 』: '나'를 배려하는 어머니의 모습
키스만을 하고 내버려 두는 어머니가 고마웠다.』 어머니는 나더러 그만 잠자리에 들라고 하였다. 여느 날보다는 시간이 늦어진 편이기는 하였다. 그러나 나는 그 전에 가만히 식당으로 가서, 갈색으로 된 두껍고 커
'나'가 나비를 모아 둔 상자
다란 종이 상자를 찾아가지고 와서 침대 위에 올려놓고, 어둠 속에서 뚜껑을 열었다. 그리고 『그 속에 든 나비들을 하나하나 끄집어내어 손끝
『 』: 스스로에게 벌을 줌. 나비 수집을 포기한다는 의미이기도 함.
으로 비벼서 못쓰게 가루를 내어 버렸다.』
결말 '나'는 자신이 수집한 나비를 못 쓰게 만듦.

🌸 작가 만나기

헤르만 헤세(Hermann Hesse, 1877~1962) 독일의 소설가이자 시인이다. 선교사의 아들로 태어났으며, 14살 때 신학교에 입학했지만, 1년 만에 중퇴했다. 시계 공장과 서점에서 일하다 글을 쓰기 시작했고, 1899년 첫 시집 "낭만의 노래"를 발표하였다. 그는 주로 인간의 내면 세계에 함께 존재하고 있는 선과 악, 이성과 감성 등을 인정하고 조화를 추구하는 작품을 썼다. 주요 작품으로는 '수레바퀴 아래서', '데미안', '싯다르타' 등이 있으며, '유리알 유희'로 1946년 노벨 문학상을 수상하였다.

🌸 작품 만나기

'나비'는 친구의 나비를 훔쳤다가 자신의 잘못을 깨닫고 친구에게 사과하는 과정을 통해 주인공이 정신적으로 성장하는 과정을 보여 주고 있다. 이 소설에서는 주인공인 '나'가 서술자로 등장하여 '점박이' 나비를 보러 가서 그것을 훔치고 다시 되돌려 놓기까지의 과정에서 느꼈던 '나'의 심리를 자세하게 묘사하고 있다. 그리고 친구에게 사과하는 과정에서 겪어야 했던 고통과 그 고통 속에서 깨달은 바를 명확히 보여 주고 있다. 즉, 이 소설은 한 소년이 정신적인 성장통을 겪으면서 성숙해지는 모습을 그리고 있다.

🌸 핵심 만나기

갈래	현대 소설, 단편 소설, 성장 소설
성격	고백적, 회고적
배경	• 시간적: 주인공이 열 살 무렵이던 유년 시절 • 공간적: 작은 시골 마을
시점	1인칭 주인공 시점
제재	나비 수집(나비)
주제	친구의 나비를 훔치면서 겪게 되는 한 소년의 갈등과 정신적 성장
특징	• 주인공이 나비를 훔쳤다가 사과를 하면서 겪는 성장 과정을 그림. • 주인공이 서술자로 등장하여 갈등을 겪는 심리를 섬세하게 표현함.

● 등장인물

나	순진하고 소심하며 집착이 강함.
에밀	영리하고 모범적이지만 다른 사람을 배려하는 마음이 없음.
어머니	마음이 따뜻하고 생각이 깊음.

● '점박이' 나비를 훔치기 전후의 '나'의 심리

'점박이'를 봤을 때	'점박이'를 훔쳤을 때	위로 올라오는 발자국 소리를 들었을 때
가지고 싶은 욕망이 끌어 오름.	커다란 만족감	죄책감과 불안감

'점박이'를 감춘 손을 양복 주머니에 넣었을 때	망가진 '점박이'를 보았을 때	집에 돌아왔을 때
부끄러움	괴로움과 나비를 되돌리고 싶은 마음	양심의 가책을 느껴서 우울함.

● '점박이' 나비의 상징과 역할

- '나'가 가지고 싶어 하는 물질적 욕망의 대상
- '나'의 내면적 갈등의 원인(이 나비를 훔치면서 '나'의 내면적 갈등이 시작됨.)
- '나'와 에밀과의 외면적 갈등의 원인(이 나비를 훔치면서 '나'와 에밀과의 갈등이 시작됨.)
- '나'를 성장시켜 준 요인(이 나비를 훔친 다음 에밀에게 사과하는 과정을 통해서 '나'가 깨달은 바가 있음.)

● '나'가 에밀에게 사과하는 과정에서 깨달은 점은 무엇인지 생각해 보자.

● 책 이름(출판사)　　　　　　　　● 지은이

● 줄거리 요약

　　'나'는 어린 시절, 나비를 잡는 일에 환희를 느끼며 나비 잡기에 열중한다. 그러던

어느 날

● 인상 깊은 내용과 그 이유

● 읃고 난 후의 생각이나 느낌

✎ 내가 '에밀'이었다면 사과하는 '나'에게 어떤 말과 행동을 했을지 써 보자.

1. 이 소설의 주인공 '나'에 대한 설명으로 알맞지 <u>않은</u> 것은?

① '나'는 어린 시절 나비 잡기에 몰두하였다.

② '나'는 현재 성인이 되어 과거를 회상하고 있다.

③ '나'는 초라한 상자에 잡은 나비들을 보관하였다.

④ '나'는 나비를 잡는 일보다는 학교 수업 시간을 더 중요시 여겼다.

⑤ '나'는 나비를 잡을 때 미묘한 기쁨과 나비를 소유하고 싶은 욕심이 생겼다.

2. '나'가 두 번 다시 '에밀'에게 수집물을 보여 주지 않은 이유로 알맞은 것은?

① '에밀'의 수집 상자가 '나'보다 더 좋았기 때문이다.

② '에밀'이 '나'가 수집한 나비들을 매우 부러워했기 때문이다.

③ '에밀'이 '나'의 나비를 망가뜨릴까 봐 걱정이 되었기 때문이다.

④ '에밀'과 '나'가 수집한 나비들이 대부분 같은 나비였기 때문이다.

⑤ '에밀'이 '나'가 잡은 푸른 나비에 대해 결함을 늘어놓았기 때문이다.

3. 책에서나 볼 수 있는 매우 희귀한 나비로, '나'가 갖고 싶어 하던 나비를 쓰시오.

4. '에밀'의 나비를 훔친 후 '나'가 한 행동으로 알맞지 <u>않은</u> 것은?

① '에밀'에게 찾아가 용서를 빌었다.

② 어머니에게 모든 사실을 고백하였다.

③ 자신이 수집한 나비를 가루 내어 버렸다.

④ '에밀'의 나비와 같은 나비를 잡아, '에밀'에게 주었다.

⑤ 양심의 가책을 느껴 우울해하며 뜰에 주저앉아 있었다.

5. 다음 빈칸에 들어갈 알맞은 말을 쓰시오.

> 이 순간, 나의 [ ][ ]의 눈은 떠졌다. 나는 별안간, 내가 도둑질을 했다는 것과 비겁한 놈이란 것을 깨달았다.

6. '나'가 '점박이' 나비를 훔치게 된 이유로 알맞은 것은?

① '점박이'를 학교 과제로 꼭 수집해야 했기 때문이다.

② '점박이'를 가족에게 꼭 보여 주고 싶었기 때문이다.

③ 에밀이 '점박이'를 가지고 있는 것이 부러웠기 때문이다.

④ 좋아하던 여자 친구가 '점박이'에 관심이 많았기 때문이다.

⑤ '점박이'는 희귀한 나비로 '나'가 꼭 가지고 싶어 했기 때문이다.

7. 다음 글에 나타난 '나'의 심정으로 알맞지 <u>않은</u> 것은?

> 나비를 오른쪽 손에 감추고 층계를 내려섰다. 이때였다. 아래편에서 위로 올라오는 발자국 소리가 났다.

① 기쁨　　　　　② 두려움　　　　　③ 괴로움

④ 죄책감　　　　⑤ 불안함

8. 다음 빈칸에 들어갈 알맞은 말을 쓰시오.

> "에밀을 찾아가서 사실을 고백하고 [ ][ ]을(를) 빌어라. 그밖에는 아무런 길이 없다. 네가 가진 것 중에서 하나를 대신 처리해 달라고 말해 보렴."

● 다음 단어의 뜻이 맞는지 확인하면서 무사히 정글을 빠져 나가 보자.

(1) 혹평: 가혹하게 비평함.
옳으면 앞으로 한 칸
그르면 앞으로 두 칸

(2) 소행: 이미 해 놓은 일이나 짓.
옳으면 앞으로 두 칸
그르면 앞으로 한 칸

(3) 황홀감: 즐겁게 놀며 장난함. 또는 그런 행위.
옳으면 뒤로 한 칸
그르면 앞으로 한 칸

(4) 유희: 어떤 사물에 마음이나 시선이 혹하여 흥분한 느낌.
옳으면 앞으로 한 칸
그르면 앞으로 두 칸

(5) 결함: 부족하거나 완전하지 못하여 흠이 되는 부분.
옳으면 앞으로 한 칸
그르면 뒤로 한 칸

(6) 사육: 가축이나 짐승을 먹이어 기름.
옳으면 앞으로 한 칸
그르면 뒤로 두 칸

2

행복과
불행 사이에 서다

호동 왕자와 낙랑 공주

김부식

대무신왕에게는 두 명의 왕비가 있었다. 첫째 왕비는 해후 왕자를 낳
<u>고구려 왕</u>
았고, 둘째 왕비는 호동 왕자를 낳았다.

두 왕자 중 호동 왕자는 유난히 용모가 빼어나고 늠름한 태도에 용맹
<u>사람의 얼굴 모양</u>
하기가 이를 데 없어 사람들에게서 칭송을 받았다. 그래서 대무신왕도
<u>칭찬하여 일컬음.</u>
호동 왕자를 특별히 귀여워했다.

어느 날, 호동 왕자는 사냥을 하다가 이웃 나라 옥저에 가게 되었다.
그런데 마침 그곳에서는 낙랑국의 임금인 최리가 와 있었다. 최리는 호
동 왕자를 보더니 반가워하며 말했다.

"그대의 얼굴을 보니 <u>고구려 왕</u>의 아들임을 알 수가 있겠구려. 나와
<u>대무신왕</u>
함께 우리나라에 가서 잠시 지내지 않겠소?"

호동 왕자는 이를 선뜻 받아들였다.
　　　　　　　　　▶ 호동 왕자는 낙랑국으로 함께 가자는 최리의 제안을 받아들임.
낙랑은 고구려보다 훨씬 작은 나라였기 때문에 최리는 호동 왕자를
극진하게 대접했다.
<u>마음과 힘을 다하여 애를 쓰는 것이 매우 지극하게</u>
『"귀한 손님이 왔으니 내 보잘것없는 딸을 불러 시중을 들게 하고
<u>고구려 왕자 (=호동 왕자)</u>　　　　　　<u>낙랑 공주</u>　　　　옆에 있으면서 여러 가지 심부름을 하는 일
싶소."』『』: 최리는 고구려와의 전쟁을 막기 위하여 자신의 딸과 호동 왕자를 결혼시키려고 함.

최리는 자신의 딸 낙랑 공주를 불렀다.

낙랑 공주의 모습을 본 호동 왕자는 눈이 번쩍 뜨였다. 그녀의 모습이 어찌나 아름다운지 마치 얼굴에서 빛을 뿜는 듯했다. 낙랑 공주 역시 호동 왕자의 남자다운 모습에 마음을 빼앗겨 버렸다. 『결국 두 사람은 서로 마음이 통해 결혼식을 올리게 되었다.』

『 』: 그 당시 결혼 풍습은 남자가 여자의 집에 가서 식을 올리고 나중에 여자를 남자의 집으로 데려오는 것이었음.

그런데 호동 왕자는 곧 고구려로 돌아가야 했다. 호동 왕자가 낙랑 공주를 달래며 말했다.

"내가 고구려로 돌아가 준비를 마치는 대로 당신을 부르겠소."

▶ 호동 왕자와 낙랑 공주가 낙랑에서 결혼을 하고 호동 왕자는 고구려로 돌아감.

고구려로 돌아온 호동 왕자가 대무신왕에게 낙랑 공주를 데려오겠다고 하자 왕은 대답했다.

"너는 나라의 일보다 개인의 일을 앞세우지는 않겠지? 낙랑은 오래 전부터 우리가 차지하려 했던 땅이다. 그런데 그 나라에는 적이 쳐들어오면 저절로 울리는 '자명고'라는 북이 있다. 그것 때문에 우리는 아직 낙랑을 공격하지 못하고 있지. 네가 그곳의 공주를 아내로 맞이했다고 하니, 공주에게 부탁해서 그 자명고를 찢어 버리도록 하라. 그렇게 된다면 우리는 손쉽게 낙랑을 공격할 수 있을 것이다."

호동 왕자는 고민에 빠졌다. 하지만 『왕의 명령을 거스를 수가 없었

나라의 일과 개인의 사랑 사이에서 갈등함.   『 』: 나라의 일이 더 중요하다고 판단함.

다. 그래서 낙랑 공주에게 몰래 편지를 보내 자명고를 찢어 버리라고 부탁했다.』

▶ 호동 왕자는 왕의 명령에 따라 낙랑 공주에게 자명고를 찢어 버리라는 편지를 씀.

호동 왕자의 편지를 받은 낙랑 공주는 고민에 빠졌다. 『자명고를 찢으면 아버지를 배신하게 되고, 그러지 않으면 사랑하는 사람을 잃게 되

『 』: 나라의 일과 개인의 사랑 사이에서 갈등함.

기 때문이었다.』 며칠 동안 고민하던 낙랑 공주는 마침내 『사랑을 택하

『 』: 개인의 사랑이 더 중요하다고 판단함.

기로 마음먹었다.』 그래서 칼을 가슴에 품고 자명고가 있는 곳으로 향했다. 손에 칼을 들고 한동안 망설이던 낙랑 공주는 마침내 떨리는 손으로 자명고를 찢었다. 낙랑 공주가 호동 왕자에게 이 사실을 알리자 대무신왕은 곧 군사를 이끌고 낙랑을 공격했다.

▶ 낙랑 공주는 자명고를 찢게 되고, 고구려는 낙랑을 공격함.

『고구려의 군사들이 궁궐 근처에 이를 때까지도 낙랑국에서는 아무

『 』: 자명고가 찢어져 적이 쳐들어온 것을 알릴 수 없었기 때문에

도 모르고 있었다.』

"폐하, 고구려 군사가 궁궐 밖에까지 쳐들어왔습니다!"

최리(낙랑 공주의 아버지)

마침내 한 신하가 달려와 말했다.

"그게 무슨 소리냐? 자명고도 울리지 않았는데 적이 이미 쳐들어 왔다니?"

"누군가가 자명고를 찢어 버렸습니다."

"뭐라고?"

화가 날 대로 난 최리는 누가 자명고를 찢었는지 당장 알아내라고 명령했다.

무기 창고를 지키고 있던 군사가 나와서 말했다.

"이 칼이 자명고 앞에 떨어져 있었습니다."

칼을 본 최리는 깜짝 놀랐다. 그것은 바로 딸의 칼이었기 때문이다. 최리는 곧 낙랑 공주가 호동 왕자의 꾐에 빠져 자명고를 찢었다는 사실
어떤 일을 할 기분이 생기도록 남을 꾀어 속이거나 부추기는 일
을 알게 되었다.

"어리석은 것! 아비와 나라를 배신하다니!"

최리는 어쩔 수 없이 딸을 죽여야 했다.

▶ 최리는 자명고를 찢은 낙랑 공주를 죽임.

하지만 그것이 문제를 해결해 주지는 못했다. 낙랑은 곧 고구려에 항복할 수밖에 없었다. 호동 왕자는 궁궐로 들어와 낙랑 공주를 찾았다. 하지만 낙랑 공주는 이미 숨을 거둔 뒤였다. 호동 왕자는 낙랑 공주의 주검을 부둥켜안고 목 놓아 울었다.
죽은 사람의 몸을 이르는 말

▶ 낙랑은 고구려에 항복하고, 호동 왕자는 낙랑 공주의 죽음에 슬퍼함.

● 작가 만나기

김부식(1075~1151) 고려 중기의 유학자·정치가였다. 위기에 처한 왕조의 안정에 기여한 정치가로 높은 관직에 올랐다. 유교의 기본 사상을 바탕으로 끊임없이 자신의 정치적 이상을 실현하려고 했다. 인종 임금의 명령을 받아 1145년에 신라, 고구려, 백제의 역사를 엮은 "삼국사기(三國史記)"를 편찬하였다. 그의 많은 작품이 "동문수(東文粹)"와 "동문선(東門選)"에 전해져 온다.

● 작품 만나기

'호동 왕자와 낙랑 공주'는 고구려 대무신왕의 왕자 호동에 관한 이야기로 "삼국사기"에 기록된 인물 설화의 하나이다. 이 설화는 극적인 구성으로 되어 있어, 그 자체가 훌륭한 문학 작품이다. 특히 사랑하는 사람을 위해 자신의 나라를 버려야 했고, 그 대가로 죽음을 맞이한 낙랑 공주의 운명이 우리의 마음을 아프게 한다. 그리고 나라를 위해서 사랑하는 사람에게 고통을 안겨 줄 수밖에 없었고, 사랑하는 사람 앞에서 목 놓아 우는 호동 왕자의 모습을 통해 나라의 이익을 위해 개인의 행복은 희생되어야 하는지 다시 한 번 생각하게 한다.

호동 왕자와 낙랑 공주의 비극적인 사랑 이야기인 이 설화는 후대 문학 작품의 훌륭한 소재가 되었다. 현대에서도 희곡, 시나리오, 소설 등에서 이 설화를 소재로 한 작품이 많이 창작되고 있다.

● 핵심 만나기

갈래	설화
성격	애상적, 비극적
배경	• 시간적: 고구려 대무신왕 시기(18~44년) • 공간적: 낙랑국
시점	전지적 작가 시점
제재	호동 왕자와 낙랑 공주의 사랑
주제	호동 왕자와 낙랑 공주의 슬픈 사랑
특징	실존 인물을 바탕으로 함.

⚫ 등장인물

호동 왕자	고구려 대무신왕의 아들로, 개인의 사랑보다는 나라를 더 중요하게 생각함.
낙랑 공주	낙랑국의 왕인 최리의 딸로, 나라보다는 개인의 사랑을 더 중요하게 생각함.

⚫ 호동 왕자와 낙랑 공주

이 설화의 주인공인 호동 왕자와 낙랑 공주는 실존 인물이다. 그러나 이 설화의 전체 내용은 실제보다 크게 과장되었다. 역사적으로 낙랑국은 존재했었고, 고구려 대무신왕 시기에 호동 왕자의 계책으로 낙랑국이 멸망한 것은 사실이다. 그러나 스스로 울리는 북인 '자명고'는 존재하지 않았다. 그리고 낙랑국을 정복한 이후 호동 왕자는 첫째 왕비의 모함을 받아 스스로 목숨을 끊게 된다. 즉, 이 설화는 일정한 사실을 바탕으로 오랜 시간 사람들의 입에서 입으로 전해지는 과정에서 허구가 더해졌다고 볼 수 있다.

⚫ "삼국사기"

- '신라, 고구려, 백제' 세 나라의 역사를 인물 중심으로 적은 역사책이다.
- 책의 구성은 크게 왕의 업적을 적은 '본기(本紀)' 28권, 지리 · 의례 등을 적은 '지(志)' 9권, 역사적으로 주요한 사건을 연대순으로 정리한 '연표(年表)' 3권, 임금을 제외한 사람들의 전기를 차례로 적은 '열전(列傳)' 10권으로 이루어졌다.
- 이 책은 국가와 만족의 이익을 위해 희생하는 인간의 도리를 중시하였다.

- '낙랑 공주'가 겪은 갈등은 무엇인지 생각해 보자.

● 책 이름(출판사)   ● 지은이

● 줄거리 요약

    호동 왕자가 사냥을 하다가 낙랑국의 임금인 최리를 만나게 된다. 최리는 호동 왕

자에게 낙랑국에서 잠시 지내자고 제안을 한다.

● 인상 깊은 내용과 그 이유

● 읃고 난 후의 생각이나 느낌

✎ 호동 왕자에게 하고 싶은 말이나 물어보고 싶은 내용 등을 편지 형식에 맞추어

    서 써 보자.

1. 이 작품의 갈래를 쓰시오.

2. 호동 왕자가 옥저에 가게 된 이유는?

　　① 사냥을 하다가

　　② 협상을 하다가

　　③ 전쟁을 하다가

　　④ 관광을 하다가

　　⑤ 혼인을 하다가

3. 호동 왕자가 낙랑국에 가게 된 이유로 알맞은 것은?

　　① 대무신왕의 심부름 때문이다.

　　② 옥저를 정복하기 위해서이다.

　　③ 옥저에서 만난 최리의 제안 때문이다.

　　④ 낙랑 공주에 대한 소문을 들었기 때문이다.

　　⑤ 고구려의 멸망으로 낙랑국으로 도망쳤기 때문이다.

4. 호동 왕자가 낙랑 공주에게 부탁한 것은?

　　① 고구려와의 화합을 제안하였다.

　　② 고구려로 와서 함께 살자고 하였다.

　　③ 낙랑국의 자명고를 찢으라고 하였다.

　　④ 낙랑국의 군사 비밀을 달라고 하였다.

　　⑤ 낙랑국의 왕이 되게 해달라고 하였다.

5. 낙랑 공주에 대한 설명으로 알맞지 <u>않은</u> 것은?

① 사랑을 중요시한다.

② 예쁜 용모를 지녔다.

③ 자신을 희생할 줄 안다.

④ 아버지에 의해 죽게 된다.

⑤ 부모와 나라를 지키기 위해 노력한다.

6. 적이 쳐들어오면 저절로 울리는 낙랑국의 북 이름을 쓰시오.

7. 이 설화의 성격으로 알맞은 것은?

① 비극적   ② 고백적   ③ 사실적

④ 사회적   ⑤ 비판적

8. 이 설화의 결말로 알맞은 것은?

① 낙랑 공주는 호동 왕자를 찾아 고구려로 떠난다.

② 호동 왕자는 최리의 뒤를 이어 낙랑국의 왕이 된다.

③ 호동 왕자와 낙랑 공주는 고구려에서 행복하게 산다.

④ 호동 왕자는 낙랑 공주의 주검 앞에서 매우 슬퍼한다.

⑤ 낙랑 공주는 호동 왕자와 헤어지고, 고구려와의 전쟁을 일으킨다.

9. 이 설화의 주제를 쓰시오.

● 다음 뜻에 해당하는 단어를 〈보기〉에서 찾아 써 보자.

보기						
	용모	칭송	극진하다	시중	꾐	주검

(1) 칭찬하여 일컬음.

(2) 사람의 얼굴 모양.

(3) 죽은 사람의 몸을 이르는 말.

(4) 옆에 있으면서 여러 가지 심부름을 하는 일.

(5) 마음과 힘을 다하여 애를 쓰는 것이 매우 지극함.

(6) 어떤 일을 할 기분이 생기도록 남을 꾀어 속이거나 부추기는 일.

사랑손님과 어머니

주요섭

　나는 금년 여섯 살 난 처녀 애입니다. 내 이름은 박옥희이고요. 우리 집 식구라고는 세상에서 제일 예쁜 우리 어머니와 나, 이렇게 단 두 식구뿐이랍니다. 아차 큰일났군, 외삼촌을 빼놓을 뻔했으니.

▶ 서술자 '나'(옥희)와 가족 소개

　『지금 중학교에 다니는 외삼촌은 어디를 그렇게 싸돌아다니는지 집

『 』: 외삼촌의 자유분방한 성격

에는 끼니때 외에는 별로 붙어 있지를 않으니까 어떤 때는 한 주일씩 가도 외삼촌 코빼기도 못 보는 때가 많으니까요.』 깜박 잊어버리기도 예

코를 속되게 이르는 말　　　　　　　　　　　　　　　보통 있는 일

사지요, 무얼.

▶ 옥희 외삼촌 소개

　우리 어머니는, 그야말로 세상에서 둘도 없이 곱게 생긴 우리 어머니는, 금년 나이 스물네 살인데 과부랍니다. 과부가 무엇인지 나는 잘 몰

남편을 잃고 혼자 사는 여자

라도, 하여튼 동리 사람들이 나더러 '과부 딸'이라고들 부르니까, 우리 어머니가 과부인 줄을 알지요. 남들은 다 아버지가 있는데, 나만은 아버지가 없지요. 아버지가 없다고 아마 '과부 딸'이라나 봐요.

▶ 옥희 어머니 소개

중략 부분 줄거리 옥희 아버지는 옥희가 세상에 나오기 한 달 전에 돌아가셨다. 옥희네 가족은 아버지가 물려주신 유산으로 먹고 살지만, 그리 넉넉한 형편은 아니다.

금년 봄에는 나를 유치원에 보내 준다고 해서, 나는 너무나 좋아서
_{시간적 배경}
동무 아이들한테 실컷 자랑을 하고 나서 집으로 돌아오노라니까, 사랑
_{집의 바깥주인이 거처하며 손님을 접대하는 곳}
에서 큰외삼촌이(우리 집 사랑에 와 있는 외삼촌의 형님 말이에요.) 웬

한 낯선 사람 하나와 앉아서 이야기를 하고 있었습니다. 큰외삼촌이 나
_{사건 발단의 계기가 되는 등장인물의 제시}
를 보더니 "옥희야." 하고 부르겠지요.

"옥희야, 이리 온. 와서 이 아저씨께 인사드려라."

나는 어째 부끄러워서 비슬비슬하니까, 그 낯선 손님이
_{자꾸 힘없이 비틀거리는 모양}
"아, 그 애기 참 곱다. 자네 조카딸인가?"

하고 큰외삼촌더러 묻겠지요. 그러니까 큰외삼촌은
_{옥희 아버지의 이름}
"응, 내 누이의 딸……. 경선 군의 유복녀 외딸일세."
_{태어나기 전에 아버지를 여읜 딸}
하고 대답합니다.

"옥희야, 이리 온, 응! 그 눈은 꼭 아버지를 닮았네그려."
_{낯선 손님이 아버지를 잘 알고 있음.}
하고 낯선 손님이 말합니다.   ▶ 큰외삼촌이 손님을 데리고 나타남.

"자, 옥희야, 커단 처녀가 왜 저 모양이야. 어서 와서 이 아저씨께 인

사드려라. 네 아버지의 옛날 친구신데, 오늘부터 이 사랑에 계실텐

데, 인사 여쭙고 친해 두어야지."

나는 낯선 손님이 사랑방에 계시게 된다는 말을 듣고 갑자기 즐거워

졌습니다. 그래서 그 아저씨 앞에 가서 사붓이 절을 하고는 그만 안마당
_{소리가 거의 나지 않을 정도로 발을 가볍게 얼른 내디디는 소리, 또는 그 모양}
으로 뛰어 들어왔지요. 그 낯선 아저씨와 큰외삼촌은 소리를 내서 크게

웃더군요.   ▶ 사랑에 손님이 있게 된다는 말을 듣고 즐거워하는 옥희

나는 안방으로 들어오는 나름으로 어머니를 붙들고,
_{들어오자마자}

"엄마, 사랑방에 큰외삼촌이 아저씨를 하나 데리구 왔는데에 그 아저

씨가아 이제 사랑에 있는대."

하고 법석을 하니까,

<u>소란스럽게 떠드는 모양</u>

"응, 그래."

하고 어머니는 벌써 안다는 듯이 대수롭잖게 대답을 하더군요.

<u>관심이 없다는 듯이 반응하는 어머니</u>

그래서 나는

"언제부터 와 있나?"

하고 물으니까,

"오늘부텀."

"에구 좋아."

하고 내가 손뼉을 치니까, 어머니는 내 손을 꼭 붙잡으면서,

"왜, 이리 수선이야."

<u>사람의 정신을 어지럽게 만드는 부산한 말이나 행동</u>

"그럼 작은외삼촌은 어디로 가나?"

"외삼촌도 사랑에 계시지."

"그럼 둘이 있나?"

"응."

"한방에 둘이 있어?"

"왜, 장지문 닫고 외삼촌은 아랫방에 계시고 그 아저씨는 윗방에 계

<u>방과 방, 또는 방과 마루 사이에 있는 문</u>

시고, 그러지." ▶ 아저씨가 사랑에 있게 되는 데에 관심을 보이는 옥희

맥락 과부인 어머니와 '나'(옥희), 외삼촌이 살고 있는 집에 아저씨가 하숙함.

나는 그 아저씨가 어떠한 사람인지는 몰랐으나 첫날부터 내게는 퍽

고맙게 굴고, 나도 그 아저씨가 꼭 마음에 들었어요.

<u>친절하게 대함.</u>

『어른들이 저희끼리 말하는 것을 들으니까, 그 아저씨는 돌아가신 우

『 』: 아저씨가 옥희네 집에서 하숙할 수밖에 없는 이유

리 아버지와 어렸을 적 친구라고요. 어디 먼 데 가서 공부를 하다가 요

새 돌아왔는데, 우리 동리 학교 교사로 오게 되었대요. 또, 우리 큰외삼

촌과도 동무인데, 이 동리에는 하숙도 별로 깨끗한 곳이 없고 해서 윗사

랑으로 와 계시게 되었다고요. 또, 우리도 그 아저씨한테서 밥값을 받으

면 살림에 보탬도 좀 되고 한다고요.』

▶ 아저씨 소개

그 아저씨는 그림책들을 얼마든지 가지고 있어요. 『내가 사랑방으로

『 』: 자상한 아저씨의 모습

나가면, 그 아저씨는 나를 무릎에 앉히고 그림책들을 보여 줍니다. 또,

가끔 과자도 주고요.』

어느 날은 점심을 먹고 이내 살그머니 사랑에 나가 보니까, 아저씨는

그때에야 점심을 잡수셔요. 그래 가만히 앉아서 점심 잡숫는 걸 구경하

고 있노라니까, 아저씨가

"옥희는 어떤 반찬을 제일 좋아하노?"

하고 묻겠지요. 『그래 삶은 달걀을 좋아한다고 했더니, 마침 상에 놓인

『 』: 친절하고 자상한 아저씨의 모습

삶은 달걀을 한 알 집어 주면서 나더러 먹으라고 합니다.』

아저씨와 옥희를 가깝게 만드는 소재

나는 그 달걀을 벗겨 먹으면서,

"아저씨는 무슨 반찬이 제일 맛나우?"

하고 물으니까, 아저씨는 한참이나 빙그레 웃고 있더니,

옥희가 기대하는 대답을 생각함.

"나두 삶은 달걀."

옥희를 기쁘게 해 주려는 대답

하겠지요. 나는 좋아서 손뼉을 짤깍짤깍 치고,

"아, 나와 같네. 그럼 가서 어머니한테 알려야지."

하면서 일어서니까, 아저씨가 꼭 붙들면서,

당황하는 아저씨의 모습

"그러지 마라."

그러시겠지요. 그래도 나는 한번 맘을 먹은 다음엔 꼭 그대로 하고야 마는 성미지요. 그래 안마당으로 뛰어 들어가면서,

"엄마, 엄마, 사랑 아저씨도 나처럼 삶은 달걀을 제일 좋아한대."

하고 소리를 질렀지요.

"떠들지 마라."

아저씨가 무안해할까 봐

하고 어머니는 눈을 흘기십니다. 그러나 사랑 아저씨가 달걀을 좋아하는 것이 내게는 썩 좋게 되었어요. 『그다음부터는 어머니가 달걀을 많

『 』: 아저씨에 대한 어머니의 관심과 정성이 나타남.

이씩 사게 되었으니까요.』 달걀 장수 노파가 오면 한꺼번에 열 알도 사고 스무 알도 사고, 그래선 두고두고 삶아서 아저씨 상에도 놓고, 또 으

틀림없이 언제나

레 나도 한 알씩 주고 그래요. 그뿐만 아니라, 아저씨한테 놀러 나가면 가끔 아저씨가 책상 서랍 속에서 달걀을 한두 알 꺼내서 먹으라고 주지

자상한 아저씨의 모습

요. 그래 그담부터는 나는 아주 실컷 달걀을 많이 먹었어요.

▶ 아저씨가 달걀을 좋아한다는 말을 듣고 달걀을 많이 사는 옥희 어머니

나는 아저씨가 매우 좋았어요. 그렇지만 외삼촌은 가끔 툴툴하는 때

마음에 차지 아니하여 몹시 투덜대는

가 있었어요. 아마 아저씨가 마음에 안 드나 봐요. 아니, 그것보다도 아저씨의 잔심부름을 꼭 외삼촌이 하게 되니까, 그것이 싫어서 그러나 봐요. 한번은 어머니와 외삼촌이 말다툼하는 것까지 내가 들었어요. 어머니가

"야, 또 어디 나가지 말고 사랑에 있다가, 선생님 들어오시거든 상 내가야지."

하고 말씀하시니까, 외삼촌은 얼굴을 찡그리면서,

"제길, 남 어디 좀 볼일이 있는 날은 으레 끼니때에 안 들어오고 늦어

지니……."

하고 툴툴하겠지요. 그러니까 어머니는

"그러니 어쩌겠니? 너밖에 사랑 출입할 사람이 어디 있니?"

<small>어머니의 보수적인 윤리관이 드러나는 말</small>

"누님이 좀 들고 나가구려.『요새 세상에 내외합니까?』"

<small>『 』: 외삼촌의 개방적인 사고방식　　남의 남녀 사이에 서로 얼굴을 마주 대하지 않고 피함.</small>

어머니는 갑자기 얼굴이 발개지시고, 아무 대답도 없이 그냥 외삼촌

을 향하여 눈을 흘기셨습니다. 그러니까 외삼촌은 "흥흥" 웃으면서 사

랑으로 나갔지요.　　　　　　　　　▶ 아저씨와 내외하는 옥희 어머니

<small>전개1 옥희는 아저씨와 친하게 지내고 옥희 어머니는 아저씨와 내외함.</small>

나는 유치원에 가서 창가도 배우고, 춤도 배우고 하였습니다. 유치원

<small>서양 악곡의 형식을 빌려서 지은 간단한 노래</small>

여자 선생님이 풍금을 아주 썩 잘 쳐요. 우리 유치원에 있는 풍금은 우

<small>페달을 밟아서 바람을 넣어 소리를 내는 건반 악기</small>

리 예배당에 있는 풍금과는 아주 다른데, 퍽 조그마한 것이지마는 소리

는 썩 좋아요. 그런데 우리 집 윗간에도 유치원 풍금과 똑같이 생긴 것

<small>온돌방에서 아궁이로부터 먼 부분</small>

이 놓여 있는 것이 갑자기 생각이 났어요. 그래 그날, 나는 집으로 오는

길로 어머니를 끌고 윗간으로 가서,

"엄마, 이거 풍금 아니유?"

하고 물으니까, 어머니는 빙그레 웃으시면서,

"그렇단다. 그건 어찌 알았니?"

"우리 유치원에 있는 풍금이 이것과 똑같은데 무얼. 그럼 엄마두 풍

금 칠 줄 아우?"

하고 나는 다시 물었습니다. 그것은 내가 이때껏 한 번도, 어머니가 이 풍금 앞에 앉은 것을 본 일이 없기 때문입니다.

▶ 어머니에게 풍금을 칠 줄 아는지 물어보는 옥희

어머니는 아무 대답도 아니 하십니다.

"엄마, 이 풍금 좀 쳐 봐!"

하고 재촉하니까, 어머니 얼굴이 약간 흐려지면서,

"그 풍금은 네 아버지가 나한테 사다 주신 거란다. 『네 아버지 돌아가

남편에 대한 어머니의 그리움과 사랑을 상징하는 소재

신 후에는, 그 풍금은 이때까지 뚜껑도 한 번 안 열어 보았다……."』

『 』: 풍금을 치면 죽은 남편이 생각나기 때문에

이렇게 말씀하시는 어머니의 얼굴을 보니까 금방 또 울음보가 터질

것만 같이 보여서, 나는 그만

"엄마, 나 사탕 주어."

옥희는 어머니가 슬퍼하는 것을 알고 자연스럽게 화제를 돌림.

하면서 아랫방으로 끌고 내려왔습니다.

▶ 남편이 죽은 후로 풍금을 치지 않은 옥희 어머니

전개2 옥희 어머니는 남편이 사 준 풍금을 사별 후 한 번도 치지 않음.

아저씨가 사랑방에 와 계신 지 벌써 여러 밤을 잔 뒤입니다. 아마 한 달이나 되었지요. 나는 거의 매일 아저씨 방에 놀러 갔습니다. 어머니는 나더러 그렇게 가서 귀찮게 굴면 못쓴다고 가끔 꾸지람을 하시지만, 정 말인즉 나는 조금도 아저씨에게 귀찮게 굴지는 않았습니다. 도리어 아 저씨가 나에게 귀찮게 굴었지요.

"옥희 눈은 아버지를 닮았다. 『고 고운 코는 아마 어머니를 닮았

『 』: 옥희 어머니에 대한 관심을 간접적으로 드러냄.

지, 고 입하고! 응, 그러냐, 안 그러냐? 어머니도 옥희처럼 곱지,

응? ……."』

이렇게 여러 가지로 물은 적도 있었습니다. 그래서 나는

"아저씨, 입때 우리 엄마 못 봤수?"

하고 물었더니, 아저씨는 잠잠합니다. 그래 나는

"우리 엄마 보러 들어갈까?"

하면서 아저씨 소매를 잡아당겼더니, 아저씨는 펄쩍 뛰면서,

"아니, 아니, 안 돼. 난 지금 분주해서."

<u>어머니에게 관심은 있지만 전혀 표현을 못하는 아저씨의 소극적인 모습</u>

하면서 나를 잡아끌었습니다. 그러나 정말로는 무슨 그리 분주하지도

않은 모양이었어요. 그러기에 나더러 가란 말도 않고, 그냥 나를 붙들고

앉아서 머리도 쓰다듬어 주고 뺨에 입도 맞추고 하면서,

『 "요 저고리 누가 해 주지? ……. 밤에 엄마하고 한 자리에서 자니?"

『 』: 옥희 어머니에 대한 관심을 간접적으로 드러냄.

하는 등 쓸데없는 말을 자꾸만 물었지요!』

▶ 옥희를 귀여워하면서 옥희 어머니에 대한 관심을 표현하는 아저씨

그러나 웬일인지 나를 그렇게도 귀애해 주던 아저씨도, 아랫방에 외

삼촌이 들어오면 갑자기 태도가 달라지지요. 이것저것 묻지도 않고 나

를 꼭 껴안지도 않고, 점잖게 앉아서 그림책이나 보여 주고 그러지요.

▶ 외삼촌 앞에서는 행동을 조심하는 아저씨

아마 아저씨가 우리 외삼촌을 무서워하나 봐요.

<u>옥희 어머니에 대한 관심을 외삼촌에게 들키고 싶지 않은 아저씨를 이해하지 못한 옥희(어린아이가 서술자인 효과)</u>

하여튼, 어머니는 나더러 너무 아저씨를 귀찮게 한다고, 어떤 때는

저녁 먹고 나를 방 안에 가두어 두고 못 나가게 하는 때도 더러 있었습

니다. 그러나 조금 있다가 어머니가 바느질에 정신이 팔리어서 골몰하

<u>다른 생각을 할 여유도 없이 한 가지 일에만 파묻힘.</u>

고 있을 때, 몰래 가만히 일어나서 나오지요. 그런 때에는 어머니는, 내

가 문 여는 소리를 듣고서야 퍼뜩 정신을 차려서 쫓아와 나를 붙들지요.

그러나 그런 때는 어머니는 골은 아니 내시고,

<u>언짢은 일을 당하여 벌컥 내는 화</u>

"이리 온, 이리 와서 머리 빗고……."

하고 끌어다가 머리를 다시 곱게 땋아 주시면서,

　"머리를 곱게 땋고 가야지, 그렇게 되는대로 하고 가면 아저씨가 흉

　보시지 않니?"

하시지요. 또 어떤 때에는 머리를 다 땋아 주시고는,

　"응, 저고리가 이게 무어니?"

하시면서 새 저고리를 내어 주시는 때도 있었습니다.

▶ 아저씨에게 가는 옥희의 외모에 신경을 쓰는 옥희 어머니

전개3 옥희 어머니와 아저씨는 겉으로 마음을 표현하지 않고 옥희를 통해서 서로에게 관심을 보임.

　어느 토요일 오후였습니다. 아저씨는 나더러 뒷동산에 올라가자고

하셨습니다. 나는 너무나 좋아서 가자고 그러니까, 아저씨가

　"들어가서 어머니께 허락 맡고 온."

옥희 어머니에게 직접 말하지 않고 옥희를 통해서 의사를 간접적으로 전달함.

하십니다. 참 그렇습니다. 나는 뛰어 들어가서 어머니께 허락을 맡았습

니다. 어머니는 내 얼굴을 다시 세수시켜 주고, 머리도 다시 땋고, 그러

고 나서는 나를 아스러지도록 한 번 몹시 껴안았다가 놓아 주었습니다.

덩어리가 깨어져 조각조각 바스러지도록

　"너무 오래 있지 말고, 응."

아저씨에게 직접 말하지 않고 옥희를 통해서 의사를 간접적으로 전달함.

하고 어머니는 크게 소리치셨습니다. 아마 사랑 아저씨도 그 소리를 들

었을 거예요.

▶ 아저씨와 뒷동산으로 놀러가는 옥희

　뒷동산에 올라가서는 정거장을 한참 내려다보았으나, 기차는 안 지

나갔습니다. 나는 풀잎을 쭉쭉 뽑아 보기도 하고, 『땅에 누운 아저씨의

다리를 꼬집어 보기도 하면서 놀았습니다.』 한참 후에 아저씨하고 손을

『 』: 옥희가 아저씨를 친근하게 느낀다는 것을 알 수 있음.

잡고 내려오는데, 유치원 동무들을 만났습니다.

　"옥희가 아빠하구 어디 갔다 온다, 응."

하고 한 동무가 말하였습니다. 그 아이는 우리 아버지가 돌아가신 줄을 모르는 아이였습니다. 나는 얼굴이 빨개졌습니다. 그때 나는 이 아저씨가 정말 우리 아버지였더라면 하고 얼마나 생각했는지 모릅니다. 나는 정말로 한 번만이라도,

"아빠!"

하고 불러 보고 싶었습니다. 그리고 그날, 그렇게 아저씨하고 손목을 잡고 골목골목을 지나오는 것이 어찌도 재미가 좋았는지요.

▶ 아저씨가 아빠였으면 좋겠다고 생각하는 옥희

나는 대문까지 와서,

"난 아저씨가 우리 아빠라면 좋겠다."

하고 불쑥 말해 버렸습니다. 그랬더니 『아저씨는 얼굴이 홍당무처럼 빨개져서 나를 몹시 흔들면서,』

『 』: 아저씨는 자신의 속마음을 들킨 것 같아서 당황해함.

"그런 소리 하면 못써."

자신의 속마음과 반대로 말함.

하고 말하는데, 그 목소리가 몹시도 떨렸습니다. 『나는 아저씨가 몹시 성이 난 것처럼 보여서,』 아무 말도 못 하고 안으로 뛰어 들어갔습니다.

『 』: 어린 옥희는 아저씨의 마음을 제대로 파악하지 못하고 있음.(어린아이가 서술자인 효과)

어머니가

"어디까지 갔던?"

하고 나와 안으며 묻는데, 나는 대답도 못 하고 그만 훌쩍훌쩍 울었습니다. 어머니는 놀라서,

"옥희야, 왜 그러니, 응?"

하고 자꾸만 물었으나, 나는 아무 대답도 못 하고 울기만 했습니다.

▶ 아저씨의 반응을 이해하지 못해서 당황해하며 우는 옥희

전개4 옥희는 아저씨와 뒷동산에 놀러갔다가 내려오는 길에 아저씨가 아빠였으면 좋겠다고 말하고, 아저씨는 이 말을 듣고 당황함.

이튿날은 일요일인 고로 나는 어머니와 함께 예배당에를 가려고 차
_{문어체에서, '까닭에'의 뜻을 나타내는 말, 그러므로}
리고 나서 어머니가 옷을 갈아입는 동안 잠깐 사랑에 나가 보았습니다.

'아저씨가 아직도 성이 났나?' 하고 가만히 방 안을 들여다보았더니 책
_{노엽거나 언짢게 여겨 일어나는 불쾌한 감정}
상에 앉아서 무엇을 쓰고 있던 아저씨가 내다보면서 빙그레 웃었습니

다. 그 웃음을 보고 나는 마음을 놓았습니다. 아저씨가 지금은 성이 풀

린 것이 확실하니까요. 아저씨는 나를 이리 보고 저리 보고 훑어보더니,

"옥희, 오늘 어디 가노? 이렇게 곱게 차리고."
_{차려 입고}

하고 물었습니다.

"엄마하고 예배당에 가."

"예배당에?"

하고 나서 아저씨는 잠시 나를 멍하니 바라다보더니,

"어느 예배당에?"

하고 물었습니다.

"요 앞에 예배당에 가지 뭐."

"응? 요 앞이라니?"

이때 안에서

"옥희야."

하고 부드럽게 부르는 어머니 목소리가 들렸습니다. 나는 얼른 안으로

뛰어 들어오면서 돌아다보니까, 『아저씨는 또 얼굴이 빨갛게 성이 났겠

지요. 내 원, 참으로 무슨 일로 요새는 아저씨가 그렇게 성을 잘 내는지
_{『 』: 어머니의 목소리만 들어도 얼굴이 빨개지는 아저씨의 모습(어린아이가 서술자인 효과)}
알 수 없었습니다.』
▶ 일요일 아침에 엄마와 함께 예배당에 가려고 하는 옥희

예배당에 가서 찬미하고 기도하다가 기도하는 중간에 갑자기 나는
아름답고 훌륭한 것이나 위대한 것 따위를 기리어 칭송함.
'혹시 아서씨도 예배당에 오지 않았나?' 하는 생각이 나서 눈을 뜨고

고개를 들어 남자석을 바라보았습니다. 그랬더니 하, 바로 거기에 아저
1930년대에는 예배당에서도 남녀를 구분하여 앉게 했다는 것을 알 수 있음.
씨가 와 앉아 있겠지요. 그런데 아저씨는 어른이면서도 눈 감고 기도하

지 않고 우리 아이들처럼 눈을 번히 뜨고 여기저기 두리번두리번 바라
바라보는 눈매가 뚜렷하게
봅니다. 나는 얼른 아저씨를 알아보았는데 아저씨는 나를 못 알아보았

는지 내가 빙그레 웃어 보여도 웃지도 않고 멀거니 보고만 있겠지요. 그
정신없이 물끄러미 보고 있는 모양
래 나는 손을 흔들었지요. 그러니까 아저씨는 얼른 고개를 숙이고 말더

군요. 그때에 어머니는 내가 팔 흔드는 것을 깨닫고 두 손으로 나를 붙

들고 끌어당기더군요. 나는 어머니 귀에다 입을 대고, "저기 아저씨도

왔어." 하고 속삭이니까 어머니는 흠칫하면서 내 입을 손으로 막고 막
몸을 움츠리며 갑작스럽게 놀라면서
끌어 잡다가 앞에 앉히고 고개를 누르더군요. 보니까 어머니도 얼굴

이 홍당무처럼 빨개졌더군요.　　　　　▶ 예배당에 온 아저씨를 발견한 옥희

　　그날 예배는 아주 젬병이었어요. 웬일인지 예배가 다 끝날 때까지 어
　　　　형편없는 것을 속되게 이르는 말
머니는 성이 나서 강대만 향하여 앞으로 바라보고 앉았고, 이전 모양으
　　책 따위를 올려놓고 강의나 설교를 할 수 있도록 만든 도구
로 가끔 나를 내려다보고 웃는 일이 없었어요. 그리고 아저씨를 보려고

남자석을 바라다보아도, 『아저씨는 한 번도 바라다보아 주지도 않고 성
　　　　　　　　　　　　　　　『 』: 아저씨와 어머니가 서로를 의식하며 부끄러워함.
이 나서 앉아 있고, 어머니는 나를 보지도 않고 공연히 꼭꼭 잡아당기지
얼굴이 빨개진 것을 어린 옥희는 이렇게 받아들임.(어린아이가 서술자인 효과)
요.』 왜 모두 그리 성이 났는지! 나는 그만 "으아." 하고 울고 싶었어요.

그러나 바로 멀지 않은 곳에 우리 유치원 선생님이 앉아 있는 고로 울고

싶은 것을 아주 억지로 참았답니다.　　　▶ 서로를 의식하는 옥희 어머니와 아저씨
　　　　　　　　　　　위기　옥희 어머니와 아저씨가 예배당에서 서로를 의식하며 부끄러워함.

중략 부분 줄거리 유치원에서 돌아온 옥희는 어머니가 대문간에 서서 자신을 기다리지 않아 화가 난다. 옥희는 어머니를 골려 주어야겠다는 생각으로 벽장 속에 숨지만 잠이 들고, 없어진 옥희 때문에 집안은 발칵 뒤집힌다. 벽장 속에서 옥희를 발견한 옥희 어머니는 옥희를 끌어안고 운다. (위기2)

　이튿날, 유치원을 파하고 집으로 오게 된 때, 나는 갑자기 어제 벽장
　　　　　　　마치고
속에 숨었다가 어머니를 몹시 울게 했던 생각이 나서 집으로 돌아가기
가 어쩐지 부끄러워졌습니다. '오늘은 어머니를 좀 기쁘게 해 드려야
할 텐데……. 무엇을 갖다 드리면 기뻐할까?' 하고 생각하였습니다. 그
러자 문득 유치원 안에 선생님 책상 위에 놓여 있던 꽃병 생각이 났습니
다. 그 꽃병에는, 나는 이름도 모르나, 곱고 빨간 꽃이 꽂히어 있었습니
다. 그 꽃은 개나리도 아니고 진달래도 아니었습니다. 그런 꽃은 나도
잘 알고, 또 그런 꽃은 벌써 피었다가 져 버린 후였습니다. 무슨 서양 꽃
이려니 하고 나는 생각하였습니다. 나는 우리 어머니가 꽃을 사랑하는
줄을 잘 압니다. 그래서 그 꽃을 갖다가 드리면 어머니가 몹시 기뻐하려
니 하고 생각하였습니다.　　▶ 미안한 마음에 어머니에게 꽃을 가져다주려고 하는 옥희

　그래서 나는 도로 유치원 방 안으로 들어갔습니다. 마침 방 안에는
아무도 없었습니다. 선생님도 잠깐 어디를 가셨는지 보이지 않았습니
다. 그래 나는 그 꽃을 두어 개 얼른 빼 들고 달음질쳐 나왔지요.

　집에 오니, 어머니는 문간에서 기다리고 있다가 나를 안고 들어왔습
니다.

　"그 꽃은 어디서 났니? 퍽 곱구나."

하고 어머니가 말씀하셨습니다. 그러나 나는 갑자기 말문이 막혔습니다. '이걸 엄마 드리려고 유치원서 가져왔어.' 하고 말하기가 어째 몹시 부끄러운 생각이 들었습니다. 그래 잠깐 망설이다가,

"응, 이 꽃! 저, 사랑 아저씨가 엄마 갖다 주라고 줘."
<u>어머니의 내적 갈등이 심화되는 계기가 되는 말</u>
하고 불쑥 말했습니다. 그런 거짓말이 어디서 그렇게 툭 튀어나왔는지 나도 모르지요. ▶ 아저씨가 어머니에게 주라고 한 꽃이라고 거짓말을 한 옥희

꽃을 들고 냄새를 맡고 있던 어머니는 내 말이 끝나기가 무섭게 몹시 놀란 사람처럼 화닥닥하였습니다. 그러고는 『금시에 어머니 얼굴이 그
<u>갑자기 뛰거나 몸을 일으킴.</u>
꽃보다 더 빨갛게 되었습니다. 그 꽃을 든 어머니 손가락이 파르르 떠는
「 」: 부끄럽고 당황해하는 어머니의 모습
것을 나는 보았습니다.』 어머니는 무슨 무서운 것을 생각하는 듯이 방 안을 휘 한 번 둘러보시더니,

"옥희야, 그런 걸 받아 오면 안 돼."
하고 말하는 목소리는 몹시 떨렸습니다. 『나는 꽃을 그렇게도 좋아하는
「 」: 어린아이가 서술자인 효과
어머니가 이 꽃을 받고 그처럼 성을 낼 줄은 참으로 뜻밖이었습니다. 어머니가 그렇게도 성을 내는 것을 보니까 그 꽃을 내가 가져왔다고 그러지 않고 아저씨가 주더라고 거짓말을 한 것이 참 잘되었다고 나는 속으로 생각했습니다. 어머니가 성을 내는 까닭을 나는 모르지만, 하여튼 성을 낼 바에는 내게 내는 것보다 아저씨에게 내는 것이 내게는 나았기 때문입니다.』 한참 있더니 어머니는 나를 방안으로 데리고 들어와서

"옥희야, 너 이 꽃 이야기 아무 보구도 하지 마라, 응?"
<u>보수적인 어머니의 모습</u>
하고 타일러 주었습니다. 나는

"응."

하고 대답하면서 고개를 여러 번 까닥까닥했습니다. 어머니가 그 꽃을 곧 내버릴 줄로 나는 생각했습니다마는, 『내버리지 않고 꽃병에 꽂아서

_{『 』: 아저씨가 준 꽃인 줄 알고 소중하게 보관함.(아저씨에 대한 사랑의 감정을 간접적으로 제시함.)}

풍금 위에 놓아두었습니다.』 아마 퍽 여러 밤을 자도록 그 꽃은 거기 놓여 있어서 마지막에는 시들었습니다. 꽃이 다 시들자 어머니는 가위로 그 대는 잘라 버리고, 꽃만은 찬송가 책갈피에 곱게 끼워 두었습니다.

▶ 꽃을 받고 당황해하지만 그 꽃을 소중히 여기는 어머니

내가 어머니께 꽃을 갖다 주던 날 밤에, 나는 또 사랑에 놀러 나가서 아저씨 무릎에 앉아서 그림책을 보고 있었습니다. 갑자기 아저씨 몸이 흠칫하였습니다. 그러고는 귀를 기울입니다. 나도 귀를 기울였습니다.

풍금 소리!

_{풍금을 다시 치는 것으로 보아서 어머니에게 마음의 변화가 생겼다는 것을 알 수 있음.}

그 풍금 소리는 분명 안방에서 흘러나오는 것이었습니다.

"엄마가 풍금을 타나 보다."

하고 나는 벌떡 일어나서 안으로 뛰어왔습니다. 안방에는 불을 켜지 않았었습니다. 그러나 그때는 음력으로 보름께나 되어서 달이 낮같이 밝은데 은빛 같은 흰 달빛이 방 안 절반 가득히 차 있었습니다. 나는 흰옷을 입은 어머니가 풍금 앞에 앉아서 고요히 풍금을 타는 것을 보았습니다.

▶ 풍금을 연주하는 옥희 어머니

『나는 나이 여섯 살밖에 안 되었지마는 하여튼 어머니가 풍금을 타는

_{『 』: 어머니는 아버지에 대한 추억이 떠오를까 봐 풍금을 연주하지 않았다고 추측할 수 있음.}

것을 보는 것은 오늘이 처음이었습니다.』 어머니는 우리 유치원 선생님보다도 풍금을 더 잘 타는 것이었습니다. 나는 어머니 곁으로 갔습니다. 어머니는 내가 곁에 온 것도 깨닫지 못하는지 그냥 까딱 아니 하고 풍금을 탔습니다. 조금 있더니 어머니는 풍금 곡조에 맞추어서 노래를 부르

기 시작하였습니다. 어머니의 목소리가 그렇게도 아름다운 것도 나는 이때껏 모르고 있었습니다. 어머니는 참으로 우리 유치원 선생님보다도 목소리가 훨씬 더 곱고, 또 노래도 훨씬 더 잘 부르는 것이었습니다. 나는 가만히 서서 어머니 노래를 들었습니다. 그 노래는 마치도 은실을 타고 별나라에서 내려오는 노래처럼 아름다웠습니다. 그러나 얼마 오래지 않아 목소리는 약간 떨리기 시작하였습니다. 『가늘게 떨리는 노랫소리, 그에 따라 풍금의 가는 소리도 바르르 떠는 듯했습니다.』 노랫소

『 』: 아버지에 대한 그리움과 아저씨에 대한 사랑 사이에서 오는 어머니의 내적 갈등

리는 차차 가늘어지더니 마지막에는 사르르 없어져 버렸습니다. 풍금 소리도 사르르 없어졌습니다. 어머니는 고요히 풍금에서 일어나시더니 옆에 서 있는 내 머리를 쓰다듬었습니다. 그다음 순간, 어머니는 나를 안고 마루로 나오셨습니다. 『어머니는 아무 말씀도 없이 그냥 꼬옥 껴

『 』: 옥희 어머니의 괴로운 심정이 나타남.

안는 것이었습니다.』 달빛을 함빡 받은 내 어머니가 몹시도 새하얗다고

함빡: 분량이 차고 남도록 넉넉하게

생각되었습니다. 우리 어머니는 참으로 천사 같다고 생각하였습니다. 우리 어머니의 새하얀 두 뺨 위로 쉴 새 없이 두 줄기 눈물이 줄줄 흘러내리고 있는 것을 나는 보았습니다. 그것을 보니 나도 갑자기 울고 싶어졌습니다.

　"어머니, 왜 울어?"

하고 나도 훌쩍거리면서 물었습니다.

　"옥희야."

　"응?"

한참 동안 어머니는 아무 말씀도 없었습니다. 그러나 한참 후에,

"옥희야 너 하나면 그뿐이다."

<u>옥희만을 키우며 살겠다고 말하며 아저씨에 대한 사랑의 감정을 억누르고 있음.(결말 암시)</u>

"엄마."

어머니는 다시 대답이 없으셨습니다.

▶ 아저씨에 대한 사랑의 감정을 받아들여야 할지 갈등하는 옥희 어머니

위기3 옥희 어머니는 옥희가 준 꽃이 아저씨가 자기에게 준 것인 줄 알고 갈등하기 시작함.

중략 부분 줄거리 아저씨가 어머니에게 밥값이라고 준 하얀 봉투 속에는 돈과 함께 하얀 종이가 들어 있다. 아저씨가 보낸 편지를 읽는 옥희 어머니는 갈등이 점점 심해진다. (절정1)

<u>요새 와서 어머니의 하는 일이란 참으로 알 수가 없는 노릇입니다.</u> 어

어른들(아저씨와 어머니)의 감정을 눈치 채지 못하는 옥희의 모습

떤 때는 어머니도 퍽 유쾌하셨습니다. 밤에 때로는 풍금도 타고 또 때로는 찬송가도 부르고 그러실 때에는 나도 너무도 좋아서 가만히 어머니 옆에 앉아서 듣습니다. 『그러나 가끔가끔 그 독창은 소리 없는 울음으로

『 』: 아저씨에 대한 사랑의 마음 때문에 갈등하는 옥희 어머니의 모습

끝을 맺는 때가 많은데,』 그런 때면 나도 따라서 울었습니다. 그러면 어머니는 나를 안고 내 얼굴에 돌아가면서 무수히 입을 맞추어 주면서,

"엄마는 옥희 하나면 그뿐이야, 응, 그렇지……."

하시면서 언제까지나 언제까지나 우시는 것이었습니다.

▶ 아저씨에 대한 사랑의 마음 때문에 괴로워하는 옥희 어머니 ①

어떤 일요일날, 그렇지요, 그것은 유치원 방학하고 난 그 이튿날이었어요. 그날 『어머니는 갑자기 머리가 아프시다고 예배당에를 그만 두었

『 』: 아저씨에 대한 사랑의 마음 때문에 갈등하는 어머니의 모습

습니다.』 사랑에서는 아저씨도 어디 나가고 외삼촌도 나가고 집에는 어머니와 나와 단둘이 있었는데, 머리가 아프다고 누워 계시던 어머니가 갑자기 나를 부르시더니,

"옥희야, 너 아빠가 보고 싶니?"

하고 물으십니다.

"응, 우리도 아빠 하나 있으면."

나는 혀를 까불고 어리광을 좀 부려 가면서 대답을 했습니다. 한참
어린아이다운 말투로
동안을 어머니는 아무 말씀도 아니 하시고 천장만 바라다보시더니,

"옥희야, 옥희 아버지는 옥희가 세상에 나오기도 전에 돌아가셨단다.

옥희두 아빠가 없는 건 아니지. 그저 일찍 돌아가셨지. 『옥희가 이제

아버지를 새로 또 가지면 세상이 욕을 한다. 옥희는 아직 철이 없
『 』: 여성의 재혼에 대해 좋지 않게 생각했던 당시(1930년대)의 사회 분위기를 알 수 있음.
어서 모르지만 세상이 욕을 한다. 사람들이 욕을 해. '옥희 어머니

는 화냥년이다.' 이러고 세상이 욕을 해. '옥희 아버지는 죽었는데 옥

희는 아버지가 또 하나 생겼대. 참 망측도 하지.' 이러고 세상이 욕을
정상적인 상태에서 어그러져 어이가 없거나 보기가 어려움.
한단다.』 그리되면 『옥희는 언제나 손가락질 받고, 옥희는 커도 시집

도 훌륭한 데 못 가고, 옥희가 공부를 해서 훌륭하게 돼도, '에, 그까
『 』: 옥희 어머니가 옥희의 장래 때문에 아저씨와의 사랑에 대해 갈등하고 있음을 알 수 있음.
짓 화냥년의 딸.' 이라고 남들이 욕을 한단다."』
▶ 아저씨에 대한 사랑의 마음 때문에 괴로워하는 옥희 어머니 ②
이렇게 어머니는 혼잣말하시듯 드문드문 말씀하셨습니다. 그러고는

한참 있더니,

"옥희야."

하고 또 부르십니다.

"응?"

『"옥희는 언제나 내 곁을 안 떠나지. 옥희는 언제나 언제나 엄마하구
『 』: 아저씨와의 사랑보다도 옥희를 훌륭하게 키우면서 사는 것이 더 중요하다고 생각하는 옥희 어머니
같이 살지. 옥희는 엄마가 늙어서 꼬부랑 할미가 되어도 그래도 옥희

는 엄마하고 같이 살지. 옥희가 유치원 졸업하고, 또 소학교 졸업하

고, 또 중학교 졸업하고, 또 대학교 졸업하고, 옥희가 조선서 제일 훌륭한 사람이 돼도, 그래도 옥희는 엄마하고 같이 살지, 응! 옥희는 엄마를 얼마큼 사랑하나?』

"이만큼."

하고 나는 두 팔을 쫙 벌리어 보였습니다.

"응? 얼마큼? 응! 그만큼! 언제나 언제나, 옥희는 엄마만 사랑하지. 그리고 공부도 잘하고. 그리고 훌륭한 사람이 되고……."

나는 어머니의 목소리가 떨리는 것으로 보아 어머니가 또 울까 봐 겁이 나서,

"엄마, 이만큼, 이만큼."

하면서 두 팔을 쫙쫙 벌리었습니다.

『"응, 그래. 옥희 엄마는 옥희 하나면 그뿐이야. 세상 다른 건 다 소용
『 』: 아저씨와의 사랑을 접고 사랑하는 딸과 단둘이 살기로 결심하는 옥희 어머니
없어. 우리 옥희 하나면 그만이야. 그렇지, 옥희야."』

"응!"

어머니는 나를 당기어서 꼭 껴안고 내 가슴이 막혀 들어올 때까지 자꾸만 껴안아 주었습니다.　　　　　▶ 아저씨와의 사랑을 포기하기로 결심하는 옥희 어머니

그날 밤, 저녁밥 먹고 나니까 어머니는 나를 불러 앉히고 머리를 새로 빗겨 주었습니다. 댕기도 새 댕기로 드려 주고, 바지, 저고리, 치마,
　　　　　　　　　　　　　　　　달아 주고
모두 새것을 꺼내 입혀 주었습니다.

"엄마, 어디 가?"

하고 물으니까,

"아니."

하고 웃음을 띠면서 대답합니다. 그러더니 새로 다린 하얀 손수건을 내
<u>옥희 어머니가 아저씨의 마음을 거절하는 뜻이 담겨 있는 소재(이별의 상징)</u>
리어 내 손에 쥐어 주면서,

"이 손수건, 저 사랑 아저씨 손수건인데, 이것 아저씨 갖다 드리고

와, 응? 오래 있지 말고 손수건만 갖다 드리고 이내 와, 응?"
<u>지체함이 없이 바로</u>
하고 말씀하셨습니다.

손수건을 들고 사랑으로 나가면서 나는 접어진 『손수건 속에 무슨 발

각발각하는 종이가』 들어 있는 것처럼 생각되었습니다마는, 그것을 펴
『 』: 어머니가 아저씨와의 사랑을 포기하겠다고 결심한 내용을 쓴 쪽지
보지 않고 그냥 갖다가 아저씨에게 주었습니다.

▶ 어머니 심부름으로 아저씨에게 쪽지가 든 손수건을 전달하는 옥희
『아저씨는 방에 누워 있다가 벌떡 일어나서 손수건을 받는데, 웬일인
『 』: 자신의 편지에 대한 옥희 어머니의 답장임을 알고 긴장하는 아저씨의 모습
지 아저씨는 이전처럼 나보고 빙긋 웃지도 않고 얼굴이 몹시 파래졌습

니다.』 그리고는 입술을 질근질근 깨물면서 말 한마디 아니하고 그 수

건을 받더군요.　　　　　　　　　　▶ 어머니가 준 쪽지가 든 손수건을 받고 긴장하는 아저씨

나는 어째 이상한 기분이 들어서 아저씨 방에 들어가 앉지도 못하고

그냥 되돌아서 안방으로 도로 왔지요. 어머니는 풍금 앞에 앉아서 무엇

을 그리 생각하는지 가만히 있더군요. 나는 풍금으로 가서 가만히 그 옆

에 앉아 있었습니다. 이윽고 어머니는 조용조용히 풍금을 타십니다. <u>구

슬픈 곡조예요.</u>
아저씨와의 사랑을 포기해야만 하는 옥희 어머니의 서글픈 마음을 담고 있음.
　밤이 늦도록 어머니는 풍금을 타셨습니다. 그 구슬픈 곡조를 계속하

고 또 계속하면서.　　　　　　　　　▶ 구슬픈 곡조로 풍금을 타는 옥희 어머니
절정2 옥희 어머니는 갈등 끝에 옥희를 위해서 사랑을 포기하기로 결심하고 아저씨에게 자신의 생각을 전달함.

여러 밤을 자고 난 어떤 날 오후에 나는 오래간만에 아저씨 방엘 나

가 보았더니 아저씨가 짐을 싸느라고 분주하겠지요. 『내가 아저씨에게

옥희 어머니와의 사랑을 포기하고 짐을 싸는 아저씨의 모습

손수건을 갖다 드린 다음부터는, 웬일인지 아저씨가 나를 보아도 언제

『 』: 옥희 어머니와의 사랑을 이루지 못한 아저씨의 서글픈 마음이 드러남.

나 퍽 슬픈 사람, 무슨 근심이 있는 사람처럼 아무 말도 없이 나를 물끄

러미 바라다만 보고 있는 고로,』 나도 그리 자주 놀러 나오지 않았던 것

입니다. 그랬었는데 이렇게 갑자기 짐을 꾸리는 것을 보고 나는 놀랐습

니다.

▶ 아저씨가 짐을 꾸리는 것을 보고 놀란 옥희

"아저씨, 어디 가?"

"응, 멀리루 간다."

"언제?"

"오늘."

"기차 타고?"

"갔다가 언제 또 와?"

아저씨는 아무 대답도 없이 서랍에서 예쁜 인형을 하나 꺼내서 내게

주었습니다.

"옥희, 이것 가져, 응. 『옥희는 아저씨 가고 나면 아저씨 이내 잊어버

『 』: 옥희와 옥희 어머니와의 이별을 안타까워하고 있음.

리고 말겠지!』

나는 갑자기 슬퍼졌습니다. 그래서

"아니."

하고 얼른 대답하고 인형을 안고 안으로 들어왔습니다.

▶ 아저씨가 오늘 떠난다는 사실을 알고 슬퍼하는 옥희

"엄마, 이것 봐, 아저씨가 이것 나 줬다. 아저씨가 오늘 기차 타고 먼

데로 간대."

하고 내가 말했으나, 어머니는 대답이 없으십니다.

"엄마, 아저씨 왜 가?"

"학교 방학했으니깐 가지."

"어디루 가?"

"아저씨 집으로 가지, 어디로 가."

"갔다가 또 와?"

어머니는 대답이 없으십니다.

"난 아저씨 가는 거 나쁘다."

아저씨와의 헤어짐을 아쉬워하는 옥희

하고 입을 쫑긋했으나, 어머니는 그 말은 대답 않고

"옥희야, 벽장에 가서 달걀 몇 알 남았나 보아라."

아저씨에 대한 옥희 어머니의 마지막 정성과 사랑이 담겨 있는 소재

하고 말씀하셨습니다.

나는 깡충깡충 방 안으로 들어갔습니다. 달걀은 여섯 알이 있었습니다.

"여스 알."

하고 나는 소리쳤습니다.

"응, 다 가지고 이리 나오너라."

어머니는 그 달걀 여섯 알을 다 삶았습니다. 그 삶은 달걀 여섯 알을

손수건에 싸 놓고 또 반지에 소금을 조금 싸서 한 귀퉁이에 넣었습니다.

얇고 흰 일본 종이

"옥희야, 너 이것 갖다 아저씨 드리고, 가시다가 찻간에서 잡수시랜

다고, 응."

▶ 떠나는 아저씨에게 삶은 달걀을 싸서 드리는 옥희 어머니

결말1 옥희 어머니의 편지를 받고 아저씨가 떠남.

그날 오후에 아저씨가 떠나간 다음, 나는 방에서 아저씨가 준 인형을 업고 자장자장 잠을 재우고 있었습니다. 어머니가 부엌에서 들어오시더니,

"옥희야, 우리 뒷동산에 바람이나 쐬러 올라갈까?"

마지막으로 떠나는 아저씨를 배웅하고 싶은 옥희 어머니

하십니다.

"응, 가, 가."

하면서 나는 좋아 덤비었습니다.

잠깐 다녀올 터이니 집을 보고 있으라고 외삼촌에게 이르고 어머니는 내 손목을 잡고 나섰습니다.

"엄마, 나 저, 아저씨가 준 인형 가지고 가?"

"그러렴."

나는 인형을 안고 어머니 손목을 잡고 뒷동산으로 올라갔습니다. 뒷동산에 올라가면 정거장이

빤히 내려다보입니다.

"엄마, 저 정거장 봐. 기차는 없네."

어머니는 아무 말씀도 없이 가만히 서 계십니다. 사르르 바람이 와서
아저씨를 떠나보내는 것이 슬픈 옥희 어머니의 모습
어머니 모시 치맛자락을 산들산들 흔들어 주었습니다. 그렇게 산 위에

가만히 서 있는 어머니는 다른 때보다 더 한층 예쁘게 보였습니다.

저편 산모퉁이에서 기차가 나타났습니다.

"아, 저기 기차가 온다."

하고 나는 좋아서 소리쳤습니다.

기차는 정거장에서 잠시 머물더니 금시에 '빽' 하고 소리를 지르면

서 움직였습니다.

"기차 떠난다."
기차와 함께 아저씨가 떠나면서 모든 갈등이 해소됨.
하면서 나는 손뼉을 쳤습니다. 『기차가 저편 산모퉁이 뒤로 사라질 때
『 』: 아저씨를 떠나보내는 옥희 어머니의 안타까운 마음
까지, 그리고 그 굴뚝에서 나는 연기가 하늘 위로 모두 흩어져 없어질

때까지, 어머니는 가만히 서서 그것을 바라다보았습니다.』
▶ 뒷동산에 올라가 기차가 떠나는 모습을 바라보는 옥희 어머니와 옥희

뒷동산에서 내려오자 어머니는 방으로 들어가시더니 이때까지 늘 열

어 두었던 풍금 뚜껑을 닫으십니다. 그러고는 거기 쇠를 채우고 그 위에
<u>아저씨에 대한 마음을 정리하는 어머니의 행동 ①</u>
다가 이전 모양으로 반짇고리를 얹어 놓으십니다. 그러고는 그 옆에 있

는 찬송가를 맥없이 들고 뒤적뒤적하시더니 빼빼 마른 꽃송이를 그 갈
　　　　　　　　　기운이 없이
피에서 집어내시더니,

"옥희야, 이것 내다 버려라."
<u>아저씨에 대한 마음을 정리하는 어머니의 행동 ②</u>
하고 그 마른 꽃을 내게 주었습니다. 그 꽃은 내가 유치원에서 갖다가

어머니께 드렸던 그 꽃입니다. 그러자 옆 대문이 삐꺽하더니,

"달걀 사소."

하고, 매일 오는 달걀 장수 노파가 달걀 광주리를 이고 들어왔습니다.

"이젠 우리 달걀 안 사요. 달걀 먹는 이가 없어요."
　　　　　　　<u>아저씨에 대한 마음을 정리하는 어머니의 행동 ③</u>
하시는 어머니 목소리는 맥이 한 푼어치도 없었습니다.

나는 어머니의 이 말씀에 놀라서 떼를 좀 써 보려 했으나, 석양에 빤

히 비치는 어머니 얼굴을 볼 때 그 용기가 없어지고 말았습니다. 그래서

아저씨가 주신 인형의 귀에다가 내 입을 갖다 대고 가만히 속삭이었습

니다.

"애, 우리 엄마가 거짓부리 썩 잘 하누나. 내가 달걀 좋아하는 줄 잘
　　　　거짓부렁이. '거짓말'을 속되게 이르는 말.
알면서 먹을 사람이 없다누나. 『떼를 좀 쓰구 싶다만 저 우리 엄마

얼굴을 좀 봐라. 어쩌면 저리도 새파래졌을까? 아마 어데가 아픈가
　『 』: 아저씨를 떠나보내고 난 후의 어머니의 심정을 잘 이해하지 못하는 옥희(어린아이가 서술자인 효과)
보다."』

라고요.　　　　　　　　　　　　▶ 아저씨에 대한 마음을 정리하는 옥희 어머니
　　　　　　　　　　　　결말2 옥희 어머니는 아저씨가 떠난 뒤 마음을 정리함.

● 작가 만나기

주요섭(1902~1972) 평안남도 평양 출생으로 호는 여심(餘心)이다. 1921년 '깨어진 항아리'를 "매일신보"에 발표하면서 등단하였다. 이후 발표한 '추운 밤', '인력거꾼' 등의 작품에서 하층민의 비참한 생활을 그렸으며, 이것은 그의 초기 작품의 특징이다. 하지만 1930년대부터는 '사랑손님과 어머니'를 비롯한 서정성이 짙은 작품들을 발표하였고, 이때부터 문단의 주목을 받기 시작하였다. 주요 작품으로는 '아네모네의 마담', '대학교수와 모리배', '죽고 싶어 하는 여인' 등이 있고, 소설집으로는 "미완성" 등이 있다.

● 작품 만나기

'사랑손님과 어머니'는 1935년 "조광"지에 발표된 주요섭의 대표작이다. 여섯 살짜리 어린아이인 옥희의 눈을 통해 과부 어머니와 사랑손님 사이의 사랑 이야기를 그리고 있다. 여기에서 옥희는 작품의 서술자이자, 어머니와 사랑손님 사이에서 서로의 감정을 전달해 주는 매개체 역할을 한다. 자칫 흔한 어른들의 사랑 이야기로 흐를 수 있는 내용을 어린아이의 시선으로 그려 냄으로써 순수하고 아름답게 전달하고 있다. 특히 새롭게 찾아온 사랑을 포기할 수밖에 없었던 심리가 천진난만한 어린아이의 눈으로 전달되면서 더 애틋하게 다가온다.

● 핵심 만나기

갈래	현대 소설, 단편 소설, 순수 소설
성격	서정적, 낭만적
배경	• 시간적: 1930년대 • 공간적: 시골의 작은 마을
시점	1인칭 관찰자 시점
제재	어머니와 사랑손님 사이의 사랑
주제	사랑손님과 어머니의 애틋한 사랑과 이별
특징	• 시간의 흐름에 따라 이야기가 전개됨. • 천진난만한 어린아이의 말투를 사용함.

등장인물

옥희(서술자)	여섯 살 어린아이로 순수하고 천진난만하며 솔직함.
옥희 어머니	보수적인 윤리관을 지닌 여인으로 소극적인 성격임.
사랑손님	옥희 아버지의 옛 친구로 다정하고 친절하지만 소극적인 성격임.
작은외삼촌	솔직하고 활발하며 개방적인 사고방식을 지님.

'어린아이'가 서술자인 효과

• 천진난만하고 솔직한 말투로 독자들의 웃음을 유발한다.

• 어른들의 사랑 이야기를 순수하고 아름답게 만들어 전달해 준다.

• 옥희가 직접 이야기해 주지 못하는 부분은 독자들이 상상하며 읽을 수 있다.

주요 소재의 의미와 역할

• 달걀 : 아저씨에 대한 어머니의 관심을 나타내 준다.

• 풍금 : 남편에 대한 옥희 어머니의 그리움과 추억을 상징한다.

• 꽃 : 아저씨가 준 꽃이라는 옥희의 거짓말로 인해 어머니의 내적 갈등이 심화된다.

• 하얀 봉투(하얀 종이) : 옥희 어머니에 대한 사랑손님의 사랑을 드러내 주는 소재로 어머니의 내적 갈등이 최고조에 이른다.

• 하얀 손수건 : 옥희 어머니가 사랑손님에 대한 마음을 거절하는 뜻이 담겨 있으며, 이별을 상징한다.

❶ 이 소설의 지은이가 서술자를 어린아이로 정한 까닭은 무엇일지 생각해 보자.

❷ 옥희 어머니가 사랑손님과의 사랑을 포기한 이유는 무엇인지 써 보자.

● 책 이름(출판사)   ● 지은이

● 줄거리 요약

　　금년에 여섯 살인 옥희는 과부인 어머니, 외삼촌과 함께 살고 있다. 어느 날 옥희

네 집 사랑에 아버지의 옛 친구인 아저씨가 하숙을 하기 위하여 찾아온다. 아저씨는

● 인상 깊은 내용과 그 이유

● 읽고 난 후의 생각이나 느낌

✏️ 옥희 어머니가 타임머신을 타고 오늘날로 온다면 요즘 여성의 모습 중 어떤 점
　을 부러워할지 써 보자.

1. 이 소설에 대한 설명으로 알맞지 <u>않은</u> 것은?

   ① 1930년대를 배경으로 한다.

   ② 1인칭 주인공 시점의 소설이다.

   ③ 서술자는 여섯 살인 '옥희'이다.

   ④ 시간의 흐름에 따라 이야기가 전개된다.

   ⑤ 어머니는 보수적인 윤리관을 가지고 있다.

2. 이 소설의 '전개' 부분에서 옥희와 아저씨(사랑손님)가 친해지는 계기가 되는 소재를 찾아 쓰시오.

3. 아버지에 대한 옥희 어머니의 그리움을 나타내 주는 소재는?

   ① 꽃   ② 달걀   ③ 풍금

   ④ 하얀 종이   ⑤ 하얀 손수건

4. 옥희 작은외삼촌의 개방적인 사고방식을 알 수 있는 문장을 '전개' 부분에서 찾아 쓰시오.

5. 아저씨(사랑손님)에 대한 설명으로 옳지 <u>않은</u> 것은?

   ① 소극적인 성격이다.

   ② 자상하고 친절한 성격이다.

   ③ 옥희 큰삼촌과 아는 사이이다.

   ④ 옥희 아버지와 어렸을 적 친구 사이이다.

   ⑤ 옥희 어머니에게 자신의 마음을 잘 표현한다.

● '사다리 타기'를 하며, 각 단어에 해당하는 뜻을 아래에서 찾아 그 기호를 써 보자.

⊙ 소란스럽게 떠드는 모양.
ⓒ 태어나기 전에 아버지를 여읜 딸.
ⓒ 정신없이 물끄러미 보고 있는 모양.
ⓔ 아름답고 훌륭한 것이나 위대한 것 따위를 기리어 칭송함.
ⓜ 책 따위를 올려놓고 강의나 설교를 할 수 있도록 만든 도구.
ⓗ 소리가 거의 나지 않을 정도로 발을 가볍게 얼른 내디디는 소리. 또는 그 모양.
ⓢ 사람의 정신을 어지럽게 만드는 부산한 말이나 행동.

메밀꽃 필 무렵

이효석

여름 장이란 애시당초에 글러서, 해는 아직 중천에 있건만 장판은 벌
<u>어떤 일의 처음</u>   <u>여러 폭의 피륙을 이어서 둘러치는 막</u>   <u>장이 선 곳</u>
써 쓸쓸하고 더운 햇발이 벌여 놓은 전 휘장 밑으로 등줄기를 훅훅 볶는
                                        <u>물건을 벌여 놓고 파는 가게</u>
다. 마을 사람들은 거의 돌아간 뒤요, 팔리지 못한 나무꾼 패가 길거리

에 궁싯거리고들 있으나, 석유 병이나 받고 고깃마리나 사면 족할 이 축
<u>어찌할 바를 몰라 이리저리 머뭇거리고들</u>   <u>일정한 특성에 따라 나누어지는 부류</u>
들을 바라고 언제까지든지 버티고 있을 법은 없다. 춥춥스럽게 날아드

는 파리 떼도 장난꾼 각다귀들도 귀찮다. 얼금뱅이요 왼손잡이인 드팀
        <u>남의 것을 뜯어먹고 사는 사람을 비유적으로 이르는 말</u>   <u>얼굴에 우묵우묵한 흠이 있는 사람</u>
전의 허 생원은 기어코 동업의 조 선달을 나꾸어 보았다.
<u>예전에 온갖 피륙을 팔던 가게</u>

"그만 거둘까?"

                                        <u>넉넉하고 푸근하게</u>
"잘 생각했네. 봉평장에서 한 번이나 흐뭇하게 사 본 일 있었을까? 내
                                <u>물건을 많이 팔아 보았던 적이 있었던가?</u>
일 대화장에서나 한몫 벌어야겠네."

"오늘 밤은 밤을 새워서 걸어야 될걸."

"달이 뜨렷다."   ▶ 봉평의 여름 장터에서 장사를 끝내려고 하는 허 생원

절렁절렁 소리를 내며 조 선달이 그날 산 돈을 따지는 것을 보고, 허

생원은 말뚝에서 넓은 휘장을 걷고, 벌여 놓았던 물건을 거두기 시작하

였다. 무명필과 주단 바리가 두 고리짝에 꽉 찼다. 멍석 위에는 천 조각
                <u>마소에 짐을 싣는 단위</u>
이 어수선하게 남았다.

다른 축들도 벌써 거진 전들을 걷고 있었다. 약빠르게 떠나는 패도 있었다. 어물 장수도, 땜장이도, 엿장수도, 생강 장수도 꼴들이 보이지 않았다. 내일은 진부와 대화에 장이 선다. 축들은 그 어느 쪽으로는지 밤을 새워 육칠십 리 밤길을 타박거리지 않으면 안 된다. 장판은 잔치 뒷마당같이 어수선하게 벌어지고, 술집에서는 싸움이 터져 있었다. 주정꾼 욕지거리에 섞여 계집의 앙칼진 목소리가 찢어졌다. 장날 저녁은 정해 놓고 계집의 고함 소리로 시작되는 것이다.

매우 모질고 날카로운

▶ 파장 무렵 장터의 분위기

"생원, 시침을 떼두 다 아네……. 충줏집 말야."

계집 목소리로 문득 생각난 듯이 조 선달은 비죽이 웃는다.

계집의 목소리를 듣자, 문득 충줏집을 좋아하는 허 생원을 생각한 조 선달이 놀려 대듯 슬그머니 웃는다.

"화중지병이지. 연소 패들을 적수로 하구야 대거리가 돼야 말이지."

마음에 있으나 가질 수 없는 경우에 쓰는 말 젊은 패거리들   상대편에게 맞서서 대듦.

"그렇지두 않을걸. 축들이 사족을 못 쓰는 것두 사실은 사실이나, 아무리 그렇다군 해두 왜 그 동이 말일세. 감쪽같이 충줏집을 후린 눈치거든."

남을 유혹하여 정신을 매우 흐리게 한

"무어, 그 애숭이가? 물건 가지고 낚었나 부지. 착실한 녀석인 줄 알았더니."

애티가 있어 어려 보이는 사람이나 물건

"그 길만은 알 수 있나……. 궁리 말구 가 보세나그려. 내 한턱 씀세."

▶ 충줏집에 마음이 있는 허 생원

그다지 마음이 당기지 않는 것을 쫓아갔다. 허 생원은 계집과는 연분이 멀었다. 얼금뱅이 상판을 쳐들고 대어 설 숫기도 없었으나, 계집 편에서 정을 보낸 적도 없었고, 쓸쓸하고 뒤틀린 반생이었다. 『충줏집을 생각만 하여도 철없이 얼굴이 붉어지고 발밑이 떨리고 그 자리에 소스

활발하여 부끄러워하지 않는 기운

『 』: 허 생원의 내성적이고 소심한 성격을 보여 줌. 나이가 들긴 했으나 순박한 성격임을 알 수 있음.

라쳐 버린다.』 충줏집 문을 들어서 술좌석에서 짜장 동이를 만났을 때

과연 정말로

에는 어찌 된 서슬엔지 발끈 화가 나 버렸다. 상 위에 붉은 얼굴을 쳐들

고 제법 계집과 농탕치는 것을 보고서야 견딜 수 없었던 것이다. 녀석이

남녀가 음탕한 소리와 난잡한 행동으로 놀아나는

제법 난질꾼인데 꼴사납다. 머리에 피도 안 마른 녀석이 낮부터 술 처먹

술과 색에 빠져 방탕하게 놀기를 잘하는 사람을 낮잡아 이르는 말

고 계집과 농탕이야. 장돌뱅이 망신만 시키고 돌아다니누나. 그 꼴에 우

장돌림(여러 장으로 돌아다니면서 물건을 파는 장수)을 낮잡아 이르는 말

리들과 한몫 보자는 셈이지. 동이 앞에 막아서면서부터 책망이었다. 걱

잘못을 나무라며 못마땅하게 여김.

정두 팔자요 하는 듯이 빤히 쳐다보는 상기된 눈망울에 부딪힐 때, 결김

화가 난 나머지

에 따귀를 하나 갈겨 주지 않고는 배길 수가 없었다. 동이도 화를 쓰고

팩하게 일어서기는 하였으나, 허 생원은 조금도 동색하는 법 없이 마음

먹은 대로는 다 지껄였다 ─『어디서 줏어 먹은 선머슴인지는 모르겠으

차분하지 못하고 매우 거칠게 덜렁거리는 사내아이

나, 네게도 아비어미 있겠지. 그 사나운 꼴 보면 맘 좋겠다. 장사란 탐탁

『 』: 허 생원의 완고한 성격을 알 수 있음.　　　　　　　당장 내 앞에서 사라져.

하게 해야 되지, 계집이 다 무어야. 나가거라, 냉큼 꼴 치워.』

▶ 동이를 나무라는 허 생원

그러나 한마디도 대거리하지 않고 하염없이 나가는 꼴을 보려니, 도

리어 측은히 여겨졌다. 아직도 서름서름한 사인데 너무 과하지 않았을

사이가 자연스럽지 못하고 매우 서먹서먹한

까 하고 마음이 섬쩟해졌다. 주제도 넘지, 같은 술손님이면서두 아무리

젊다고 자식 나쎄 되는 것을 붙들고 치고 닦아셀 것은 무어야, 원. 충줏

그만한 나이　　　　　　　　　　　꼼짝 못하게 휘몰아 나무랄

집은 입술을 쫑긋하고 술 붓는 솜씨도 거칠었으나, 젊은 애들한테는 그

것이 약이 된다나 하고 그 자리는 조 선달이 얼버무려 넘겼다. 너, 녀석

한테 반했지? 애숭이를 빨문 죄 된다, 한참 법석을 친 후이다. 담도 생

순진한 젊은이를 유혹하는 것은 죄를 짓는 것이나 마찬가지이다.

긴 데다가 웬일인지 흠뻑 취해 보고 싶은 생각도 있어서 허 생원은 주는

술잔이면 거의 다 들이켰다. 거나해짐을 따라 계집 생각보다도 동이의

뒷일이 한결같이 궁금해졌다. 내 꼴에 계집을 가로채서는 어떡헐 작정

이었누 하고 어리석은 꼬락서니를 모질게 책망하는 마음도 한편에 있었다. 그렇기 때문에 얼마나 지난 뒤인지 동이가 헐레벌떡거리며 황급히 부르러 왔을 때에는 마시던 잔을 그 자리에 넌지고 정신없이 허덕이며 충줏집을 뛰어나간 것이었다. ▶ 동이를 혼낸 것을 후회하는 허 생원

"생원 당나귀가 바를 끊구 야단이에요."
삼이나 칡 따위로 세 가닥을 지어 굵다랗게 땋은 줄
"각다귀들 장난이지, 필연코."

짐승도 짐승이려니와 동이의 마음씨가 가슴을 울렸다. 뒤를 따라 장
허 생원과 동이 사이에 따뜻한 인간애가 흐르고 있음을 알 수 있음.
판을 달음질하려니 거슴츠레한 눈이 뜨거워질 것 같다.
졸리거나 술에 취해서 눈이 정기가 풀리고 흐리멍덩하며 거의 감길 듯한
"부락스런 녀석들이라 어쩌는 수 있어야죠."
말을 잘 듣지 않는
"나귀를 몹시 구는 녀석들은 그냥 두지는 않을걸."

반평생을 같이 지내 온 짐승이었다. 같은 주막에서 잠자고, 같은 달빛에 젖으면서 장에서 장으로 걸어 다니는 동안에 이십 년의 세월이 사람과 짐승을 함께 늙게 하였다. 까스러진 목뒤털은 주인의 머리털과도
잔털 따위가 거칠게 일어난
같이 바스러지고, 개진개진 젖은 눈은 주인의 눈과 같이 눈곱을 흘렸다.
깨끗하지 못하고 생기가 없이 물기가 엉겨 붙은 모양
몽당비처럼 짧게 쓸린 꼬리는 파리를 쫓으려고 기껏 휘저어 보아야 벌써 다리까지는 닿지 않았다. 닳아 없어진 굽을 몇 번이나 도려내고 새철을 신겼는지 모른다. 굽은 벌써 더 자라나기는 틀렸고, 닳아 버린 철사이로는 피가 빼짓이 흘렀다. 냄새만 맡고도 주인을 분간하였다. 호소
조금씩 스며 나오는 모양
하는 목소리로 야단스럽게 울며 반긴다. ▶ 허 생원과 나귀의 동반자적 삶

어린아이를 달래듯이 목덜미를 어루만져 주니 나귀는 코를 벌름거리고 입을 투르르거렸다. 콧물이 튀었다. 허 생원은 짐승 때문에 속도 무
입을 약간 벌린 채로 부르떨었다.

던히도 썩었다. 아이들의 장난이 심한 눈치여서 땀 밴 몸뚱아리가 부들
정도가 어지간히
부들 떨리고 좀체 흥분이 식지 않는 모양이었다. 굴레가 벗어지고 안장
말과 소의 머리와 목에서 고삐에 걸쳐 얽어매는 줄
도 떨어졌다. 요 몹쓸 자식들 하고 허 생원은 호령을 하였으나, 패들은
벌써 줄행랑을 놓은 뒤요, 몇 남지 않은 아이들이 호령에 놀라 비슬비슬
도망   자꾸 힘없이 비틀거리는 모양
멀어졌다.

"우리들 장난이 아니우. 암놈을 보고 저 혼자 발광이지."
병으로 미친 증세가 일어남.
코흘리개 한 녀석이 멀리서 소리를 쳤다.

"고 녀석, 말투가……."

"김 첨지 당나귀가 가 버리니까 왼통 흙을 차고 거품을 흘리면서 미

친 소같이 날뛰는 걸 꼴이 우스워 우리는 보고만 있었다우. 배를 좀

보지."

아이는 앵돌아진 투로 소리를 치며 깔깔 웃었다. 허 생원은 모르는
노여워서 토라진
결에 낯이 뜨거워졌다. 뭇 시선을 막으려고 그는 짐승의 배 앞을 가리어

서지 않으면 안 되었다.

"늙은 주제에 암 샘을 내는 셈야. 저놈의 짐승이."

아이의 웃음소리에 허 생원은 주춤하면서 기어이 견딜 수 없어 채찍

을 들더니 아이를 쫓았다.

"쫓으려거든 쫓아 보지. 왼손잡이가 사람을 때려."

줄달음에 달아나는 각다귀에는 당하는 재주가 없었다. 왼손잡이는

아이 하나도 후릴 수 없다. 그만 채찍을 던졌다. 술기도 돌아 몸이 유난
휘둘러서 치거나 때릴
스럽게 화끈거렸다.   ▶ 나귀를 괴롭히는 아이들을 쫓아내는 허 생원

"그만 떠나세. 녀석들과 어울리다가는 한이 없어. 장판의 각다귀들이
란 어른보다도 더 무서운 것들인걸."

조 선달과 동이는 각각 제 나귀에 안장을 얹고 짐을 싣기 시작하였
다. 해가 꽤 많이 기울어진 모양이었다. ▶ 떠날 준비를 하는 허 생원, 조 선달, 동이
단락 장돌뱅이 허 생원과 조 선달이 봉평장을 거두고 대화장으로 떠나는 길에 동이가 동행을 하게 됨.

드팀전 장돌림을 시작한 지 이십 년이나 되어도 허 생원은 봉평장을
빼놓은 적은 드물었다. 충주, 제천 등의 이웃 군에도 가고 멀리 영남 지
방도 헤매기는 하였으나, 강릉쯤에 물건 하러 가는 일 외에는 처음부터
끝까지 군내를 돌아다녔다. 닷새만큼씩의 장날에는 달보다도 확실하게
면에서 면으로 건너간다. 고향이 청주라고 자랑삼아 말하였으나 고향
에 돌보러 간 일도 있는 것 같지는 않았다. 장에서 장으로 가는 길의 아
름다운 강산이 그대로 그에게는 그리운 고향이었다. 반날 동안이나 뚜
벅뚜벅 걷고 장터 있는 마을에 거지반 가까웠을 때, 지친 나귀가 한바탕
우렁차게 울면 — 더구나 그것이 저녁녘이어서 등불들이 어둠 속에 깜
박거릴 무렵이면 늘 당하는 것이건만 허 생원은 변치 않고 언제든지 가
슴이 뛰놀았다. ▶ 장돌뱅이 생활을 하면서 봉평장을 빼놓은 적이 거의 없는 허 생원

젊은 시절에는 알뜰하게 벌어 돈푼이나 모아 본 적도 있기는 있었으
나, 읍내에 백중이 열린 해 호탕스럽게 놀고 투전을 하여 사흘 동
음력 칠월 보름. 승려들이 부처를 공양하는 날   노름 도구의 하나. 또는 그것으로 하는 노름
안에 다 털어 버렸다. 나귀까지 팔게 된 판이었으나 애끊는 정분에 그것
몹시 슬퍼서 창자가 끊어질 듯 한
만은 이를 물고 단념하였다. 결국, 도로 아미타불로 장돌림을 다시 시작
애쓴 일이 효과 없이 되어 본디 상태로 되돌아감을 일컫는 말
할 수밖에는 없었다. 짐승을 데리고 읍내를 도망해 나왔을 때에는 너를
팔지 않기 다행이었다고 길가에서 울면서 짐승의 등을 어루만졌던 것

이었다. 빚을 지기 시작하니 재산을 모을 염은 당초에 틀리고, 간신히
입에 풀칠을 하러 장에서 장으로 돌아다니게 되었다.

_{무엇을 하려고 하는 생각이나 마음}

호탕스럽게 놀았다고는 하여도 계집 하나 후려 보지는 못하였다. 계
집이란 쌀쌀하고 매정한 것이었다. 평생 인연이 없는 것이라고 신세가
서글퍼졌다. 일신에 가까운 것이라고는 언제나 변함없는 한 필의 당나
귀였다.　　　　　　　　　　　　　▶ 허 생원의 과거 내력과 고달픈 삶

그렇다고는 하여도 꼭 한 번의 첫 일을 잊을 수는 없었다. 뒤에도 처
음에도 없는 단 한 번의 괴이한 인연! 봉평에 다니기 시작한 젊은 시절
의 일이었으나, 그것을 생각할 적만은 그도 산 보람을 느꼈다.

"달밤이었으나 어떻게 해서 그렇게 됐는지 지금 생각해두 도무지 알
　수 없어."

허 생원은 오늘 밤도 그 이야기를 끄집어내려는 것이다. 조 선달은
친구가 된 이래 귀에 못이 박히도록 들어 왔다. 그렇다고 싫증을 낼 수
도 없었으나 허 생원은 시치미를 떼고 되풀이할 대로는 되풀이하고야
말았다.

"달밤에는 그런 이야기가 격에 맞거든."　　▶ 봉평에서의 일을 떠올리는 허 생원

조 선달 편을 바라는 보았으나, 물론 미안해서가 아니라 달빛에 감동
하여서였다. 이지러는 졌으나 보름을 가제 지난 달은 부드러운 빛을 흐
　　　　　　　　　　　_{이제 막}
붓이 흘리고 있다. 대화까지는 칠십 리의 밤길. 고개를 둘이나 넘고 개
울을 하나 건너고 벌판과 산길을 걸어야 된다. 길은 지금 긴 산허리에
걸려 있다. 『밤중을 지난 무렵인지 죽은 듯이 고요한 속에서 짐승 같은
『 』: 산속이 너무나 조용하여, 달이 마치 짐승처럼 살아서 숨 쉬는 듯이 느껴지는 것을 비유
하는 말(시각의 청각화)

달의 숨소리가 손에 잡힐 듯이 들리며,』콩 포기와 옥수수 잎새가 한층

달에 푸르게 젖었다. 『산허리는 온통 메밀밭이어서 피기 시작한 꽃이

<small>「 」: 산 중턱에 온통 피어 있는 메밀꽃의 모습을 마치 메밀밭에 소금을 뿌려 놓은 것 같다고 표현함.</small>

소금을 뿌린 듯이』흐붓한 달빛에 숨이 막힐 지경이다. 붉은 대궁이 향

<small>달빛에 비치는 메밀밭의 모습이 황홀하여 숨이 막힐 지경이다.   '대'의 방언</small>

기같이 애잔하고, 나귀들의 걸음도 시원하다. 길이 좁은 까닭에 세 사람

은 나귀를 타고 외줄로 늘어섰다. 방울 소리가 시원스럽게 딸랑딸랑 메

밀밭께로 흘러간다. 앞장선 허 생원의 이야기 소리는 꽁무니에 선 동이

에게는 확적히는 안 들렸으나, 그는 그대로 개운한 제멋에 적적하지는

<small>정확하게 맞아 조금도 틀리지 아니하게   조용하고 쓸쓸하지는</small>

않았다.   ▶ 아름다운 달밤에 산길을 따라 대화로 향하는 허 생원 일행

　"장 선 꼭 이런 날 밤이었네. 객줏집 토방이란 무더워서 잠이 들어야

<small>방에 들어가는 문 앞에 좀 높이 평평하게 다진 흙바닥</small>

지. 밤중은 돼서 혼자 일어나 개울가에 목욕하러 나갔지. 봉평은 지

금이나 그제나 마찬가지지. 보이는 곳마다 메밀밭이어서 개울가가

어디 없이 하얀 꽃이야.『돌밭에 벗어도 좋을 것을 달이 너무도 밝은

까닭에 옷을 벗으러 물방앗간으로 들어가지 않았나. 이상한 일도 많

<small>「 」: 허 생원이 달밤이면 자신의 추억을 이야기하게 되는 이유 — 성 서방네 처녀와의 인연이 이런 달밤에 이루어졌기 때문에</small>

지. 거기서 난데없는 성 서방네 처녀와 마주쳤단 말이네.』봉평서야

제일가는 일색이었지."

　"팔자에 있었나 부지."

　아무렴 하고 응답하면서 말머리를 아끼는 듯이 한참이나 담배를 빨

뿐이었다. 구수한 자줏빛 연기가 밤기운 속에 흘러서는 녹았다.

　"날 기다린 것은 아니었으나, 그렇다고 달리 기다리는 놈팽이가 있는

것두 아니었네. 처녀는 울고 있단 말야. 짐작은 대고 있었으나 성 서

방네는 한창 어려워서 들고날 판인 때였지. 한집안 일이니 딸에겐들

<small>집안의 물건을 모두 팔아 치울 판</small>

걱정이 없을 리 있겠나. 좋은 데만 있으면 시집도 보내련만 시집은 죽어도 싫다지⋯⋯. 그러나 처녀란 울 때같이 정을 끄는 때가 있을까. 처음에는 놀라기도 한 눈치였으나 걱정 있을 때는 누그러지기도 쉬운 듯해서 이럭저럭 이야기가 되었네⋯⋯. 생각하면 무섭고도 기

만남이 너무나 우연히 이루어져서 무섭다고 한 것임.

막힌 밤이었어."

"제천인지로 줄행랑을 놓은 건 그다음 날이렷다?"

"다음 장도막에는 벌써 온 집안이 사라진 뒤였네. 장판은 소문에 발

한 장날로부터 다음 장날 사이의 동안을 세는 단위   자연으로 정해진 운명

끈 뒤집혀 고작해야 술집에 팔려 가기가 상수라고, 처녀의 뒷공론이

겉으로 떳떳이 나서지 아니하고 뒤에서 이러쿵저러쿵 말하는 것

자자들 하단 말이야. 제천 장판을 몇 번이나 뒤졌겠나. 허나 처녀의

꼴은 꿩 구워 먹은 자리야. 첫날밤이 마지막 밤이었지. 그때부터 봉
흔적도 남지 않은 상태. 처녀의 행방을 알 수 없음을 말함.
평이 마음에 든 것이 반평생을 두고 다니게 되었네. 평생인들 잊을

수 있겠나."

"수 좋았지. 그렇게 신통한 일이란 쉽지 않어. 항용 못난 것 얻어 새
흔히 늘
끼 낳고 걱정 늘고, 생각만 해두 진저리가 나지…… 그러나 늘그막

바지까지 장돌뱅이로 지내기도 힘드는 노릇 아닌가? 난 가을까지만

하구 이 생애와두 하직하려네. 대화쯤에 조그만 전방이나 하나 벌어
무슨 일을 그만둠을 이르는 말   물건을 늘어놓고 파는 가게
구 식구들을 부르겠어. 사시 장천 뚜벅뚜벅 걷기란 여간이래야지."
사시사철. 늘

『"옛 처녀나 만나면 같이나 살까……. 난 거꾸러질 때까지 이 길 걷고

「 」: 허 생원은 성 서방네 처녀와의 추억을 소중하게 간직하고 있고, 죽을 때까지 장돌림으로 살아가겠다고 함.

저 달 볼 테야."』   ▶ 성 서방네 처녀를 만났던 과거를 회상하는 허 생원

전개 허 생원이 달밤에 길을 걸으며 봉평에서 만나 하룻밤을 보냈던 성 서방네 처녀 이야기를 함.

산길을 벗어나서 큰길로 틔어졌다. 꽁무니의 동이도 앞으로 나서 나

귀들은 가로 늘어섰다.

"총각두 젊겠다, 지금이 한창 시절이렷다. 충줏집에서는 그만 실수를

해서 그 꼴이 되었으나 섭게 생각 말게."

"처, 천만에요. 되려 부끄러워요. 계집이란 지금 웬 제격인가요? 자

                        그 지닌 바의 정도나 신분에 알맞은 격식

나깨나 어머니 생각뿐인데요."

허 생원의 이야기로 실심해한 끝이라 동이의 어조는 한풀 수그러진

        근심 걱정으로 맥이 빠지고 마음이 산란해진

것이었다.

"아비어미란 말에 가슴이 터지는 것도 같았으나 제겐 아버지가 없어

        실상 아버지가 없는 동이의 심적인 괴로움이 나타남.

요. 피붙이라고는 어머니 하나뿐인걸요."

"돌아가셨나?"

"당초부터 없어요."

"그런 법이 세상에."

생원과 선달이 야단스럽게 껄껄들 웃으니, 동이는 정색하고 우길 수

밖에는 없었다.

"부끄러워서 말하지 않으려 했으나 정말예요. 『제천 촌에서 달도 차

                        「 」: 성 서방네 처녀가 가족과 더

지 않은 아이를 낳고 어머니는 집을 쫓겨났죠.』 우스운 이야기나, 그

불어 제천으로 도망간 사실을 연상해 볼 때, 동이가 허 생원의 아들이라는 점을 암시하는 부분임.

러기 때문에 지금까지 아버지 얼굴도 본 적 없고 있는 고장도 모르고

지내 와요."

고개가 앞에 놓인 까닭에 세 사람은 나귀를 내렸다. 둔덕은 험하고
<small>견디기가 어지간히 힘들고 만만하지 않음.</small>
입을 벌리기도 대근하여 이야기는 한동안 끊겼다. 나귀는 건듯하면 미
<small>무겁던 마음이나 기분이 풀리어 거뜬하면. 여기서는 '조금만 주의를 소홀히 하면'의 뜻임.</small>
끄러졌다. 허 생원은 숨이 차 몇 번이고 다리를 쉬지 않으면 안 되었다.

고개를 넘을 때마다 나이가 알렸다. 동이 같은 젊은 축이 그지없이 부러
<small>고갯길을 오르내릴 때마다 점점 더 힘들어 나이가 들었음을 새삼 깨닫곤 하였다.</small>
웠다. 땀이 등을 한바탕 쪽 씻어 내렸다.　　　　▶ 자신의 부모님 이야기를 하는 동이

고개 너머는 바로 개울이었다. 장마에 흘러 버린 널다리가 아직도 걸
<small>널빤지를 깔아서 놓은 다리</small>
리지 않은 채로 있는 까닭에 벗고 건너야 되었다. 고의를 벗어 띠로 등
<small>남자의 여름 홑바지</small>
에 얽어매고 반 벌거숭이의 우스꽝스런 꼴로 물속에 뛰어들었다. 금방

땀을 흘린 뒤였으나 밤 물은 뼈를 찔렀다.
<small>밤의 냇물은 뼈에 사무쳐 찌르는 듯이 몹시 차가웠다.</small>
"그래, 대체 기르긴 누가 기르구?"

"어머니는 하는 수 없이 의부를 얻어 가서 술장수를 시작했죠. 술이

고주래서 의부라고 전 망나니예요. 철들어서부터 맞기 시작한 것이
<small>술에 몹시 취하여 정신을 가누지 못하는 상태. 또는 그런 사람.</small>
하룬들 편한 날 있었을까? 어머니는 말리다가 채이고 맞고 칼부림을

당하곤 하니 집 꼴이 무어겠어요. 열여덟 살 때 집을 뛰쳐나와서부터

이 짓이죠."

"총각 나쎄론 섬이 무던하다고 생각했더니 듣고 보니 딱한 신세

로군."　　　　　　　　　　　　　▶ 자신의 어린 시절과 성장 내력을 말하는 동이
위기 동이가, 달도 안 찬 아이를 낳고 집에서 쫓거나 제천에 살고 있는 어머니와 자신의 성장 내력을 이야기함.
물은 깊어 허리까지 찼다. 속 물살도 어지간히 센 데다가 발에 채는

돌멩이도 미끄러워 금시에 훌칠 듯하였다. 나귀와 조 선달은 재빨리 거
<small>물체가 바람 따위를 받아서 뒤로 자빠질 듯 비스듬히 쏠릴</small>
의 건넜으나 동이는 허 생원을 붙드느라고 두 사람은 훨씬 떨어졌다.

"모친의 친정은 원래부터 제천이었던가?"

"웬걸요. 시원스리 말은 안 해 주나 봉평이라는 것만은 들었죠."

<u>동이가 허 생원의 아들이라는 점을 암시하는 부분임.</u>

"봉평? 그래, 그 아비 성은 무엇이구?"

허 생원은 동이가 자신의 아들일 가능성이 높다고 생각하고 있음.

"알 수 있나요? 도무지 듣지를 못했으니까."

"그, 그렇겠지."

『하고 중얼거리며 흐려지는 눈을 까물까물하다가 허 생원은 경망하게

『 』: 동이가 자신의 아들일지도 모른다는 생각에 허 생원은 충격을 받고 발을 빗디딤.

도 발을 빗디디었다.』 앞으로 고꾸라지기가 바쁘게 몸째 풍덩 빠져 버

잘못하여 디딜 자리가 아닌 다른 자리를 디디었다.

렸다. 허비적거릴수록 몸을 걷잡을 수 없어, 동이가 소리를 치며 가까이

왔을 때에는 벌써 퍽으나 흘렀었다. 옷째 쫄딱 젖으니 물에 젖은 개보다

도 참혹한 꼴이었다. 동이는 물속에서 어른을 해깝게 업을 수 있었다.

'가볍다'의 방언

젖었다고는 하여도 여윈 몸이라 장정 등에는 오히려 가벼웠다.

▶ 동이의 이야기를 듣다가 개울에 빠져 동이에게 업히는 허 생원

"이렇게까지 해서 안됐네. 내 오늘은 정신이 빠진 모양이야."

"염려하실 것 없어요."

"그래, 모친은 아비를 찾지는 않는 눈치지?"

"늘 한번 만나고 싶다고는 하는데요."

"지금 어디 계신가?"

"의부와도 갈라져서 제천에 있죠. 가을에는 봉평에 모셔 오려고 생각

중인데요. 이를 물고 벌면 이럭저럭 살아갈 수 있겠죠."

"아무렴. 기특한 생각이야. 가을이렷다?"

동이의 탐탁한 등어리가 뼈에 사무쳐 따뜻하다. 물을 다 건넜을 때에

모양이나 태도, 또는 어떤 일 따위가 마음에 들어 만족한

는 도리어 서글픈 생각에 좀 더 업혔으면도 하였다. ▶ 동이에게 정을 느끼는 허 생원

▨절정▨ 동이가 자기 어머니의 원래 고향이 봉평이라고 말하자 허 생원은 놀라 개울에 빠지고

"진종일 실수만 하니 웬일이요, 생원?"

동이 등에 업혀 개울을 건넘.

조 선달은 바라보며 기어이 웃음이 터졌다.

"나귀야. 나귀 생각하다 실족을 했어. 말 안 했던가? 저 꼴에 제법 새끼를 얻었단 말이지. 읍내 강릉집 피마에게 말일세. 귀를 쫑긋 세우고 ^{다 자란 암말} 달랑달랑 뛰는 것이 나귀 새끼같이 귀여운 것이 있을까? 그것 보러 나는 일부러 읍내를 도는 때가 있다네."

"사람을 물에 빠치울 젠 딴은 대단한 나귀 새끼군."

허 생원은 젖은 옷을 웬만큼 짜서 입었다. 이가 덜덜 갈리고 가슴이 떨리며 몹시도 추웠으나, 마음은 알 수 없이 둥실둥실 가벼웠다.
^{동이가 자신의 아들임을 거의 확신하였기 때문에}

"주막까지 부지런히들 가세나. 뜰에 불을 피우고 훗훗이 쉬어. 나귀
^{훈훈하게}
에겐 더운물을 끓여 주고. 내일 대화장 보고는 제천이다."

"생원도 제천으로……?"

"오래간만에 가 보고 싶어. 동행하려나, 동이?"

나귀가 걷기 시작하였을 때 동이의 채찍은 왼손에 있었다. 오랫동안
^{허 생원에게 동이가 자신의 아들이라는 확신을 갖게 함.}
아둑시니같이 눈이 어둡던 허 생원도 요번만은 동이의 왼손잡이가 눈
^{'어둑서니'의 방언. 어두운 밤에 아무것도 없는데, 있는 것처럼 잘못 보이는 것}
에 뜨이지 않을 수 없었다.

걸음도 해깝고 방울 소리가 밤 벌판에 한층 청청하게 울렸다.
^{소리가 맑고 시원하게}
달이 어지간히 기울어졌다. **감상** 허 생원이 동이가 자신과 같은 왼손잡이라는 사실을 확인하고 그에게 말로 설명하기 힘든 정서적 유대감을 느낌.

이효석 문학관 www.hyoseok.org
'이효석 문학관'을 방문하여 이효석의 생애와 작품 세계에 대해서 더 알아보자.

● 작가 만나기

이효석(1907~1942) 강원도 평창에서 태어났으며 호는 가산(可山)이다. 그는 경성 제국 대학 영문과를 졸업하였고, 1928년 단편 소설 '도시와 유령'을 발표하여 문단에 데뷔하였다. 그는 초기에 사회주의 성격의 작품을 쓰다가 점차 자연과의 교감을 묘사한 서정적인 작품을 많이 썼다. 대표 작품으로는 '메밀꽃 필 무렵', '돈 (豚)', '수탉', '산', '들' 등이 있다.

● 작품 만나기

'메밀꽃 필 무렵'은 인생을 자연에 결합시킨 점과 서정적 문체가 잘 어우러진 소설이다. 이 소설에서는 인물이나 사건보다도 배경의 역할이 특히 중요하다. 봉평에서 대화로 넘어가는 길의 달빛에 젖은 메밀밭은 인간과 자연이 한데 어울리는 공간이다. 지은이는 이러한 공간에서 첫사랑의 인연을 평생 잊지 못하며 살아가는 장돌뱅이 허 생원의 모습을 형상화하여 인간의 근원적인 애정을 효과적으로 보여 준다.

또한 이 소설에서는 허 생원과 성 서방네 처녀의 이야기, 동이와 동이 어머니의 이야기, 허 생원과 동이의 이야기가 산길을 걸으면서 복합적으로 진행된다. 지은이는 오르막과 내리막이 있는 산길을 통해 만남과 헤어짐 속에서 인연을 맺고 행복과 불행을 맛보며 살아가는 인생의 여정을 보여 주고 있다. 결말 부분에서는 앞으로 전개될 새로운 만남을 암시하며 여운을 남기고 있다.

● 핵심 만나기

갈래	현대 소설, 단편 소설
성격	서정적, 낭만적, 향토적
배경	• 시간적: 여름 낮부터 밤중까지 • 공간적: 강원도 봉평에서 대화로 이어진 산길
시점	전지적 작가 시점
제재	장돌뱅이인 허 생원의 삶
주제	장돌뱅이 생활의 애환 속에서 펼쳐지는 인간 본연의 애정
특징	• 서정적 분위기를 자아냄. • 암시와 추리의 기법을 보여 줌.

● 등장인물

허 생원	평생을 나귀와 함께 장돌뱅이 생활을 하는 소박한 인물로, 단 한 번의 낭만적인 추억을 소중하게 간직하며 살아감.
동이	허 생원과 성 서방네 처녀의 인연으로 태어난 아들로 암시되는 인물로, 진술하고 순박한 청년임.
조 선달	허 생원의 친구로 장돌뱅이지만, 정착하여 살고자 하는 꿈을 가짐.

● 이 소설에서 배경의 역할

　이 소설의 시간적 · 공간적 배경은 강원도 봉평에서 대화까지 이어지는 밤길이다. 특히 보름 무렵의 황홀한 달빛과 '소금을 뿌린 듯이' 펼쳐진 메밀꽃의 풍경은 서정적이고 낭만적인 분위기를 한껏 조성한다. 이러한 분위기는 이 소설이 담고 있는 장돌뱅이의 애틋하고 운명적인 사연을 암시하는 것이라고 할 수 있다.

● '허 생원'과 '나귀'의 관계

　이 소설에서 나귀는 허 생원과 동반자적 관계로서 외양이나 행동이 서로 비슷하다. 또한 강릉집 피마에게서 새끼를 본 것은 성 서방네 처녀와 인연을 맺고 동이를 얻은 것과 유사하다. 이러한 허 생원과 나귀의 밀접한 연관성은 단순한 묘사에 머무르지 않고, 인간을 자연의 한 부분으로 생각하는 지은이의 의식이 반영된 것이라고 할 수 있다.

> ● 허 생원과 동이가 어떤 관계일지 생각해 보고, 그 관계를 암시하는 내용을 모두 찾아 써 보자.

● 책 이름(출판사)　　　　　　　　　● 지은이

● 줄거리 요약

　　허 생원과 조 선달은 봉평장을 거두고 대화장으로 떠나는 길에 동이와 동행을 하
게 된다.

● 인상 깊은 내용과 그 이유

● 읽고 난 후의 생각이나 느낌

　✏️ 이 소설의 결말 이후에 어떠한 일이 일어났을지 상상하여 써 보자.

1. 허 생원에 대한 설명으로 알맞지 <u>않은</u> 것은?

　① 장돌뱅이이다.

　② 왼손잡이이다.

　③ 장돌뱅이 생활을 그만두고 싶어 한다.

　④ 성 서방네 처녀와의 인연을 잊지 못한다.

　⑤ 자기와 반평생을 함께 해온 나귀에게 애정을 느낀다.

2. 독자로 하여금 동이가 허 생원의 아들이라고 짐작할 수 있게 하는 내용이 <u>아닌</u> 것은?

　① 동이가 왼손잡이이다.

　② 동이는 제천에서 태어났다.

　③ 동이 어머니의 고향이 봉평이다.

　④ 동이는 친아버지가 장돌뱅이라는 것을 알고 있다.

　⑤ 동이는 친아버지가 누군지 모른 채 의붓아버지, 어머니와 살았다.

3. 허 생원의 친구로 허 생원과 함께 장돌뱅이 생활을 하지만, 그 생활을 그만 두고 정착하여 살고 싶어 하는 인물이 누구인지 쓰시오.

4. 다음은 이 소설의 공간적 배경을 정리한 것이다. 빈칸에 알맞은 말을 쓰시오.

강원도 봉평에서 □□(으)로 가는 산길

5. 허 생원이 봉평장을 거의 빼놓지 않고 가는 이유는?

① 허 생원의 고향이 봉평이기 때문에

② 조 선달이 좋아하는 장터이기 때문에

③ 동이가 살고 있는 곳이 봉평이기 때문에

④ 허 생원이 좋아하는 사람이 봉평에 살고 있기 때문에

⑤ 허 생원과 소중한 인연을 맺은 성 서방네 처녀와의 추억 때문에

6. 허 생원과 반평생을 함께 하며 외양과 행동이 허 생원과 비슷하게 변해 가면서 그와 남다른 정서적 유대감을 가지고 있는 동물을 쓰시오.

7. 허 생원이 성 서방네 처녀를 만나게 되는 계기가 되었고, 두 사람이 헤어진 후에도 허 생원을 성 서방네 처녀와의 추억에 계속 잠기게 하는 소재는?

① 달밤　　　② 주막　　　③ 개울　　　④ 봉평장　　　⑤ 물방앗간

8. 다음 빈칸에 알맞은 말을 써서 이 소설의 제재를 완성하시오.

장돌뱅이인 □ □ □ 의 삶

9. 이 소설에 대한 설명으로 알맞지 <u>않은</u> 것은?

① 이효석이 쓴 단편 소설이다.

② 동이가 허 생원의 아들이라고 추측할 수 있다.

③ 허 생원과 성 서방네 처녀의 사랑 이야기가 이 소설의 중심 내용이다.

④ 이 소설의 주제는 장돌뱅이 생활의 애환 속에서 펼쳐지는 인간 본연의 애정이다.

⑤ 메밀꽃이 하얗게 핀 달밤의 메밀밭 모습을 묘사한 부분에서 서정적인 분위기를 느낄 수 있다.

● 다음 뜻풀이에 해당하는 단어를 찾아 선으로 연결해 보자.

(1) 사이가 자연스럽지 못하고 매우 서
먹서먹하다.

•   • 궁싯거리다

(2) 조용하고 쓸쓸하다.

•   • 서름서름하다

(3) 어찌할 바를 몰라 이리저리 머뭇거
리다.

•   • 적적하다

(4) 모양이나 태도, 또는 어떤 일 따위
가 마음에 들어 만족하다.

•   • 훌치다

(5) 물체가 바람 따위를 받아서 뒤로 자
빠질 듯이 비스듬히 쏠리다.

•   • 탐탁하다

(6) 근심 걱정으로 맥이 빠지고 마음이
산란하여지다.

•   • 실심하다

항아리

·

정호승

나는 독 짓는 젊은이한테서 태어났습니다. 젊은이는 스무 살 때 집을
_{주인공(항아리)}
떠나 멀리 도시로 나갔다가 아버지가 세상을 떠나자 가업을 잇기 위해
_{대대로 물려받는 집안의 생업}
다시 고향으로 돌아와 독을 짓기 시작한 젊은이였습니다. 나는 그 젊은

이가 맨 처음 지은 항아리로 태어났습니다.　　　　▶ 젊은이가 처음 만든 항아리

　그런 탓인지 나는 그리 썩 잘 만들어진 항아리가 아니었습니다. 어릴

때부터 할아버지와 아버지의 어깨너머로 독 짓는 법을 쭉 배워 왔다고는

하나 처음이라서 그런지 젊은이의 솜씨는 무척 서툴렀습니다. 곱게 질흙
_{짚이나 나무를 태운 재를 우려낸 물}
을 빚는 것도, 가마에 불을 때는 것도, 디딜 풀무질을 하는 것도, 잿물을
_{흙 따위의 재료를 이겨서 어떤 형태를 만드는}　　_{발로 디디어 풀무로 바람을 일으키는 일}
바르는 것도 모두 서투르기 짝이 없었습니다. 젊은이는 내가 세상에 태

어나자 아주 못마땅한 얼굴로 나를 쳐다보았습니다. 마치 내가 무슨 큰

잘못이라도 저지른 듯 나를 쳐다보는 눈길이 아주 기분 나빴습니다.
　　　　　　　　　　　　▶ 자신이 처음 만든 항아리가 마음에 들지 않는 젊은이
　그러나 나는 뜨거운 가마 밖으로 빠져나온 것만 해도 기뻤습니다. 처
_{숯이나 도자기·기와·벽돌 따위를 구워 내는 시설}
음에 가마 속에 들어갔을 때 불타 죽는 줄만 알았지, 내가 다른 무엇으

로 다시 태어난다고는 생각하지 못했습니다. 그런 내가 아래위가 좁고

허리가 두둑한 항아리로 태어났으니 그 얼마나 스스로 대견스럽고 기

쁘던지요.　　　　　▶ 힘든 과정을 견디고 태어난 자신이 대견한 항아리

그러나 그것은 나만의 기쁨일 뿐 젊은이는 나를 달가워하지 않았습니다. 나는 그대로 뒷간 마당가에 방치되었습니다.

자신의 서투른 솜씨로 만들어졌기 때문에

나의 존재는 곧 잊혔습니다.

내버려 둠.

버려지고 잊힌 자의 가슴은 무척 아팠습니다. 항아리가 된 내가 그 무엇을 위해 소중하게 쓰이는 존재가 될 줄 알았으나, 나는 버려진 항아리라는 것 말고는 아무것도 아니었습니다.

'나'의 희망   '나'의 현실

소나기가 지나가면 │빗물│이 고였습니다.

빗물에 │구름│이 잠깐 머물다가 지나갔습니다.

가끔 │가랑잎│이 날아와 맴돌 때도 있었습니다.

밤에는 이따금 │별빛들│이 찾아와 쓰다듬어 주었습니다.

│　│: 버려진 항아리를 위로해 주는 것들

만일 그들마저 찾아와 주지 않았다면 나는 아마 그대로 죽고 말았을 것입니다. 그러나 그들만을 위해 존재하고 있기에는 나 자신이 너무나 초라하고 안타까웠습니다. 나는 그 누군가를 위해 사용되는 가장 소중한 그 무엇이 되고 싶었습니다. 그래야만 뜨거운 가마의 불구덩이 속에

항아리의 꿈

서 끝끝내 살아남은 의미와 가치가 있을 것 같았습니다. ▶ 방치되어 슬픈 항아리

발단 항아리는 독 짓는 젊은이에게서 태어났지만 버림받음.

그러던 어느 가을이었습니다. 하루는 젊은이가 삽을 가지고 와서 깊게

땅을 파고 흙을 뜨는 데 쓰는 연장

땅을 파고는 모가지만 남겨둔 채 나를 묻고 그대로 돌아가 버렸습니다.

땅속에 파묻힌 나는 내가 무엇으로 쓰일지 알 수 없었습니다. 그렇지만 가슴은 두근거렸습니다. 이제서야 내가 버려진 존재가 아니라 남을 위해 무엇으로 쓰일 수 있는 존재라는 사실에 그저 한없이 가슴이 떨려왔습니다.

▶ 땅속에 묻혀 기대에 부풀어 있는 항아리

그날 밤이었습니다. 감나무 가지 위에 휘영청 보름달이 걸려 있었습니다. 어디선가 나를 향해 다가오는 젊은이의 발걸음 소리가 들렸습니다. 나는 가슴을 억누르고 두 귀를 쫑긋 세웠습니다. 젊은이의 발걸음 소리는 바로 내 머리맡에 와서 딱 멈추었습니다.

나의 가슴은 크게 고동쳤습니다. 달빛에 비친 젊은이의 그림자가 바람에 흔들렸습니다. 『나는 고요히 숨을 죽이고 젊은이를 향해 마음속으로 크게 팔을 벌렸습니다.』

『 』: 자신의 소망이 실현되기를 바라는 항아리

아, 그런데 이게 도대체 무슨 일입니까. 젊은이는 고의춤을 열고 주저 없이 나를 향해 오줌을 누는 것이었습니다. 그러고는 뒤도 돌아보지

남자의 여름 홑바지인 고의나 바지의 허리를 접어서 여민 사이

않고 다시 방 안으로 들어가 버렸습니다. 아, 나는 그만 오줌독이 되고 만 것이었습니다.

오줌을 누거나 받아서 모아 두는 독
▶ 오줌독이 된 항아리

나는 참으로 슬펐습니다. 아니, 슬프다 못해 처량했습니다. 지금까지 참고 기다리며 열망해 온 것이 고작 이것이었나 싶어 참담했습니다.

오줌독   끔찍하고 절망적임.

젊은이는 밤낮을 가리지 않고 찾아와 오줌을 누고 갔습니다. 젊은이뿐만이 아니었습니다. 젊은이의 아이들도, 가끔 들르는 동네 사람들도 오줌을 누고 갔습니다. 내가 오줌독이 되기 위해서 이 세상에 태어난 것은 결코 아니라는 생각이 들었으나, 결국 나는 오줌독이 되어 가슴께까지 가득 오줌을 담고 살고 있었습니다.   ▶ 오줌독이 되어 슬프고 참담한 항아리

곧 겨울이 다가왔습니다. 날은 갈수록 차가워졌습니다. 강물이 얼어

시간이 흐름.

붙자 오줌도 얼어붙어 버렸습니다. 나는 겨우내 얼어붙은 내 몸의 한쪽

한겨울 동안 계속해서

구석이 그대로 금이 가거나 터져 버릴까 봐 조마조마해서 한시도 마음

을 놓을 수가 없었습니다.

다행히 내 몸이 온전한 상태에서 봄이 찾아왔습니다. 물론 얼었던 강
물도 녹아 흐르고 얼어붙었던 오줌도 다 녹아내렸습니다.
본바탕 그대로 고스란한

▶ 오줌독이 되어 겨울을 난 항아리

사람들은 밭을 갈고 씨를 뿌렸습니다. 씨를 뿌리고 난 뒤에는 내 몸

에 가득 고인 오줌을 퍼다가 밭에다 뿌렸습니다.

『배추밭에는 배추들이 싱싱하게 자랐습니다. 무밭에는 무들이 싱싱
「 」: 항아리가 모아 준 오줌이 배추와 무의 영양분이 되었기 때문에

하게 자랐습니다.』 나는 그들이 싱싱하게 자라나는 것을 보는 것만으로

도 큰 위안이 되었습니다. 내가 오줌독이 되어 오줌을 모아 줌으로써 그

들이 건강하게 잘 자랄 수 있게 된다고 생각하니『그런대로 나는 살 만

한 가치가 있는 존재였습니다.』
▶ 오줌독으로서 보람을 느끼는 항아리

「 」: 오줌독으로서의 가치를 깨닫고 보람을 느낌.

그러나 시간이 가면 갈수록 그것만은 아닌 것 같았습니다. 『나는 오

줌독이 아닌 다른 무엇인가가 되고 싶어 늘 가슴 한쪽이 뜨겁게 달아올

『 』: 보다 더 가치 있는 존재가 되고 싶은 열망이 높아짐.

랐습니다.』

일 년이 지났습니다. 나는 여전히 오줌독으로 남아 있었습니다.

이 년이 지났습니다. 나는 여전히 오줌독으로서의 구실밖에 하지 못

했습니다.　　　　　　　　　　▶ 오줌독이 아닌 다른 존재가 되고 싶은 항아리

전개 항아리는 오줌독이 되었지만 그것에 만족하지 못하고 다른 존재가 되고 싶어 함.

오랜 시간이 흘렀습니다.

이제 내게 오줌을 누러 오는 사람조차 없었습니다. 굳이 누가 있다면

새들이 날아가다가 찔끔 똥을 갈기고 가는 게 고작이었습니다.

똥, 오줌, 침 따위를 함부로 아무 데나 싸거나 뱉고

독 짓는 젊은이는 독 짓는 늙은이가 되어 병마에 시달리다가 세상을

'병(病)'을 악마에 비유하여 이르는 말

떠났습니다. 독 짓던 가마 또한 허물어지고 폐허가 되어 날짐승들의 보

건물이나 성 따위가 파괴되어 황폐하게 된 터

금자리가 되었습니다.　　　　　　　▶ 독 짓는 젊은이가 늙어서 세상을 떠남.

어디에도 사람의 그림자는 보이지 않았습니다. 나는 어느새 오줌독

의 신세에서 벗어나 있었습니다.

나는 날마다 마음을 고요히 가다듬었습니다. 이번에야말로 오줌독

자신의 삶을 변화시키기 위해 노력하면서 기다림.

따위가 아닌, 아름답고 소중한 그 무엇이 되기를 간절히 열망했습니다.

사람의 일생이 어떠한 꿈을 꾸었느냐 하는 그 꿈의 크기에 따라 달라진

다면, 나도 큰 꿈을 꿈으로써 내 삶을 크게 변화시키고 싶었습니다.

아름답고 소중한 존재가 되는 것　　　▶ 큰 꿈을 꾸면서 삶을 변화시키길 열망하는 항아리

그러던 어느 해 봄이었습니다. 두런두런 사람들의 목소리와 발소리

사건의 전환. 새로운 변화를 예고함.

가 들리더니 폐허가 된 가마터에 사람들이 집을 짓기 시작했습니다.

집은 제법 규모가 큰 절이었습니다. 사람들은 몇 해에 걸쳐 일주문과

대웅전과 비로전은 물론 종각까지 다 지었습니다. 종각이 완공되자 사

람들은 에밀레종과 비슷하나 크기는 더 작은 종을 달았습니다.

(큰 종을 달아 두기 위하여 지은 누각)

(성덕 대왕 신종. '에밀레'라고 운다고 하여 붙여진 이름임.)　▶ 폐허가 된 가마터에 절이 지어짐.

　종소리는 날마다 달과 별이 마지막까지 빛을 뿜는 새벽하늘로 높이

울려 퍼졌습니다. 새벽이 올 때까지 잠들지 못하고 그대로 땅속에 파묻

혀 있는 내게 종소리는 새소리처럼 아름다웠습니다.

　그런데 참으로 이상한 일이었습니다. 사람들은 종소리가 아름답지

않다고 야단들이었습니다. 종소리가 탁하고 울림이 없어 공허하기만

(소리가 거칠고 굵은)

하지 맑고 알차지 않다는 것이었습니다.

(속이 꽉 차 있거나 내용이 아주 실속이 있지)

　절의 주지 스님은 어떻게 하면 맑고 아름다운 소리를 내는 종을 만들

(절을 주관하는 승려)

수 있을까 하고 고심에 고심을 거듭하였습니다.

▶ 맑고 아름다운 종소리를 내기 위해 고심하는 주지 스님　[위기]　가마터가 폐허로 변하자 항아리는 버려진 채 잊혀짐.

　그러던 어느 날 아침이었습니다. 내 머리맡에 흰 고무신을 신은 주지

스님의 발이 와서 가만히 머물렀습니다. 주지 스님은 선 채로 한참 나를

내려다보더니 혼잣말로 중얼거렸습니다.

　"으음, 이건 아버님이 만드신 항아리야. 이 항아리가 아직 남아 있다

(예전에 항아리를 만들었던 젊은이)

니. 이 항아리를 묻으면 좋겠군."

　스님은 무슨 큰 보물이라도 발견한 듯 만면에 미소를 띠었습니다.

(항아리의 가치를 알아봄.)

　나는 두려움에 떨며 곧 종각의 종 밑에 다시 묻히게 되었습니다. 도

대체 내가 무엇이 되기 위하여 종 밑에 묻히는지는 알 수 없었습니다.

▶ 주지 스님이 종 밑에 항아리를 묻음.

　그러나 그것은 그리 두려워할 일이 아니었습니다. 나를 종 밑에 묻고

(항아리가 종 밑에 묻힌 일)

종을 치자 너무나 놀라운 일이 일어났습니다. 『종소리가 내 몸 안에 가

득 들어왔다가 조금씩 조금씩 숨을 토하듯 내 몸을 한 바퀴 휘돌아 나감

『 』: 항아리를 통해 맑고 아름다운 종소리가 나게 됨. – 음관(종소리를 크고 아름답게 울리게 하는 울림통)이 된 항아리

으로써 참으로 맑고 고운 소리를 내었습니다.』 처음에는 주먹만한 우박

이 세상의 모든 바위 위에 떨어지는 소리 같기도 하다가, 나중에는 갈대

숲을 지나가는 바람이나 실비 소리 같기도 하고, 그 소리는 이어지는가

싶으면 끝나고, 끝나는가 싶으면 다시 계속 이어졌습니다.
실같이 가늘게 내리는 비

▶ 맑고 아름다운 종소리를 만드는 항아리   전점 항아리는 주지 스님에 의해서 음관이 됨.

나는 내가 종소리가 된 게 아닌가 하는 착각에 몸을 떨었습니다. 그

러면서 그때서야 깨달을 수 있었습니다. 내가 그토록 오랜 세월동안 참

고 기다려 온 것이 무엇이었는지를. 내가 이 세상을 위해 소중한 그 무
맑고 고운 종소리로 사람들에게 기쁨과 감동을 주는 존재

엇이 되었다는 것을. 누구의 삶이든 참고 기다리고 노력하면 그 삶의 꿈

이 이루어진다는 것을.

고요히 산사에 종소리가 울릴 때마다 요즘 나의 영혼은 기쁨으로 가
산 속에 있는 절

득 찹니다. 범종의 음관 구실을 함으로써 더욱 아름다운 종소리를 낸다
절에 매달아 놓고, 대중을 모이게 하거나 시각을 알리기 위하여 치는 종

는 것. 그것이 바로 내가 바라던 내 존재의 의미이자 가치였습니다.

결말 항아리는 노력과 기다림으로 자신의 소망을 이루어 기뻐함.

　정호승(1950~) 경상남도 하동에서 태어났다. 1972년 "한국일보"에 동시 '석굴암을 오르는 영희', 1973년 "대한일보"에 시 '첨성대', 1982년 "조선일보"에 단편 소설 '위령제'가 당선되어 등단하였다. 그의 작품은 순수한 동심의 정서가 주로 드러나며, 상처와 고통의 비극적인 역사와 맞서면서도 아름다운 서정성을 유지한다는 것이 특징이다. 시집으로 "슬픔이 기쁨에게", "새벽 편지", "외로우니까 사람이다" 등이 있고, 동화집으로는 "못난 사과의 꿈", "항아리" 등이 있다.

● 작품 만나기

　'항아리'는 우리가 자신의 꿈을 이루기 위해서 어떤 자세를 가져야 하는지에 대해 생각해 보게 하는 동화이다. 이 동화는 못생긴 항아리가 주인공이 되어 이야기를 이끌어 간다. 세상에 태어날 때부터 못생겨서 오줌독으로 쓰이던 항아리가 종소리를 더욱 아름답게 울리게 해 주는 음관이 되는 과정을 감동적으로 그리고 있다. 항아리는 보잘것없는 자신의 처지에 슬퍼만 하지 않고 더 큰 꿈을 이루기 위해 참고 기다리며 노력하여, 결국 자신의 꿈을 이룬다. 이처럼 이 동화는 자신이 이 세상에 태어나서 해야 할 소중한 일이 무엇인지 생각해 보고, 그것을 이루기 위해 포기하지 않고 노력할 때 행복이 찾아온다는 것을 일깨워 준다.

● 핵심 만나기

갈래	동화
성격	교훈적, 우화적
시점	1인칭 주인공 시점
제재	항아리
주제	꿈을 이루기 위해서는 노력과 기다림의 자세가 중요함. / 모든 존재는 나름의 가치가 있음.
특징	• 항아리를 의인화하여 사람이 살아가야 할 자세를 깨닫게 함. • 교훈성이 잘 드러남.

◉ 등장인물

나 (서술자)	• 젊은이가 맨 처음 만든 항아리로 볼품이 없음. • 자신이 소중하게 쓰이는 존재가 되기를 꿈꾸며, 그 꿈을 이루기 위해 자신을 가다듬음.
주지 스님	• 예전에 항아리를 만들었던 젊은이의 아들임. • 항아리를 종의 음관으로 씀으로써 항아리가 꿈을 이룰 수 있게 도와줌.

◉ 시간의 흐름에 따른 구성

주요 내용	시간의 흐름
'나'는 독 짓는 젊은이가 맨 처음 만든 항아리로 태어남.	탄생
'나'는 오줌독이 되었지만 보다 더 가치 있는 존재가 되기를 열망함.	↓
사람들에게 잊힌 '나'는 자신의 삶을 변화시키기 위해 마음을 가다듬음.	
주지 스님이 '나'를 음관으로 사용하기 위해 종 밑에 묻음.	성장
'나'가 노력과 기다림으로 자신의 소망을 이룸.	↓

◉ 이 동화에 나타난 교훈

• 어렵고 힘든 일이 닥쳤을 때 자신을 갈고 닦아 일어설 줄 아는 지혜를 갖자.
• 작고 하찮은 존재도 모두 제 나름의 쓸모가 있으며, 그 나름대로의 가치가 있다.

> ● 다음 상황에 따라 '나'(항아리)의 마음이 어떠했는지 정리해 보자.
> (1) 태어나자마자 버려졌을 때:
> (2) 오줌독이 되었을 때:
> (3) 범종의 음관이 되었을 때:

● 책 이름(출판사)　　　　　　　　● 지은이

● 줄거리 요약

　'나'는 독 짓는 젊은이가 맨 처음 지은 항아리로 태어났지만 뒷간 마당가에 방치되었다. 그러던 어느 가을

● 인상 깊은 내용과 그 이유

● 읽고 난 후의 생각이나 느낌

✎ 범종의 음관이 된 항아리를 소개하는 신문 기사를 '표제 – 부제 – 본문'의 형식으로 써 보자.

1. 이 동화에서 '나'로 의인화된 것이 무엇인지 쓰시오.

2. 다음은 버려진 '나'(항아리)를 위로해 준 존재들이다. 빈칸에 들어갈 나머지 하나가 무엇인지 쓰시오.

| 빗물 | 구름 | | | | 별빛들 |

3. 이 동화의 발단 부분에서 '나'의 소망이 나타난 구절을 찾아 쓰시오.

4. 오랜 세월이 흘러 사람들에게 잊히고 혼자가 된 '나'(항아리)가 자신의 꿈을 이루기 위해 취했던 태도가 나타난 문장을 찾아 쓰시오.

5. 다음은 이 동화의 사건들이다. 그중에서 세 번째 사건은?

① '나'는 오줌독이 되었다.
② '나'는 뒷간 마당가에 방치되었다.
③ '나'는 종각의 종 밑에 묻히게 되었다.
④ '나'는 젊은이가 맨 처음 지은 항아리로 태어났다.
⑤ '나'는 범종의 음관이 되어 맑고 아름다운 종소리를 만들었다.

6. 이 동화를 읽고 지은이의 의도를 가장 잘 이해한 사람은?

① 성환 : 무슨 일이 있을 땐 자신부터 원망해야 해.
② 범준 : 자신을 이해해 주는 친구는 많을수록 좋아.
③ 지수 : 못생긴 사람도 외모에 자신감을 가져야 해.
④ 민정 : 참고 기다리면서 노력하면 꿈은 반드시 이루어져.
⑤ 건하 : 자신이 하고 싶은 것을 하려면 주인을 잘 만나야 해.

● 다음 뜻에 해당하는 말을 풍선에서 찾아 빈칸에 써 보자.

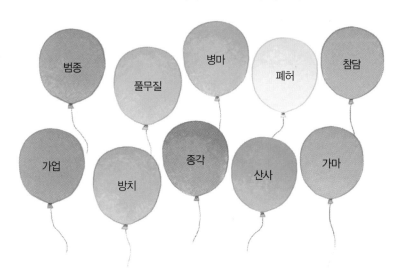

범종

풀무질

병마

폐허

참담

가업

방치

종각

산사

가마

(1) [   ] : 대대로 물려받는 집안의 생업.

(2) [   ] : 큰 종을 달아 두기 위하여 지은 누각.

(3) [   ] : 건물이나 성 따위가 파괴되어 황폐하게 된 터.

(4) [   ] : 숯이나 도자기 · 기와 · 벽돌 따위를 구워 내는 시설.

(5) [   ] : 절에 매달아 놓고, 대중을 모이게 하거나 시각을 알리기 위하여 치
는 종.

목걸이

모파상

그 여자는 아름답고 매력이 넘쳤지만, 조물주의 착오로 가난한 하급
　　　　　　　　　　　　　우주의 만물을 만들고 다스리는 신
공무원의 가정에서 태어났다. 지참금도 없었으며 유산을 물려받을 기
　　　　　　　　　신부가 시집갈 때에 친정에서 가지고 가는 돈
대도 없었다. 그렇다고 돈이 많거나 지체 높은 남자와 가까워져 사랑이
나 청혼을 받을 길도 없었다. 그래서 할 수 없이 교육부에 근무하는 하
급 공무원에게 시집을 가게 되었다. 그렇다고 화려하게 몸치장을 할 만
한 여유도 없어 소박한 차림을 하고 있었다. 그러나 이런 처지에 있는
여자들이 다 그렇지만, 『결코 그런 환경에 만족을 느낄 수는 없었다.』
　　　　　　　　　　　　　『 』: 그녀가 자신의 처지에 만족하지 못하는 성격임을 알 수 있음.
그녀는 자기야말로 이 세상에서 온갖 쾌락과 사치를 즐겨도 괜찮을
몸으로 태어난 사람이라 여기며, 때 묻은 가구를 볼 때마다 마음이 괴로
웠다.

『이러한 것은 자기와 같은 처지에 있는 다른 여자들 같으면 별로 마
　『 』: 그녀가 허영심 많은 성격임을 알 수 있음.
음에 두지 않을 테지만, 그녀만은 마음이 아프고 화가 났다.』 그리하여
식모 노릇을 하고 있는 브르타뉴 태생의 계집애가 낡은 가구를 손질하
는 것을 보고만 있으면 서글픈 생각과 함께 미칠 것만 같은 몽상이 머릿
　　　　　　　　　　　　　　　　　　꿈속의 생각, 실현성이 없는 생각
속을 어지럽히는 것이었다.　　　▶ 자신의 처지에 만족하지 못하는 그녀(루아젤 부인)

그녀는 동양식 장식이 걸리고, 높은 청동 촛대에 휘황찬란한 불을 밝

히고, 짧은 바지를 걸친 두 하인이 활활 타오르는 난로의 후끈한 열기에

졸음이 와서 안락의자에 앉아 자고 있는 조용한 응접실을 머릿속에 그

려 보았다. 이어서 비단으로 장식한 넓은 살롱을 상상해 보았다.
<small>손님을 접대하는 서양풍의 방</small>

　값지고 진귀한 골동품들이 놓여 있는 우아한 가구⋯⋯, 뭇 여성의 선
<small>부러워하여 바람.</small>

망을 받고 있는 사교계의 인기 있는 남성들과 친한 친구들이 함께 모여

저녁 식사를 하며 이야기를 즐기도록 마련된 향취 있고 아담한 방을 상

상해 보았다.

　『저녁 식사 때, 벌써 사흘째나 빨지 않은 테이블 보자기를 펴 놓은 둥
<small>『 』: 같은 상황을 받아들이는 남편과 아내의 태도 차이를 보여 줌.</small>

근 식탁 앞에 마주 앉은 남편이 수프 뚜껑을 열고,

　　"아! 훌륭한 수프로군."

하고 기뻐하는 소리를 듣자, 그녀는 다시금 호화로운 만찬의 광경을 그

려 보았다.』 번쩍거리는 은그릇들, 신선들이 노니는 숲 속에 나오는 기

이한 새들과 고대의 인물들을 그려 넣은 벽화, 눈부신 그릇에 담긴 산해
<small>산과 바다에서 나는 온갖 진귀한 물건으로 차린, 맛이 좋은 음식</small>

진미, 불그스레한 생선이나 들꿩의 고기를 뜯으면서 정담을 나누는 남
<small>정답게 주고받는 이야기</small>

녀들의 모습이 그녀의 눈앞에 아물거렸다.
<small>▶ 화려한 삶의 모습을 꿈꾸는 그녀(루아젤 부인)</small>

　그녀에게는 이렇다 할 옷도, 보석도 없었다. 그런데 그녀가 좋아하는

것은 옷과 보석이었다. 자기가 그런 것들을 위해 세상에 태어났다고 생

각했다. 그토록 『그녀는 쾌락과 사치를 동경하였으며 모든 남성들의 인
<small>『 』: 그녀(루아젤 부인)의 성격을 알 수 있음.</small>

기를 독점하고 사랑을 받고 싶었다.』

　그녀에게는 부유한 친구 한 사람이 있었다. 학교 시절의 동창이었다.

그녀는 그 친구를 별로 찾아가고 싶지 않았다. 그녀에게 그 친구를 만나

는 것이 마음 아픈 일이었던 것이다. 『그 친구를 만나고 집에 돌아오면,

『 』: 그녀(루아젤 부인)가 자신의 처지에 만족하지 못하고 부유한 삶을 동경한다는 것을 알 수 있음.

으레 며칠 동안은 슬픔과 비탄에 젖어 하루 종일 울곤 하였다.』

▶ 부유한 삶을 동경하는 그녀 발단 루아젤 부인은 자신의 평범한 현실에 만족하지 못하고 화려하며 부유한 삶을 동경함.

어느 날 저녁이었다. 남편이 자랑스러운 얼굴로 커다란 봉투를 하나

들고 들어왔다.

"이거, 당신에게 온 거요."

하고 남편은 말하였다. 그녀는 얼른 봉투를 뜯고 그 속에 들어 있는 한

장의 카드를 꺼냈다. 카드에는 이런 말이 적혀 있었다.

교육부 장관 조르주 랑포노 부처는 1월 18일 월요일 저녁
부부
에 장관 관저에서 파티를 개최하오니 루아젤 부처께서는
정부에서 장관급 이상의 관리들이 살도록 마련해 준 집
참석해 주시기 바랍니다.

『남편은 자기 아내가 기뻐서 어쩔 줄을 몰라 하리라고 생각하였으

『 』: 루아젤 씨가 이렇게 생각한 이유는 아내가 평소에 화려하고 부유한 사람들의 삶을 동경했기 때문에

나,』 뜻밖에도 기뻐하기는커녕 오히려 그 초대장을 테이블 위로 내던지

며 중얼거렸다.

"이걸 나더러 어떻게 하라는 거예요?"

"아니, 여보. 나는 당신이 기뻐하리라고 생각했는데, 그게 무슨 말이

오? 『당신은 별로 외출도 못했으니 좋은 기회라고 생각하오. 이것을

『 』: 아내를 생각하는 루아젤 씨의 마음이 나타남.

얻으려고 얼마나 애썼는지 알아요?』 직원들이 저마다 서로 얻으려고

했지만 몇 장밖에 없어 차례가 되질 않았소. 아무튼 그날 가면 정부

의 고관들을 모두 볼 수 있을 거요." ▶ 교육부 장관 주최 파티의 초청장을 보고 남편의

지위가 높은 벼슬이나 관리   기대와 달리 화를 내는 루아젤 부인

그녀는 성난 눈초리로 남편을 노려보더니, 마침내 참을 수 없다는 듯이 쏘아붙였다.

『"도대체 무슨 옷을 몸에 걸치고 가라는 기예요?"』
『 』: 루아젤 부인의 허영심과 과시욕이 드러남.

남편은 거기까지는 미처 생각지 못하였다. 그래서 그는 이렇게 중얼거렸다.

『"아니, 저 극장에 갈 때 입던 옷 있지 않소? 내 눈에는 그 옷이 퍽 좋
『 』: 검소하고 소박한 루아젤 씨의 모습
아 보이던데……."』

그는 더 이상 말을 잇지 못하였다. 아내가 울고 있었던 것이다. 두 방울의 커다란 눈물이 눈가에서 입술 끝으로 천천히 흘러내리고 있었다. 그는 더듬거리며 말하였다.

"왜 그래? 글쎄 왜 그러는 거야?"

그녀는 겨우 슬픔을 가라앉히고 나서, 젖은 두 볼을 닦으며 조용히 대답하였다.

"아니에요, 아무것도 아니에요. 단지 입을 옷이 없어서 그래요. 난 파티에는 안 가겠어요. 그 초대장은 다른 친구에게 주어 버리세요! 나보다 좋은 옷을 가진 아내가 있는 사람에게 말이에요."

▶ 파티에 입고 갈 옷이 없어서 가지 않겠다고 하는 루아젤 부인

남편은 실망하였다. 그는 이렇게 말하였다.

『"이것 봐, 마틸드! 알맞은 옷 한 벌 맞추는 데 얼마나 들지? 다른 나
『 』: 루아젤 씨는 검소한 생활을 하는 사람임을 알 수 있음.
들이 때에도 입을 수 있고, 그다지 비싸지 않은 옷으로 말이야."』

『그녀는 잠깐 생각해 보았다. ─ '얼마나 요구해야 검소한 공무원 생
『 』: 자신이 바라는 바를 얻으려는 계산적인 루아젤 부인의 모습
활을 하는 자기 남편이 당장에 거절해 버리지 않고, 놀라서 소리를 지르

지도 않을까.' 하고 값을 따져 보는 것이었다.』

이윽고 그녀는 주저하면서 말하였다.

"확실히 알 수 없지만, 사백 프랑 정도 있으면 될 거예요."

프랑스의 옛 화폐 단위

남편은 얼굴빛이 약간 해쓱해졌다. 그는 꼭 이만 한 액수를 예금하고 있었지만, 그 돈으로 총을 사서 오는 여름에 낭테르 벌판으로 사냥을 가려고 했었다. 일요일마다 그곳에 가서 종달새 사냥을 하는 몇몇 친구들과 동행할 예정이었다.

그러나 그는 이렇게 대답하였다.

아내를 생각하는 루아젤 씨의 모습

"그래, 내 사백 프랑을 줄 테니, 멋진 옷을 맞추도록 해."

▶ 아내에게 옷을 맞추라고 돈을 주기로 한 루아젤 씨

무도회의 날짜는 점점 다가왔다. 루아젤 부인은 걱정과 근심에 싸여 있었다. 옷은 거의 다 되어 있었다.

어느 날 저녁, 남편은 이렇게 질문하였다.

"왜 그러지요? 당신 요즘 아주 얼빠진 사람 같구려."

그녀는 대답하였다.

"나는 몸에 걸칠 보석도 패물도 아무것도 없으니, 이런 딱할 데가 어디 있어요. 내 모양이 얼마나 꼴사납겠어요? 차라리 그 파티에는 나 가지 않는 것이 좋겠어요."

남편은 말하였다.

『"생화를 달고 가구려. 요즘 그것도 아주 멋져 보이더군. 십 프랑만

「 」: 자기 분수를 지키며 소박하게 살아가는 루아젤 씨의 모습

주면 예쁜 장미꽃 두세 송이는 살 수 있을 거야."』

그녀는 고개를 가로로 설레설레 저었다.

『"싫어요! 돈 많은 여자들 틈에서 가난하게 보이는 것처럼 창피한 일
「 」: 허영심과 과시욕이 강한 루아젤 부인의 모습
이 어디 있어요."』

그러자 남편은 큰 소리로 말하였다.

"당신도 참 딱하군! 아, 그 당신의 친구 포레스티에 부인 있잖아. 그
여자에게 찾아가서 보석을 빌려 달라고 하구려. 그런 정도의 편리를
못 봐 줄 사이가 아닐 테니까."

그녀는 기쁨에 넘쳐 소리를 질렀다.

"아, 그렇군요! 미처 그 생각을 못 했어요."
▶ 친구에게 보석을 빌리기로 한 루아젤 부인
다음 날 그녀는 친구 집을 찾아가 딱한 사정을 이야기하였다.

포레스티에 부인은 거울이 달린 의자 앞에서 큼직한 보석 상자를 들
고 와 열어 보이며 루아젤 부인에게 말하였다.

"자, 골라 봐."

그녀는 먼저 몇 개의 팔찌를 자세히 보았다. 다음에는 진주 목걸이
를, 그다음에는 베네치아제(製)의 십자가를 보았다. 그 십자가는 금과
진주로 되어 있었는데 솜씨가 놀라웠다. 그녀는 거울 앞에서 보석을 이
것저것 몸에 걸어 보면서 망설이며 어떤 것을 놓고, 어떤 것을 빌려 가
야 할지 결정하지 못하고, 번번이 이렇게 말했다.

"또 뭐 다른 거 없어?"

"왜 없어. 가서 골라 봐. 어느 것이 네 마음에 들지 나는 알 수 없으
니까."

그러자 까만 공단 상자 속에 눈부신 다이아몬드 목걸이가 들어 있는
두껍고 윤기가 나는 비단   이 소설의 중심 제재

것이 눈에 띄었다. 그녀는 그것이 얼마나 탐이 났는지 가슴이 뛰기 시작

하였다. 그것을 쥐는 그녀의 손이 떨려 왔다. 그녀는 그 목걸이를 몽탕

트 위로 목에 걸고, 아름다운 자기 모습에 도취되어 있었다.

<small>목까지 높이 올라온 옷</small>

<small>어떠한 것에 마음이 쏠려 취하다시피 됨.</small>

그녀는 겨우 입을 떼어 이렇게 말하였다.

"이걸 좀 빌려 줘. 다른 것들은 필요 없어."

"그렇게 해."

그녀는 친구의 목을 껴안고 뜨거운 키스를 하였다. 이어서 목걸이를

<small>기쁨과 감사의 표현</small>

들고 급하게 집으로 돌아왔다.　　　▶ 친구에게 다이아몬드 목걸이를 빌린 루아젤 부인

드디어 무도회 저녁이 돌아왔다. 루아젤 부인은 크게 인기를 모았다.

그녀는 어느 여자보다도 아름답고 우아하고 맵시가 있었으며, 언제나

<small>아름답고 보기 좋은 모양새</small>

미소를 띤 채 기쁨에 도취되어 있었다. 모든 남자들이 그녀를 바라보고

는 저마다 이름을 물어보며 소개를 받으려 하였다. 비서관들은 모두 그

녀와 춤을 추고 싶어 하였다.

그녀는 흡족한 기분으로 춤을 추었다. 자기의 미모에 의기양양해지

<small>뜻한 바를 이루어 만족한 마음이 얼굴에 나타난 모양</small>

고 성공을 이룩한 영광과 사람들의 온갖 찬사와 감탄, 소생하는 욕망과

<small>거의 죽어 가다가 다시 살아남.</small>

여성들을 완전무결한 최고의 승리로 채워 주는 행복의 구름 속에서 기

<small>충분히 갖추어져 있어 아무런 결점이 없음.</small>

쁨에 만취되어 모든 것을 잊고 있었다.

<small>잔뜩 취함.</small>

그녀는 다음 날 새벽 네 시쯤이 되어서야 파티에서 나왔다. 남편은

자정부터 조그마한 응접실에서 세 사람의 친구들과 같이 졸고 있었다.

이들의 부인들은 각자가 그 동안에 마음껏 쾌락에 도취되어 있었던 것

이다.　　　　　　　　　　　　　▶ 파티에서 최고의 쾌락에 도취된 루아젤 부인

『남편은 돌아올 때를 생각하여 가져온 평상시에 입는 낡은 웃옷을 아
　『　』: 아내를 생각하는 루아젤 씨의 모습
내의 어깨에 걸쳐 주었다.』 그 초라한 웃옷은 아무래도 야회복과는 어

울리지 않았다. 『그녀는 그것을 느끼고, 값진 털옷으로 몸을 지장한 다
　　　　　　　　　『　』: 루아젤 부인의 허영심과 남을 의식하는 태도가 나타남.
른 여자들의 눈에 뜨이지 않도록 몸을 피하려고 하였다.』

　루아젤은 아내를 불렀다.

　"잠깐 기다려요, 이대로 밖에 나가면 감기 들 테니까. 내가 나가서 마

차를 한 대 불러올게."

　그러나 아내는 남편의 말은 전혀 귀담아듣지 않고, 빠른 걸음으로 층

계를 총총히 내려갔다. 두 사람은 거리로 나왔다. 그러나 마차는 한 대
　　몹시 급하고 바쁜 모양
도 눈에 뜨이지 않았다. 남편은 멀리 지나가는 마차를 보고 큰 소리로

불렀으나 소용없었다.

　두 사람은 상심하여 달달 떨면서 센 강 쪽으로 내려갔다. 그때 마침
　　　슬픔이나 걱정 따위로 속을 썩임.　　프랑스 북부를 흐르는 강
강가에서 밤에나 나다니는 낡은 마차 한 대를 발견했다. 낮에는 파리에
　　　　　　평범한 일상으로 되돌아오게 하는 매개체
서 차마 그 초라한 모습을 보이기가 민망하다는 듯이 밤에만 나오는 그

런 마차였다.

　부부는 그 마차를 불러 타고 마르티르 거리에 있는 집 문 앞에 이르렀

다. 그들은 쓸쓸한 마음으로 발길을 옮겨 층계를 올라갔다. 그녀에게는

모든 것이 끝나 버린 것이다. 그리고 남편은 오전 열 시까지는 교육부에

출근해야 한다는 생각을 하고 있었다. ▶ 파티가 끝나고 평범한 일상으로 돌아옴.

　그녀는 다시 한 번 자기의 화려한 모습을 보기 위해 거울 앞에 가서

웃옷을 벗었다. 그러다가 갑자기 비명을 질렀다. 『목에 걸었던 목걸이

가 보이지 않았던 것이다.』

「♩: 긴장감 조성. 루아젤 부부에게 닥칠 고난을 암시함.

옷을 벗고 있던 남편이 엉거주춤하며 물었다.

"왜 그러지요?"

그녀는 남편을 향해 맥빠진 듯한 투로 대답하였다.

"저…… 저…… 포레스티에 부인의 목걸이가 없어져 버렸어요."

『남편은 실성한 사람같이 벌떡 일어섰다.』 「♩: 놀라고 당황한 모습

정신에 이상이 생겨 본정신을 잃음.

"아니, 뭐야…… 그럴 리가 있나!"

그들은 옷 갈피와 외투 깃, 그리고 호주머니 안 등을 모조리 뒤져 보았으나, 목걸이는 눈에 뜨이지 않았다.

남편이 물었다.

"무도회에서 나올 때는 분명히 있었어?"

"그럼요. 장관 댁 현관에서 만져 보기까지 했는걸요."

"그러나 만약 길에서 떨어뜨렸다면 소리가 났을 텐데. 그러고 보니 마차에서 잃은 것이 분명하군."

"그런 것 같아요. 그 마차 번호를 기억하세요?"

"몰라. 당신도 마차 번호를 잘 보아 두지 않았어?"

"네."

그들은 낙심하여 서로 마주 볼 뿐이었다. 이윽고 루아젤은 옷을 다시

바라던 일이 이루어지지 아니하여 마음이 상함.

입기 시작하였다.

"혹시 찾을 수 있을지 모르니 돌아왔던 길을 다시 가 봐야지."

그는 다시 밖으로 나갔다. 그녀는 야회복을 벗을 생각도, 잠자리에

들 기력도 없었다. 그리하여 불도 피우지 않고 아무런 생각도 없이 의자 위에 멍청히 앉아 있을 뿐이었다.

▶ 목걸이를 잃어버린 루아젤 부인

일곱 시쯤 되어 남편이 돌아왔다. 아무것도 눈에 보이지 않았던 것이다.

그는 경찰국과 신문사에 달려가서 현상을 걸고 광고도 내었다. 그리

무엇을 구하거나 사람을 찾는 일 따위에 돈이나 물품 등을 내걺.

고 작은 마차를 부리는 회사는 모두 찾아보고, 조금이라도 가망이 보이

가능성이 있는 희망

는 곳은 모조리 찾아다녔다.

아내는 이 끔찍스러운 재난 앞에서 넋을 잃고 하루 종일 남편을 기다

목걸이를 잃어버린 일

리고 있었다.

저녁때가 되어서야 루아젤은 눈이 푹 꺼지고 해쓱한 얼굴로 돌아왔다. 그는 아무것도 보지 못하였다.

"당신 친구한테 편지라도 써야 할까 봐. 목걸이의 고리가 망가져서 고치는 중이라고. 그렇게 하면 다시 이곳저곳 찾아다닐 수 있는 여유를 갖게 될 테니까."

아내는 남편이 부르는 대로 받아 적었다. ▶ 목걸이를 찾아 헤맸지만 찾지 못한 루아젤

전개 친구의 목걸이를 빌려서 파티에 참석한 루아젤 부인은 황홀한 시간을 보냈지만, 목걸이를 잃어버림.

일주일이 지나자, 그들은 모든 희망을 잃고 말았다.

목걸이를 찾을 가능성

이 며칠 사이에 5년이나 더 늙어 보이는 루아젤은 말하였다.

"어떻게 해서든 그 보석을 돌려줘야지."

다음 날 부부는 보석 목걸이가 들어 있던 빈 상자를 들고, 그 안에 적힌 상호의 보석상을 찾아갔다. 보석상 주인은 여러 권의 장부를 찾아보

가게 이름

더니, 이렇게 말하였다.

『"부인, 그 목걸이는 저희 집에서 사 간 것이 아닙니다. 저희는 다만
  「 」: 결말에 드러나는 새로운 사실을 암시함.
상자만 제공했나 봅니다."』

두 사람은 잃은 것과 똑같은 보석을 구하기 위해, 그 기억을 더듬으
                        몹시 슬퍼하면서 탄식함.
며 보석상마다 찾아다녔다. 부부는 비탄에 젖어 환자처럼 보였다.
        ▶ 잃어버린 목걸이와 똑같은 것을 구하기 위해 보석상을 찾아다니는 루아젤 부부
이윽고 이들 부부는 팔레 르와이얄의 어느 보석상에서, 그들이 찾던

것과 똑같아 보이는 다이아몬드 목걸이를 찾아냈다. 값은 사만 프랑이

었으나 삼만 육천 프랑까지 해 주겠다고 하였다.

그들은 사흘 안으로 틀림없이 살 터이니 다른 사람한테 팔지 말아 달

라고 통사정을 하였다. 그리고 만일 3월 말까지 잃어버린 목걸이를 다

시 찾으면, 상점에서 삼만 사천 프랑으로 다시 사 준다는 조건으로 계약

을 하였다.

루아젤에게는 아버지한테서 물려받은 일만 팔천 프랑의 재산이 있었

다. 나머지는 빚을 낼 수밖에 없었다.

『그는 이 사람에게서 이천 프랑, 저 사람에게서 오백 프랑, 여기서 오
  「 」: 잃어버린 목걸이를 보상하겠다는 강한 책임감과 갚을 능력을 생각하지 않고 돈을 빌리는 무모함이 엿보임.
루이, 저기서 삼 루이 하며 닥치는 대로 돈을 빌렸다. 차용 증서를 쓰고,
프랑스의 옛 화폐 단위. 1루이는 20프랑임.   남의 돈이나 물건 빌린 것을 증명하는 문서
전 재산을 몽땅 잡히고, 고리대금은 물론, 모든 대금업자와 거래를 텄
                      이자가 비싼 돈   남에게 돈을 주고 이자 받는 것을 직업으로 삼는 사람
다. 그는 그 돈을 마련하기 위해 전 생애를 담보하다시피 하였으며, 갚
                    돈을 갚지 못할 때를 대비하여 돈을 빌린 사람이 돈을 빌려 준 사람에게 제공하는 것
을 수 있을는지도 모르면서 서약서에 마구 도장을 눌렀다.』

그는 앞으로 닥쳐올 불행에 대한 걱정, 머지않아 찾아올 비참하기 이

를 데 없는 어두운 그림자, 앞으로 겪어야 할 모든 물질적인 궁핍과 정
                                        몹시 가난함.
신적 고통에 대한 두려움에 전신을 떨며, 새 목걸이를 사기 위해 보석상

에 가서 계산대 위에 삼만 육천 프랑을 내놓았다.

▶ 큰 빚을 내서 잃어버린 목걸이와 똑같은 것을 산 루아젤 부부

루아젤 부인은 그 목걸이를 사 들고 곧 포레스티에 부인을 찾아갔다.

부인은 좀 퉁명스러운 어조로 이렇게 말하였다.

"좀 일찍 돌려줘야지. 내게도 필요한 일이 생길지 모르잖아?"

포레스티에 부인은 목걸이 상자를 열어 보지는 않았다. 루아젤 부인

목걸이에 대해 포레스티에 부인의 무심함이 드러남. 결말에 드러나는 새로운 사실을 암시함.

은 친구가 그 상자를 열어 볼까 봐 은근히 걱정하였다. 물건이 바뀐 것

을 어떻게 생각할까? 뭐라고 했을까? 자기를 도둑년으로 여기지 않았

을까?

▶ 새로 산 목걸이를 친구에게 돌려준 루아젤 부인

위기 루아젤 부부는 부인의 친구에게 빌린 다이아몬드 목걸이를 돌려주기 위해 큰 빚을 짐.

루아젤 부인은 가난한 생활이 얼마나 괴로운 것인가를 깨닫게 되었

다. 그러나 그녀는 곧 대단한 결정을 내렸다. 우선 저 무서운 빚부터 갚

아야 하는 것이다. 그녀는 기필코 갚을 결심이었다. 가정부를 내보냈

다. 집도 바꿔서 지붕 밑 다락방으로 세를 얻어 들었다.

그녀는 집안일이 얼마나 어렵고, 또 부엌의 치다꺼리가 얼마나 귀찮

일을 치러 내는 일

은 것인지 실제로 체험하여 잘 알 수 있었다. 『그녀는 기름기가 묻은 그

『 』: 루아젤 부인의 변화된 모습을 묘사함.

릇과 냄비를 닦느라고 분홍빛 손톱이 모두 닳았다. 더러운 옷이나 내복,

걸레 등은 세탁해서 줄에 널었다. 아침이면 쓰레기통을 들고 거리까지

나가야만 했다. 물을 길어 올리며 층계마다 숨을 돌리기 위해 쉬어야 했

다. 하류 계급의 아낙네들과 다름없는 차림을 하고, 바구니를 팔에 끼고

야채와 식료품 상점과 정육점을 드나들며 값을 깎다가 욕을 먹으면서

까지 돈 한 푼을 아꼈다.』

부부는 달마다 지불할 것은 꼬박꼬박 지키며, 경우에 따라서는 차용

증서를 고쳐 쓰고 지불을 연기하였다.

　남편은 저녁마다 어느 상인의 장부를 정리하는 부업을 맡았다. 그리
_{주가 되는 직업 이외에 하는 일}
고 때로는 한 페이지당 오 수의 보수를 받고 사본(寫本)을 만들어 주기
_{프랑스의 옛 화폐 단위. 1수는 약 1/20프랑임.} _{원본을 그대로 베낀 서류}
도 하였다.

　이러한 생활이 십 년 동안이나 계속되었다.

　『십 년이 흐른 뒤에야 모든 빚을 청산할 수 있었다. 고리대금의 이자
_{깨끗이 해결함.}
를 비롯하여 묵은 이자의 이자까지 모두 갚게 되었던 것이다.』
_{『 』: 사건의 진행 과정을 서술자가 요약적으로 제시함.}　　▶ 10년 동안 고생하여 빚을 다 갚은 루아젤 부부
　루아젤 부인은 매우 늙어 보였다. 그녀는 억세고 완강하고 가난한 살

림꾼 아낙네가 되어 버렸던 것이다.『머리는 빗질을 제대로 하지 않아
_{『 』: 루아젤 부인의 변화된 외모를 묘사함.}
텁수룩하고, 치마는 구겨지고, 빨개진 손으로 마루를 닦고, 커다란 목

소리로 떠들어 댔다.』그러나 간혹 남편을 출근시키고 나서 창가에 걸

터앉아, 지난날의 그토록 화려하고 아름다운 모습으로 총애를 받던 무
_{남달리 귀여워하고 사랑함.}
도회의 밤을 회상해 보는 것이었다.

　그 목걸이만 잃어버리지 않았던들, 어떻게 되었을까? 그 누가 알랴. 알

수 없는 일이지! 인생이란 기이하기도 하고 허무한 것이야! 대수롭지 않
_{묘하고 이상하기도}
은 일이 파멸을 가져오기도 하고 구원을 주기도 하고!　▶ 볼품없어진 루아젤 부인
　절정 루아젤 부부는 10년 동안 고생하여 빚을 다 갚았지만, 루아젤 부인의 모습은 늙고 볼품없이 변함.
　그러던 어느 일요일이었다. 그녀는 한 주일 동안의 피로를 풀려고 샹

젤리제 거리로 산책을 나갔다가, 어린아이를 데리고 산책을 하고 있는
_{프랑스 파리에 있는 도로의 하나}
포레스티에 부인을 우연히 만났다.『부인은 여전히 젊고 아름다웠으며
_{『 』: 루아젤 부인의 외모와 대조를 보이는 포레스티에 부인}
싱싱한 매력을 간직하고 있었다.』

　루아젤 부인은 가슴이 두근거렸다. 포레스티에에게 가서 그동안의

경위를 모두 이야기할까? 그렇지! 이미 빚을 다 갚았는데 말 못 할 게 무
_{일이 진행되어 온 과정}
어람?

그녀는 포레스티에 부인에게 다가갔다.

"잔 아냐? 이게 얼마 만이야?"

포레스티에 부인은 미처 그녀를 알아보지 못하였다. 이렇게 비천해
_{지위나 신분이 낮고 천함.}
보이는 여자가 그토록 자기를 정겹게 부르는 것이 적이 놀라웠다.
_{꽤 어지간한 정도로}
"누구신지…… 나는 잘 모르겠는데……. 사람을 잘못 보지 않았

어요?"

"나 마틸드 루아젤이야."

친구는 크게 외쳤다.

"뭐! 마틸드…… 오, 가엾어라! 그런데 왜 이렇게 변했지?"

"그동안 고생을 아주 많이 했어. 우리가 마지막 헤어진 뒤로 고생살

이가 보통 아니었어. 그것도 다 너 때문이지 뭐야……."

"나 때문이라니……. 그건 또 무슨 소리야?"

"왜 생각나지 않니? 교육부 장관 파티에 가기 위해 내가 빌려 갔던 다

이아몬드 목걸이 말이야."

"응, 그래서?"

"그걸 잃어버렸지 뭐야."

"뭐라고? 아니, 내게 그대로 돌려줬잖아?"

"그건 모양은 같은 거지만 다른 목걸이야. 그 목걸이 값을 치르느라

고 십 년이나 걸렸지 뭐야. 이젠 다 갚았어. 마음이 이렇게 후련할 수
_{답답한 것이 풀려서 마음이 시원함.}

가 없어."

포레스티에 부인은 발길을 멈췄다.

"그래, 잃어버린 목걸이 대신 새 걸 사 왔단 말이야?"

"그럼, 아직까지 그것도 모르고 있었구나. 하긴 모양이 똑같으니까."

그녀는 약간 으스대는 듯한 순진한 웃음을 지어 보였다.

포레스티에 부인은 크게 감동하여 친구의 두 손을 꼭 쥐었다.

"아이, 불쌍해라! 마틸드! 사실 그 목걸이는 가짜였어. 기껏해야 오백
의외의 결말을 보여 주는 '반전' 부분
프랑밖에 되지 않는······."

결말 루아젤 부인은 우연히 자기에게 목걸이를 빌려 줬던 친구를 만나 그 목걸이가 가짜였다는 것을 알게 됨.

● 작가 만나기

모파상(Maupassant, Guy de, 1850~1893) 프랑스의 소설가이다. 1869년부터 파리에서 법학 공부를 하다가, 1870년에 프로이센과 프랑스 사이에 전쟁이 일어나자 학업을 중단하고 군에 입대하였다. 종전 후, 전쟁을 혐오하게 되면서 문학을 써야겠다는 결심을 하게 되고, 플로베르로부터 글쓰기 교육을 받았다.

1880년에 단편 '비곗덩어리'를 발표하면서 명성을 얻었다. 그는 인간의 삶과 사회의 문제를 있는 그대로 묘사하는 데 중점을 두었고, 주로 냉혹하고 비참한 인생을 그렸다. 그는 10여 년의 짧은 작가 생활 동안 3권의 여행기, 20여 권의 콩트 및 단편집, 6편의 장편 등을 남겼다. 대표 작품으로 '여자의 일생', '벨아미' 등이 있다.

● 작품 만나기

'목걸이'는 모파상이 1883년에 발표한 소설이다. 정확하고 간결한 문체, 사실적인 묘사로 인간의 허영심과 헛된 욕망이 가져온 운명의 변화를 그려 냈다. 특히 소설의 마지막 부분의 반전은 인간의 허영심이 얼마나 헛된 것인지, 인간의 삶이 얼마나 사소한 일들로 인해 달라질 수 있는지를 충격적으로 보여 준다. 즉, 가짜 다이아몬드 목걸이를 잃어버리고 진품을 사느라고 10년 동안 고생하는 한 여인의 이야기를 통해 인간의 허영심을 날카롭게 비판하고, 인생의 참된 가치가 무엇인지를 깨닫게 한다.

● 핵심 만나기

갈래	현대 소설, 단편 소설
성격	사실적, 비판적, 교훈적
배경	• 시간적: 1800년대 후반 • 공간적: 프랑스 어느 마을
시점	전지적 작가 시점
제재	목걸이
주제	인간의 허영심과 욕심이 불러온 운명의 변화
특징	• 결말 부분의 극적 반전을 통해 충격적인 효과를 줌. • 간결하고 정확한 문체로 인물의 삶과 성격을 사실적으로 묘사함.

● 등장인물

루아젤 부인	아름답고 매력적이지만 허영심과 과시욕이 많고 자존심이 강함. 현실에 만족하지 못하고 부유한 삶을 동경함.
루아젤	검소하고 소박하며 너그러운 성격임. 현실에 만족하며 생활함.

● 결말 부분에 드러난 반전

숨겨져 있던 진실이 결말에 가서야 폭로되는 것을 '반전' 이라고 한다. 반전은 독자의 예상을 깨는 것이므로 독자에게 충격을 주고 주제를 효과적으로 드러낸다.

앞부분
• 루아젤 부인은 허영심 때문에 친구에게 목걸이를 빌림. • 루아젤 부인은 자존심 때문에 목걸이를 잃어버렸다는 것을 친구에게 말하지 못함.

루아젤 부인은 새로 산 목걸이가 값을 갚느라 10년 동안 가난으로 고생함.

결말 부분
루아젤 부인이 빌린 목걸이가 가짜였다는 것이 드러남으로써 10년 동안 그녀의 고생이 헛된 것이었음을 보여 줌.

반전 반전을 통해 지은이가 말하려고 했던 인간의 허영심과 헛된 욕망이 얼마나 부질없는지를 강조함.

● 19세기의 프랑스 사회

이 소설의 배경이 된 19세기 프랑스 사회는 공식적으로 신분 차별이 폐지되었지만 상류층은 하류층과의 구별을 원했다. 그래서 상류층과 하류층은 거주, 일, 오락, 휴식, 옷차림, 식생활 등에서 대조를 이루며 구분되었다.

●이 소설에서 '목걸이' 가 상징하는 것이 무엇인지 생각해 보자.

● 책 이름(출판사)　　　　　　　　　● 지은이

● 줄거리 요약

　　　루아젤 부인은 자신의 평범한 현실에 만족하지 못하고 화려하며 부유한 삶을 동경

한다.

● 인상 깊은 내용과 그 이유

● 읽고 난 후의 생각이나 느낌

✎ 이 글에 나오는 '목걸이'와 연관된 말을 생각하며 자유롭게 마인드맵을 그려
　보자.

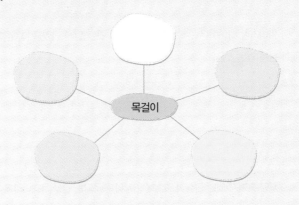

1. 이 소설의 중심 제재를 3음절로 쓰시오.

2. 이 소설의 등장인물인 루아젤 부인의 성격이 <u>아닌</u> 것은?

① 허영심이 많다.   ② 과시욕이 많다.

③ 자존심이 강하다.   ④ 자기 현실에 만족한다.

⑤ 화려한 삶을 동경한다.

3. 이 소설에서 주인공이 10년 동안 가난한 생활을 하게 된 근본적인 이유는?

① 루아젤 씨의 자존심 때문에

② 루아젤 씨의 과시욕 때문에

③ 루아젤 부인의 허영심 때문에

④ 루아젤 부인과 루아젤 씨가 과소비를 해서

⑤ 루아젤 부인이 남편의 허락을 받지 않고 돈을 빌려서

4. 자신이 잃어버린 다이아몬드 목걸이가 가짜라는 것을 알게 되었을 때, 루아젤 부인의 심정과 관련 <u>없는</u> 것은?

① 후회   ② 한탄

③ 허탈감   ④ 좌절감

⑤ 고독감

5. 이 소설처럼 숨겨져 있던 진실이 결말에 가서야 폭로되는 것을 무엇이라고 하는지 2음절로 쓰시오.

● 다음 뜻에 해당하는 단어를 아래에서 찾아 빈칸에 써 보자.

(1) 부러워하여 바람. (　　　　)
(2) 어떠한 것에 마음이 쏠려 취하다시피 됨. (　　　　)
(3) 충분히 갖추어져 있어서 아무런 결점이 없음. (　　　　)
(4) 뜻한 바를 이루어 만족한 마음이 얼굴에 나타나는 모양. (　　　　)
(5) 산과 바다에서 나는 온갖 진귀한 물건으로 차린, 맛이 좋은 음식. (　　　　)

20년 후

오 헨리

담당 구역을 순찰하고 있는 경찰관이 인상적인 모습으로 대로를 걸어가고 있었다. 주위에서 바라보는 사람이 거의 없는 것으로 보아, 그의 인상적인 행동은 습관적인 것이지 남에게 보이기 위한 것은 아닌 것 같았다. 시각은 밤 10시도 미처 못 되었지만, 『비를 품은 찬바람이 불어 거리에는 사람의 발길이 거의 없었다.』
> 『 』: 고요하고 황량한 분위기

『건강한 체구의 경찰관은 약간 뽐내는 걸음걸이로 걸어가면서 문단
> 『 』: 순찰하고 있는 경찰관의 인상적인 행동 – 자신의 일에 책임을 다하는 당당한 모습

속을 살피기도 하고, 기묘하고 재치 있는 몸짓으로 곤봉을 휘두르다가
> 생김새 따위가 이상하며 묘하고

가끔씩 몸을 돌려 평화로운 거리를 주의 깊게 바라보기도 하여 훌륭한 평화의 수호자다운 모습을 보였다.』 그 지역은 일찍 문을 닫는 곳이었다. 이따금 담배 가게나 밤새워 영업을 하는 간이 레스토랑의 불빛이 보일 뿐, 번화가의 상점들은 거의가 닫힌 지 이미 오래 되었다.
> 번성하여 화려한 거리

> **발단** 늦은 밤에 경찰관이 담당 구역을 순찰하고 있음.

경찰관은 어느 길목의 중간쯤에 와서 갑자기 발걸음을 늦추었다.

컴컴한 철물점 입구에 어떤 사나이가 불을 붙이지 않은 시가를 입에
> 담뱃잎을 썰지 아니하고 통째로 돌돌 말아서 만든 담배

물고 기대서 있다가 『경찰관이 다가가자 황급히 말했다.
> 『 』: 경찰관을 경계하는 모습의 사나이

"별일 아닙니다, 경찰관님."』

그는 안심시키듯이 말했다.

"그저 친구를 기다리고 있어요. 20년 전에 한 약속이죠. 조금 이상하게 들릴지 모르겠습니다. 어쨌든 이것이 사실인지를 확인하시고 싶으면 내 자세히 설명해 드리지요. 20년 전엔, 여기 이 철물점이 있는 곳에 '빅 조 브래디' 라는 레스토랑이 있었습니다."

"6년 전만 해도 있었죠."

경찰관이 말을 받았다.

"네, 그때 헐렸죠."

철물점 입구에 서 있던 사람은 성냥불을 켜서 시가에 붙였다. 『날카로운 눈초리와 창백하고 각진 얼굴의 오른쪽 눈썹가에 있는 작은 흉터

『ぇ』: 험악한 인상의 사나이(평범한 사람이 아님을 암시)

가 성냥불에 비쳤다.』 그는 커다란 다이아몬드가 박힌 넥타이핀을 하고

부유한 형편임을 알 수 있음.

있었다.

"20년 전 바로 오늘 밤에, 나와 가장 친하며 이 세상에 둘도 없이 착

한 지미 웰스라는 친구와 여기 '빅 조 브래디' 레스토랑에서 저녁 식사를 같이 했습니다. 그와 나는 여기서 마치 형제처럼 자랐습니다.

죽마고우(竹馬故友)

그때 내 나이는 열여덟 살이었고, 지미는 스무 살이었습니다. 『그 다음날 나는 돈을 벌기 위해 서부로 떠나게 되어 있었습니다. 지미는

『 』: 서로 다른 인생을 선택한 '지미'와 사나이

절대로 뉴욕을 떠나려고 하지 않았습니다.』 그는 살 곳이 여기밖에 없는 줄 알고 있었으니까요. 그래서 우리는 그날 밤 우리의 처지가 어떻게 되든, 아무리 먼 곳에 살게 되더라도, 지금 이 시각부터 꼭 20년이 되는 때에 여기서 다시 만나자는 약속을 했습니다. 20년 후에는, 어떻게 되든지 운명도 개척하고 돈도 벌게 되리라고 우리는 생각했습니다."

"그것참 재미있군요."

경찰관이 말했다.

"그런데 재회까지의 기간이 너무 긴 것 같은데요. 그렇게 떠난 후에

다시 만남

소식은 들었습니까?"

"네, 얼마 동안 서신 왕래가 있었지요."

편지

상대편이 대답했다.

"그러나 몇 년 후엔 소식이 끊어졌어요. 아시다시피 서부란 꽤 넓죠. 게다가 나는 참으로 바쁘게 돌아다녔으니까요. 하지만 지미는 이 세상에서 가장 진실되고 미더운 친구이니, 살아 있다면 나를 만나러 여

믿음성이 있는

기에 올 것입니다. 약속을 잊어버릴 리 없어요. 나는 약속을 지키려고 천 마일이나 달려왔어요. 그 옛 친구가 나타나면 온 보람이 있는

서부에서 뉴욕까지의 거리(1마일은 약 1.6킬로미터)

거죠.”

『기다리고 있던 사람은 뚜껑에 작은 다이아몬드가 여러 개 박혀 있는
_{『 』: 고향을 떠난 사나이가 경제적으로 성공했음을 드러냄.}
회중시계를 꺼냈다.』

“10시 3분 전이군요. 우리가 레스토랑 앞에서 헤어진 때가 꼭 10시였
죠.”

“당신은 서부에서 재미를 많이 보신 모양이군요?”

“그럼요! 지미가 내 반만이라도 벌었으면 좋겠습니다. 그 친구는 사
_{사나이가 물질적인 가치를 중요하게 생각한다는 것을 알 수 있음.}
람은 좋지만 꾸준하기만 한 사람이죠. 나는 큰돈을 벌기 위해 날고뛰

는 친구들과 경쟁을 벌여야만 했습니다. 뉴욕에 사는 사람은 판에 박

힌 생활을 하게 되죠. 하지만 서부에서 지내는 사람에게는 가끔 모험

도 따른답니다.”

경찰관은 곤봉을 휘두르며 한두 걸음을 옮겼다.

“저는 가 봐야겠습니다. 친구분이 꼭 오면 좋겠습니다. 그런데 꼭 정

각까지만 기다리시렵니까?”

“아니요, 『적어도 30분은 더 기다려야지요. 지미가 이 세상에 살아
_{『 』: 친구(지미)에 대한 믿음이 강한 사나이}
있다면 그때까지는 반드시 올 겁니다.』 안녕히 가십시오.”

“네, 안녕히.”

경찰관은 인사를 하고, 문단속을 살피며 순찰을 계속했다.
_{전개 사나이는 경찰관에게 자신의 친구에 대해 이야기하고 경찰관과 헤어짐.}
드디어 찬 가랑비가 내리기 시작했다. 불규칙하게 불던 바람도 일정

하게 불어 왔다. 몇 명 안 되는 보행자들은 코트 깃을 세우고 손을 주머

니에 넣은 채 침울한 표정으로 묵묵히 발걸음을 재촉했다. 어리석게도

불확실한 젊은 시절의 약속을 지키기 위해 천 마일이나 달려온 사람은 철물점 문턱에서 시가를 피우며 기다리고 있었다.

약 29분쯤 기다리자, 긴 외투를 입고 코트 깃을 귀까지 올린 키 큰 사람이 길 건너편에서 서둘러 건너왔다. 그는 곧바로 기다리고 있는 사람에게 갔다.

"자네 밥이지?"

그는 의심쩍은 듯이 물었다.

"자네가 지미인가?"

문에 서 있던 사람이 크게 외쳤다.

"정말 반갑네!"

나중에 온 사람이 상대편의 두 손을 잡으며 소리쳤다.

위기 사나이('밥')가 기다리던 친구 '지미'와 만남.

"틀림없이 밥이로군! 자네가 살아만 있다면 여기서 만날 줄 알았네. 정말이지 20년이란 긴 세월일세, 『여기 있던 레스토랑도 없어졌지. 그대로 남아 있었다면 거기서 다시 저녁 식사를 할 수 있었을 텐데.』

『 』: 20년 전과 달라진 환경만큼 '지미'와 '밥'의 모습도 많이 달라졌음을 짐작할 수 있음.

그건 그렇고, 이 친구야, 그동안 서부에서 어떻게 지냈나?"

"말도 말게, 내가 바라는 것은 무엇이든 다 이루어졌네. 『지미, 자네 참 많이 변했네. 내가 생각했던 것보다 2~3인치나 더 큰 것 같은 걸."』

『 』: 예상했던 것과 많이 다른 '지미'의 모습에 놀라는 '밥'

"스무 살이 지나서 좀 컸지."

"자네는 뉴욕에서 잘 지냈나?"

"그저 그렇지. 시청에서 근무하고 있네. 자, 내가 잘 아는 곳으로 가서 옛이야기나 오랫동안 나누세."

두 사람은 팔짱을 끼고 나란히 거리를 걷기 시작했다. 서부에서 온 사나이는 성공했다는 자부심에 부풀어 자신의 과거를 대강 이야기하기 시작했다. 외투에 푹 파묻힌 상대편은 흥미롭게 들었다.

^{자신의 모습을 드러내지 않으려고 하는 사나이의 친구}

길모퉁이에 전등이 밝게 비치는 약방이 있었다. 두 사람이 밝은 불빛 아래 있게 되자 서로 얼굴을 보려고 동시에 몸을 돌렸다.

서부에서 온 사나이는 갑자기 발걸음을 멈추며 끼고 있던 자기 팔을 풀었다.

"자네는 지미 웰스가 아니네."

그는 갑자기 소리쳤다.

『"20년이 아무리 길다고 하더라도 매부리코를 납작코로 만들 수는 『♪ '밥'이 키 큰 남자가 '지미'가 아니라는 것을 알아차리게 된 이유 없지."』

"그러나 20년이란 세월은 착한 사람을 악인으로 변화시키기도 하 과거의 '밥' → 현재의 '밥' 지요."

키가 큰 사람이 말했다.   **절정** '밥'은 지금 만나고 있는 사람이 '지미'가 아님을 알게 됨.

"멋쟁이 밥, 당신은 이미 체포된 사람이오. 시카고 당국에서 당신이 우리 구역에 들어왔을지도 모른다는 전문이 왔소. 조용히 가겠소? 전보문 그렇게 하는 것이 좋을 거요. 경찰서로 가기 전에, 당신에게 전해 달 라고 부탁받은 쪽지가 있으니 창가에서 읽어 보시오. 웰스 경찰관이 전하는 것이오."

'밥'이 기다리던 친구가 경찰관임을 알 수 있음.

서부에서 온 사나이는 작은 쪽지를 받아 펼쳐 들었다. 『그가 쪽지를 읽기 시작할 때에는 손이 떨리지 않더니 다 읽을 때쯤에는 약간 떨렸다.
『 』: 쪽지의 내용이 충격적이었음을 보여 줌.
편지 내용은 간단했다.』

밥

『나는 제시간에 약속한 장소에 갔었네. 그러나 자네가 시가
『 』: 인상적인 모습으로 순찰하던 경찰관이 '지미'였음을 알 수 있음.
에 불을 붙이려고 불을 켰을 때,』『자네가 바로 시카고 당국이
『 』: '밥'은 정당한 방법으로 돈을 번 것이 아님.
수배 중인 사람이라는 것을 알았네.』 하지만 『차마 내 손으로

자네를 체포할 수가 없어서 다른 형사에게 부탁했네.』
『 』: '지미'가 친구를 보고 갈등했음을 알 수 있음.
– 지미

결말 경찰관인 '지미'는 다른 형사에게 부탁해 '밥'을 체포하고, '밥'은 '지미'의 쪽지를 받고 30분 전에 만난
경찰관이 지미였음을 알게 됨.

● 작가 만나기

오 헨리(O. Henry, 1862~1910) 본명은 포터(William Sydney Porter)이고, 미국 노스캐롤라이나 주 그린즈버러에서 태어났다. 그는 10년 남짓한 작가 생활 동안 300여 편의 단편 소설을 썼다. 그의 작품에는 따뜻한 유머와 깊은 애잔함이 담겨 있으며, 특히 결말 부분의 극적 반전이 뛰어나다. 주요 작품으로 '경찰관과 찬송가', '마지막 잎새', '크리스마스 선물' 등이 있으며, 단편집으로 "양배추와 임금님", "운명의 길" 등이 있다.

● 작품 만나기

'20년 후'는 오 헨리의 단편집 "400만"(1906)에 수록되어 있는 단편 소설이다. 20년 만에 만난 친구인 '밥'을 체포해야 하는 경찰관 '지미'가 경찰관으로서의 의무와 우정 사이에서 갈등하는 모습을 그리고 있다. '지미'가 원칙을 지켰다면 '밥'을 만나자마자 체포했을 것이다. 하지만 그는 20년 만에 자신을 만나러 돌아온 친구를 알아보고, 우선은 친구와 이야기를 나누며 다시 만나자고 했던 친구와의 약속을 지킨다. 그러나 경찰관으로서의 의무도 다해야 하기 때문에 다른 사람을 시켜 '밥'을 체포한다. 결국 행복과 불행을 동시에 맛볼 수밖에 없었던 친구와의 만남을 극적인 반전으로 보여 주고 있다.

● 핵심 만나기

갈래	현대 소설, 단편 소설
성격	회상적
배경	• 시간적: 20세기 초반 • 공간적: 뉴욕의 밤거리
시점	전지적 작가 시점
제재	20년 전 두 친구의 약속
주제	친구와의 우정과 경찰관으로서의 의무 사이에서의 갈등
특징	• 시간의 흐름에 따라 사건이 전개됨. • 인물의 외양과 행동을 통해 성격을 부각시킴.

● 등장인물

지미	경찰관이 되어 친구인 '밥'을 체포해야 하는 입장에 놓임. 한결같고 진실한 사람임.
밥	서부에서 돈을 많이 벌었으나 범죄자임. 친구와의 약속을 지키기 위해 뉴욕으로 돌아옴.

● '지미'와 '밥'이 만나게 된 과정

20년 전	• 현재의 철물점 자리에 있었던 '빅 조 브래디' 레스토랑에서 식사를 함. • 그 시각부터 꼭 20년이 되는 때에 다시 만나기로 함.	

20년 동안 살았던 장소	**지미**	**밥**
	판에 박힌 생활을 하는 뉴욕	넓고 모험이 따르는 서부

20년 후	**지미**	**밥**
	경찰관이 되어 '밥'을 만남.	범죄자가 되어 '지미'를 만남.

● 지미의 내적 갈등

경찰관인 '지미'는 20년 만에 만나기로 한 '밥'을 만나기 위해 약속 장소에 간다. 하지만 자신의 친구가 수배중이고, 체포해야 한다는 사실 때문에 법과 우정 사이에서 갈등하게 된다. 결국 '지미'는 다른 형사에게 부탁하여 밥을 체포한다.

● '지미'가 직접 '밥'을 체포하지 않고 다른 사람에게 부탁한 이유는 무엇일지 생각해 보자.

● 책 이름(출판사)　　　　　　　　● 지은이

● 줄거리 요약

　　뉴욕의 밤거리, 친구를 기다리던 한 사나이는 인상적인 모습으로 순찰 중이던 경

찰관을 만나게 된다. 이 사나이는

● 인상 깊은 내용과 그 이유

● 읽고 난 후의 생각이나 느낌

✎ 내가 이 소설의 등장인물인 '지미'라면 친구인 '밥'을 만났을 때 어떻게 했을
지 써 보자.

1. 이 소설의 내용으로 가장 알맞은 것은?

① '밥'의 코는 매부리코이다.

② '지미'는 서부에서 돌아왔다.

③ '밥'은 뉴욕에서 경찰관이 되었다.

④ 빅 조 브래디 레스토랑은 현재도 있다.

⑤ '밥'은 시카고 당국에서 수배 중인 사람이다.

2. '지미'와 '밥'이 20년 전에 한 약속은 무엇인지 쓰시오.

3. 이 소설의 등장인물인 '지미'의 직업을 쓰시오.

4. 이 소설에 나타난 '지미'의 갈등을 나타낸 것이다. 다음 빈칸에 알맞은 말을 쓰시오.

경찰로서의 의무 ↔ 친구와의 ☐☐

5. 다음은 이 소설의 발단 부분이다. 밑줄 친 ㉠, ㉡은 각각 누구인지 이름을 쓰시오.

컴컴한 철물점 입구에 어떤 ㉠사나이가 불을 붙이지 않은 시가를 입에 물고 서 있다가 ㉡경찰관이 다가가자 황급히 말했다.

"별일 아닙니다, 경찰관님."

㉠ : _____   ㉡ : _____

● '사다리 타기'를 하며, '20년 후'에 나오는 단어의 뜻을 확인해 보자.

(1) 번화가 (2) 재회 (3) 서신 (4) 미덥다 (5) 전문

믿음성이 있다. / 번성하여 화려한 거리. / 다시 만남. / 편지. / 전보문.

3

도시 변두리
사람들의 삶을
마주하다

노새 두 마리

최일남

앞부분 줄거리 아버지는 서울의 한 변두리에서 노새가 끄는 마차를 이용하여 연탄을 배달한다. 이 지역에 새로운 주택이 들어선 새 동네가 생기면서 구 동네가 활기를 띠게 되고, 아버지도 일감이 늘어나서 좋아한다. 그러나 새 동네 사람들과 구 동네 사람들은 서로 어울리지 않는다. (발단)

  우리 집에 노새가 들어온 것은 2년 전이었다. 그 전까지는 말을 부렸
_{암말과 수나귀 사이에서 난 잡종}
는데 누군가가 노새와 바꾸지 않겠느냐고 제의해 왔다. 싫으면 웃돈을

조금 얹어 주고라도 바꾸어 주겠다는 것이었다. 한 3년 가까이 그 말을

부려 온 아버지는 막상 놓기가 싫은 모양이었으나 그 말이 눈이 자주 짓

무르고, 뒷다리 복사뼈 근처에 늘 상처가 가시지 않는 등 잔병치레가 잦

은 터라 두 번째 말을 걸어왔을 때 그러자고 응낙해 버렸다. 할머니와
_{말을 노새와 바꾸자는 제안}
어머니, 그리고 큰형은 그래도 말이 낫지 그까짓 노새가 무슨 힘을 쓰겠

느냐고, 바꾸지 말자고 했으나 『노새를 한번 보고 온 아버지는 어떻게

생각했는지 그 길로 노새와 말을 맞바꾸었다.』 아닌 게 아니라 노새는
_{『 』: 노새의 장점(몸이 튼튼하고 힘이 세어 무거운 짐을 잘 나름.)을 생각하고 말과 바꾼 아버지}
힘이 하나도 없어 보였다. 보기에도 비리비리한 게 약하디약하게만 보

였다. 할머니나 어머니, 그리고 큰형은 그것 보라고, 이게 어떻게 그 무

거운 연탄 짐을 나르겠느냐고, 빈정댔는데 그래도 아버지는 가타부타
_{어떤 일에 대하여 옳다느니 그르다느니 함.}

말이 없이 노새를 우리로 끌고 가 우선 솔질부터 시작했다. 말이 우리이

지 그것은 방과 바로 잇닿아 있는 처마를 조금 더 달아낸 곳에 있었다.

그래서 우리 집에는 항상 말 오줌 냄새가, 똥 냄새가 가실 날이 없었다.

덧대어 늘인

그뿐 아니라 그 우리의 바로 옆방이 내가 할머니나 큰형과 함께 자는 방

이었으므로 나는 잠결에도 노새가 앉았다가 일어나는 소리, 히힝거리

는 소리, 방귀 소리까지 들을 수 있었다. 어쨌거나 이 노새가 들어오면

서 그 뒤치다꺼리는 주로 내가 맡게 되었다. 큰형도 더러 돌봐 주기는

했으나 큰형마저 군에 들어가고 난 뒤부터는 나에게 전적으로 그 일이

맡겨졌다. 고등학교를 나온 작은형이 있기는 해도 그는 아버지나 어머

니의 성화에 아랑곳없이, 늘상 밖으로 싸다니기만 하고 집에 있을 때도

몹시 귀찮게 구는 일

기타를 들고 골방에 처박히기가 일쑤였다. 『가엾게도 노새는 원래는 회

『 』: 노새가 힘들게 연탄을 배달하면서 생긴 변화

색빛이었는데도 우리 집에 온 뒤로는 차츰 연탄 때가 묻어 검정빛으로

변해 갔다.』엉덩이께는 물론 갈기도 까맣게 연탄 가루가 앉아 있었다.

내가 깜냥으로는 지성스럽게 털어 주고 닦아 주고 하는데도, 연탄 때는

스스로 일을 헤아림.

속살까지 틀어박히는지 닦아 줄 때만 조금 희끗하다가 한바탕 배달을

갔다 오면 도로 그 모양이었다. 하지만 노새도 내 그런 정성을 짐작은

하는지, 멍청히 서 있다가도 내가 가까이 가면 고개를 위아래로 흔들어

아는 체를 했다. 그랬는데 그 노새가 오늘은 우리 집에 없다.

▶ 잔병치레가 많은 말을 노새로 바꾸어 연탄을 배달하는 아버지

노새가 갑자기 달아난 건 어저께 일이었다. 아버지는 연탄을 실은 뒤

주요 사건

노새의 고삐를 잡고 나는 그냥 뒤따르고 있었다. 내가 뒤따르는 것은 아

버지에게 큰 도움이 못 되고 하릴없이 따라다니기만 할 뿐이었다. 야트

달리 어떻게 할 도리가 없이

막한 언덕길을 오를 때 마차의 뒤를 밀기도 했으나 그것은 그대로 시늉일 뿐, 내 어린 힘으로 어떻게 된다든가 하는 일은 없었다. 아버지는 이따금 따라다니지 말고 집에 가서 공부나 하라고 했지만, 내가, 공부를 다 했어요, 하면 그 이상 더 말리지는 않았다. 그러나 탄을 싣거나 부릴 때 내가 거들려고 나서면 아버지는 한사코 그걸 말렸다. 아버지가 그랬으므로 나는 그러면 더 좋지 하는 홀가분한 마음으로 망아지 모양 마차 뒤만 졸졸 따라다녔다. 바로 어저께도 그랬다. 새 동네의 두 집에서 200장씩 갖다 달라고 해서 아버지는 연탄 400장을 싣고 새 동네로 들어가는 그 가파른 골목길을 들어서고 있었다. 얘기의 앞뒤가 조금 뒤바

<u>노새가 힘들어서 도망가게 되는 소재</u>

뀌었지만, 우리 아버지는 연탄 가게의 주인이 아니고 큰길가에 있는 <u>연탄 공장에서 배달 일만 맡고 있다.</u> 그러므로 연탄 공장의 배달 주임이

<u>아버지가 도시 하층민임을 알 수 있음.</u>

어느 동네 어느 집에 몇 장을 배달해 주라고 하면, 그만한 양의 탄을 실어다 주고 거기 따르는 <u>구전</u>만 받으면 그만이었다. 그런데 한 가지 자랑

흥정을 붙여 주고 그 보수로 받는 돈

스러운 일은 아버지는 아무리 찾기 힘든 집이라도 척척 알아낸다는 것이다. 연탄 공장 사람들의 설명이 미처 끝나기도 전에 알 만하오, 한마디면 그만이었다. 열이면 열 거의 틀리는 일이 없었다. 오죽하면 공장 사람들도,

"마차 영감은 집 찾는 데 귀신이니깐."

하면서 혀를 내두를까. 그들도 아버지에게 실려 보내면 마음이 놓인다는 것이었다. 어저께도 아버지는 이러이러한 댁에 갖다 주라는 말을 듣자, 두 번 다시 물어보지 않고 짐을 싣고 나선 것이다.

▶ 여느 때와 같이 배달할 연탄을 싣고 가파른 골목길에 들어선 아버지와 '나'

그 가파른 골목길 어귀에 이르자 아버지는 미리 노새 고삐를 낚아 잡고 한달음에 올라갈 채비를 하였다. 그러나 어쩐 일인지 다른 때 같으면 400장 정도 싣고는 힘 안 들이고 올라설 수 있는 고개인데도 이날따라 오름길 중턱에서 턱 걸리고 말았다. 아버지는 어, 하는 눈치더니 고삐를 거머쥐고 힘껏 당겼다. <u>이마에 힘줄이 굵게 돋았다. 얼굴이 빨개졌다.</u>

힘껏 연탄 마차를 당기는 아버지의 모습

나는 얼른 달라붙어 죽어라고 밀었다. 그러나 길바닥에는 살얼음이 한 겹 살짝 깔려 있어서 마차를 미는 내 발도 줄줄 미끄러져 나가기만 했다. 노새는 앞뒷발을 딱딱 소리를 낼 만큼 힘껏 땅을 밀어 냈으나 마차는 그때마다 살얼음 위에 노새의 발자국만 하얗게 긁힐 뿐 조금도 올라가지 않았다. 아직은 아래쪽으로 밀려 내리지 않고 제자리에 버티고 선 것만도 다행이었다. 『사람들이 몇 명 지나갔으나 모두 쳐다보기만 할

「」: 인정이 메마른 도시 사람들의 모습

뿐 아무도 달라붙지는 않았다.』 그전에도 그랬다. 사람들은 얼핏 도와주고 싶은 생각이 났다가도, 상대가 연탄 마차인 것을 알고는 감히 손을 내밀지 못했다. 도대체 어디다 손을 댄단 말인가. 제대로 하자면 손만 아니라 배도 착 붙이고 밀어야 할 판인데 그랬다간 옷을 모두 망치지 않겠는가. 『옷을 망치면서까지 친절을 베풀 사람은 이 세상엔 없다고 나

「」: '나'는 사람들이 자신의 이익을 우선시한다고 생각함.

는 믿어 오고 있다.』 그건 그렇고, 그런 시간에도 마차는 자꾸 밀려 내려오고 있었다. 돌을 괴려고 주변을 살펴보았으나 그만한 돌이 얼른 눈에 띄지 않을뿐더러, 그나마 나까지 손을 놓으면 와르르 밀려 내려올 것 같아서 손을 뗄 수가 없었다. 『아버지는 평소의 그답지 않게 사정없이 노

「」: 마차가 밀려 내려올까 봐 노새를 다그치는 아버지

새에게 매질을 해 댔다.』

"이랴, 우라질 놈의 노새, 이랴!"

▶ 가파른 골목길을 오르지 못하는 노새를 다그치는 아버지

노새는 눈을 뒤집어 까다시피 하면서 바득바득 악을 써댔으나 판은 이미 그른 판이었다. 그때였다. 노새가 발에서 잠깐 힘을 빼는가 싶더니 마차가 아래쪽으로 와르르 흘러내렸다. 뒤미처 노새가 고꾸라지고 연탄 더미가 데구루루 무너졌다. 아버지는 밀려 내려가는 마차를 따라 몇 발짝 뒷걸음질을 치다가 홀랑 물구나무서는 꼴로 나자빠졌다. 나는 얼른 한옆으로 비켜섰기 때문에 아무 일도 없었다. 그러나 정작 일은 그다음에 벌어지고 말았다. 허우적거리며 마차에 질질 끌려가던 노새가 마차가 내박쳐진 자리에서 벌떡 일어서더니 뒤도 안 돌아보고 냅다 뛰기 시작한 것이다. 정확히 말하면 벌떡 일어섰다가 순간적으로 아버지와 내가 있는 쪽을 힐끔 쳐다보고는 이내 뛰어 버린 것이다. 마차가 넘어지면서 무엇이 부러져 몸이 자유롭게 된 모양이었다.

뒤미처: 그 뒤에 곧 잇따라

내박쳐진: 힘껏 집어 내던져진

▶ 연탄 마차가 미끄러지면서 넘어진 아버지와 도망가는 노새

"어 어, 내 노새."

『아버지는 넘어진 채 그 경황에도 뛰어가는 노새를 쳐다보더니 얼굴이 새하얘졌다. 그러나 그런 망설임도 그때뿐 아버지는 힘들게 일어서자 딴사람이 되어 빠른 걸음으로 노새를 뒤쫓았다.』

경황: 정신적 · 시간적인 여유나 형편

『 』: 아버지의 당황스러움과 노새를 잡기 위한 아버지의 절실함이 드러남.

"내 노새, 내 노새."

아버지는 크게 소리 지르는 것도 아니고 그렇다고 입안엣소리도 아닌, 엉거주춤한 소리로 연방 뇌면서 노새가 달려간 곳으로 뛰어갔다. 나도 얼른 아버지의 뒤를 따랐다. 노새는 10m쯤 앞에 뛰어가고 있었다. 뒤미처 앞쪽에서는 악악 하는 비명 소리가 들려 왔다. 어깨에 스케이트

연방: 연속해서 자꾸

뇌면서: 지나간 일이나 한 번 한 말을 여러 번 거듭 말하면서

주머니를 메고 오던 아이들 둘이 기겁을 해서 길옆으로 비켜서고, 뒤따라오던 여학생 한 명이 엄마! 하면서 오던 길을 달려갔다. 손자를 업고 오던 할머니 한 분은 이런 이런! 하면서 어쩔 줄 몰라 하다가 그 자리에 폭삭 주저앉고 말았다. 막 옆 골목을 빠져나오던 택시가 찍―브레이크를 걸더니 덜렁 한바탕 춤을 추고 멎었다. 금세 이 집 저 집에서 사람들
<u>택시가 갑자기 멈추는 모습을 표현함.</u>
이 쏟아져 나와서 골목은 어느 사이 수많은 사람들이 모여 웅성대기 시작했다.

"왜 그래, 왜 그래."

"무슨 일이야, 무슨 일이야."

"말이 도망갔나 봐, 말이 도망갔나 봐."

"무슨 말이, 무슨 말이."

"저기 뛰어가지 않아."

"얼라 얼라, 그렇군. 말이 뛰어가는군."

"별꼴이야, 말 마차가 지금도 있었군."
노새나 말이 끄는 마차를 이용하는 것이 시대에 뒤떨어지는 일임을 나타냄.
이런 웅성거림 속을 아버지는 두 주먹을 불끈 쥐고 뜀박질 쳐 갔다.
▶ 북새통이 된 거리를 헤치며 노새를 뒤쫓는 아버지와 '나'
"내 노새, 내 노새."

그때 나는 아버지보다 몇 발짝 앞서 있었다. 아버지의 헉헉 소리가 들려왔다. 하지만 노새는 우리보다 훨씬 빨랐다. 노새는 이미 큰길로 나가고 있었다. 드디어 아버지는 큰길을 나오자 덜컥 그 자리에 주저앉고
<u>노새를 놓친 후 낭패감에 싸인 아버지의 모습</u>
말았다. 노새는 이제 보이지 않았지만 나는 노새보다도 아버지의 일이 더 큰 일일 것 같아서, 뛰던 것을 멈추고 아버지의 손을 잡고 끌어 일으

키려고 했다. 한데 아버지는 쉽게 일어나지를 못했다. 아버지의 눈은 더

<u>노새를 놓친 후 낭패감에 싸인 아버지의 모습</u>

할 수 없는 실망과 깊은 낭패로 가득 차, 나는 제대로 쳐다보지도 못하

계획한 일이 실패로 돌아가거나 기대에 어긋나 매우 딱하게 됨.

고 슬며시 고개를 돌리다가 이내 축 처지고 말았다. 얼굴 근육이 실룩거

<u>노새를 놓친 후 낭패감에 싸인 아버지의 모습</u>

리는 것이 옆얼굴에도 보였다. 불현듯 슬픔이 복받쳐 내눈도 씀벅거렸

눈꺼풀을 움직이며 눈을 한 번 감았다 뜨는 모양

으나 나는 그것을 억지로 참고 계속해서 아버지의 팔목을 이끌었다.

"아버지, 여기서 이렇게 앉아 있으면 어떻게 해요. 노새를 찾아야

요."

지나가는 사람들이 우리 부자의 이런 모습을 구경거리나 되는 듯이

잠깐잠깐 쳐다보았다.　　　　　　　　　　▶ 노새를 놓쳐서 자리에 주저앉은 아버지

"그래."

아버지는 힘없이 일어났으나 나는 어디를 어떻게 가야 할지 그저 막

막하기만 했다. 아버지도 그런 눈치인 듯 나를 한 번 덤덤히 쳐다보다가

특별한 감정의 동요 없이 그저 예사롭게

아무 말 없이 앞장을 서기 시작했다. 두 사람 중 아무도 내박쳐진 마차

며 연탄 이야기를 꺼내지 않았다. 그 뒤처리도 큰일일 테니 말이다. 터

덜터덜 걸어서 네거리까지 온 우리는 정작 그때부터 막막함을 느꼈다.

의지할 데 없이 외롭고 답답함.

동서남북 어느 쪽으로 가야 할 것인가.

<u>망연자실</u>(멍하니 정신을 잃음.)한 아버지와 '나'

"아버지, 이렇게 하면 어때요. 둘이 같이 다닐 게 아니라 따로따로 헤

어져서 찾아보도록 해요. 내가 이쪽 길로 갈 테니깐 아버지는 저쪽

길로 가세요. 네?"

아버지는 아무 말 없이 나와는 반대 방향으로 걸어갔다.

　　　　　　　　　　　▶ 방향을 나누어서 노새를 찾기로 한 아버지와 '나'

아버지와 헤어진 나는 <u>사뭇</u> 뛰었다. 사람들은 거리에 가득 넘쳐 있었

거리낌 없이 마구

다. 크고 작은 자동차는 **뿡빵**거리면서 씽씽 달려가고 달려오고 하였다.

<u>5층 건물 3층 건물이 즐비한 거리</u>는 언제나처럼 분주했다. 『아무도 나
1970년대 번화한 도시의 모습
를 붙잡고 왜 뛰느냐고, 노새를 찾아 나선 길이냐고 묻지 않았다. 아무
『 』: 자신과 상관없는 일에 신경 쓰지 않고 바쁘게 생활하는 도시 사람들의 모습
도 네가 찾는 노새가 방금 저쪽으로 뛰어갔다고 걱정 말라고 일러 주지

않았다.』나는 이 사람에게 툭 부딪치고, 저 사람에게 탁 부딪치면서 사

뭇 뛰었다. 그러나 뛰면서도 둘레둘레 사방을 쳐다보는 것을 잊지 않았

다. 벌써 거리는 조금씩 어두워지고 있었다. 이미 앞이마에 헤드라이트

를 켠 자동차도 있었다. 나는 그런 자동차들이 막 뛰어다니는 노새로 보

였다. 파랑 노새, 빨강 노새, 까만 노새 들이 마구 뛰어다니는 것이 아닌

가. 바람같이 달리는 놈, 슬슬 가는 놈, 엉금엉금 기는 놈, 갑자기 멈추

는 놈, 막 가다가 확 돌아서는 놈, 그것은 가지가지였다. 그런데도 그중

에 우리 노새는 없었다.

『두 귀가 쫑긋하고 눈이 멀뚱멀뚱 크고, 코가 예쁘고, 알맞게 살이
『 』: 노새의 생김새를 묘사함.
찐, 엉덩이에 까맣게 연탄 가루가 묻어 반질반질하고, 우리 사촌 이모

머리채처럼 꼬리를 길게 늘어뜨린』우리 노새는 안 보였다.
▶ 아버지와 반대 방향에서 노새를 찾아 헤매는 '나'
　어디까지 왔는지도 몰랐다. 차츰 다리가 아프기 시작했다. 배도 고프

기 시작했다. 그러고 보면 나는 오늘 점심도 설친 채였다. 아이들하고
필요한 정도에 미치지 못한 채로 그만둔
한참 놀다가 집에서 점심을 몇 술 뜨는 둥 마는 둥 하다가 아버지의 일

이 궁금하여 연탄 공장에 갔었는데 그때 마침 아버지가 짐을 싣고 나오

는 것이었다. 그러나 나는 걸음을 멈출 수가 없었다. 노새를 찾아야 한

다. 노새를 찾아야 한다는 마음이 내 걸음에 앞서 몇 번 고꾸라지기도

하였다. 더러는 어떤 신사 아저씨의 옆구리에 넘어지듯 부딪치기도 하였는데, 그러면 그 아저씨는,

"이 녀석아……."

어쩌고 하면서 못마땅하게 쳐다보고, 더러는 어떤 아주머니의 치마꼬리를 밟기도 하였는데, 그러면 그 아주머니는,

"얘가 왜 이래, 눈을 어데 두고 다녀?"

하면서 호통을 치기도 하였다. 그럴 때마다 나는,

"미안해요, 우리 노새를 찾느라고 그래요."

하고 뇌까렸으나 그것이 입 밖으로 말이 되어 나오지는 않았다. 입안이
<small>아무렇게나 되는대로 마구 지껄였으나</small>
메말라서 도무지 말을 하고 싶지도 않았다. 언뜻 내가 왜 이렇게 쏘다니고 있을까, 노새가 어디로 간지도 모르고 왜 이렇게 방황해야만 하는가 하는 생각이 없지도 않았으나 그런 마음에 앞서 내 눈은 부산하게 거리
<small>급하게 서두르거나 시끄럽게 떠들어 어수선하게</small>
의 구석구석을 살피고 있었다. 그러고 보면 나는 그동안 우리 노새와 깊이 정이 들어 있었는지도 몰랐다. 자다가도 바로 옆 마구간에서 노새가 투레질하는 소리, 발을 들었다 놓았다 하는 소리를 들으면 왠지 마음이
<small>말이나 당나귀가 코로 숨을 급히 내쉬며 투루루 소리를 내는 일</small>
놓였고, 길에서 놀다가도 저만치서 아버지에게 끌려오는 노새가 보이면 후딱 달려가 그 시커먼 엉덩이를 한번 두들겨 주기도 했다. 그러면 저도 나를 알아보는지 그 큰 눈을 한번 크게 치떴다가 내리곤 했다. 아이들은 그런 나를 더욱 놀려 댔다.

"비리비리 노새 새끼."

그리고 나더러는 '까마귀 새끼'라고 말이다. 까마귀 새끼라는 것은

우리 아버지가 까맣게 연탄 가루를 뒤집어쓰고 다닌대서 그 아들인 나

를 가리키는 말이다. 사실 아버지는 노상 시커먼 몰골을 하고 다녔다.

볼품없는 모양새

『옷은 물론 국방색 신발도 어느새 깜장 구두가 되어 있었다. 손 얼굴 할

『 』: 연탄 배달을 하는 아버지의 모습

것 없이 온몸이 껌정투성이였다. 어쩌다가 헹 하고 코를 풀면 콧물조차

도 까맸다. 그런 가운데에서도 눈 하나만은 퀭하니 크게 빛났다.』아이

눈이 쑥 들어가 크고 기운 없어 보이게

들은 그런 아버지를 보고 까마귀라고 불러 댔으나 차마 대놓고 그러지

는 못하고, 만만한 나만 보면 까마귀 새끼라고 놀려 댔다. 하지만 저희

네들 아버지는 별것이었던가. 『영길이네 아버지는 조그마한 기계와 연

『 』: 도시 하층민의 직업

탄불을 피워 가지고 다니면서 뻥 소리와 함께 생쌀을 납작하게 눌러 튀

겨 내는 장사를 하고 있었고, 종달이네 형님은 번데기 장수였다. 순철이

네 아버지는 시장 경비원이었고, 귀달네 아버지는 포장마차에서 장사

를 하고 있었다.』그래서 우리는 영길이더러 '뻥', 종달이더러는 '뻔' 이

라는 별명을 붙여 주었으며, 순철이 귀달이도 모두 하나씩 별명을 가지

고 있었다. 그러니까 내가 까마귀 새끼라는 별명을 가지고 있다는 것은

어떻게 보면 당연한 것이고 별로 억울할 것도 없었다.

▶ 청이 많이 튼 노새를 절박하게 찾아 헤매다가 노새와 아버지가 연탄 배달하던 모습을 회상하는 '나'

내가 집에 돌아온 것은 밤 열 시도 넘어서였으나 아버지는 그때까지

돌아오지 않고 있었다. 할머니와 어머니는 동네 사람들의 귀띔으로 미

리 사건을 알고 있었던지, 내가 들어서자 얼른 뛰어나오며 허겁지겁 물

었다.

　"찾았니?"

　"아버지는 어떻게 되셨어?"

내가 혼자 들어서는 걸 보면 찾지 못한 것을 번연히 알면서도 어머니

_{어떤 일의 결과나 상태 따위가 훤하게 들여다보이듯이 분명하게}

는 다그쳐 물어 댔다. 어머니는 나에게 밥을 줄 생각도 하지 않고 한숨

만 내리 쉬고 올려 쉬곤 하였다.

아버지가 돌아온 것은 통행금지 시간이 거의 되어서였다. 예상한 일

_{밤 12시~새벽 4시까지 일반인들의 통행을 금지한 제도. 1945년 9월~1982년 1월까지 시행됨.}

이지만 아버지는 빈 몸이었고 형편없이 힘이 빠져 있었다. 그때까지 식

구들은 아무도 잠들지 않았다. 작은형도 일이 일인지라 기타도 치지 않

_{노새를 잃어버린 일이 가족들에게 매우 중대한 사건임을 보여 줌.}

고 죽은 듯이 방 안에만 처박혀 있었다. 아버지를 보고도 아무도 말을

하지 않았다. 다만 할머니만이 말을 걸었다.

"이제 오니?"

"네."

　　　　　　　　　　　　▶ 노새를 찾지 못하고 집에 돌아온 아버지와 '나'

그뿐, 아버지는 더는 말이 없었다. 그러고는 어머니가 보아 온 밥상

을 한옆으로 밀어 놓고는 쓰러지듯 방 한가운데 드러눕고 말았다. 아버

지는 지금 내일부터 당장 벌이를 나갈 수 없는 아픔보다도 길들여 키워

온 노새가 귀여워서 저러는지도 모를 일이었다. 아버지는 원래가 마부

였다. 서울에 올라오기 전 시골에서도 줄곧 말 마차를 끌었다. 어쩌다가

소달구지를 끄는 적도 있기는 했으나 얼마 가지 않아서 도로 말 마차로

바꾸곤 했다. 그런 아버지였으므로 서울에 올라와서는 내내 말 마차 하

나로 버텨 나왔었는데 어떻게 마음먹었는지 노새로 바꾸고 만 것이다.

『노새나 말이나 요즘은 그놈의 삼륜차 때문에 아버지의 일감이 자칫 줄

_{'노새'와 대조되는 소재. 변하고 있는 시대에 맞는 교통수단}

어드는 듯하기도 했다.』 웬만한 오르막길도 끄떡없이 오르고, 웬만한

_{『 』: 아버지가 시대의 변화에 적응하지 못하여 소득이 줄어듦.}

골목 안 집까지도 드르륵 들이닥치니 아버지의 말 마차가 위협을 느낌

직도 했고, 사실 일감을 빼앗기기도 했다. 그런데도 그때마다 아버지는 큰소리였다.

"휘발유 한 방울 안 나오는 나라에서 자동차만 많으면 뭘 해."
시대의 변화에 따라가지 못하는 아버지가 자신의 그런 모습에 기죽지 않으려는 자존심이 나타남.

마치 애국자처럼 말하는 것이었으나 나는 아버지의 그 말 뒤에 숨은 오
아버지가 평생 해 온 마부 일이 사라진다는 것을 인정하고 싶지 않은 마음과 마부 일에 대한 자부심
기 같은 것을 느낄 수 있었다. 너무 고단해서였을까, 이날 밤 나는 앞뒤를
가릴 수 없을 만큼 깊이 잠에 빠졌던 것 같다. ▶ 노새가 끄는 마차를 고집하는 아버지

전개 노새가 끄는 연탄 마차가 미끌어지자 노새는 도망가고, 아버지와 '나'는 노새를 찾아 헤맸지만 찾지 못함.

골목에서 뛰쳐나온 노새는 큰길로 나오자 잠시 망설이다가 곧 길 복판으로 뛰어들어 갔다. 그러자 달려가고 달려오던 차들이 브레이크를 밟느라고 찍—찍—소리를 냈으나 노새는 그걸 본체만체하고 달렸다. 어디서 뛰어나왔는지 교통순경이 호루라기를 불며 달려오다가 노새가 가까이 오자 혼비백산해서 도망갔다. 인도를 걸어가던 사람들이 일제
몹시 놀라 넋을 잃음.
히 발을 멈추고 노새의 가는 곳을 쳐다보곤 저마다 놀라고, 또는 재미있다는 표정을 지었다.

"허허, 저놈이 제 세상 만났군."

『"고삐 풀린 말이라더니 저놈도 저렇게 한번 뛰어 보고 싶었을 거야."』
『 』: 고달픈 현실에서 벗어나 자유롭게 살고 싶어 했을 노새의 심정을 추측함.

"엄마, 저게 뭔데 저렇게 뛰어가? 말이지?"

"글쎄, 말보다는 노새 같다, 애."

사람이 그러거나 말거나 노새는 뛰고 또 뛰었다. 연탄 짐을 메지 않은 몸은 훨훨 날 것 같았다. 가파른 길도 없었고 채찍질도 없었고 앞길
└ 노새가 이겨 내야 했던 고단한 현실 ┘
을 막는 사람도 없었다. 신호등에 파란불이 켜진 때도 있었고 노란불이

켜진 때도 있었으며 빨간불이 켜진 때도 있었으나, 막무가내로 그냥 뛰기만 했다. 노새는 이윽고 횡단보도에 이르렀다. 마침 파란불이 켜져서 우우 하고 길을 건너던 사람들이, 앗, 엇, 외마디 소리를 지르며 풍비박산이 되었다. 보퉁이를 이고 가던 아주머니가 오메 소리를 지르며 퍽 그

자리에 넘어지자 머리 위에 있던 보퉁이가 데구루루 굴렀다. 다정히 손잡고 가던 모녀가 어머! 소리를 지르며 제자리에 우뚝 섰다. 재잘거리며 가던 두 아가씨가 엄마! 소리를 지르며 한꺼번에 엉켜 넘어졌다. 자전거에 맥주 상자를 싣고 기우뚱기우뚱 건너가던 인부가 앞사람이 갑자기 뒷걸음질 치는 바람에 자전거의 핸들을 놓쳐 중심을 잃은 술 상자가 우르르 넘어졌다. 밍크 목도리에 몸을 휘감고 가던 아주머니가 난 몰라! 하고 소리를 지르며 홱 돌아서다가 자기도 모르게 옆에 있는 낯모르는 아저씨 품에 안겼다. 땟국이 잘잘 흐르는 잠바 청년 하나가 이때 워! 워! 하면서 앞을 가로막았으나 노새가 앞다리를 번쩍 한번 들자 어이쿠 소리를 지르면서 인도 쪽으로 도망갔다.

▶ 큰길을 자유롭게 달리는 노새와 북새통이 된 거리('나'의 꿈 부분)

노새는 그대로 달렸다. 뒤미처 순경이 쫓아오는 소리가 나고 앵앵거리며 백차가 따라오고 있었다. 노새는 그러나 아랑곳하지 않았다. 노새

는 어느덧 번화가에 들어서고 있었다. 여기는 아까의 횡단 길보다도 더욱 사람이 많았다. 노새는 자꾸 자동차가 걸리는 것이 귀찮았던지 성큼 인도 쪽으로 방향을 꺾었다. 그러자 이번에는 더욱 요란스런 혼란이 벌어졌다. 사람들은 달랑달랑하는 노새의 목에 달린 방울 소리가 들릴 때는 호기심으로 그쪽을 쳐다보았다가도, 금세 인파가 우, 우, 이리 몰리

고 저리 몰리고 하면서 눈앞에 노새가 뛰어오자 어쩔 바를 모르고 왝,

왝, 소리를 지르며 달아나기에 바빴다. 분홍색 하이힐 짝이 나뒹굴고,

곱게 싼 상품 상자들이 이리저리 흩어졌다. 신사가 한옆으로 급히 비키

다가 콘크리트 전봇대에 이마를 찧고, 군인이 앞사람의 뒤꿈치에 밟혀

기우뚱하다가 뒤에 오는 할아버지를 안고 넘어졌다. 배지를 단 여학생

이 황망히 길옆 제과점으로 도망치다가 안에서 나오던 청년과 마주쳐

마음이 몹시 급하여 당황하고 허둥지둥하는 면이 있게

나무토막 쓰러지듯 넘어지고, 아이스크림을 핥고 가던 꼬마들이 얼싸

안고 넘어졌다.   ▶ 번화가를 달리는 노새와 북새통이 된 거리('나'의 꿈 부분)

   번화가 옆은 큰 시장이었다. 노새가 이번에는 그 시장 속으로 뚫고

들어갔다. 머리에 수건을 동이고 좌판 앞에 앉아 있던 아낙네들이 아이

구 이걸 어쩌지, 하면서 벌떡 일어서는 것을 신호로 시장 안에 벌집 쑤

신 듯한 소동이 사방으로 번져 갔다. 콩나물 통이 엎어지고, 시금치가

흩어지고, 도라지가 짓이겨지고, 사과알이 데굴데굴 굴렀다. 미꾸라지

통이 엎어지고, 시루떡이 흩어지고 테토론 옷감이 나풀거리고 제주 밀

                          폴리에스터계 합성 섬유

감이 사방으로 굴렀다. 갈치가 뛰고 동태가 날고, 낙지가 미끈둥미끈둥

길바닥을 메웠다. 연락을 받고 달려왔는지 시장 경비원 세 명이 이놈의

노새, 이놈의 노새, 하면서 앞뒤를 막았으나 워낙 젖 먹던 힘까지 다 내

                           힘든 현실에서 벗어나고 싶은 노새의 모습

서 길길이 뛰는 노새를 붙들지는 못하고, 저 노새 잡아라, 저 노새, 하고

외치며 이리 뛰고 저리 뛰고 할 뿐이었다.

                       ▶ 시장을 달리는 노새와 북새통이 된 시장('나'의 꿈 부분)

   골목을 뛰쳐나온 지 한 시간이 지났을까, 노새는 시장 안에서 한바탕

북새를 떨고는 다시 한길로 나왔다. 이 무렵에는 경찰에 비상이 걸렸는

많은 사람이 야단스럽게 부산을 떨며 법석이는 일

지 곳곳에 모자 끈을 턱에까지 내린 경찰관들이 지키고 서 있었다. 서울 장안이 온통 야단이 난 모양이었다. 군데군데 무전차가 동원되어 자기

<u>무전기가 설치되어 있는 자동차</u>

네끼리 노새의 방향에 대해서 연락을 취하고 있었다. 그러나 노새는 미리 그것을 알고라도 있는 듯 용케도 경비가 허술한 길만을 찾아 잘도 달려갔다. 모가지는 물론, 갈기며 어깻죽지, 그리고 등허리에 땀이 비 오듯 해서 네 다리에 물이 주르르 흐르고 있었다. 검은 물이. 노새는 벌써

<u>노새가 힘들게 연탄을 나르던 일에 찌들어 있었음을 보여 줌.</u>

한강 다리를 건너고 있었다. 노새는 얼핏 좌우로 한강 물을 훑어보더니 여전히 뛰어가면서도 길게 심호흡을 하였다. 다리를 건너고 얼마를 가자 길이 넓어지고 앞이 툭 트였다. 고속 도로였다. 노새는 돈도 안 내고 톨게이트를 빠져나가더니 그때부터는 다소 속도를 늦추었다. 그러나

<u>고속 도로나 유로 도로에서 통행료를 받는 곳</u>

절대로 뛰는 일을 멈추지는 않았다.　　　▶ 멈추지 않고 계속 달리는 노새('나'의 꿈 부분)

　여느 날보다 다소 늦게 일어난 나는 간밤의 꿈으로 하여 어쩐지 마음이 헛헛했다. 꿈 그대로라면 우리는 다시는 그 노새를 찾지 못할 것이

<u>채워지지 아니한 허전한 느낌이 있었다.</u>

아닌가, 꿈대로라면 우리 노새는 고속 도로를 따라 멀리멀리 달아나서 우리가 도저히 찾을 수 없는 곳, 상상도 할 수 없는 곳에 가서 있는 것이

<u>고된 현실을 벗어난 곳(보금자리)</u>

아닐까. 우리를 버리고 간 노새, 그는 『매일매일 그 무거운, 그 시커먼

<u>『 』: 고달픈 현실</u>

연탄을 끄는 일이』 지겹고 지겨워서 다시는 돌아오지 못할 자기의 보금자리를 찾아 영 떠나가 버렸는가. 아버지와 내가 집을 나선 것은 사람들이 아직 출근하기도 전인 이른 새벽이었다. 큰길로 나오자 두 사람은 막상 어느 쪽부터 뒤져야 할지 막연하기만 했다. 둘 중 아무도 말을 꺼내지는 않으나 부자는 잠깐 주춤하다가 동네와는 딴 방향으로 걷기 시

작했다. 새벽이라 그런지 사람은 그리 많지 않은데 날씨가 몹시도 찼다. 길은 단단히 얼어붙고 바람은 매웠다. 귀가 따갑게 아려 오는 듯하자 아랫도리로 냉기가 찰싹찰싹 달라붙었다.

"아버지, 시장으로 가 봐요."

나는 언뜻 간밤의 꿈이 생각났다.

"시장은 왜?"

"혹시 알아요, 노새가 뛰어가다가 시장기가 들어 시장 쪽으로 갔는지."

나는 말해 놓고도 좀 우스웠지만 아버지도 별 싱거운 녀석 다 보겠다는 듯이 시큰둥한 태도였다. 아버지는 키가 컸다. 그래서 그런지 급히 서둘지도 않고 보통 걸음으로 걷는데도 나는 종종걸음을 쳐야 따라 갈 수 있었다. 나는 할 수 없이 한 손을 내밀어 아버지의 손을 잡았다. 아버지의 손은 크고 투박하고 나무토막처럼 단단했다. 끌려가듯 따라가면
아버지가 손이 거칠고 단단해질 만큼 힘들게 일했음을 알 수 있음.
서도 나는 좀 우스웠다. 이날까지는 이런 일을 생각할 수도 없었다. 아버지와 손을 잡고 길을 걷는다는 것은 꿈에도 상상할 수 없는 일이었다. 그렇게 지내 왔는데, 오늘 나는 아주 자연스럽게 아버지와 손을 맞잡고 길을 걷고 있다. 좀 우쭐한 생각이 들었다. 하지만 아무도 그런 우리를 부러운 눈초리로 쳐다보지는 않았다.

아버지와 나는 한도 끝도 없이 걸었다. 어느새 거리는 점심때쯤 되었고, 눈발이 비치기 시작했다. 어느 곳을 가나 거리는 사람으로 붐볐고, 『그 많은 사람들은 우리 부자더러 어디를 그리 바삐 가느냐고, 노새를
「 」: 소통이 단절된 현대 도시인들의 모습

찾아다니느냐고 묻지 않았고, 아버지와 나는 아무에게도 노새를 보지 못했느냐고 묻지 않았다.』 다리는 쇠사슬을 단 것처럼 무겁고, 배가 고프고 쓰렸다. 『나는 그런 우리가 옛날 얘기에 나오는 길 잃은 나그네 같

『 』: 노새를 잃고 찾아 헤매는 아버지와 '나'의 딱한 처지를 비유적으로 나타냄.

다고 생각했다. 길은 멀고 해는 저물었는데 쉬어 갈 곳이라고는 없는 그런 처지 같았다. 아무리 가도 인가는 나타나지 않고, 멀리서 깜박깜박 비치는 불빛도 없었다. 보이느니 거친 산과 들뿐, 사람이나 노새는 보이지 않았다.』

▶ 다음 날 새벽에 노새를 찾아 나선 아버지와 '나'

위기 나는 멀리멀리 달아나는 노새의 꿈을 꾼 다음 날에도 아버지와 함께 노새를 찾아 헤맴.

아버지와 내가 동물원에 들어간 것은 거의 해가 질 무렵이었다. 어떻

'나'가 아버지의 존재를 다시 생각해 볼 수 있게 한 장소

게 해서 동물원에 들어오게 되었는지 나는 잘 기억해 낼 수가 없다. 둘 중의 아무도 동물원에 들어가자고 말한 사람은 없었는데 어째서 발길이 이곳으로 돌려졌는지 모른다. 정처 없이 걷다가 마침 닿은 곳이 동물원이어서 그냥 대수롭지 않게 들어왔는지도 모르겠다. 하여튼 나는 희한한 곳엘 다 왔다 싶었다. 『내 경우 동물원에 와 본 것은 지금까지 딱

『 』: 무료 관람할 때만 동물원에 갈 수 있는 '나'의 어려운 집안 형편을 나타냄.

한 번밖에 없었으니까. 그것도 어린이날 무료 공개한다는 바람에 동네 조무래기들과 함께 와 본 것뿐이었다.』 그때는 사람들에 치여 제대로 구경도 못 했는데 지금 나는 구경꾼도 별로 없는 동물원을 더구나 아버지와 함께 오게 되었으니, 참 가다가는 별일도 있는 것이구나 하였다. 남들 눈에는 한가하게 동물원 구경을 온 다정한 부자로 비칠 것이 아닌가. 동물원 안은 조용하고 을씨년스러웠다. 동물들은 제 집에 처박혀 있

날씨나 분위기 따위가 몹시 스산하고 쓸쓸한 데가 있었다.

거나 가느다란 석양이 비치는 곳에 웅크리고 있거나 하였다. 막상 들어온 아버지는 그런 동물들을 별로 눈여겨보지 않았다. 동물들의 우리를

보다가 하늘을 보다가 할 뿐, 눈에 초점이 없었다. 칠면조도 사자도 호랑이도 원숭이도 사슴도 그런 눈으로 건성건성 보고 지나갈 뿐이었다. 그러던 아버지가 잠시 발을 멈춘 곳은 얼룩말이 있는 우리 앞이었다. 얼룩말은 두 마리였다. 아버지는 그러나 그 앞에서도 멍하니 서 있기만 하지 이렇다 할 감정의 표시를 하지 않았다. 나는 그런 아버지를 한 번 쳐다보고, 얼룩말을 한 번 쳐다보고 하였다. 그러다가 『아버지의 얼굴이 어쩌면 그렇게 말이나 노새와 닮았는지 모르겠다고 생각하였다.』 그렇

_{노새를 떠올리게 하는 동물}

_{『 』: 노새와 같이 고단한 삶을 살았던 아버지를 '나'가 인식하게 됨.}

게 생각하고 보니 꼭 그랬다. 길게 째진, 감정이 없는 눈이며 노상 벌름

_{언제나 변함없이 한 모양으로 줄곧}

벌름한 코, 하마 같은 입, 그리고 덜렁하니 큰 귀가 그랬다. 아버지가 너무 오래 말이나 노새를 다뤄 와서 그런 건지, 애당초 말이나 노새 같은 사람이어서 그런 짐승과 평생을 같이 해 온 것인지는 알 수 없으나, 막상 얼룩말 앞에 세워 놓은 아버지는 영락없는 말의 형상이었다.

[절정] 노새를 찾아 헤매다 들어간 동물원에서 '나'는 아버지가 노새와 닮았다고 생각함.

　동물원을 나왔을 때 이미 거리는 밤이었다. 이번엔 집 쪽으로 걸었다. 그럴 수밖에 우리는 더 갈 데가 없었던 것이다. 우리 동네가 저만치 보였을 때 아버지는 바로 눈앞에 있는 대폿집에서 발을 멈추었다. 힐끗

_{아버지가 노새를 잃어버린 슬픔을 달래면서 앞으로의 의지를 다지는 장소}

나를 돌아보고 나서 다짜고짜 나를 술집으로 끌고 들어갔다. 이런 일도 전에는 없던 일이었다. 술집 안에는 사람들이 가득 차서 왁왁 떠들어 대고 있었다. 돼지고기를 굽는 냄새, 찌개 냄새, 김치 냄새가 집 안에 가득했다. 사람들은 우리를 의아스런 눈초리로 쳐다보았으나 이내 시선을 거두고 자기들의 얘기 속으로 다시 들어갔다. 나는 들어가자마자 그 냄새들을 힘껏 마셨다. 쓰러질 것 같았다. 아버지는 소주 한 병과 안주를

시키더니 안주는 내 쪽으로 밀어 주고 술만 거푸 마셔 댔다. 아버지는 술이 약한 편이어서 저러다가 어쩌나 하고 걱정이 되었다.

"아버지, 고만 드세요. 몸에 해로워요."

"으응."

대답하면서도 아버지는 술잔을 놓지 않았다. 얼마나 지났을까. 안주
<u>괴로운 현실을 술로 달래 보려는 아버지</u>
를 계속 주워 먹었으므로 어느 정도 시장기를 면한 나는 비로소 아버지
를 쳐다보았다.

"이제부터 내가 노새다. 이제부터 내가 노새가 되어야지 별수 있니?
<u>가장으로서 책임을 다하겠다는 아버지의 의지가 나타남.</u>
그놈이 도망쳤으니까, 이제 내가 노새가 되는 거지."

기분 좋게 취한 듯한 아버지는 놀라는 나를 보고 히힝 한 번 웃었다.
나는 어쩐지 그런 아버지가 무섭지만은 않았다. 그러면 형들이나 나는
노새 새끼고, 어머니는 암 노새고, 할머니는 어미 노새가 되는 것일까?
나도 아버지를 따라 히히힝 웃었다. 어른들은 이래서 술집에 오는 모양
이었다. 나는 안주만 집어 먹었는데도 술 취한 사람마냥 턱없이 즐거웠
다. 노새 가족 — 노새 가족은 우리 말고는 이 세상에 또 없을 것이다.
▶ 자신이 앞으로 노새가 되어 책임을 다하겠다고 의지를 보인 아버지
그러나 이러한 생각은 아버지와 내가 집에 당도했을 때 무참히 깨어
지고 말았다. 우리를 본 어머니가 허둥지둥 달려 나와 매달렸다.

"이걸 어쩌우, 글쎄 경찰서에서 당신을 오래요. 그놈의 노새가 사람
을 다치고 가게 물건들을 박살을 냈대요. 이걸 어쩌지."

"노새는 찾았대?"

"찾거나 그러면 괜찮게요? 노새는 간데온데없고 사람들만 다치고 하

니까, 누구네 노새가 그랬는지 수소문 끝에 우리 집으로 순경이 찾아
<u>세상에 떠도는 소문을 두루 찾아 살핌.</u>
왔지 뭐유.”

오늘 낮에 지서에서 나온 사람이 『우리 노새가 튀는 바람에 여기저기
『 』: 노새 때문에 겪는 불행
서 많은 피해를 입었으니 도로 무슨 법이라나 하는 법으로 아버지를 잡
아넣어야겠다고 이르고 갔다는 것이었다.』 아버지는 술이 확 깨는 듯
그 자리에 선 채 한동안 눈만 뒤룩뒤룩 굴리고 서 있더니 힝 하고 코를
크고 둥그런 눈알이 자꾸 힘 있게 움직이는 모양
풀었다. 그러고는 아무 말 없이 시적시적 문밖으로 걸어 나갔다. 나는,
힘들이지 아니하고 느릿느릿 행동하거나 말하는 모양
“아버지.”

하고 뒤를 따랐으나 아버지는 돌아보지도 않고 어두운 골목길을 나가
고 있었다.

나는 그 순간 또 한 마리의 노새가 집을 나가는 것 같은 착각을 일으

'아버지'를 가리킴.

켰다. 그러고는 무엇인가가 뒤통수를 때리는 것을 느꼈다. 아, 우리 같

사회 변화에 적응하지 못하는 사람(하층민)

은 노새는 어차피 이렇게 『비행기가 붕붕거리고, 헬리콥터가 앵앵거리

『 』: 산업화로 인해 급변하는 사회의 모습(비행기, 자동차, 헬리콥터는 노새와 대조되는 교통수단)

고, 자동차가 빵빵거리고, 자전거가 쌩쌩거리는』 대처에서는 발붙이기

도회지

어려운 것인가 하는 생각이 들었다. 언젠가 남편이 택시 운전사인 칠수

어머니가 하던 말,

　"최소한도 자동차는 굴려야지 지금이 어느 땐데 노새를 부려."

현실에 뒤처진 노새를 부리는 아버지를 비웃는 말

했다는 말이 생각났다. 그러나 그것은 잠깐 동안이고 나는 금방 아버지

를 쫓았다. 또 한 마리의 노새를 찾아 캄캄한 골목길을 마구 뛰었다.

아버지(급변하는 산업화 과정에서 소외되는 계층)

▶ 노새가 사람들에게 입힌 피해 때문에 경찰이 찾아왔다는 말을 듣고 다시 집을 나가는 아버지

결말 아버지는 자신이 노새가 되겠다고 결심하지만, 노새가 끼친 피해 때문에 경찰이 찾아왔다는 말을 듣고 말없이 집을 나감.

● 작가 만나기

최일남(1932~) 전라북도 전주에서 태어났다. 1953년 "문예"에 '쑥 이야기'가 추천되었고, 1956년 "현대문학"에 '파양'이 추천되어 등단하였다. 도시에 비해 상대적으로 낙후된 고향의 모습과 그 고향의 희생을 딛고 성공한 시골 출신 사람들의 여러 가지 감정들을 주로 작품에 담아냈다. 작품집으로 "서울 사람들", "거룩한 응답", "누님의 겨울", "하얀 손" 등이 있다.

● 작품 만나기

'노새 두 마리'는 1970년대 산업화 과정에서 고향을 떠나 도시로 이주한 한 가족이 힘들게 살아가는 모습을 그리고 있다. 자동차가 빠르게 늘어나는 1970년대에도 노새를 이용하여 연탄을 배달하는 아버지를 통해서 급변하는 사회에 적응하지 못하는 사람들의 모습을 상징적으로 보여 준다.

이 소설에서 아버지와 노새는 공통점을 보인다. 도시에서 힘겹게 연탄을 배달하는 것에 적응하지 못하고 도망가는 노새의 모습이, 바로 도시 생활에 적응하지 못하는 아버지의 모습이기도 한 것이다. 다시 말해서 이 소설은 급격한 산업화 과정에 적응하지 못한 채 삶의 무거운 짐을 지고 살아가는 도시 이주민들의 힘겨운 삶을 보여 주고 있다.

● 핵심 만나기

갈래	현대 소설, 단편 소설
성격	사실적, 상징적
배경	• 시간적: 1970년대 겨울 / • 공간적: 서울 변두리 동네
시점	1인칭 관찰자 시점
제재	급격한 사회 변화에 적응하지 못하는 아버지의 삶
주제	급격한 사회 변화에 적응하지 못하는 도시 이주민의 고달픈 삶
특징	• 노새를 통해 아버지의 삶을 상징적으로 보여 줌. • 어린 아들의 눈을 통해서 아버지의 고달픈 삶의 모습을 객관적으로 서술함.

⊛ 등장인물

아버지	가장으로서의 책임감이 강하지만, 시대 변화에 잘 적응하지 못함.
아들(서술자)	온순하고 정이 많으며 순수함.

⊛ 1970년대 우리나라 사회의 모습

1970년대의 우리나라는 급격한 산업화로 인해 다양한 변화를 겪게 된다.

- 농촌의 50%가 넘는 인구가 산업 시설이 많이 있는 도시로 이동한다.
- 도시로 몰려드는 사람들의 주거를 해결하기 위해 아파트가 건설되기 시작한다.
- 아파트 단지를 건설하기 위해 도시 빈민들이 모여 사는 판자촌을 철거하는 사업이 추진되면서 정부와 판자촌 주민 사이에 갈등이 생긴다.

⊛ 제목 '노새 두 마리'의 상징적 의미

노새 1	노새 2
연탄 실은 마차를 끄는 노새: 현실에 맞지 않는 구시대적 삶의 수단	아버지: 현실에 맞지 않는 노새를 이용하여 연탄을 배달하는 인물

공통점
- 산업화로 인하여 급변하는 도시 생활에 적응하지 못함.
- 힘겹고 고단하게 살아감.

- 이 소설에서 말하고 있는 '노새'와 같은 물건이 오늘날 어떤 것이 있는지 생각하여 다음과 같이 써 보자.

  > 필름 카메라이다. 왜냐하면 요즘에는 대부분의 사람들이 필름이 필요 없는 디지털카메라를 사용하기 때문이다.

● 책 이름(출판사)　　　　　　　　● 지은이

● 줄거리 요약

　　'나'의 가족은 고향을 떠나 서울의 변두리로 이사 와서 살고 있다. 아버지는 노새

가 끄는 마차를 이용하여 연탄 배달 일을 한다. 그러던 어느 겨울날

● 인상 깊은 내용과 그 이유

● 읽고 난 후의 생각이나 느낌

✏️ 내가 이 소설을 쓴 작가라면 아버지를 어떤 동물이나 물건에 비유하고 싶은지
그 이유와 함께 써 보자.

1. 이 소설의 주요 사건은?

　① 노새가 도망친 사건

　② 노새가 끝없이 달리는 사건

　③ 아버지가 집을 나가는 사건

　④ 아버지가 말을 노새로 바꾼 사건

　⑤ 아버지와 내가 동물원에 간 사건

2. 이 소설에 나오는 아버지의 모습과 다른 것은?

　① 도시 변두리에서 사는 하층민이다.

　② 급격한 사회의 변화에 잘 적응하지 못한다.

　③ 고향을 떠나 도시의 변두리로 이주한 사람이다.

　④ 노새를 이용하여 마차를 끄는 일에 자부심을 가지고 있다.

　⑤ 급격한 사회의 변화에 적응하기 위하여 말에서 노새로 바꾸어 마차를 끈다.

3. 다음은 이 소설에서 삼륜차와 대조를 이루는 교통수단이다. 빈칸에 알맞은 말을 쓰시오.

　→ ☐☐가 끄는 마차

4. '나'의 꿈속에서 노새가 거리를 누비며 달리는 것은 무엇을 보여 주려고 한 것인가?

　① 복잡한 도시에서 살고 싶은 마음

　② 그리운 고향으로 달려가고 싶은 마음

　③ 사랑하는 사람에게 달려가고 싶은 마음

　④ 급격한 사회의 변화에 잘 적응하고 싶은 마음

　⑤ 힘겨운 현실에서 벗어나 자유롭게 살고 싶은 마음

5. 결말 부분에 나오는 '또 한 마리의 노새'는 누구를 가리키는지 쓰시오.

● 다음 순서대로 아래에서 단어를 찾아 연결하면 어떤 도형이 완성되는지 써 보자.

(1) '힘들이지 아니하고 느릿느릿 행동하는 모양'을 뜻하는 단어에서 시작해 보자.
(2) '사방으로 날아 흩어짐.'을 뜻하는 단어까지 선으로 연결해 보자.
(3) '마음이 몹시 급하여 당황하고 허둥지둥하는 면이 있게'를 뜻하는 단어까지 선으로 연결해 보자.
(4) '채워지지 아니한 허전한 느낌이 있다.'를 뜻하는 단어까지 선으로 연결해 보자.
(5) '날씨나 분위기 따위가 몹시 스산하다.'를 뜻하는 단어까지 선으로 연결해 보자.
(6) 처음 시작했던 단어까지 선으로 연결해 보자.

하릴없이

뒤미처

경황

시적시적

헛헛하다

황망히

번연히

풍비박산   을씨년스럽다

아홉 살 인생

위기철

앞부분 줄거리 초등학교 3학년인 여민이네 가족은 아버지의 친구 집에 얹혀살다가 산동네의 맨 꼭대기 집을 사서 이사하게 된다.

이삿짐이 어느 정도 정리되자, 어머니는 밀가루로 파전을 부쳐 이웃에 돌리기로 했다. 아마 어머니는 새로 이사 온 기분을 한껏 내고 싶었던 모양이었다. 『하지만 떡을 돌릴 형편까지는 못 되는지라, 파전을 돌리는 정도로 만족하기로 한 것이다.』 달군 번철에 언덕 아래 정육점에서 애써 구해 온 돼지비계를 두르고 밀가루 반죽을 얹자, 고소한 냄새가 집 안 가득 번졌다.

『 』: '나'의 집안 형편이 넉넉하지 않음을 알 수 있음.

전을 부치거나 고기 따위를 볶을 때에 쓰는, 솥뚜껑처럼 생긴 무쇠 그릇

나는 파전을 이웃에 돌리는 책임을 맡았다. 생각만큼 쉬운 일은 아니었다. 그릇이 부족했던지라, 바가지에 담아 한 집 가서 담아 주고 돌아와서는 또 가야 했다.

"꼭대기 집이라고? 그래, 복 많이 받고 잘살라고 엄마에게 전해 줘라."

'나'의 집이 산동네에 있음을 알 수 있음.

"맛있게 잘 먹을게. 너희 엄마한테 한번 놀러 가겠다고 해라."

어느 집이나 훈훈한 덕담을 잊지 않았다. 저녁 무렵이었음에도 불구

남이 잘되기를 비는 말

하고 빈집이 많았다. 『집들이 워낙 다닥다닥 붙어 있는데다 집 모양까
『 」: 공간적 배경 – 가난한 산동네
지 너무 비슷해서 한 번 들렀던 집인지 아닌지 구분하는 일도 쉽지 않았
다. 그래서 나는 각 집의 특징을 눈여겨봐 두었다. 부엌문에 비닐을 대
어 둔 집, 방문을 붉은 끈으로 묶어 잠그는 집, 벽에 낙서가 있는 집,
……, 이런 식이었다.』

▶ 새로 이사 와 이웃집에 파전을 돌리러 간 '나'

앞뜰에 널찍한 바위가 있는 집을 방문했을 때였다.

"계셔요?"

내가 주인을 부르자, 방문이 열리더니 비쩍 마른 내 또래 사내아이가
바위가 있는 집 아이
나왔다. 『얼굴엔 시꺼먼 땟국물이 줄줄 흐르고 배코로 민 까까머리에는
『 」: 아이가 부모의 보살핌을 받지 못했음을 알 수 있음.   머리를 면도하듯이 민
기계총 딱지가 지저분하게 엉겨 있었다. 그 아이는 심심하던 차에 마침
머리털이 나 있는 부분에 동그런 홍반이 생기고 피부가 벗겨지는 피부병
좋은 장난감을 찾았다는 듯 싯누런 코를 훌쩍이며 내게 다가왔다.』

"넌 뭐야, 인마."

"너희 어머니 안 계시니?"

나는 퍽 점잖게 물었으나, 아이는 어깨를 잔뜩 곧추세운 채 이마에

주름살을 바짝 세우더니 사뭇 시비조였다.

"아아쭈, 이 자식이 내가 묻는 말에는 대답도 안 해."

아이는 이빨 사이로 침을 찍 뱉더니 내 어깨를 한번 툭 건드려 보았다.

"나는 백여민이다. 저쪽 꼭대기 집에 새로 이사를 왔어."

나는 악수를 청하며 손을 내밀었다.　　　　　▶ 바위가 있는 집 아이와 만난 '나'

"이다? 왔어? 아아쭈, 이 자식이 언제 봤다고 반말이야? 너, 죽을

래?"

아이는 내가 내민 손을 가자미눈으로 흘겨보았다. 나는 어이가 없었

다. 요걸 그냥……. 『전투 욕구가 솟구쳤으나, 이사 오자마자 싸움박질

『 』: 아이의 불량한 태도에도 불구하고 예의를 지키려고 한 '나'

부터 할 수 없는 노릇이었다.』 내가 기가 꺾였다고 생각했던지, 아이는

내 손에 들려 있는 파전을 힐끗 바라보았다.

　　　　　　　　　　　　　　　　　　　　▶ 아이가 걸어오는 시비를 참는 '나'

"너 지금 손에 든 게 뭐야?"

"파전이야. 이사했다고 돌리는 거다."

"옳아, 그러니까 신고식을 하겠다는 말이지?"

어떤 집단에 새로 온 사람이 원래 있던 사람들에게 자신을 알리는 의식

"신고식이 뭐야?"

"이거 순 맹추로구만. 인마, '앞으로 잘 봐주십시오.' 하고 먹을 것을

갖다 바치는 게 신고식이지, 뭐야."

아이는 낄낄 웃었다. 나도 마주 웃었다.

"맞아, 이건 신고식이야."

"알았어. 잘 먹을 테니까, 넌 꺼져."

"너희 어머니는 안 계시니?"

"아아쭈, 이 자식이 뭘 꼬치꼬치 캐물어? 너, 죽을래?"

아이는 눈살을 찌푸리더니 당수로 나를 때리는 시늉을 하며 손을 치

켜들었다. 완전히 기고만장이었다. 나는 참고 또 참았다.

일이 뜻대로 잘될 때, 우쭐하여 뽐내는 기세가 대단함.　　　　　▶ 아이의 기고만장한 태도를 참는 '나'

"그냥 물어봤을 뿐인데 왜 그래?"

"짜샤, 우린 엄마 같은 건 안 키워."

아이가 어머니에 대해 부정적 감정을 갖고 있음을 알 수 있음.

"그럼 너 혼자 사니?"

아이는 내가 든 바가지에서 파전을 꺼내 우걱우걱 씹더니 다시 쏘아

보았다.

"아아쭈, 이게 누구를 고아로 아나? 너, 죽을래?"

'아아쭈'와 '너, 죽을래?'는 아이의 말버릇인 모양이었다. 아직 돌아

야 할 집이 많았으므로 더는 그 아이만 상대하고 있을 수는 없었다.

"바가지나 비워 줘. 빨리 가 봐야 해."

아이는 시꺼먼 손으로 바가지에 담긴 파전을 통째로 꺼내 들더니 가

슴에 싸안았다.

"됐지? 그럼 꺼져."

요 녀석 나중에 다시 만나면 두고 보자. 나는 그대로 돌아섰다. 바로

그때, 아이는 치명적인 실수를 저질렀다.

『"기다려. 넌 이제부터 내 부하다. 알겠니? 앞으로 나를 만나면 깍듯

『 』: 군대 문화에 영향을 받은 말투

이 경례를 붙여. 안 그러면 넌 죽어."』

아이는 주둥이를 삐죽 내밀어 '죽어'를 강조했다. 여기까지는 좋았

다. 그러나 다음에 이어지는 말.

"너희 엄마 애꾸지? 너의 별명은 앞으로 새끼 애꾸다. 알겠니?"

<u>장애인을 얕잡아 보는 말투(그 당시 우리 사회의 분위기에 영향을 받음.)</u>

머리털이 곤두서는 느낌이 든 순간, 이미 내 주먹은 이 무뢰한 녀석

<u>성품이 막되어 예의와 염치를 모르며 불량한 짓을 하며 돌아다니는 사람</u>

의 턱을 후려갈기고 있었다. 녀석이 뒤로 벌러덩 나자빠지자, 파전이 땅

바닥에 흩어졌다. 녀석의 코에서 시뻘건 피가 쏟아졌다. 나는 녀석을 깔

고 앉아 사정없이 후려쳤다. ▶ 어머니를 애꾸라고 놀린 아이를 후려친 '나'

"아이고, 취소! 취소!"

아이는 소리쳤다. 아이의 뺨을 몇 차례 더 후려갈기고 일어섰건만,

분이 삭지 않았다. 먼저 살던 동네에서는 나를 그런 식으로 놀리는 아이

는 한 명도 없었다. 내 성미를 아이들이 잘 알고 있었기 때문이었다. 그

<u>성질, 마음씨, 비위, 버릇 따위를 통틀어 이르는 말</u>

걸 모르고 터줏대감 행세를 하려 했던 아이는 그야말로 제때에 임자를

<u>집단의 구성원 가운데 가장 오래된 사람을 이르는 말</u>

만난 셈이었다.

"한 번만 더 그따위 소릴 했다가는 가만두지 않겠어."

불의의 기습을 당하고 완전히 얼이 빠진 아이는, 그제야 정신을 차린

<u>미처 생각하지 않았던 판</u>

듯 "으앙" 하고 울음보를 터뜨렸다.

"이 자식아, 너, 우리 아버지한테 일러 줄 테다. 우리 아버지가 얼마

나 무서운지 너 모르지? 나, 코피 흘렸어."

내가 한 번 인상을 쓰자, 아이는 콩알 튀듯 냉큼 방으로 달려가 방문

을 잠가 버렸다. 그리고 문틈으로 내다보면서 계속 소리를 질렀다.

"이 자식아! 애꾸더러 애꾸라고 한 게 대수냐? 이 애꾸 새끼야."

"이 자식이 그래도……."

달려가 방문을 마구 당겨 보았지만, 안에서 잠근 문은 열리지 않았다.

"네가 이 동네에 사는 이상 한 번은 마주치는 때가 있겠지. 그때 네놈

의 머리를 부숴 버리겠어!" ▶ 방문을 잠그고 '나'를 계속 놀리는 아이에게 겁을 주는 '나'

나는 길가에 흩어져 있는 파전을 마구 짓이겨 놓고 침을 뱉어 놓았

다. 내가 식식거리며 집으로 돌아가려 하자, 방안에서 아이가 기세등등
                                                        기세가 매우 높고 힘찬 모양
하게 외쳤다.

"야, 이 자식아! 너, 우리 아버지한테 안 이를 줄 알지? 우리 아버지가

얼마나 무서운 줄 알아?"

그 아이의 아버지가 설사 흡혈귀라 해도 두려울 바는 없었다. 『비겁

한 인간을 상대하는 일은 두렵다기보다는 성가신 일이다.』 나는 돌멩이
『 』: 정의로운 일을 두려워하지 않는 '나'의 성격을 알 수 있음.
를 주워 녀석이 숨어 있는 방 문짝에 힘껏 던져 주고는 돌아섰다.

얼마쯤 가다 뒤돌아보니, 『아이는 살금살금 나와서 으깨진 파전 조각
                                    『 』: 아이의 어려운 집안 형편을 알 수 있음.
을 주워 먹고 있었다.』 더러운 자식…… 나는 땅에 침을 퉤하고 뱉었

다.   ▶ 자기에게 겁을 주는 아이를 뒤로 하고 집으로 향하는 '나'

식식거리며 집에 돌아온 나를 보고 어머니는 무슨 일이 있었느냐고

다그쳐 물었다. 그러나 『차마 어머니에게 싸움의 속사정을 얘기할 수는
                            『 』: 어머니의 장애가 싸움의 원인이 되었기 때문에
없었다.』 한쪽 눈동자가 하얗게 바래 버린 어머니를 보니 내 가슴은 더
            눈에 장애를 갖고 있는 '나'의 어머니
욱 미어졌다.

"그 자식, 죽여 버릴 테야."

어머니의 계속된 다그침에 마지못해 자초지종을 털어놓고 나는 그만
                            처음부터 끝까지의 과정
울음을 터뜨리고 말았다.

『"바보같이 별것도 아닌 걸 가지고 싸우고 다니고 그래? 엄마가 한쪽
『 』: 아들을 타이르는 어머니(너그러운 마음을 지닌 '나'의 어머니)
눈을 못 쓴다고 해서 엄마 노릇을 못해 준 일이 있니? 그저 당장 귀에

들어오는 소리가 거슬린다고 싸우는 것은 바보들이나 하는 짓이

야."』

"하지만 녀석은 엄마를 병신 취급했단 말이야."

어머니의 명예를 지키겠다고 한바탕 전투까지 치르고 돌아온 아들을

나무라는 어머니가 몹시 야속했다. 그러나 어머니의 다음 말은 내게 큰
무정한 행동을 한 사람이 섭섭하게 여겨져 언짢음.
충격을 안겨 주었다.

『"넌 비록 애꾸라지만 엄마가 있잖니? 그 애는 부모님이 다 돌아가셔
『 』: '나'가 때린 아이의 처지와 어머니의 따뜻한 배려심
서 누나랑 둘이 살고 있는 불쌍한 애야. 누나는 공장에 다니느라고

제대로 집에 들어오지도 못하고……."』

나는 가슴이 뜨끔했다.
처지가 불쌍한 아이를 때렸기 때문에
"그런 애를 두들겨 패 줘야 속이 시원하겠니? 아무리 철이 없는 애들
부모가 없는 불쌍한 아이
이라지만……."

하지만 녀석은 마치 자기 아버지가 있는 듯이 말했단 말이야. 이런

항변 따윈 내게 아무짝에도 쓸모없는 것이었다. 부모 없는 아이를 때렸

다는 사실, 내겐 오직 이것만이 중요했다. 하지만 이건 이미 저질러 버

린 일이었다. 이를 어쩐다? 내게는 새로운 고민거리가 생겼다.
▶ 자신이 때린 아이가 부모 없는 아이라는 사실을 알게 된 '나'

어머니가 한쪽 눈을 못 쓰게 된 때는 내가 다섯 살 무렵이었다. 어머

니에게서 들은 대로 그 경위를 밝히자면 대충 이렇다.
일이 진행되어 온 과정

우리 식구가 서울에 갓 올라온 무렵이었다. 아버지는 『서울 변두리에 작은 월세방 하나를 마련해 놓고는』 한 달 뒤 다시 부산에 내려가야 했

『 』: 나의 집안 형편이 넉넉지 않음을 알 수 있음.

다. 부산 공장에서 밀린 월급을 채 받지 못하고 올라왔기 때문이었다.

그런데 금세 올라온다던 아버지는 한 달이 넘도록 소식이 없었다. 아버지가 주고 간 몇 푼 안 되는 생활비도 금세 바닥이 나 버렸다. 낯선 서울에 홀로 남겨진 어머니의 불안감은 이루 말할 수 없는 것이었다. 만일 남편이 영영 돌아오지 못한다면? 이런 방정맞은 생각이 하루에도 수십 번씩 어머니의 머리에 떠올랐다고 한다. 어린 자식들을 데리고 낯선 서울 땅에서 살아갈 일을 생각하면 앞이 깜깜했던 것이다.

▶ 서울에 홀로 남겨진 어머니

불안과 걱정 속에 한 달을 십 년같이 보내고 나자, 그제야 아버지가 나타났다. 아버지의 표정은 매우 어두웠다. 부산에 내려간 아버지는 친구 집을 전전하며 회사와 사장 집을 끈질기게 찾아다녔다고 한다. 그러나 사장은 오늘내일 미루며 도무지 돈을 안 내놓더라는 것이었다.

"우리가 서울로 집을 옮겼다는 소식을 어디서 들은 모양이야. 다급해지면 다시 서울로 가겠지 생각하며 배짱을 부리는 거야. 나쁜 자식,

조금도 굽히지 아니하고 버티어 나가는 성품이나 태도

그 돈이 어떤 돈인데……."

아버지는 득득 이를 갈았다. 며칠 내로 주겠다는 약속을 믿고 성급하

공장 사장에 대한 아버지의 분노

게 서울로 온 것이 잘못이었다. 어머니는 아버지에게 그 돈을 포기하는 것이 어떠냐고 조심스레 권해 보기도 했다.

"바보 같은 소리 말어. 놈은 지금 그걸 바라고 그런 배짱을 부리는 거야."

아버지에겐 이미 돈이 문제가 아니었다. 사장이 괘씸해서 견딜 수가 없었던 것이다.

아버지는 친구한테서 빌려 온 돈 2천 원을 어머니에게 주고 다음 날로 부산에 다시 내려가 버렸다. 그렇게 아버지가 떠나고 나자, 어머니는 또다시 버려진 느낌이었다. 그러나 이번에는 어머니로서도 가만히 있을 수 없었다. 아버지 대신에 무엇인가 일을 해서 돈을 벌어야 했다. 『설사 아버지가 돈을 받아 왔다 해도 새 직장을 구하려면 몇 달은 걸릴 것

『 』: 어머니가 돈을 벌어야 했던 이유

이기 때문이었다.』

어머니는 나와 여운이를 주인집에 맡기고 부근에 있는 무허가 잉크 공

'나'의 여동생

장에 취직했다. 『하얀 두부 벽돌 위에 판자를 얹어 대충 비 막음을 해 놓

두부모처럼 생긴 벽돌

은 공장에서 역한 잉크 냄새를 맡으며 열 명 남짓의 공원들이 일을 했다.』

『 』: 열악한 공장의 환경   공장에서 노동에 종사하는 사람

아직 소년티가 채 가시지 않은 어린 공원도 있었고, 어머니보다 나이가 많은 아주머니들도 있었다. 잉크 냄새 때문에 저녁에 퇴근을 할 무렵이면 골치가 아팠지만, 돈을 번다는 자부심에 그럭저럭 한 달을 견뎠다.

그러던 어느 날이었다. 잉크에 화공 약품을 붓고 있는데, 『어린 공원이 지나가다 무엇에 걸려 넘어졌는지 어머니를 향해 쓰러졌다. 그 바람

『 』: 어머니가 눈을 다치게 된 경위

에 화공 약품이 어머니의 얼굴에 쏟아졌다.』 칼로 눈을 후비는 듯한 아픔이 어머니를 덮쳤다. 어머니는 비명을 지르며 밖으로 뛰쳐나갔다. 곁에서 일하던 아주머니가 달려와 어머니 얼굴에 물을 끼얹고 약품을 씻어 내었지만, 왼쪽 눈의 아픔은 여전했다. 어머니는 젊은 공원의 등에 업혀 병원으로 갔다. 그러나 병원에서도 마땅한 처방이 없어 세척액으

더러운 것을 깨끗이 씻어 내는 액체

로 계속 눈만 씻어 내었다. 그러는 동안 어머니의 왼쪽 눈동자는 이미

하얗게 바래져 있었고, 왼쪽 눈으로는 아무것도 볼 수 없게 되었다.

▶ 화공 약품 때문에 눈이 멀게 된 어머니

　부산에서 올라온 아버지는 어머니의 왼쪽 눈을 보고 사내답지 않게

꺼이꺼이 울음을 터뜨렸다.

큰 목소리로 목이 멜 만큼 요란하게 우는 모양

　『잉크 공장의 사장은 그 어린 공원의 실수로 사고가 일어났으니, 그

「 」: 잉크 공장 사장의 무책임하고 부도덕한 태도

아이의 부모한테서 치료비를 받으라고 했다.』 그 말을 전해 들은 아버

지는 쇠꼬챙이를 들고 당장 사장네 집으로 쳐들어갔다. 아버지는 사장

무책임한 잉크 공장 사장에게 분노한 아버지

의 눈앞에 쇠꼬챙이를 들이밀었다.

　"치료비 따윈 필요 없어. 단지 왼쪽 눈을 잃어버린 고통이 어떤 것인

지만 가르쳐 주지. 그래야 내 아내의 심정을 이해할 테니까."

　겁에 질린 사장은 그제야 치료비를 주겠다고 말했다고 한다. 『만일

「 」: 아버지의 불 같은 성격

그때 그가 미적지근한 반응을 보였다면 아버지는 아마 그의 눈을 쇠꼬

성격이나 행동, 태도 따위가 맺고 끊는 데가 없이 흐리멍덩한

챙이로 진짜 찔러 버렸으리라. 아버지는 능히 그러고도 남을 사내였

능력이 있어서 쉽게

다.』

　그러나 그 몇 푼 안 되는 치료비로 어머니의 맑은 눈을 되살릴 수는

없는 노릇이었다. 연애 시절 아버지를 홀딱 반하게 했다는 어머니의 맑

은 눈은 이리하여 뿌옇게 흐려져 버린 것이다.

▶ 눈을 잃은 아내의 모습에 안타까워한 아버지

　『나는 만화책에서 옛날 기사들 얘기를 들은 적이 있다. 어머니가 공

말을 탄 무사

주님이라면, 아버지와 나는 그 공주님을 보호할 사명감을 지닌 기사들

「 」: '어머니의 용맹스러운 기사'라는 소제목을 붙인 이유　　　주어진 임무를 잘 수행하려는 마음가짐

이다. 그런 점에서 아버지와 나는 뜻이 통했고, 우리는 언제라도 어머니

를 위해 출정할 준비가 되어 있었다. 감히 어머니를 '애꾸'라고 모욕하

군에 입대하여 싸움터에 나감.　　　　　　　　　　　　　　깔보고 욕되게 함.

는 무뢰한이 있다면 나는 녀석과 결투를 벌이는 일에 조금도 주저하지

않을 것이다.」　　　　　　▶ 자신들이 어머니를 지키는 기사라고 생각하는 '나'와 아버지

하지만 그 더러운 아이를 때려 준 것은 옳은 일이 아니었다. 그날 나

는 저녁 무렵의 일이 걱정되어 잠을 이루지 못했다. 아니, 어쩌면 꿈속

에서 걱정하다가 문득 깨어난 것인지도 모른다.

깜박거리는 호롱불 밑에서 어머니가 거울을 들여다보고 앉아 있었

　　　석유를 담은 그릇에 켠 불

다. 호롱불에 비친 어머니의 커다란 그림자가 천장에서 기괴한 모양으

로 어른거렸다. 어머니는 아직 귀가하지 않은 아버지를 기다리고 있었

다. 아버지는 채석장 일로 밤이 아주 깊어서야 돌아오곤 했다. 어머니는

　　석재(石材)로 쓸 돌을 캐거나 떠 내는 곳

가끔씩 한숨을 내쉬기도 했는데, 나는 갑자기 겁이 덜컥 났다. 어머니가

연기처럼 사라져 버릴지도 모른다는 생각이 부쩍 들었기 때문이다.

나는 숨을 죽인 채 한참 어머니의 동태를 살펴보다가 더는 견디지 못

　　　　　　움직이거나 변하는 모습

하고 잠자리에서 벌떡 일어났다.

"너, 자지 않고 있었니?"

나는 어머니 품에 와락 뛰어들어 안겼다. 내 고민거리를 실토하지 않

　　　　　　　　　　거짓 없이 사실대로 다 말함.

을 수가 없었던 것이다.

"엄마, 나도 엄마가 없었으면 저녁때 본 그 녀석처럼 지저분해졌겠

지?"

어머니는 빙긋 웃었다.

"너, 아직도 그 생각을 하고 있었니?"

나는 가만히 고개를 끄덕였다.

『"내가 파전을 발로 밟아 놓고 거기다 침을 뱉어 놓았는데, 그 녀석은
　　『 』: 자신의 행동을 후회하고 반성하는 '나'
땅에 엎드려 그걸 주워 먹고 있었어. 엄마, 내가 잘못했지, 응?"』

"그래, 잘못한 길 일았으면 되었나."

"엄마, 어떻게 하면 용서를 받을 수 있을까?"

"글쎄, 그렇게 마음에 걸리면 내일이라도 가서 사과를 하렴."
　　　　　　　　'나'가 고민하고 있는 일의 해결 방안
"그리구?"

"그리구? 그다음엔 사이좋게 놀면 되는 거지, 뭐."

어머니는 나를 꼭 품어 주었는데, 매우 포근했다. 나는 어머니 품을

한참이나 즐기다가 조그만 목소리로 중얼거렸다.

"그러면 용서를 받을 수 있나?"
　　　自신의 행동을 용서받고 싶은 '나'
"그럼."

"벌을 안 받구?"

"그렇다니까."

"엄마도 죽지 않는 거지?"

"그건 또 무슨 소리야?"

갑자기 코끝이 찡해지더니 눈물이 삐져나왔다. 용감한 기사는 이렇

게 눈물을 흘리면 안 되는데, 하는 생각과 불끈 오기가 치솟았다.

"난 그 자식한테는 하나도 미안하지 않아! 그런 식으로 엄마를 놀리

면 또 때려 줄 테야. 하지만 누가 그러는데, 『부모 없는 애를 괴롭히

면 그 애도 벌을 받아 똑같이 고아가 된대.』 녀석에게 잘못했다고 빌
　　『 』: '나'가 두려워했던 일이자 고민거리의 핵심('나'의 순진함)
어서 벌을 안 받는다면 그렇게 하겠어. 하지만 난 엄마가 죽는 건 싫

어. 엄마가 없으면 나도 땅에서 남이 발로 밟은 걸 주워……."

내 의지와는 전혀 무관한 망할 놈의 울음이 껄떡껄떡 목에 걸려 나는 말을 채 마치지 못했다. 어머니는 어이가 없다는 표정으로 나직이 웃음을 쏟아 놓았다.

"어이구, 녀석 하고는……."

어머니는 그제야 내 고민의 핵심을 제대로 알아차린 거였다.

좀 창피했지만, 나는 까닭 모를 설움에 한참이나 껄떡껄떡 울었는데, 어머니의 용맹스러운 기사가 되기엔 사실 나는 조금 어린 편이었다.

▶ 나는 부모 없는 아이를 때려서 그 아이와 같은 처지가 되는 벌을 받을까 봐 두려웠던 속마음을 어머니에게 실토하고 그 아이에게 사과하기로 결심함.

뒷부분 줄거리 '나'는 다음 날 바위가 있는 집 아이(기종)에게 사과를 하고, 그 후 그 아이와 친하게 지낸다. '나'는 산동네에 살면서 뻥쟁이 기종이 외에도 많은 사람을 만난다. 욕망과 현실 사이에서 갈등하다가 자살한 골방 철학자, 햇볕 한 번 들지 않는 어두운 방에서 외롭게 지내다가 죽은 토굴 할매, 무허가 건물이라는 것을 속이고 가난한 산동네 사람들을 괴롭히는 풍뎅이 영감, 학생을 부잣집 아이냐 아니냐에 따라 다르게 대하는 월급 기계 선생, 돈에 욕심이 많은 산지기, 허영심이 많고 도도하지만 '나'가 좋아하는 우림이, 술주정뱅이 아버지를 잃고 돈을 벌기 위해 공장에 나가는 검은 제비, 기종이의 누나를 사랑하는 외팔이 하 상사 등을 통해 '나'는 세상을 조금씩 배워 간다. 그러던 어느 날 '나'는 가난한 아이라는 이유로 선생님으로부터 부당한 대우를 받는다. 크게 실망한 '나'는 한동안 학교를 가지 않고 자신의 아지트인 숲에서 홀로 지낸다. 그러면서 '나'는 슬픔과 고통은 피한다고 해서 해결되는 것이 아니라 당당하게 맞서 헤쳐 나가야 한다는 것을 깨닫게 된다.

● 작가 만나기

위기철(1961~) 서울에서 태어나 1983년 아동극 '도깨비방망이는 어디에 있을까요?'로 계몽사 아동 문학상을 수상하며 본격적인 작품 활동을 시작했다. 소설, 동화, 철학책, 논리책 등 다양한 글을 통해 폭넓은 독자층을 형성하고 있다. 주요 작품으로는 '호랑이와 곶감', '생명이 들려준 이야기', '반갑다 논리야' 등이 있다.

● 작품 만나기

1991년에 출간된 '아홉 살 인생'은 1960년대~1970년대 우리나라의 산동네 마을을 배경으로 한 장편 소설로 여러 개의 짤막한 이야기로 구성되어 있다. 이 소설은 아홉 살 꼬마의 동심 어린 눈을 통해 가난하고 소외된 이들의 고단한 생활을 정겹고 따뜻하게 그리고 있다.

이 책에 실린 부분은 '나'의 가족이 처음으로 산동네 꼭대기에 내 집을 마련하여 이사 간 첫날에 해당한다. '나'가 뻥쟁이 기종이를 처음 만나 겪게 되는 갈등이 잘 나타나 있다. 자신의 엄마를 애꾸라고 놀리는 아이(기종)와 다투고 사과하기로 마음먹는 과정을 통해 어린아이의 성장 과정을 엿볼 수 있다.

● 핵심 만나기

갈래	현대 소설, 장편 소설, 성장 소설
성격	일상적, 회상적
배경	• 시간적: 1960~1970년대 • 공간적: 가난한 산동네
시점	1인칭 주인공 시점
제재	아홉 살 소년이 산동네에서 겪는 다양한 경험
주제	아홉 살 소년이 성장하면서 깨닫게 되는 인생의 의미
특징	• 1960~1970년대의 사회·문화적 상황이 잘 드러나 있음. • 어린아이의 순수한 심리가 잘 드러나 있음.

● 등장인물(이 책에 실린 부분)

나 (서술자)	어머니의 말을 잘 듣고, 정의를 중시하며, 어린아이다운 순수함을 지니고 있음.
어머니	배려심이 많고 따뜻한 성품을 지님.
바위가 있는 집 아이	거칠고 불량스러우며 비겁하고 허세가 심함.
아버지	고집이 세고 자존심이 강함.

● 주인공 '나'의 갈등(이 책에 실린 부분)

외적 갈등		내적 갈등	
'나'와 바위가 있는 집 아이와의 갈등		'나'가 부모가 없는 아이를 때린 뒤의 고민	
원인	• 바위가 있는 집 아이가 텃세를 부리며 '나'의 기세를 제압하려 함. • '나'의 어머니를 '애꾸'라고 하고 '나'를 '애꾸 새끼'라고 놀림.	원인	• 부모가 없는 아이를 괴롭히면 벌을 받아 고아가 된다는 말을 믿음. • '나'가 부모 없는 아이를 때려서 엄마가 죽으면 '나'도 그 아이처럼 힘들게 살까 봐 걱정함.
해결	'나'가 바위가 있는 집 아이를 사정없이 때리고 그 아이가 항복함.	해결	어머니에게 자기의 걱정을 털어놓고 바위가 있는 집 아이에게 사과하기로 결심함.

● '나'가 바위가 있는 집 아이에게 사과하기로 결심하게 된 이유가 무엇인지 생각해 보자.

● 책 이름(출판사)　　　　　　　　● 지은이

● 줄거리 요약

　　초등학교 3학년인 '나(여민)'의 가족은 아버지의 친구 집에 얹혀살다가 산동네의

맨 꼭대기 집을 사서 이사를 한다. '나'는 어머니의 심부름으로 이웃집에 파전을 돌리

다가

● 인상 깊은 내용과 그 이유

● 읽고 난 후의 생각이나 느낌

✎ 이 소설을 읽고 주인공 '나'에게 하고 싶은 말이나 궁금한 점 등을 다섯 가지
　이상 질문하고, 그 질문에 주인공이 되어 대답한 내용도 써 보자.

1. 이 소설에 대한 설명으로 알맞지 <u>않은</u> 것은?

① 공간적 배경이 가난한 산동네이다.

② 전쟁 직후의 민족의 아픔을 이야기하고 있다.

③ 1인칭 주인공 시점으로 서술자가 주인공이다.

④ 어린아이가 이야기를 전개하고 서술하고 있다.

⑤ 소재를 통해 사회 · 문화적 배경을 알 수 있다.

2. 이 소설의 등장인물에 대한 설명으로 알맞은 것은?

① '나' : 자기중심적이다.

② 아버지: 속이 좁고 비겁하다.

③ 어머니: 무책임하고 비도덕적이다.

④ 부산 공장 사장: 뻔뻔하고 약속을 잘 지키지 않는다.

⑤ 바위가 있는 집 아이: 참을성이 많고, 사람들을 친절하게 대한다.

3. '바위가 있는 집 아이' 의 외형적 특징으로 알맞지 <u>않은</u> 것은?

① 비쩍 마른 체형이다.

② 싯누런 코를 훌쩍인다.

③ 얼굴에 시꺼먼 땟국물이 흐른다.

④ 까까머리에 기계총 딱지가 엉겨 있다.

⑤ 까무잡잡한 피부에 주근깨가 가득하다.

4. '바위가 있는 집 아이' 가 '나' 의 어머니의 장애를 놀리는 말로 무엇이라고 했는지 쓰시오.

5. '나' 의 고민을 들어주고 '바위가 있는 집 아이' 에게 사과하라는 해결책을 제시해 준 사람을 쓰시오.

● 다음 뜻에 해당하는 단어를 〈보기〉에서 찾아 그 기호를 빈칸에 써 보자.

보기
㉠ 덕담   ㉡ 기고만장   ㉢ 야속   ㉣ 실토   ㉤ 출정   ㉥ 사명감

(1) 거짓 없이 사실대로 다 말함.

(2) 군에 입대하여 싸움터에 나감.

(3) 주어진 임무를 잘 수행하려는 마음가짐.

(4) 일이 뜻대로 잘될 때, 우쭐하여 뽐내는 기세가 대단함.

(5) 남이 잘 되기를 비는 말.

(6) 무정한 행동을 한 사람이 섭섭하게 여겨져 언짢음.

우리 동네 예술가 두 사람

양귀자

그 첫 번째 예술가.

그이는 늘 흰 가운을 입고 있다. 그리고 여자이다. 이렇게 말하면 여류 조각가를 상상할지도 모르겠다. 아니, 그 짐작이 맞을지도 모른다.

<small>사정이나 형편 따위를 어림잡아 헤아림.</small>

그이가 빚어내는 작품도 일종의 조각이라면 조각일 수도 있다.

<small>재료를 이겨서 어떤 형태를 만들어 내는</small>
▶ 첫 번째 예술가 소개

그이는 매일 아침 아홉 시에 일터로 나와서 다시 저녁 아홉 시가 되면 가운을 벗고 집으로 돌아간다. 일터에서의 그이는 다소 무뚝뚝하고 뻣

<small>말이나 행동, 표정 따위가 부드럽고 상냥스러운 면이 없어 정답지가 않고</small>

뻣하다. 남하고 싱거운 소리를 나누는 일도 거의 없다. 잘 웃지도 않는다. 오히려 늘 화를 내고 있는 것처럼 보이기도 한다.

▶ 첫 번째 예술가의 특징

그런 얼굴로 그이는 늘 일을 하고 있다. 그이가 만드는 작품은 불티

<small>물건이 내놓기가 무섭게 빨리 팔리거나 없어지게</small>

나게 팔리고 있으므로 하기야 쉴 틈도 많지 않다. 묵묵히 일만 하고 있는 그이를 우리는 '김밥 아줌마'라고 부른다. 따라서 그이가 만드는 작품은 자연히 '김밥'이라는 이름을 가지고 있다. 하지만 그이의 김밥은 보통의 김밥과는 아주 다르다. 언제 먹어도 그이만이 낼 수 있는 담백하

<small>음식이 느끼하지 않고 산뜻하고</small>

고 구수한 맛이 사람을 끌어당긴다. 그이의 김밥은 절대 맛을 속이지 않는다.

▶ 첫 번째 예술가인 김밥 아주머니가 만드는 '김밥'의 맛

김밥 아줌마는 '작품'을 만들 때는 사람들이 보고 있으면 막 화를 낸

다. 누군가 쳐다보면 마음이 흔들려서 실패작만 나온다는 것이다. 김밥을 말고 있을 때 누가 무슨 말을 해도 들은 척을 하지 않는다. 한 번 더 말을 시키면 여지없이 성질을 내며 일손을 놓아 버린다. 그이는 피는 일엔 전혀 관심이 없고 오직 김밥을 만드는 그 행위에만 몰두해 있는 사람처럼 보인다.

달리 어찌할 방법이나 가능성이 없이

일하던 손을 잠시 멈춘다.

어떤 일에 온 정신을 다 기울여 열중해

▶ 김밥 만드는 행위에만 열중하는 김밥 아주머니

언젠가 나도 무심히 김밥 마는 것을 구경하고 있다가 당했다. 쳐다보고 있으니까 김밥 옆구리가 터지는 실수를 한다고 신경질을 내는 그이가 무서워서 주문한 김밥을 싸는 동안 멀찌감치 떨어져 있었다. 그러나 집에 돌아와서 먹어 본 김밥은 그이에게 당한 것쯤이야 까맣게 잊어버리고도 남을 만큼 그 맛이 환상적이었다. 그 김밥은 돈 몇 푼의 이익을 위해 말아진 그런 김밥이 아니었다. 나는 그래서 그이의 김밥을 서슴지 않고 '작품' 이라고 부른다.

돈을 세는 단위. 스스로 적은 액수라고 여길 때 씀.

▶ 김밥 아주머니가 예술가인 이유

인물 소개① 김밥 만드는 데 최선을 다하는 김밥 아주머니

그 두 번째 예술가.

그는 이제 막 오십 고개를 넘은 남자이다. 하루도 빠짐없이 머리에

얹어 놓고 있는 빵떡모자와 아직은 듬직한 몸체, 그리고 늘 웃는 얼굴의

_{두 번째 예술가의 외양 묘사}

그이는 일 년 열두 달 거의 빠짐없이 하루에 두 차례씩 내가 사는 연립

주택의 마당에 나타난다. 자식들의 결혼 날이거나 아니면 길이 꽁꽁 얼

_{한 건물 안에서 여러 가구가 각각 독립된 주거 생활을 할 수 있도록 지은 공동 주택}

어붙어 오르막인 이곳까지 트럭이 못 올라오는 한겨울 며칠을 제외하

면 오전 열 시 무렵과 오후 네 시경에는 어김없이 주홍 휘장을 두른 그

_{피륙을 여러 폭으로 이어서 빙 둘러치는 장막}

의 트럭을 볼 수가 있다.   ▶ 두 번째 예술가의 모습

그가 등장하는 모습은 언제나 일정하다. 먼저 귀에 익은 바퀴 구르는

소리와 함께 그가 운전하는 주홍 트럭이 언덕배기를 올라온다. 차를 세

_{언덕의 꼭대기. 또는 언덕의 몹시 비탈진 곳}

운 다음에는 얼른 확성기를 들고 운전석에서 뛰어내린다. 빵떡모자를

쓴 그는 확성기에 대고 자신이 심혈을 기울여 골라 온 물건의 이름을 하

_{마음과 힘을 아울러 이르는 말}

나하나 부른다.

"양파나 버섯 있어요. 싱싱한 오이와 배추도 있어요. 엄청 달고 맛있

는 복숭아나 포도 있어요."

그다음엔 그를 기다리고 있던 이웃들이 하나씩 둘씩 모여드는 것이

다. 언덕배기를 내려가서 또 버스를 타고 가야 이웃 동네의 시장이 나오

는지라 이웃들은 거의가 그에게서 필요한 먹을거리들을 사고 있다. 게

다가 뜨내기 행상 트럭도 아니고 고정적으로 드나드는 단골인지라 물

_{일정한 거처가 없이 떠돌아다니는 사람}   _{늘 정하여 놓고 거래를 하는 곳}

건만큼은 믿고 사도 좋았다.   ▶ 두 번째 예술가인 채소 장수 아저씨의 등장

하기야 그에게는 자신의 트럭 위에 있는 온갖 채소와 과일이 국내 최

고라는 자신이 차고도 넘친다. 최고의 품질만을 고집하고 있다는 행상
에 대한 그의 소신은 실제에서도 과히 틀린 바는 없다. 그는 오이 하나

<u>정도가 지나치게</u>

를 사는 손님일지라도 이 오이의 신지는 어디이고 도매가격이 얼마나

<u>생산되어 나오는 곳</u>   <u>물건을 낱개로 팔지 않고 한데 묶어서 팖.</u>

되는 최상품인지를 일일이 설명하느라고 늘 입이 쉴 새가 없다.

▶ 자신이 파는 물건을 최고라고 생각하는 채소 장수 아저씨

그뿐만이 아니다. 지난번에 사 간 그 고구마가 과연 꿀맛이었는지,

엊그제 사 간 배추로 담근 김치가 연하고 사근사근한지도 고객들한테

끊임없이 확인한다. 그런 과정에서 혹 고객의 불만이 포착되기라도 하

<u>어떤 기회나 정세가 알아차려지기라도</u>

면 그는 아예 장사고 뭐고 없이 그것의 규명에만 매달린다. 그 고구마가

<u>어떤 사실을 자세히 따져서 바로 밝힘.</u>

달지 않은 것은 삶는 방법에 문제가 있었는지 아니면 그런 고구마를 도

매 시장에서 떼 온 자신의 안목이 모자라서였는지를 속시원하게 판가

<u>장사를 하려고 한꺼번에 많은 물건을 사다.</u> ┘   ┌ <u>사물을 보고 분별하는 견문과 학식</u>

름하지 않으면 직성이 안 풀리는 사람이 바로 주홍 트럭의 주인인 빵떡

<u>타고난 성질이나 성미</u>

모자 아저씨인 것이다.   ▶ 고객의 불만이 어디에서 비롯되었는지 밝히고야 마는 채소 장수 아저씨

그는 자신이 파는 물건이 최고라는 소리를 듣기 위해서 트럭 행상을 하는 사람처럼 보인다. 손님이 없을 때는 늘 자신의 물건들을 정리하고 다듬는 일에 몰두해 있는 사람이고, 호박 한 개를 집을 때도 쑥갓이나 양파에 대해 이야기하기를 좋아한다. 나는 그가 다른 화제를 입에 올리 _{어떤 일에 온 정신을 다 기울여 열중해} 는 것을 본 적이 없다. 그는 언제나 마늘이나 포도, 쪽파나 무에 대해서 이야기한다. 그것들이 왜 좋은 물건인지에 대해서만 이야기한다. 가령 이런 식이다.

"이 마늘 보세요. 어느 한 군데도 흠이 없잖아요. 요렇게 불그스름하 고 중간짜리가 상품이지요. 그리고 요 반듯반듯하게 파인 줄을 보세 요. 이런 것은 쪼개면 어김없이 여덟 쪽이지요. 이보다 더 좋은 마늘 파는 사람 있으면 어디 나와 보라고 하세요. 정말이에요. 그런 사람 이 나 말고 또 있다면, 만약 그렇다면 나 그날로 이 장사 그만둘 거예 요. 아니, 정말 그렇게 한다니까요."

내가 보기에는 만약 그런 사람이 나타나면 장사를 그만두는 것으로 끝낼 그가 결코 아니다. 아마 그 이상의 불행한 일이 일어날지도 모른 다. 세상에서 예술가들만큼 자존심이 센 사람은 없으니까. 그리고 최고 의 가치만을 추구하는 주홍 트럭의 그는 예술가임이 틀림없으니까.

▶ 자존심이 센 예술가라고 할 수 있는 채소 장수 아저씨
인물 소개② 자신의 일에 자부심이 강한 채소 장수 아저씨

● 작가 만나기

양귀자(1955~) 전라북도 전주에서 태어났다. 1978년에 '다시 시작하는 아침'
과 '이미 닫힌 문'으로 문학사상 신인상을 수상하며 등단했다. 이해하기 쉬우면서
도 작품마다 새로운 주제를 담은 그의 작품은 대중의 사랑을 많이 받았다.

대표 작품으로 '원미동 사람들', '나는 소망한다 내게 금지된 것을', '천년의 사
랑', '모순' 등이 있다.

● 작품 만나기

'우리 동네 예술가 두 사람'은 2000년에 발표한 인물 소설집 "길모퉁이에서 만
난 사람"에 실린 작품이다. 이 소설에 등장하는 김밥 아주머니와 채소 장수 아저씨
는 장인 정신을 가지고 자신의 일에 최선을 다하는 사람들이다. 지은이는 이 점을
강조하기 위해서 그들이 하는 일이 겉으로는 사소해 보일지 모르지만, 자신의 방식
을 고집스럽게 지키며 최고의 작품을 만드는 예술가와 같다고 예찬하고 있다. 양귀
자는 이 소설이 실린 책의 서두에서 "고통과 실망 투성이임에도 불구하고 내가 이
세상을 사랑할 수밖에 없는 까닭은 이 세상 속에 끼어 있는 사람, 사람들 때문이
다."라고 고백하고 있다.

● 핵심 만나기

갈래	현대 소설, 단편 소설
성격	예찬적, 주관적
시점	1인칭 관찰자 시점
배경	•시간적: 1990~2000년대 / •공간적: 서민들이 사는 동네
제재	김밥 아주머니와 채소 장수 아저씨
주제	평범하지만 자신의 일에 자부심을 가지고 살아가는 사람들의 아름다움
특징	•익숙한 대상을 낯설게 하여 독자의 호기심을 유발함. •대상의 특징을 구체적으로 생생하게 표현함. •대상에 대한 예찬적 시선이 드러남.

● 등장인물

김밥 아주머니	다소 무뚝뚝하지만 자신의 일에 자부심이 강하고, 일에 집중함.
채소 장수 아저씨	자존심이 세고 성실하며 사람들이 자신의 능력을 인정해 주길 바람.

● 이 소설에서 인물을 소개하는 방식

- 인물의 특징과 장점을 예술가로서의 성품에 빗대어 표현하고 있다.
- 익숙한 인물을 낯설게 표현하면서 독자의 호기심과 흥미를 유발한다.
- 인물의 구체적인 행동을 보여 주면서 자신이 그러한 평가를 내리게 된 이유를 설명하고 있다.

● 이 소설에 등장하는 예술가와 작품

첫 번째 예술가	김밥 아주머니	두 번째 예술가	채소 장수 아저씨
작품	김밥	작품	아저씨가 파는 채소와 과일

두 예술가	• 자신이 하는 일에 최선을 다함. • 자신이 파는 물건에 대해 자부심이 강함.
두 작품	두 인물이 심혈을 기울인 것임.

● 첫 번째 예술가와 두 번째 예술가의 공통점은 무엇인지 생각해 보자.

● 채소 장수 아저씨가 자신보다 더 좋은 물건을 파는 사람이 있으면 장사를 그만두겠다고 하는 말의 의미는 무엇인지 생각해 보자.

● 책 이름(출판사)　　　　　　　　　● 지은이

● 줄거리 요약

　　첫 번째 예술가는 김밥 아주머니로 다소 무뚝뚝하고 뻣뻣하지만, 그이가 만든 김

밥은 담백하고 구수하여 '작품'이라고 할 수 있다. 두 번째 예술가는

● 인상 깊은 내용과 그 이유

● 읁고 난 후의 생각이나 느낌

🖊 나의 주변에서 예술가라고 말할 수 있는 사람은 누군지 그 이유와 함께 소개해
보자.

1. '우리 동네 예술가 두 사람'에서 소개하는 예술가 두 사람을 쓰시오.

2. 이 소설의 지은이는 김밥 아주머니가 만든 '김밥'과 채소 장수 아저씨가 파는 '채소와 과일'을 무엇에 빗대고 있는가?

① 꿀맛   ② 작품   ③ 명품   ④ 예술가   ⑤ 문화재

3. 김밥 아주머니의 성격으로 적절하지 <u>않은</u> 것은?

① 항상 상냥하다.

② 자기가 맡은 일에 최선을 다한다.

③ 자기 일에 대해서 자부심이 강하다.

④ 자기가 맡은 일에 대해서 책임감이 강하다.

⑤ 맡은 일에 대해서 실수를 용납하지 않는 깐깐한 성격이다.

4. 채소 장수 아저씨가 등장하지 <u>않는</u> 날을 모두 고르시오.

① 화창한 날   ② 비 오는 날

③ 눈 오는 날   ④ 자식의 결혼식 날

⑤ 길이 꽁꽁 얼어붙은 날

5. 채소 장수 아저씨의 설명으로 알맞지 <u>않은</u> 것은?

① 머리에 빵떡모자를 쓰고 늘 웃는 얼굴이다.

② 자신이 파는 채소와 과일이 국내 최고라고 생각한다.

③ 일 년 열두 달 거의 빠짐없이 '나'가 사는 동네에 나타난다.

④ 자신이 파는 물건을 사 간 고객들의 불만에 대해서는 신경 쓰지 않는다.

⑤ 자신이 파는 물건을 사 간 고객들에게 그것의 품질이 어떠했는지 확인한다.

● 사다리를 타면서 다음 빈칸에 알맞은 단어를 채워 보자.

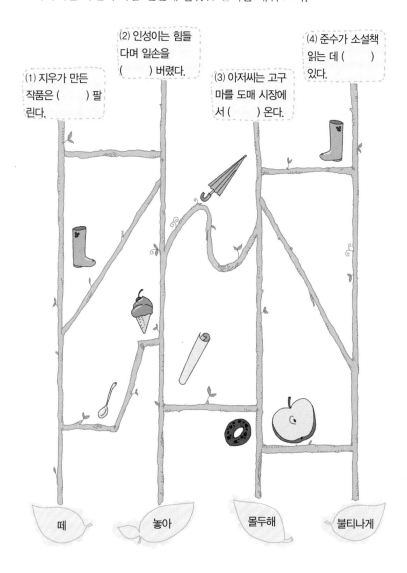

(1) 지우가 만든 작품은 (　　) 팔린다.

(2) 인성이는 힘들다며 일손을 (　　) 버렸다.

(3) 아저씨는 고구마를 도매 시장에서 (　　) 온다.

(4) 준수가 소설책 읽는 데 (　　) 있다.

떼　　놓아　　몰두해　　불티나게

난쟁이가 쏘아 올린 작은 공

조세희

사람들은 아버지를 난쟁이라고 불렀다. 사람들은 옳게 보았다. 아버지는 난쟁이였다. 불행하게도 사람들은 아버지를 보는 것 하나만 옳았
소외되고 무시당하는 도시 빈민, 도시 노동자를 상징함.
다. 그 밖의 것들은 하나도 옳지 않았다. 나는 아버지, 어머니, 영호, 영
도시 빈민이나 가난한 노동자의 삶을 알지 못함.
희, 그리고 나를 포함한 다섯 식구의 모든 것을 걸고 그들이 옳지 않다
는 것을 언제나 말할 수 있다. 나의 '모든 것'이라는 표현에는 '다섯 식
구의 목숨'이 포함되어 있다. 천국에 사는 사람들은 지옥을 생각할 필
경제적으로 부유한 사람들   가난한 사람들의 삶
요가 없다. 그러나 우리 다섯 식구들은 지옥에 살면서 천국을 생각했다.
단 하루라도 천국을 생각해 보지 않은 날이 없다. 하루하루의 생활이 지
겨웠기 때문이다. 『우리의 생활은 전쟁과 같았다. 우리는 그 전쟁에서
『 』: 가난에서 벗어날 수 없는 삶의 고달픔
날마다 지기만 했다.』그런데도 어머니는 모든 것을 잘 참았다. 그러나
그 날 아침 일만은 참기 어려웠던 것 같다.
철거 계고장이 날아온 일
"통장이 이걸 가져왔어요."

내가 말했다. 어머니는 조각 마루 끝에 앉아 아침 식사를 하고 있었다.
매우 좁은 마루
"그게 뭐냐?"

"『철거 계고장이에요.』"   『 』: 무허가 판자촌 사람들에게 철거를 알리는 문서로 도
행정상의 의무 이행을 재촉하는 내용을 담은 문서   시 빈민들에게 가해지는 사회의 냉정함과 빈민들의 무력
"기어코 왔구나!"   감을 상징함.

어머니가 말했다.

"그러니까 집을 헐라는 거지? 우리가 꼭 받아야 할 것 중의 하나가 이

<u>철거 계고장</u>

제 나온 셈이구나!"

어머니는 식사를 중단했다. 나는 어머니의 밥상을 내려다보았다. 보

리밥에 까만 된장, 그리고 시든 고추 두어 개와 조린 감자. 나는 어머니

를 위해 철거 계고장을 천천히 읽었다.　　　　▶ 난쟁이의 집에 철거 계고장이 날아옴.

낙원구

주택 444, 1-　　　　　　　　　　　　　　　197×. 9. 10.

수신: 서울특별시 낙원구 행복동 46번지의 1839 김불이 귀하

가난함을 더 비극적으로 보여 주는 반어적 표현

제목: 재개발 사업 구역 및 고지대 건물 철거 지시

계고장의 주요 내용

귀하 소유 아래 표시 건물은 주택 개량 촉진에 관한 임시 조치법에

따라 행복 3구역 재개발 지구로 지정되어 서울특별시 주택 개량 재개

발 사업 시행 조례 제15조, 건축법 제5조 및 동법 제42조의 규정에 의

하여 197×. 9. 30.까지 자진 철거할 것을 명합니다. 만일 위 기일까

지 자진 철거하지 않을 경우에는 행정 대집행법이 정하는 바에 의하

여 강제 철거하고 그 비용은 귀하로부터 징수하겠습니다.

철거 대상 건물 표시

서울특별시 낙원구 행복동 46번지의 1839

구조　　　　　건평　　　　　평　　　　　끝.

낙원 구청장

어머니는 조각 마루 끝에 앉아 말이 없었다. 『벽돌 공장의 높은 굴뚝

그림자가 시멘트 담에서 꺾어지며 좁은 마당을 덮었다.』 동네 사람들이
『 』: 가족들의 불행한 심리 상태를 시각적으로 표현함.
골목으로 나와 뭐라고 소리치고 있었다. 통장은 그들 사이를 비집고 나
철거에 대한 항의, 하소연
와 방죽 쪽으로 걸음을 옮겼다. 『어머니는 식사를 끝내지 않은 밥상을
물이 밀려들어 오는 것을 막기 위하여 쌓은 둑
들고 부엌으로 들어갔다. 어머니는 두 무릎을 곧추세우고 앉았다. 그리
『 』: 어머니의 현실에 대한 절망감과 답답함을 간접적으로 제시함.
고 손을 들어 부엌 바닥을 한 번 치고 가슴을 한 번 쳤다.』 나는 동사무

소로 갔다. 행복동 주민들이 잔뜩 몰려들어 자기의 의견들을 큰 소리로

말하고 있었다. 『들을 사람은 두셋밖에 안 되는데, 수십 명이 거의 동시
　　　　　　　　　　『 』: 들어줄 사람은 없고 말하는 사람(철거를 당하게 된 주민들)만 있는 현실의 벽을 나타냄.
에 떠들어 대고 있었다.』 쓸데없는 짓이었다. 떠든다고 해결될 문제는

아니었다.
　　　　　　　　　　　　　　　▶ 철거 계고장으로 인해 동요하는 주민들

　　나는 바깥 게시판에 적혀 있는 공고문을 읽었다. 거기에는 아파트 입

주 절차와 아파트 입주를 포기할 경우에 탈 수 있는 이주 보조금 액수
　　　　　　　　　　　　　　　본래 살던 집에서 다른 집으로 거처를 옮김.
등이 적혀 있었다. 동사무소 주위는 시장 바닥과 같았다. 주민들과 아파

트 거간꾼들이 한데 뒤엉켜 이리 몰리고 저리 몰리고 했다. 나는 거기서
사고파는 사람 사이에 들어 흥정을 붙이는 사람
아버지와 두 동생을 만났다. 아버지는 도장포 앞에 앉아 있었다. 영호는
　　　　　　　　　　　　　도장을 돈을 받고 새겨 주는 가게
내가 방금 물러선 게시판 앞으로 갔다. 영희는 골목 입구에 세워 놓은

검은색 승용차 옆에 서 있었다. 아침 일찍 일들을 찾아 나섰다가 철거

계고장이 나왔다는 소리를 듣고 돌아온 것이었다. 누군들 이런 날 일을

할 수 있을까. 『나는 아버지 옆으로 가 아버지의 공구들이 들어 있는 부
　　　　　　　　　　　아버지의 삶의 흔적이 담긴 노동의 도구들
대를 들어 메었다. 영호가 다가오더니 나의 어깨에서 그 부대를 내려 옮
『 』: 가족끼리 서로 아끼고 의지하는 모습
겨 메었다.』 나는 아주 자연스럽게 그것을 넘겨주면서 이쪽으로 걸어오

는 영희를 보았다. 영희의 얼굴은 발갛게 상기되어 있었다. 몇 사람의

거간꾼들이 우리를 둘러싸고 아파트 입주권을 팔라고 했다. 아버지가

책을 읽고 있었다. 우리는 아버지가 책을 읽는 것을 처음 보았다. 표지
_{현실을 외면하는 아버지}

를 쌌기 때문에 무슨 책을 읽는지도 알 수 없었다. 영희가 허리를 굽혀

아버지의 손을 잡아끌었다. 아버지는 우리들의 얼굴을 물끄러미 쳐다

보더니 자리를 털고 일어났다. "난쟁이가 간다."고 처음 보는 사람들이
_{사람들의 멸시, 호기심}

말했다.
▶ _{철거 계고장 소식을 듣고 동사무소 주위로 모인 난쟁이 가족}

　　어머니는 대문 기둥에 붙어 있는 알루미늄 표찰을 떼기 위해 식칼로
_{무허가 건물 번호로 아파트 입주권과 교환할 증거(난쟁이 가족의 마지막 희망)}

못을 뽑고 있었다. 내가 식칼을 받아 반대쪽 못을 뽑았다. 영호는 어머

니와 내가 하는 일이 못마땅한 모양이었다. 그러나 마음에 드는 일이 우
_{집을 철거하지 않고 그냥 사는 것}

리에게 일어나 주기를 바랄 수는 없는 일이었다. 어머니는 무허가 건물

번호가 새겨진 알루미늄 표찰을 빨리 떼어 간직하지 않으면 나중에 괴

로운 일이 생길 것이라는 것을 알고 있었다.
_{무허가 건물에 대한 증거가 없어 아파트 입주권을 받을 수 없게 되는 일}

　　어머니는 손바닥에 놓인 표찰을 말없이 들여다보았다. 영희가 이번

에는 어머니의 손을 잡아끌었다.

　　"너희들이 놀게 되지만 않았어도 난 별걱정을 안 했을 거다."
_{자식들이 일자리를 잃었음을 알 수 있음.}

어머니가 말했다.

　　『"스무날 안에 무슨 뾰족한 수가 생기겠니? 이제 하나하나 정리를 해
_{『 』: 집에 대한 체념}

야지."』

　　"입주권을 팔려고 그래요?"
_{건물이 지어졌을 경우 먼저 새집에 들어가서 살 수 있는 권리}

영희가 물었다.

"팔긴 왜 팔아!"

영호가 큰 소리로 말했다.

"그럼 아파트 입주할 돈이 있어야지."

"아파트로도 안 가."

"그럼 어떻게 할 거야."

"여기서 그냥 사는 거야. 이건 우리 집이다."
현실을 받아들이지 못하고 억지를 쓰는 영호

영호는 성큼성큼 돌계단을 올라가 아버지의 부대를 마루 밑에 놓았다.

"한 달 전만 해도 그런 이야길 하는 사람이 있었다."

아버지가 말했다. 어머니가 내 준 철거 계고장을 막 읽고 난 참이었다.

"시에서 아파트를 지어 놨다니까 얘긴 그걸로 끝난 거다."
이곳에서 더 이상 살 수 없음.

"그건 우릴 위해서 지은 게 아녜요."

새로 지은 아파트에 입주하려면 돈이 많이 필요하므로 그 아파트는 도시 빈민들을 위한 것이 아님.

영호가 말했다.

"돈도 많이 있어야 되잖아요?"

영희가 마당가 팬지꽃 앞에 서 있었다.

삼색제비꽃. 영희의 여린 마음을 드러내는 서정적인 소재

"우린 못 떠나. 갈 곳이 없어. 그렇지 큰오빠?"

"어떤 놈이든 집을 헐러 오는 놈은 그냥 놔두지 않을 테야."

현실에 대한 저항, 분노

영호가 말했다.

"그만둬."

내가 말했다.

"그들 옆엔 법이 있다."

자신들을 억압하는 사람들 입장에 선 법의 존재   ▶ 철거 계고장을 받고 체념하는 난쟁이와 분노하는 영호

아버지 말대로 모든 이야기는 끝나 버린 것이나 마찬가지였다. 마당
<u>권력 기관의 횡포에 굴복할 수밖에 없는 현실</u>
가 팬지꽃 앞에 서 있던 영희가 고개를 돌렸다. 영희는 울고 있었다. 어

렸을 때부터 영희는 잘 울었다. 그때 나는 말했다.
<u>영희의 여린 성품을 나타냄.</u>

"울지 마, 영희야."

"자꾸 울음이 나와."

"그럼, 소리를 내지 말고 울어."

"응."

그러나 풀밭에서 영희는 소리를 내어 울었다. 나는 손으로 영희의 입

을 막았다. 영희의 몸에서는 풀 냄새가 났다. 개천 건너 주택가 골목에
<u>가난하고 소외된 삶을 상징</u>
서는 고기 굽는 냄새가 났다. 나는 그것이 고기 굽는 냄새인 줄 알면서
<u>부유한 삶을 상징</u>
도 어머니에게 묻곤 했다.

"엄마, 이게 무슨 냄새야?"
<u>고기를 먹고 싶은 마음을 돌려서 말함.</u>
어머니는 말없이 걸었다. 나는 다시 물었다.
<u>자식들에게 고기를 먹이지 못하는 어머니의 미안한 마음</u>
"엄마, 이게 무슨 냄새야?"

어머니는 나의 손을 잡았다. 어머니는 걸음을 빨리하면서 말했다.
<u>고기 냄새에서 빨리 벗어나고 싶은 마음</u>
"고기 굽는 냄새란다. 우리도 나중에 해 먹자."

"나중에 언제?"

"자, 빨리 가자."

어머니가 말했다.

『"너도 공부를 열심히 하면 좋은 집에 살 수 있고, 고기도 날마다 먹
『 』: 어머니는 지식을 쌓는 것이 신분 상승의 수단이라고 생각하고 있음.
을 수 있단다."』

"거짓말!"

어머니의 손을 뿌리치면서 내가 말했다.

"아버지는 나쁜 사람이야!"
경제적 능력이 없는 아버지에 대한 원망

어머니가 우뚝 섰다.

"너, 방금 뭐라고 했니?"

"우리 아버지는 나쁜 사람야."

"너 매 좀 맞아야겠구나. 아버지는 좋은 분이다."

『"나도 주머니가 달린 옷을 입고 싶어."』『 』: 가난한 생활에서 벗어나고 싶은 마음
돈과 먹을 것을 넣을 수 있는 옷(부자들의 삶을 상징)

"빨리 가자."

"엄마는 왜 우리들 옷에 주머니를 안 달아 주지? 돈도 넣어 주지 못하

고, 먹을 것도 넣어 줄 게 없어서 그렇지?"

"아버지에 대해 말을 막 하면 너 매 맞을 줄 알아라."

"아버지는 악당도 못 돼. 악당은 돈이나 많지."
가난에서 벗어날 수 없는 현실에 대한 원망

"아버지는 좋은 분이다."

"알아."

나는 말했다.

"수백 번도 더 들었어. 그렇지만 이젠 속지 않아."

"엄마, 큰오빠는 말을 안 들어."

영희는 부엌문 앞에 서서 말했다.

"엄마 몰래 또 고기 냄새 맡으러 갔었대. 나는 안 갔어."
배고프고 가난한 현실에 대한 비참함을 드러냄.

어머니는 아무 말이 없었다. 나는 영희를 흘겨보았다. 영희는 또 말

했다.

"엄마, 큰오빠가 고기 냄새 맡으러 갔었다고 말했더니 때리려고 그
래."

영희는 좀처럼 울음을 그치지 못했다. 나는 영희 입에서 손을 떼었
다. 영희를 풀밭으로 끌고 들어간 것이 잘못이었다. 영희를 때려 주고
나는 후회했다. 귀여운 영희의 얼굴은 눈물로 젖었다. 우리는 그때 주머
니 없는 옷을 입고 있었다.　　　　　　　　▶ 빈곤한 난쟁이 가족의 삶

가난을 상징함.
　아버지는 철거 계고장을 마루 끝에 놓고 책을 읽었다. 우리는 아버지
　　　　　　　　집에 대해 체념한 아버지의 모습
에게서 무엇을 바라지는 않았다. 아버지는 그동안 충분히 일했다. 고생
도 충분히 했다. 『아버지만 고생을 한 것이 아니다. 아버지의 아버지,
　　　　　　『 』: 조상 대대로 성실히 일을 해도 가난에서 벗어나지 못함.
아버지의 할아버지, 할아버지의 아버지, 그 아버지의 할아버지-또-대
대로 거슬러 올라간다.』 그들은 아버지보다 더 심한 고생을 했을 수도
　　　　　　　　인쇄를 하기 위하여 원고에 따라서 골라 뽑은 활자를 일정한 틀에 맞추어서 판을 짬.
있다. 나는 공장에서 이상한 매매 문서가 든 원고를 조판한 적이 있다.
　　　　　　　　　　　　　　　　　　비 김 이 덕
그 내용의 일부를 짜기 위해 나는 열심히 손을 놀렸다. '婢 金伊德의 한
　　노 금 동 경 인 생　노 금 동　　　　노 김 금 이 정 묘 생　노 금 동
소생 奴 今同 庚寅生, 奴 今同의 양처 소생 奴 金今伊 丁卯生, 奴 今同의
　노 덕 수 기 사 생　노 금 동　　　　　　노 존 세 신 미 생　　노
양처 소생 奴 德水 己巳生, 奴 今同의 양처 소생 奴 存世 辛未生, 奴
금 동　　　　　노 영 석 계 유 생　　노 김 금 이　　　　　노 철 수
今同의 양처 소생 奴 永石 癸酉生, 奴 金今伊의 양처 소생 奴 鐵壽
병 술 생　노 김 금 이　　　　노 금 금 산 무 자 생
丙戌生, 奴 金今伊의 양처 소생 奴 今山 戊子生.' 나는 그때 이것이 무엇
인지 몰랐다. 그 판을 짜고 다음 판을 짜 나가다 겨우 알았다. 노비 매매
　　　　　　과거에 노비들은 양반 계급의 사유 재산으로서 상속, 매매 등의 대상이었고, 그 신분은 세습되었음.
문서의 한 부분이었다. 나는 열흘 동안 같은 책을 조판했다. 그 열흘 동
안 나는 아버지와 아무 말도 하지 않았다. 어머니하고도 이야기를 하지

않았다. 『나는 어머니의 어머니, 어머니의 할머니, 할머니의 어머니, 그

『 』: '나'의 어머니 쪽 조상이 노비였음을 알 수 있음.

어머니의 할머니들이 최하층의 천인으로서 무슨 일을 해 왔는지 알고

예전에, 사회의 가장 낮은 신분에 속하던 사람

있었다. 어머니라고 달라진 것은 없었다.』 마음 편할 날이 없고, 몸으로

치러야 하는 노역은 같았다. 우리의 조상은 세습하여 신역을 바쳤다. 우

몹시 괴롭고 힘들게 일함. 또는 그런 노동   종노릇을 하는 사람이 치르던 구실

리의 조상은 상속, 매매, 기증, 공출의 대상이었다. 어느 날 어머니는 나

국민이 농업 생산물이나 자기 소유의 물건 등을 의무적으로 정부에 내어놓음.

에게 말했다.

"너희들은 엄마를 잘못 두어 이 고생이다. 아버지하고는 상관이 없단

다."

어머니는 장남인 나에게만 말했다. 외할머니에게 들은 말을 나에게

전한 것이었다. 천년을 두고 우리의 조상은 자손들에게 이 말을 남겼다.

오랜 세월

그러나 나는 알고 있었다. 아버지도 씨종의 자식이었다.

대대로 내려가며 종노릇을 하는 사람

할아버지의 아버지 대에 노비제는 사라졌다. 증조부 내외분은 아무

것도 몰랐다. 나중에서야 해방을 맞았다는 것을 알았으나 두 분이 한 말

은 오히려 "저희들을 내쫓지 마십시오."였다. 할아버지는 달랐다. 할아

현재 주인집에서 나가면 당장 먹고살 일이 막막했기 때문에

버지는 유습에서 벗어나려고 했다. 늙은 주인은 할아버지에게 집과 땅

잘못된 버릇이나 습관

을 주었다. 그러나 쓸데없는 일이었다. 모르는 면에서는 할아버지나 증

조부나 같았다. 증조부 대까지는 선조들이 살아온 경험이 도움이 되었

으나 할아버지 대에는 그것이 도움을 주지 못했다. 『할아버지에게는 어

『 』: 재산이 있어도 그것을 유지할 수 있는 교육과 경험이 없으면 소용이 없음을 알 수 있음.

떤 교육도 없었고 경험도 없었다. 할아버지는 집과 땅을 잃었다.』

▶ 난쟁이 가족의 조상은 대대로 노비로서 빈곤한 삶을 살았음.

"할아버지도 난쟁이였어?"

언젠가 영호가 물었다.

나는 영호의 머리를 쥐어박았다.

좀 큰 영호는 말했다.

"왜 지난 일처럼 쉬쉬하는 거야? 변한 것이 없는데 우습지도 않아?"

나는 가만있었다.

영희는 손수건을 꺼내 두 눈에 대었다 떼었다. 아버지는 계속 책을 읽었다. 어머니는 뒷집 명희 어머니와 이야기하고 있었다.

"얼마에 파셨어요?"

"십칠만 원 받았어요."

이사 가기에는 턱없이 부족한 돈

"그럼 시에서 주겠다는 이주 보조금보다 얼마 더 받은 셈이죠?"

"이만 원 더 받았어요. 영희네도 어차피 아파트로 못 갈 거 아녜요?"

"무슨 돈이 있다구!"

『"분양 아파트는 오십팔만 원이구 임대 아파트는 삼십만 원이래요.

『 』: 입주권을 받아도 아파트에 들어갈 형편이 안 되는 도시 빈민들

거기다 어느 쪽으로 가든 매달 만 오천 원씩 내야 된대요."』

"그래 입주권을 다들 팔고 있나요?"

"영희네도 서두르세요."

어머니는 괴로운 얼굴로 서 있었다. 어머니를 명희 어머니가 다그쳤

집을 떠나기도 두렵고 입주권을 팔 결심도 서지 않는 상태

다.

"저희는 내일이라도 떠날 준비가 돼 있어요. 영희네가 돈을 해 준다

영희네한테 빌려 준 돈을 받지 못해서 이사를 못 감.

면, 집이야 도끼질 몇 번이면 무너질 테구."

▶ 아파트에 입주할 형편이 안 되는 현실로 인한 어머니의 괴로움

영희의 눈에 다시 눈물이 괴었다. 커도 마찬가지였다. 계집애들은 잘 울었다. 내가 영희 옆으로 다가갔을 때 영희는 장독대 바닥을 가리켰다.

장독대 시멘트 바닥에 '명희 언니는 큰오빠를 좋아한다.'고 씌어 있었

장독 따위를 놓아 두려고 뜰 안에 좀 높직하게 만들어 놓은 곳

다. 집을 지을 때 남긴 낙서였다. 영희가 웃었다. 우리에게는 그때가 제

집을 지을 때의 행복감

일 행복했다. 아버지와 어머니가 도랑에서 돌을 져 왔다. 그것으로 계단

을 만들고, 벽에는 시멘트를 쳤다. 우리는 아직 어려 힘드는 일을 못했

다. 그래도 할 일이 많았다. 우리는 며칠 동안 학교에 가지 않았다. 하루

하루가 즐거웠다. 처음 보는 사람들이 하루에도 몇 차례씩 떼를 지어 동

선거 때가 되자 표를 얻기 위해 찾아온 정치인들

네를 돌았다. 그때만은 더러운 옷을 입은 어린아이들도 울음을 그쳤다.

윽박지르는 주인의 기세에 눌린 개들도 짖기를 멈추고 뒤로 물러섰다.

온 동네가 조용해졌다. 갑자기 평화스러워져 어안이 벙벙할 정도였다.

소외되고 무시당하던 동네가 선거로 인해 관심을 받게 됨.

나는 우리 동네에서 풍기는 냄새가 창피했다. 『그들은 아버지에게 허리

가난에 찌든 생활상   『 』: 표를 얻기 위한 정치들의 가식적인 행동

를 굽혀 인사했다.』그들과 악수할 때 아버지는 발뒤꿈치를 들었다. 아

버지가 어떤 자세를 취했건 상관이 없었다. 『난쟁이 아버지가 우리들에

『 』: 정치인과 악수하는 아버지가 자랑스럽게 여겨짐.

게는 거인처럼 보였다.』

"너 봤지?"

내가 물었다.

영호가 고개를 끄덕였다.

"나도 봤어."

영희가 말했다.

그때 아버지에게 허리를 굽혀 인사한 사람은 개천에 다리를 놓고 도

로를 포장하고, 우리 동네 건물을 양성화시켜 주겠다고 말했다. 우리는

어떤 사물 현상이 겉으로 드러남. 합법화

어른들을 따라 크게, 크게 손뼉을 쳤다. 다음 사람은 먼저 사람이 다리

정치인의 말을 그대로 믿음.

를 놓고, 도로를 포장하겠다고 하니 구청장으로 보내고, 자기는 이러이러한 나랏일을 하겠으니 그 일을 하게 해 달라고 말했다. 어른들은 또 손뼉을 쳤다. 우리도 따라 쳤다. 커서까지 나는 그때 일을 종종 생각하고는 했다. 두 사람의 인상은 아주 진하게 나의 머릿속에 남았다. <u>나는 그들을 증오했다. 그들은 거짓말쟁이였다. 그들은 엉뚱하게도 계획을</u>

도시 빈민들의 삶에 관심이 없는 정치인들에 대한 증오   도시 빈민들의 삶과 상관없는 계획

<u>내세웠다.</u> 그러나 우리에게 필요한 것은 계획이 아니었다. 많은 사람들이 이미 많은 계획을 내놓았다. 그런데도 달라진 것은 없었다. 『설혹 무

『 』: 도시 빈민들의 소외감과 절망감

엇을 이룬다고 해도 그것은 우리와는 상관이 없는 것이었을 것이다.』

『우리가 필요로 하는 것은 우리의 고통을 알아주고 그 고통을 함께 져

『 』: 도시 빈민들에 대한 사회의 관심과 배려가 필요함을 강조함.(지은이의 주제 의식이 드러남.)

줄 사람이었다.』

▶ 가난했지만 행복했던 시절에 대한 회상과 도시 빈민들의 고통을 외면한 정치인들을 증오하는 '나'

뒷부분 줄거리 아파트에 입주할 능력이 없는 동네 사람들은 입주권을 팔고 동네를 하나둘씩 떠나고 난쟁이네도 입주권을 판다. 입주권을 팔고 이사 가기 전날 아버지와 여동생 영희가 사라진다. 영희는 자기네 입주권을 산 남자를 따라간다. 그리고 그 집에서 돈과 입주권을 훔쳐 도망친다. 영희는 혼자 동사무소에 가서 입주 신청을 하고 집으로 돌아가지만, 식구들은 이미 어디론가 이사 가 버렸다. 게다가 아버지가 그동안 일하던 벽돌 공장 굴뚝에 올라갔다가 죽었다는 소식을 듣는다.

● 작가 만나기

조세희(1942~) 경기도 가평에서 태어났다. 1965년 "경향신문"의 신춘문예에 '돛대 없는 장선'이 당선되어 등단하였다. 사람들의 주목을 받기 시작한 것은 '칼날', '뫼비우스의 띠', '난쟁이가 쏘아 올린 작은 공' 등으로 이어지는 난쟁이와 관련된 단편 소설을 발표하면서부터이다. 1978년, 이러한 단편 소설을 연결한 연작 소설집 "난쟁이가 쏘아 올린 작은 공"을 출간하였다. 그 밖의 작품으로는 '시간 여행', '내 그물로 오는 가시고기' 등이 있다.

● 작품 만나기

'난쟁이가 쏘아 올린 작은 공'은 난쟁이와 관련된 열 두 편의 단편 소설을 연결하여 한 편의 연작 소설로 만든 "난쟁이가 쏘아 올린 작은 공" 전체를 가리키기도 하고, 그중 하나인 단편 소설을 가리키기도 한다. 이 책에 실린 부분은 '난쟁이가 쏘아 올린 작은 공'이라는 단편 소설의 일부로서 제1장의 앞부분이다. 이 단편은 총 세 장으로 구성되어 있는데, 각각 서술자가 다르다. 제1장은 영수가, 제2장은 영호가, 제3장은 영희가 서술자이다.

이 소설은 난쟁이 가족을 통해 1970년대 우리나라의 산업화 과정에서 희생되었던 도시 빈민층의 삶을 보여 주고 있다. 즉, 재개발 사업의 실상, 도시 노동자 문제, 권력 기관의 횡포 등 사회의 구조적인 모순에서 생겨나는 불합리한 상황들을 폭로하고 있다. 특히 상징적이고 환상적인 기법을 사용하여 현실의 냉혹함을 더욱 강조하고 있다.

● 핵심 만나기

갈래	현대 소설, 단편 소설(이 책에 실린 부분)
성격	사회 고발적, 사실적, 비판적
배경	• 시간적: 1970년대 / • 공간적: 서울의 무허가 판자촌
시점	1인칭 주인공 시점(이 책에 실린 부분)
제재	도시 재개발로 인해 집을 철거해야 하는 빈민들
주제	도시 빈민들의 궁핍한 삶과 좌절된 꿈
특징	간결한 문장, 상징적 기법, 과거와 현재가 겹치는 서술 등을 사용함.

● 등장인물

아버지 (난쟁이)	소외 계층을 대표하는 인물로 성실하고 근면하나 매사에 소극적임.
어머니	어려운 현실 속에서 가족을 위해 인고의 삶을 살아감.
영수	난쟁이 가족의 장남. 공장을 전전하다가 노동 운동에 뛰어듦.
영호	난쟁이 가족의 차남. 쉽게 흥분하는 성격으로 현실에 반감을 가지는 공장 노동자
영희	난쟁이 가족의 막내. 여린 마음을 지녔지만 부당한 현실과 맞서 싸우려는 의지를 지님.

● 이 소설의 대립 구조

 이 소설은 경제적으로 부유한 자와 가난한 자의 대립 구조로 되어 있다. 이와 같은 대립 구조는 지은이가 1970년대 우리나라의 사회 구조를 착취하고, 착취당하는 구조로 파악하고 있음을 보여 준다.

경제적으로 부유한 사람	경제적으로 가난한 사람
• 천국에 사는 사람들 • 고기 굽는 냄새 • 주머니 달린 옷을 입음.	• 지옥에 사는 사람들 • 풀 냄새 • 주머니가 달리지 않은 옷을 입음.

↔

❶ '낙원구 행복동'이라는 동네 이름이 암시하는 바를 생각해 보자.

❷ 주요 인물을 '난쟁이'로 설정한 이유가 무엇인지 생각해 보자.

● 책 이름(출판사)　　　　　　　　● 지은이

● 줄거리 요약

　　판자촌인 낙원구 행복동에서 힘겹게 살아가는 난쟁이 가족에게 행복동이 재개발

사업 구역으로 지정되었으니 기일 안에 건물을 자진 철거하라는 계고장이 날아든다.

이 소식을 듣고

● 인상 깊은 내용과 그 이유

● 읽고 난 후의 생각이나 느낌

🖊 이 소설을 읽고 친구들과 토론하고 싶은 내용을 두 가지 이상 써 보자.

1. 이 소설에 대한 설명으로 <u>잘못된</u> 것은?

  ① 1970년대 서울의 무허가 판자촌을 배경으로 하고 있다.

  ② 소외받는 도시 빈민의 이미지를 '난쟁이'로 표현하였다.

  ③ 어렵지만 행복하게 살아가는 난쟁이 가족의 모습을 그리고 있다.

  ④ 경제적으로 부유한 자와 가난한 자의 삶을 대립적으로 보여 주고 있다.

  ⑤ 1970년대 우리나라의 산업화 과정에서 희생되었던 도시 빈민들의 삶을 담고 있다.

2. 이 소설에서 무허가 판자촌 사람들에게 철거를 알리는 문서로, 도시 빈민들에게 가해
  지는 사회의 냉정함을 상징하는 소재를 찾아 2어절로 쓰시오.

3. 이 소설에 나타난 등장인물에 대한 설명으로 적절하지 <u>않은</u> 것은?

  ① 영호: 쉽게 흥분하며 현실에 반감을 가지고 있다.

  ② 나(영수): 현실을 받아들이며 정치인들을 신뢰하고 있다.

  ③ 영희: 여린 마음으로 집안에 닥친 위기를 걱정하고 있다.

  ④ 난쟁이: 현실의 문제를 알고 있지만 해결하는 데 소극적이다.

  ⑤ 어머니: 어려운 현실 속에서도 가족을 위해 참고 견디고 있다.

4. 이 소설에서 영희의 여린 마음을 드러내는 서정적인 소재는?

  ① 굴뚝   ② 풀밭   ③ 팬지꽃   ④ 그림자   ⑤ 조각 마루

5. 이 소설에서 가난한 사람들의 삶을 상징하는 것을 모두 고르시오.

  ① 천국   ② 지옥   ③ 풀 냄새

  ④ 고기 굽는 냄새   ⑤ 주머니 없는 옷   ⑥ 주머니가 달린 옷

● 다음 뜻풀이에 해당하는 단어를 찾아 선으로 연결해 보자.

(1) 행정상의 의무 이행을 재촉하는 내용을 담은 문서. •

• 입주권

(2) 잘못된 버릇이나 습관. •

• 방죽

(3) 사고파는 사람 사이에 들어 흥정을 붙이는 사람. •

• 양성화

(4) 건물이 지어졌을 경우 먼저 새집에 들어가서 살 수 있는 권리. •

• 유습

(5) 어떤 사물 현상이 겉으로 드러남. 합법화. •

• 거간꾼

(6) 물이 밀려들어 오는 것을 막기 위하여 쌓은 둑. •

• 계고장

4

잊혀져 가는
삶의 모습을
그리워하다

돌다리

이태준

정거장에서 샘말 십 리 길을 내려오노라면 반이 될락 말락 한 데서부
<small>읍내에서 고향까지 거리</small>
터 샘말 동네보다는 그 건너편 산기슭에 놓인 공동묘지가 먼저 눈에 뜨
<small>고향(공간적 배경)</small>
인다.

창섭은 잠깐 걸음을 멈추면서까지 바라보았다. 봄에 올 때 보면, 진
달래가 불붙듯 피어 올라가는 야산이다. 『지금은 단풍철도 지나고 누르
<small>시간적 배경(늦가을)</small>
테테한 가닥나무들만 묘지를 둘러, 듣지 않아도 적막한 버스럭 소리만
<small>『 』: 묘지를 둘러싼 늦가을 야산의 고요하고 쓸쓸한 모습</small>
울릴 것 같았다.』어느 것이라고 집어낼 수는 없어도, 창옥의 무덤이 어
디쯤이라고는 짐작이 된다. 창섭은 마음으로 '창옥아' 하고 불러 보며
묵례를 보냈다.　　　　　　　　　　▶ 공동묘지를 지나며 죽은 여동생을 생각하는 창섭
<small>말없이 고개만 숙이는 인사</small>
다만 오뉘뿐으로 나이가 나와 훨씬 떨어진 누이였다. 지금도 눈에 선
<small>오누이</small>
하다. 자기가 마침 방학이라 고향에 와 있던 여름이었다. 창옥은 저녁을
먹다 말고 갑자기 복통으로 뒹굴었다. 읍으로 뛰어가 의사를 청해 왔다.
의사는 주사를 놓고 돌아갔다. 그러나 밤새도록 열은 내리지 않았고, 새
벽녘엔 아파하는 것도 더해 갔다. 다시 의사를 부르러 갔으나, 의사는
바쁘다며 환자를 데려오라고 하였다. 하라는 대로 환자를 데리고 들어
갔으나 역시 오진을 했었다. 다시 하루가 지나 고름이 터지고 복막이 절
<small>병을 그릇되게 진단함.</small>　　　　　　　　　　<small>뱃속의 내장 기관을 싸고 있는 얇은 막</small>

망적으로 상해 버린 뒤에야, 겨우 맹장염인 것을 알아낸 눈치였다.

▶ 여동생의 병을 오진한 의사

그때 창섭은 자기도 어른이기만 했으면 필시 의사의 멱살을 들었을

것이었다. 이런 누이의 허무한 죽음 앞에서 창섭은 뜻을 세워, 아버지가

권하는 고농을 마다하고 의전에 들어갔고, 오늘에 이르는 맹장 수술
　　　　　농업 대학　　　　　　　　의과 대학
로는 서울서도 정평이 있는 한 권위자가 된 것이다.
　모든 사람이 다 같이 인정하는 평판　　▶ 여동생의 허무한 죽음에 자극받아 의사가 된 창섭

'창옥아, 기뻐해다우. 이번에 내 병원이 좋은 건물을 만나 커지는 거

다. 개인 병원으로 제일 완벽한 수술실이 실현될 거다. 입원실 부족

도 해결될 거다. 네 사진을 확대해 새 진찰실에 걸어 놓으마…….'

창섭은 바람도 쌀쌀할 뿐만 아니라, 오후 차로 돌아가야 할 길이라

걸음을 재우쳤다.　　　▶ 규모가 큰 개인 병원을 갖는다는 희망에 부풀어 걸음을 재촉하는 창섭
빨리 몰아치거나 재촉하였다.　　　발단 창섭은 여동생의 죽음을 회상하며 고향 집으로 향함.

길은 그전보다 넓어도 졌고 바닥도 평탄하였다. 『비라도 오면 진흙에

서 헤어날 수 없었는데 복판으로는 자갈이 깔리고, 어떤 목은 좁아서 소
「 」: 고향 길이 과거와 달라짐.
바리가 논으로 미끄러져 들어가기 십상이었는데, 바위를 갈라내어서까
등에 짐을 실은 소
지 일매지게 넓은 길로 닦아졌다.』 창섭은 '이럴 줄 알았다면 정거장에
모두 다 고르고 가지런하게
서 자전거라도 빌려 타고 올걸.' 하였다.

눈에 익은 정자나무 선 논이며 돌각 담을 두른 밭들도 나타났다. 자

기 집 논과 밭들이었다. 논둑에 선 정자나무는 그전부터 있던 것이지만,

밭의 돌각 담은 아버지께서 손수 쌓으신 것이다.

『창섭의 아버지는 근검으로 근방에 소문난 영감이다. 그러나 자기 대
　「 」: 아버지의 생활 태도 – 물질적 욕심이 없음.
에 와서는 하루갈이 밭도 늘리지 못한 것으로도 소문난 영감이다.』 곡
소를 데리고 하룻낮 동안에 갈 수 있는 밭의 넓이(적은 규모의 밭)
식 값보다는 다른 물가들이 높아졌을 뿐만 아니라, 전대에는 모르던 아
　　　　　　　　　　　　　　　　　　앞의 대. 아버지의 대

들의 유학이란 것이 큰 부담인 데다가,

"할아버지와 아버지께서 나를 부자 소린 못 들어도 굶는단 소린 안

듣고 살도록 물려주시구 가셨다. 드럭드럭 탐내 모아선 뭘 허니?『할

아버지께서 쇠똥을 맨손으로 움켜다 넣으시던 논, 아버지께서 멍덜

『 』: 아버지의 생활 태도 - 땅을 기름지게 하는 데만 힘씀.　　　　　　바위와 돌 따위가 삐죽삐죽 나온 곳

을 손수 이룩허신 밭을 더 건 논으로, 더 기름진 밭이 되도록 닦달만

바위와 돌을 치워 이룬 기름진 밭　　　영양분이 많은 논

해 가기에도 내겐 벅찬 일일 게다."』

하고, 『아껴 쓰고 남는 돈이 있으면 그 돈으로는 품을 몇씩 들이면서까

　　　　　『 』: 땅을 가꾸는 일에 온 힘을 쏟은 아버지

지 비뚠 논배미를 바로잡기, 밭에 돌을 추려 바람맞이로 담을 두르기,

논두렁으로 둘러싸인 논의 하나하나의 구역

개울엔 둑막이하기, 그러다가 아들이 의사가 된 후로는 아들 학비로 쓰

던 몫까지 들여서 동네 길들은 물론, 읍 길과 정거장 길까지 닦아 놓았

부지런하고 진실한 흔적이 보이는 사람을 비유적으로 표현함.

다. 남을 주면 땅을 버린다고 여간 근실한 자국이 아니면 소작을 주지

다른 사람의 농자를 빌려 농사를 짓는 일

않았고, 소를 두 필이나 매고 일꾼을 세 명씩이나 두고 적지 않은 전답

을 전부 자농으로 버티어 왔다.』 실속이 타작만 못하다는 둥, 일꾼 셋이

자기 땅에 자기가 직접 짓는 농사　　　거둔 곡식을 지주와 소작인이 어떤 비율에 따라 갈라 가지는 것

저희 농사해 가지고 나간다는 둥, 이해만을 따져 비평하는 소리가 많았

으나, 창섭의 아버지는 땅을 위해서는 자기의 이해만으로 타산하려 하

　　　　　　　　　　　　자신에게 도움이 되는지를 따져 헤아림.

지 않았다. 이와 같은 임자를 가진 땅들이라 곡식은 거둔 뒤, 그루만 남

은 논과 밭이되, 그 바닥들의 고름, 그 언저리들의 바름, 흙의 부드러움

이 마치 시루떡 모판이나 대하는 것처럼 누구의 눈에나 탐스럽게 흐뭇

해 보였다.　　　　　　　　▶ 땅을 기름지게 가꾸는 데만 온 힘을 쏟은 창섭의 아버지

이런 땅을 팔기에는, 아무리 수입은 몇 배 더 나은 병원을 늘리기 위

해서나 아버지께 미안하지 않을 수 없었다. 그러나 땅을 잡히거나 해 가

지고는 삼만 원 돈을 만들 수가 없었고, 서울서 큰 양관을 손에 넣기란

돈만 있다고도 아무 때나 될 일이 아니었다.
_{지금보다 넓게 병원을 옮길 대상인 양옥 건물}

　'아버지께선 내년이 환갑이시다! 어머니께선 겨울이면 해마다 기침

이 도지신다. 진작부터 내가 모셔야 했을 거다. 그런데 내가 시골로
_{나아지거나 나았던 병이 도로 심해지신다.}

올 순 없고, 천생 부모님이 서울로 가시어야 한다. 한 동네서도 땅을
_{이미 정하여진 것처럼 어쩔 수 없이}

당신만큼 못 거둘 사람에겐 소작을 주지 않으셨다. 땅 전부를 소작을

내맡기고는 서울 가 편안히 계실 날이 하루도 없으실 게다. 『아버님

의 말년을 편안히 해 드리기 위해서도 땅은 전부 없애 버릴 필요가 있
_{『 』: 땅을 팔아서 병원을 늘리려는 행동을 합리화시킴.}

는 거다!』　　　　　　　　　　▶ 아버지와 자신을 위해 땅을 파는 것이 좋다고 생각하는 창섭

　창섭은 샘말에 들어서자 동구에서 이내 아버지를 뵐 수가 있었다. 아
_{동네 어귀}

버지는, 가에는 살얼음이 잡힌 찬물에 무릎까지 걷고 들어서서 동네 사

람들을 축추겨 돌다리를 고치고 계셨다.
_{남을 부추겨 어떤 일을 하게 하여}

　"어떻게 갑자기 오느냐?"
_{아들이 고향에 오는 이유를 아직 모름.}

　"네, 좀 급히 여쭤 봐야 할 일이 생겼습니다."

　"그래? 먼저 들어가 있거라."
　　　　　　　　　　　　　▶ 샘말 어귀에서 돌다리를 고치던 아버지와 만난 창섭

　동네 사람 십수 명이 쇠고삐 두 기장은 흘러내려 간 다릿돌을 동아줄
_{길이}

에 얽어 끌어 올리고 있었다. 개울은 동네 복판을 흐르고 있어 아래위로

징검다리는 서너 군데나 놓였으나 하룻밤 비에도 일쑤 넘치어 모두 이
_{드물지 아니하게 흔히}

큰 돌다리로 통행하던 것이었다. 창섭은 어려서 아버지께 이 큰 돌다리

의 내력을 들은 것이 아직도 기억에 남아 있다.
_{일정한 과정을 거치면서 이루어진 까닭}

　『"너의 증조부님 돌아가시어서다. 산소에 상돌을 해 오시는데 징검
_{『 』: 돌다리가 생긴 내력　　　　　무덤 앞에 제물을 차려 놓기 위하여 넓직한 돌로 만들어 놓은 상}

다리로야 건네올 수가 있니? 그래 너의 조부님께서 다리부터 이렇게

넓구 튼튼한 돌루 놓으신 거란다."』　　　　　▶ 돌다리의 중요성과 생긴 내력

　그 후 오륙십 년 동안 한 번도 무너진 적이 없었는데, 몇 해 전 어느

장마엔 어찌 된 셈인지 가운데 제일 큰 돌이 내려앉아 떠내려갔던 것이
　　　길이의 단위. 한 자는 약 30.3센티미터임.
다. 두께가 한 자는 실하고 폭이 여섯 자, 길이는 열 자가 넘는 자연석
　　　넉넉하고
그대로라 여간 몇 사람의 힘으로는 손을 댈 엄두부터 나지 못하였다. 더
　　　　　　　　　　　감히 무엇을 하려는 마음을 먹음.
구나 불과 수십 보 이내에 면의 보조를 얻어 난간까지 달린 한다한 나무
　　거리의 단위. 한 보는 한 걸음 정도임.　　수준이나 실력이 상당하다고 자처하거나 그렇게 인정받는
다리가 놓인 뒤엣일이라,『이 돌다리는 동네 사람들에게 완전히 잊혀진
　　　　　　　　　　　　『 』: 새 다리 때문에 돌다리가 동네 사람들에게 잊혀짐.
채 던져져 있던 것이었다.』　　　▶ 몇 해 전 못 쓰게 된 돌다리를 동네 사람들이 그대로 둠.
　　　　　전개　창섭은 아버지가 몇 해 전 장마 때 무너진 돌다리를 동네 사람들과 함께 수리하는 모습을 봄.
집에 들어가니 어머니는 다리 고치는 사람들 점심을 짓노라고, 역시

여러 명의 동네 여편네들과 허둥거리고 계시었다.

　"웬일인데 어째 혼자만 오느냐?"

　어머니는 손자 아이들부터 보이지 않음을 물으신다.

　"오늘루 가야겠어서 아무두 안 데리구 왔습니다."

　"오늘루 갈 걸 뭘 허러 오누?"

　"인전 어머니서껀 서울로 모셔 갈 채비를 허러 왔다우."
　　인제　　어머니랑 함께
　"서울루! 제발 아이들허구 한데서 살아 봤음 원이 없겠다."
　　　　　　가족들이 모여 살기를 바라는 어머니
하고 어머니는 땅보다, 조상님들 산소나 사당보다 손자 아이들에게 더
　　　　　　　전통적 가치(아버지가 소중하게 생각하는 것)
마음이 끌리시는 눈치였다. 그러나 아버지만은 그처럼 단순히 들떠질

마음이 아니었다.　　　　　　　　▶ 서울로 가고 싶어 하는 창섭의 어머니

　아버지는 아들의 뒤를 쫓아 이내 개울에서 들어왔다. 아들은, 의사인

아들은, 마치 환자에게 치료 방법을 이르듯이 냉정히 차근차근히 이야

기를 시작하였다. 외아들인 자기가 부모님을 진작 모시지 못한 것이 잘

못인 것, 한집에 모이려면 자기가 병원을 버리기보다는 부모님이 농토

를 버리고 서울로 오시는 것이 순리인 것, 병원은 나날이 환자가 늘어
창섭은 자신의 병원이 농토보다 더 소중하다고 생각함.
　　　　　　　　　순한 이치나 도리

가나 입원실이 부족하여 오는 환자의 삼분의 일밖에 수용 못하는 것, 지

금 시국에 큰 건물을 새로 짓기란 거의 불가능한 일인 것, 마침 교통 편
일제 강점기

한 자리에 삼 층 양옥이 하나 난 것, 인쇄소였던 집인데 전체가 콘크리

트여서 방화 방공으로 가치가 충분한 것, 삼 층은 살림집과 직공들의 합
　　　　　적의 항공기나 미사일의 공격을 막음.

숙실로 꾸미었던 것이라 입원실로 개조하기에 용이한 것, 각 층에 수도

와 가스가 다 들어온 것, 그러면서도 가격은 염한 것, 염하기는 하나 삼
　　　　　　　　　　　　　　　　값이 싼

만 이천 원이라 지금의 병원을 팔면 일만 오천 원쯤은 받겠지만, 그것은

새집을 고치는 데와, 수술실의 기계를 완비하는 데 다 들어갈 것이니 집

값 삼만 이천 원은 따로 있어야 할 것, 시골에 땅을 둔대야 일 년에 고작

삼천 원의 실리가 떨어질지 말지 하지만 땅을 팔아다 병원만 확장해 놓

으면 적어도 일 년에 만 원 하나씩은 이익을 뽑을 자신이 있는 것, 『돈만

있으면 땅은 이담에라도, 서울 가까이에라도 얼마든지 좋은 것으로 살
『 』: 땅은 돈만 있으면 언제든지 살 수 있는 물질적인 존재라고 생각하는 창섭

수 있는 것…….』아버지는 아들의 의견을 끝까지 잠잠히 들었다. 그

리고,

　　"점심이나 먹어라. 나두 좀 생각해 봐야 대답허겠다."

하고는 다시 개울로 나갔고, 떨어졌던 다릿돌을 올려놓고야 들어와 그

도 점심상을 받았다.　　　　　　▶ 병원을 확장하기 위해 땅을 팔자고 아버지를 설득하는 창섭
　　　위기 　창섭의 아버지는 땅을 팔고 서울로 올라가자는 아들의 제안에 생각해 보겠다며 대답을 미룸.

점심을 드시면서였다.

"원, 요즘 사람들은 힘두 줄었나 봐! 그 다리 첨 놓을 적에 내가 어려서 봤는데 불과 예닐곱 명이서 거들던 돌을 장정 십수 명이 한나절을 씨름허다니!"

"나무다리가 있는데 그건 왜 고치시나요?"

돌다리와 대비되는 소재 – 편리성, 효율성을 나타내는 근대 사회의 상징

"너두 그런 소릴 허는구나. 나무가 돌만 허다든?『넌 그 다리서 고기 잡던 생각두 안 나니? 서울로 공부 갈 때 그 다리 건너서 떠나던 생각

『 』: 돌다리는 가족의 추억과 역사가 담겨 있는 물건임.

안 나니? 시체 사람들은 모두 인정이란 게 사람한테만 쓰는 건 줄 알

요즘 사람들

드라! 내 할아버지 산소에 상돌을 그 다리로 건네다 모셨구, 내가 천자문을 끼구 그 다리루 글 읽으러 댕겼다. 네 어미두 그 다리루 가말타구 내 집에 왔어. 나 죽건 그 다리루 건네다 묻어라…….』난 서울 갈 생각 없다."

아들의 요청을 단호하게 거절함.

"네?"

▶ 아들의 요구를 거절한 창섭의 아버지

"천금이 쏟아진대두 난 땅은 못 팔겠다. 내 아버님께서 손수 이룩하

많은 돈을 주어도 땅을 팔 수 없다는 아버지의 의지

시는 걸 내 눈으로 본 밭이구, 내 할아버님께서 손수 피땀을 흘려 모으신 돈으루 장만허신 논들이야. 돈 있다구 어디가 느르지논 같은 게 있구, 독시장밭 같은 걸 사? 느르지논둑에 선 느티나무는 할아버님

열심히 갈고닦은 기름진 논과 밭

께서 심으신 거구, 저 사랑 마당에 은행나무는 아버님께서 심으신 거다. 그 나무 아래 설 때마다 난 그 어룬들 동상이나 다름없이 경건한 마음이 솟아 우러러보군 헌다. 땅이란 걸 어떻게 일시 이해를 따져 사구팔구 허느냐? 땅 없어 봐, 집이 어딨으며 나라가 어딨는 줄 아

니? 땅이란 천지 만물의 근거야. 『돈 있다구 땅이 뭔지두 모르구 욕심
<u>땅에 대한 아버지의 생각</u>
만 내 문서 쪽으로만 사 모으기만 하는 사람들, 돈놀이처럼 변리만
<u>남에게 돈을 빌려 쓴 대가로 치르는 일정한 비율의 돈</u>
생각허구 제 조상들과 그 땅과 어떤 인연이란 건 도시 생각지 않구 헌
<u>도무지</u>
신짝 버리듯 하는 사람들,』 다 내 눈엔 괴이한 사람들루밖엔 뵈지 않
<u>이상야릇한</u>
드라." 『 』: 땅의 가치를 생각하지 않고 이익만을 위해 땅을 쉽게 사고파는 사람들

"……."

『"네가 뉘 덕으루 오늘 의사가 됐니? 내 덕인 줄만 아느냐? 내가 땅
『 』: 땅을 파는 것은 하늘의 도리를 어기는 것임.
없이 뭘루? 밭에 가 절하구 논에 가 절해야 쓴다. 자고로 하눌 하눌

허나, 하눌의 덕이 땅을 통허지 않군 사람헌테 미치는 줄 아니? 땅을

파는 건 그게 하눌을 파나 다름없는 거다."』

"……."

"땅을 밟구 다니니까 땅을 우습게들 여기지? 땅처럼 응과가 분명헌
<u>결과</u>
게 무어냐? 하눌은 차라리 못 믿을 때두 많다. 그러나 힘들이는 사람

에겐 힘들이는 만큼 땅은 반드시 후헌 보답을 주시는 거다. 세상에
<u>마음 씀씀이나 태도가 너그러운</u>
흔해 빠진 지주들, 땅은 작인들헌테나 맡겨 버리구, 떡 도회지에 가
<u>소작인</u>   <u>도시</u>
앉어 소출은 팔어다 모두 도회지에 낭비해 버리구, 땅 가꾸는 덴 단
<u>논밭에서 나는 곡식</u>
돈 일 원을 벌벌 떨구. 『땅으루 살며 땅에 야박한 놈은, 자식으로 치
『 』: 땅을 소중하게 여기지 않는 사람을 비판함.
면 후레자식인 셈이야.』 땅이 말을 할 줄 알어 봐라, 배가 고프단 땅

이 얼마나 많을 테냐? 해마다 걷어만 가구 땅은 자갈밭이 되니 아나?

둑이 떠나가니 아나? 거름 한 번을 제대로 넣나? 정 급허게 돼 작인

이 우는소리나 해야 요즘 너이 신의들 주사침 놓듯, 애꿎인 금비만
<u>서양 의술을 배운 의사</u>   <u>화학 비료</u>

갖다 털어 넣지. 그렇게 땅을 홀대를 허군 인제 죽어서 땅이 무서워
소홀히 대접함.
서 어디루들 갈 텐구!"

▶ 땅의 소중함을 모르고 땅을 함부로 대하는 사람들을 비판하는 창섭의 아버지

창섭은 입이 얼어 버리었다. 손만 부비었다. 자기의 생각은 너무나

자기 본위였던 것을 대뜸 깨달았다. 땅에는 이해를 초월한 일종의 종교
판단이나 행동에서 중심이 되는 기준
적 신념을 가진 아버지에게 아들의 이단적인 계획이 용납될 리 만무였
전통이나 권위에 반항하는 주장이나 이론   절대로 없음.
다. 아버지는 상을 물리고도 말을 계속하였다.

"너루선 어떤 수단을 쓰든지 병원부터 확장허려는 게 과히 엉뚱헌 욕

심은 아닐 줄두 안다. 그러나 욕심을 부련 못쓰는 거다. 의술은 예로
병이나 상처를 고치는 기술
부터 인술이라지 않니? 매사를 순탄허고 진실허게 해라."
사람을 살리는 어진 기술
"……"   ▶ 자신의 계획을 접은 창섭과 진실하게 살라고 당부하는 창섭의 아버지

"네가 가업을 이어 나가지 않는다군 탄허지 않겠다. 넌 너루서 발전
나무라지
헐 길을 열었구, 그게 또 모리지배의 악업이 아니라 활인허는 인술이
온갖 수단과 방법으로 자신의 이익만을 꾀하는 사람   사람의 목숨을 구하여 살림.
구나! 내가 어떻게 불평을 말허니? 다만 삼사 대 집안에서 공들여 이
적이, 꽤 어지간한 정도로
룩해 논 전장을 남의 손에 내맡기게 되는 게 저윽 애석헌 심사가 없달
개인이 소유하는 논밭   어떤 일에 대한 여러 가지 마음의 적용
순 없구……."

"팔지 않으면 그만 아닙니까?"

"나 죽은 뒤에 누가 거두니? 이제두 말했지만 너두 남의 문서 쪽만 쥐

구 서울 앉어 지주 노릇만 허게? 그따위 지주허구 작인 틈에서 땅들

만 얼말 곯는지 아니? 안 된다. 팔 테다. 나 죽을 임시엔 다 팔 테다.
그 무렵
돈에 팔 줄 아니? 『사람헌테 팔 테다. 건너 용문이는 우리 느르지논
『 』: 논과 밭은 잘 가꾸어 줄 사람이 주인이 되어야 함.
같은 건 한 해만 부쳐 보구 죽어두 농군으로 태어났던 걸 한허지 않겠
원망스럽게 생각하지

다고 했다. 독시장밭을 내논다구 해 봐라, 문보나 덕길이 같은 사람은 길바닥에 나앉드라두 집을 팔아 살려구 덤빌 게다. 그런 사람들이 땅 임자 안 되구 누가 돼야 옳으냐?』그러니 아주 말이 난 김에 내 유언이다. 그런 사람들, 무슨 돈으로 땅값을 한목에 내겠니? 몇몇 해구

그 땅 소출을 팔아 연년이 갚어 나가게 헐 테니, 너두 땅값을랑 그렇게 받어 갈 줄 미리 알구 있거라. 그리구 네 어머니가 먼저 가면 내가 묻을 거구, 내가 먼저 가게 되면 네 어머니만은 네가 서울루 그때 데려가렴. 난 샘말서 이렇게 야인으로나 죄 없는 밥을 먹다 야인인 채

_{시골에 사는 사람}

묻힐 걸 흡족히 여긴다."

"……"

『"자식의 젊은 욕망을 들어 못 주는 게 애비 된 맘으루두 섭섭허다.

『 』: 아버지가 아들에게 양해를 구함.

그러나 이 늙은이헌테두 그만 신념쯤 지켜 오는 게 있다는 걸 무시하지 말어 다구."』

아버지는 다시 일어나 담배를 피우며 다리 고치는 데로 나갔다.

옆에 앉았던 어머니는 두 눈에 눈물을 쭈르르 흘리셨다.

"너이 아버지가 여간 고집이시냐?"

"아뇨. 아버지가 어떤 어른이신지 오늘 제가 더 잘 알았습니다. 우리 아버지는 훌륭한 분이십니다."

아버지가 땅을 사랑하고 아끼는 것을 이해하고 받아들임.

그러나 창섭도 코허리가 찌르르하였다. 자기의 계획하고 온 일이 실패한 것쯤은 차라리 당연하게 생각되었고, 아버지와 자기와의 세계가 격리되는 일종의 결별의 심사를 체험하는 때문이었다.

▶ 아버지의 생각을 이해하면서도 가치관의 차이를 느낀 창섭

절정 창섭의 아버지는 땅의 소중함을 이야기하며 창섭의 제안을 거절하고, 창섭은 아버지의 생각을 존중함.

아들은 아버지가 고쳐 놓은 돌다리를 건너 저녁차를 타러 가 버리었

다. 동구 밖으로 사라지는 아들의 뒷모습을 지키고 섰을 때, 아버지의

마음도 정말 임종에서 유언이나 하고 난 것처럼 외롭고 한편 불안스러

죽음을 맞이함.
운 심사조차 설레었다.

아버지는 종일 개울에서 허덕였으나 저녁에 잠도 달게 오지 않았다.

젊어서 서당에서 읽던 백낙천의 시가 다 생각이 났다. 늙은 제비 한 쌍

중국 당나라의 시인인 백거이(772~846)
을 두고 지은 노래였다. 제 뱃속이 고픈 것은 참아 가며 입에 얻어 문 것

날개
은 새끼들부터 먹여 길렀으나, 새끼들은 자라서 나래에 힘을 얻자 어디

로인지 저희 좋을 대로 다 날아가 버리어, 야위고 늙은 어버이 제비 한

현재 자신과 아내의 모습이라고 생각하는 창섭의 아버지

쌍만 가을바람 소슬한 추녀 끝에 쭈그리고 앉아 있는 광경을 묘사하였

으스스하고 쓸쓸한

다. 『나중에는 그 늙은 어버이 제비들을 가리켜, 새끼들만 원망하시 말

『 』: 부모는 자신들이 젊었을 때 했던 행동을 생각하며 자식을 이해하여야 한다는 뜻

고 너희들이 새끼 적에 역시 그러했음도 깨달으라는 시였다.』

▶ 백낙천의 시를 떠올리는 창섭의 아버지

'흥……!'

노인은 어두운 천장을 향해 쓴웃음을 짓고 날이 밝기를 기다려 누구

아들을 보내 놓고 외로움과 쓸쓸함을 느낌.

보다도 먼저 어제 고쳐 놓은 돌다리를 보러 나왔다.

돌다리에 대한 각별한 사랑

흙탕이라고는 어느 돌 틈에도 남아 있지 않았다. 첫 곬으로도, 가운뎃

곬으로도, 끝엣곬으로도 맑기만 한 소담한 물살이 우쭐우쭐 춤추며 빠

져 내려갔다. 가운뎃장으로 가 쾅 굴러 보았다. 발바닥만 아플 뿐 끄덕할
_{생김새가 탐스러운}

리 없다. 노인은 쭈르르 집으로 들어와 소금 접시와 낯 수건을 가지고 나

왔다. 제일 낮은 받침돌에 내려앉아 양치를 하고 세수를 하였다. 나중에

는 다시 이가 저린 물을 한입 물어 마시며 일어섰다. 속의 모든 게 씻기

는 듯 시원하였다. 그리고 수염의 물을 닦으며 이렇게 생각하였다.

　'비가 아무리 쏟아져도 어떤 한정을 넘는 법은 없다. 물이 분수없이
_{수량이나 범위를 제한하는 한도}

늘어 떠내려갔던 게 아니라 자갈이 밀려 내려와 물구멍이 좁아졌든

지, 그러지 않으면 어느 받침돌의 밑이 물살에 궁굴려 쓰러졌던 그런

까닭일 게다. 미리 바닥을 치고, 미리 받침돌만 제대로 보살펴 준다

면 만 년을 간들 무너질 리 없을 게다. 그저 늘 보살펴야 하는 거다.

『사람이란 하눌 밑에 사는 날까진 하루라도 천리에 방심을 해선 안
_{「 」: 사람은 자연의 이치를 따라야 한다는 뜻임.}　　　　　　　　_{천지 자연의 이치}

되는 거다……』　　　　▶ 창섭의 아버지는 돌다리에서 자연의 이치대로 살 것을 다짐함.

　　　　　　_{결말} 창섭의 아버지는 자기와 다른 생각으로 다른 삶을 살고 있는 아들을 받아들이며
　　　　　　돌다리에서 자연의 이치대로 살 것을 다짐함.

● 작가 만나기

이태준(1904~?) 강원도 철원에서 태어났다. 1925년 "조선문단"에 '오몽녀'가 당선되어 작품 활동을 시작하였고, 이효석, 정지용 등과 '구인회'를 결성하여 활동하였다. 그는 향토적이며 서정적인 세계에 어울리는 문체를 주로 사용하였고, 세태의 변화에서 밀려나는 사람들의 아픔을 작품 속에 잘 그려냈다. 주요 작품으로는 '까마귀', '복덕방', '해방 전후' 등이 있다.

● 작품 만나기

'돌다리'는 아버지와 아들의 갈등을 통해 효율성을 내세운 물질주의적 가치관과 우리의 전통을 중시하는 가치관이 대립되는 당시의 사회 현실을 보여 주고 있다. 이 소설에서 '돌다리'는 단순한 다리가 아니라 가족사(家族史)의 일부로서 우리가 지켜야 할 우리의 전통문화로 그려지고 있다. '돌다리'는 아버지가 글을 배우러 다니던 다리이자 어머니가 시집올 때 가마를 타고 건너온 다리이다. 또 조상의 상돌을 옮긴 다리이면서 아버지 자신이 죽어서 건널 다리이기도 하다. 그리고 과거와 현재, 미래를 연결해 주는 매개체의 의미를 지녔다고 볼 수 있다. 아버지가 돌다리를 고치는 행위는 과거부터 전해지던 우리의 전통문화가 후대에까지 이어지기를 바라는 소망의 표현인 것이다. 다시 말해서 이 소설은 일제 강점기에 우리의 전통적인 가치관의 소중함을 일깨워 줬다는 점에서 의의가 있다.

● 핵심 만나기

갈래	현대 소설, 단편 소설
성격	사실적, 교훈적
배경	• 시간적: 일제 강점기(1930년대) / • 공간적: 농촌 마을(샘골)
시점	전지적 작가 시점
제재	돌다리(농토와 돌다리에 대해 생각이 다른 아버지와 아들)
주제	우리의 전통문화를 소중히 여기자.
특징	농토와 돌다리에 대한 아버지와 아들의 상반된 관점을 통해 물질주의적 사고방식을 비판함.

● 등장인물

아버지	• 평생 농사만 지어 온 농부로, 땅에 대해 강한 애착심을 지니고 있음.
	• 물질적인 것보다 정신적인 가치와 전통을 소중히 여김.
창섭	서울에서 살고 있는 의사로, 효율성을 앞세운 물질주의적 사고방식을 지님.
어머니	아들과 함께 살기를 바라는 평범하고 소박한 농부의 아내임.

● '돌다리'의 상징적 의미와 역할

상징적 의미	역할
• 가족과 조상들의 추억이 담긴 사물 • 우리나라의 전통문화를 상징함. • 우리나라의 전통문화가 계승되기를 바라는 마음을 상징함. • 과거와 현재를 이어 주는 매개체	• 가족의 이야기를 아들에게 전해 줌. • 아버지의 전통적인 생각을 아들에게 전해 줌. • 아버지와 아들의 마음을 이어 줌. • 아들이 아버지의 신념과 가치관을 확인하게 됨.

● '나무다리'의 의미

• '돌다리'와 대비되는 소재이다.

• 효율성 위주의 근대 사회를 상징한다.

• 효율성 위주의 이념이 사람들에게 중시됨을 드러낸다.

●아버지가 '돌다리'를 고치는 행동이 무엇을 상징하는지 생각해 보자.

● 책 이름(출판사)　　　　　　　　● 지은이

● 줄거리 요약

　　창섭은 여동생의 죽음을 회상하며 고향 집으로 향한다. 그는 동네 어귀에서

● 인상 깊은 내용과 그 이유

● 읽고 난 후의 생각이나 느낌

✎ 이 소설을 권하고 싶은 사람에게 소설 제목, 지은이, 어떤 내용이 좋아서 이 소
설을 권하는지 등이 잘 나타나게 편지를 써 보자.

1. '돌다리'에 대한 설명으로 알맞지 않은 것은?

   ① 가족들의 추억이 담겨 있다.　　② 아버지의 가치관을 상징한다.

   ③ 나무다리와 대비되는 소재이다.　④ 편리성과 효율성이 좋은 물건이다.

   ⑤ 아끼고 지켜야 할 우리의 전통문화를 상징한다.

2. 창섭이 고향에 내려온 이유로 가장 알맞은 것은?

   ① 부모님을 모시기 위해서이다.

   ② 고향에 대한 그리움 때문이다.

   ③ 여동생 제사를 지내기 위해서이다.

   ④ 병원 확장에 필요한 돈을 마련하기 위해서이다.

   ⑤ 부모님께서 손자들을 보고 싶어 하시기 때문이다.

3. 창섭의 아버지에 대한 설명으로 알맞지 않은 것은?

   ① 이기적이다.　　　　　　　　② 자신의 생각이 분명하다.

   ③ 땅을 아끼고 지키려고 한다.　④ 자연의 이치를 소중히 여긴다.

   ⑤ 아들을 생각하는 마음이 깊다.

4. '돌다리'와 대비되는 소재를 쓰시오.

5. 다음은 이 소설에 나타난 갈등을 정리한 것이다. 빈칸에 알맞은 등장인물을 쓰시오.

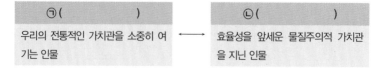

㉠ ( )		㉡ ( )
우리의 전통적인 가치관을 소중히 여기는 인물	⟷	효율성을 앞세운 물질주의적 가치관을 지닌 인물

● 다음 뜻에 해당하는 단어를 〈보기〉에서 찾아 빈칸에 써 보자.

보기　　　정평,　타산,　순리,　본위,　홀대,　임종

(1) 소홀히 대접함.

(2) 죽음을 맞이함.

(3) 순한 이치나 도리.

(4) 판단이나 행동에서 중심이 되는 기준.

(5) 모든 사람이 다 같이 인정하는 평판.

(6) 자신에게 도움이 되는지를 따져 헤아림.

표구된 휴지

이범선

니무손주변에고기묵건나. 콩나물무거라. 참기름이나마니쳐서무그라.
일을 융통성 있게 잘 처리하는 재주

누렇게 뜬 창호지에다 먹으로 쓴 편지의 일부이다. 언제부터인가 나는 피곤할 때면 화실 안쪽 벽에 걸린 그 조그만 액자의 편지를 읽는 버릇이 생겼다. 그건 매우 서투른 글씨의 편지다. 앞부분과 끝 부분은 없고 중간의 일부분만인 그 편지는 누가 누구에게 보낸 것인지도 알 수 없다. 다만 그 내용으로 미루어 시골에 있는 늙은 아버지—어쩌면 할아버
이 편지를 보낸 사람으로 추측함.
지일지도 모른다.—가 서울에 돈 벌러 올라온 아들에게 쓴 것으로 생각
이 편지를 받은 사람으로 추측함.
되는 까닭은, 그 내용도 내용이려니와 그보다 더 그 편지의 종이나 글씨에 있는지도 모른다. 아마 어느 가을에 문을 바르고 반 장쯤 남았던 창호지를 용케 생각해 내서, 벽장 속을 뒤져 먼지를 떨고 손바닥으로 몇번이나 쓸어 펴서 적당히 두루마리 모양이 나게 오린 것이리라. 누렇게 뜬 종이 가장자리가 삐뚤삐뚤하다. 거기에 사연을 먹으로 썼다. 순 한글—아니 이 편지에서만은 언문이라는 말이 좀 더 어울릴까.—로 쓴
'한글'을 속되게 이르는 말
그 편지가 재미있다. 붓으로 썼다기보다 무슨 꼬챙이에다 먹을 찍어서
『 』: 글씨가 엉망이라는 의미임.
그린 것 같은 획들이 모두 『사개가 물러나서』 이상스레 헐렁한데, 그런
상자 따위의 모퉁이를 끼워 맞추기 위하여 서로 맞물리는 끝을 들쭉날쭉하게 파낸 부분

글자들이 또 제각기 제멋대로 방향을 잡고 아무렇게나 눕고 서고 했다.

그러니 글줄이 바를 리는 만무고.
_{절대로 없고}

> 니떠나고 메칠안이서 **송아지** 낫다. 그 녀석 눈도 큰게 잘자란다. 애비보
>
> 다 제에미를 더달맛다고 덜한다.

이 대문에서는 송아지 석 자가 딴 글자보다 좀 크고 먹 색깔도 진하
_{이야기나 글 따위의 특정한 부분}

다. 나는 언제나 이 액자를 보면 그 사연보다 그 글씨로 하여 먼저 미소

짓게 된다. 베적삼 고름은 헐렁하니 풀어 헤쳤고 잠방이 허리는 흘러내
_{베로 지은 홑저고리}　　　　　　　_{가랑이가 무릎까지 내려오도록 짧게 만든 홑바지}

려 배꼽이 다 드러난 촌로들이 마을 어귀 느티나무 그늘에 모여, 더러는
_{시골에 사는 늙은이}

마주하고 장기를 두고, 옆의 한 노인은 부채질을 하다 졸고, 또 어떤 노

인은 장죽을 쑤시는가 하면, 때가 새까만 목침을 베고 누운 흰 머리는
_{긴 담뱃대}

서툰 가락의 시조를 읊고.

그 크고 작고, 진하고 연하고, 삐뚤빼뚤한 글자들. 나는 거기서 노인

들의 구수한 농지거리를 들을 수 있다.
_{점잖지 않게 함부로 하는 장난이나 농담을 낮잡아 이르는 말}

> 압논벼는 전에만 하다. 뒷밧콩은 전에만 못하다. 병정갓던덕이돌아왔
>
> 다. 니 서울 돈벌러갓다니까, 소우숨하더라.

발단 '나'는 촌로의 소박함을 느낄 수 있는 액자 속의 편지를 피곤할 때마다 읽으며 위안을 받음.

이 편지 액자는 사실 내 것이 아니다.

3년 전 가을이었다. 저녁 무렵 친구가 찾아왔다. 어느 은행 지점장인

가 지점장 대리인가 하는 그 친구는 퇴근길에 잠깐 들렀다는 것이었다.

"부탁이 있는데."

"부탁? 설마 은행가가 가난한 화가더러 돈을 꾸잔 건 아닐 게고."

나는 농담으로 그를 맞아들였다.

"그런 건 아니고……, 이거 좀 보게."

그는 신문지들로 돌돌 만 것을 불쑥 내밀었다.

"뭔데. 그림인가?"

"글쎄 펴 보게. 『그림이라면 그림이고 글이라면 글인데 그게…… 국
보급이야."』
『 』: 편지의 겉모습은 보잘것없지만 그 내용은 높이 평가할 수 있다고 생각함.

친구는 장난기 어린 눈으로 안경 속에서 웃고 있었다. 나는 조심조심
신문지를 폈다. 그건 아무렇게나 구겨져 있던 휴지를 다시 편 것이었다.

"뭔가, 이건?"

"한번 읽어 보게나."

친구는 눈으로 내가 들고 있는 휴지를 가리켰다. 나는 그 구겨졌던 종
이 위에 먹으로 쓴 글자를 한 자 한 자 읽으면서 속으로 철자법을 교정해
남의 문장 또는 출판물의 잘못된 글자나 글귀 따위를 바르게 고침.
야 했다.

"무슨 편지 같군."

"그래."

"무슨 편진가?"

"나도 모르지."

"그런데?"

"어쨌든 재미있지 않나. 뭔가 뭉클한 게 있단 말야. 『바가지에 담아
감동이 있음.
내놓은 옥수수 냄새 같은, 뭐 그런 게 있잖아."』
『 』: 꾸미지 않은 소박한 감정이 느껴짐.

"흠, 자넨 역시 길을 잘못 들었어."

나는 웃었다. 그는 나와 중학교 동창이다. 그 시절 그는 문학 서적에 취해 있는 문학 소년이었다. 선생님들도 그의 소질을 인정하고 있었다. 그런데 그는 결국 상과 대학엘 갔다. 고등학교에서의 배치에 의해서였다.
상업에 관한 교과목

"그거 표구할 수 있겠지?"
그림의 뒷면이나 테두리에 종이 또는 천을 발라서 꾸미는 일
"표구? 그야 할 수 있겠지. 창호지니까."

"난 그런 걸 잘 모르지 않나. 그래 화가인 자네 생각을 했지 뭔가. 자네가 어디 적당한 표구사에 맡겨서 좀 해 주지 않겠나?"

"그야 어렵지 않지만……. 자네도 어지간히 호사가군. 이걸 표구해서 뭘 하나. 도대체 어디서 주워 온 건가, 이 휴지는?"
일을 벌이기를 좋아하는 사람

"아닌 게 아니라 정말 휴지통에서 주운 거지."

전개 3년 전에 친구가 나에게 휴지 같은 편지를 갖다 주며 표구를 해 달라고 부탁함.

그 친구 은행 창구에 저녁때면 날마다 빼지 않고 들르는 지게꾼이 있단다. 『은행 문 앞에 지게를 벗어 세워 놓고는 매우 죄송스러운 태도로 조용히 은행 안으로 들어서는 스물댓 나 보이는 그 꺼먼 얼굴의 청년』을 처음엔 안내원이 막았다.
『 』: 순박하고 내성적인 지게꾼 청년의 모습

"뭐지요?"

"예, 예, 저어……."

"여긴 은행이오, 은행!"

"예, 그러니까 저 돈을……."

청년은 어리둥절해서 말도 제대로 하지 못했다.

"글쎄, 은행이라니까!"

"예, 그런데 그 조금도 할 수 있습니까?"

"조금이라니 뭘 말이요?"

"저금을 조금도 할 수 있습니까?"

"저금요?"

은행 안의 모든 시선들이 그 지게꾼에게로 쏠렸다.

『청년은 점점 더 당황하였다. 얼굴이 붉어져서 돌아서 나가려는 그를
『 』: 내성적이고 수줍음이 많은 지게꾼 청년의 모습
불러 세운 것이 예금 창구의 여직원이었다.』 청년은 손에 말아 쥐고 있
던 라면 봉지에서 꼬깃꼬깃한 백 원짜리 지폐 다섯 장과 새로 새긴 목도
1960년대에는 백 원짜리가 동전이 아니라 지폐였음.   나무로 만든 도장
장을 꺼내어 떨리는 손으로 여직원에게 바쳤다. 청년은 저만큼 한구석
으로 가 서서 불안스러운 눈으로 멀리 여직원을 지켜보고 있었다. 한참
만에 그는 흠칫 놀랐다. 생전 처음 그는 '씨' 자가 붙은 자기 이름을 들
었던 것이다. 그는 여직원 앞으로 달려와 빳빳한 통장을 받았다. 『청년
은 여직원과 안내원에게 굽신굽신 절을 하고는 한 손에 통장을 받쳐 든
『 』: 순박하고 내성적인 지게꾼 청년의 모습
채 돌아올 때처럼 조심스럽게 문을 열고 나갔다.』 통장을 확인할 경황
도 없이.

『다음 날부터 그 청년은 매일 저녁 무렵이면 꼭꼭 들렀다. 하루에 이
『 』: 성실하고 알뜰한 지게꾼 청년의 모습
백 원 혹은 삼백 원, 또 어느 날은 오백 원, 그의 통장에는 입금만 있고
출금란은 비어 있었다.』 이제는 제법 안내원과는 익숙해졌으나 여직원
앞에서는 여전히 얼굴을 붉히며 수고를 끼쳐서 대단히 죄송하다는 표
정 그대로였다.

그러던 어느 날이었다. 그날은 여느 날보다 조금 일찍 청년이 은행엘 들렀다.

"오늘은 일찍 오셨네요. 얼마 넣으시겠어요?"

여직원이 미소로 물었다.

"예, 기게 오늘은 좀……."

청년은 무언가 종이 뭉텅이를 들고 머뭇거렸다.

『"이거 정말 죄송합니다. 이거 얼마 되지 않는 걸 동전으로……. 그

『 』: 알뜰하고 순박한 지게꾼 청년의 모습

동안 저금통에 넣었던 걸 오늘 깨었죠. 기래 여기 이렇게……."』

청년은 종이에 싼 것을 내밀었다.

"아이, 많이 모으셨네요."

"죄송합니다. 정말 이거……."

청년은 뒤통수를 긁적거리며 언제나 그가 서서 기다리던 구석으로 갔다.

"이게 바로 그 지게꾼 청년이 동전을 싸 가지고 온 종이지."

표구해 달라고 한 편지

친구는 내 손의 편지를 가리켰다.

"그래. 그럼 그의 집에서 그 친구에게 보낸 편지란 말인가?"

"글쎄. 반드시 그렇다고는 할 수 없겠지. 동전을 세는 여직원을 거들 어 주다가 우연히 발견하고 재미있다고 생각돼서 가지고 온 것뿐이 니까."

『우물집할머니하루알고갔다. 모두잘갓다한다. 장손이장가갓다. 색씨
　　　　　　　　　　한집안에서 맏이가 되는 후손
는너머마을곰보영감딸이다. 구장네탄실이시집간다. 신랑은.읍의서기라
『 』: 마을 할머니의 사망 소식과 마을 처녀 총각들의 결혼 소식을 전하며 아들이 장가가기를 바라는 부모
더라. 앞집순이가어제저녁감자살마지마에가려들고왔더라. 순이는시집
의 마음이 담김.
안갈끼라하더라. 니는빨리장가안들어야건나.』

　나는 비시시 웃음이 새어 나왔다. 편지 내용도 그렇고 친구의 장난기

도 그랬다. 나는 그 창호지를 아는 표구사에 맡겼다. 그게 어떤 편지냐

고 묻는 표구사 주인한테는,

　"굉장한 겁니다. 이건 정말 국보급입니다."

하고 얼버무렸다. 표구사 주인은 머리를 갸웃거렸다.

　　　　　　　읽기│점검 '나'는 친구가 편지를 가지게 된 사연을 듣게 되고, 그것을 표구사에 맡김.
　그 후 나는 그 창호지 편지를 까맣게 잊어버리고 있었다. 그런데 은

행 친구가 어느 외국 지점으로 전근이 되었다. 비행기가 떠날 때 문득

　　　　　　　근무하는 곳을 옮김.
그 편지 생각이 났다.

『니떠나고메칠안이서송아지낫다.』
『 』: 새로 태어난 송아지를 보면서 자식을 그리워하는 부모의 마음이 담김.

　그길로 나는 표구사로 갔다. 구겨진 휴지였던 그 편지는 깨끗이 펴져

서 액자 속에 들어 있었다. 그렇게 치장하고 보니 그게 정말 무슨 국보

나 되는 것 같았다.

『돈조타. 그러나너거엄마는돈보다도너가더조타한다. 밥묵고배아프
『 』: 돈보다 자식의 건강을 먼저 생각하는 부모의 따뜻한 마음이 담김.
면소금한줌무그라하더라.』

그날부터 그 액자는 내 화실에 그냥 걸어 두었다. 그저 걸어 둔 거다.

그런데 그게 이상하게도 차츰 내 화실의 중심점이 되어 갔다. 그건 그림
그 편지가 내게 감동을 주면서 소중하게 되었다는 의미임.
같기도 하고 글 같기도 하다. 이닌 그건 분명 그 둘이 합쳐진 것이었다.

나는 친구가 외국으로 떠나고 이태 동안 그 액자를 간간 바라보고 있
간간이. 이따금
는 사이에 차츰 그 친구의 심정을 느껴 알 것 같아졌다.
편지의 내용에 감동을 느끼며 그것의 가치를 높이 평가한 심정

『니 무슨 주변에 고기 묵건나. 콩 나물 무거라. 참기름 이 나마니 쳐서 무 그라.
「」: 자식을 걱정하며 사랑하는 부모의 마음이 담김.
순이 는 시집 안 갈끼라 하더라. 니 는 빨리 장가 안 들어야 건나.

돈 조타. 그러나 너 거 엄마는 돈 보 다도 너 가 더 조 타 한다.』

그리고 채 이어지지 못하고 끊어진 맨 끝줄.

『밤에는 솟 적 다 속 적 다 하 며 새 는 운 다마 는』 「」: 소쩍새의 울음소리를 들으며 자식
소쩍새 을 그리워하는 부모의 마음이 담김.

감밀 '나'는 표구가 되어 액자로 만들어진 편지를 화실에 걸어 두고 보면서 편지의 가치를 알게 됨.

● 작가 만나기

이범선(1920~1981) 평안남도 신안주에서 태어났다. 평양에서 은행원으로 근무하다가 일제 말기에 탄광으로 끌려가서 일을 하기도 했다. 그는 1955년 "현대문학"에 단편 소설 '암표'와 '일요일'로 김동리의 추천을 받아 문단에 등단하였다. 그의 작품에는 어두운 사회 현실에서 힘없이 살아가는 사람들이 많이 등장한다. 그리고 사회의 잘못된 부분을 드러내며 비판하는 작품을 많이 썼다. 대표 작품으로 '학마을 사람들', '피해자', '오발탄', '청대문집 개' 등이 있다.

● 작품 만나기

'표구된 휴지'는 시골에 계신 아버지가 서울에서 일하고 있는 아들을 걱정하며 보낸 편지를 통해 아들에 대한 아버지의 따뜻한 사랑을 엿볼 수 있다. 이 소설에는 갈등이 없고, 편지에 대한 주인공의 생각이 바뀌는 과정이 나타나 있다. '나'가 처음에는 이 편지를 보잘것없는 휴지로 생각했다가 차츰 그 내용에서 위안을 얻는 모습이 드러난다. 이를 통해 우리가 소홀히 하기 쉬운 사소한 것에서도 위안을 얻을 수 있음을 알 수 있다. 인터넷의 발달로 손으로 쓴 편지의 모습을 점점 볼 수 없는 요즘, 아버지의 손때 묻은 편지가 더욱 가슴에 와 닿는다.

● 핵심 만나기

갈래	현대 소설, 단편 소설
성격	회상적, 사색적
배경	• 시간적: 1960~1970년대 / • 공간적: 서울
시점	1인칭 주인공 시점
제재	표구로 만들어서 벽에 걸어 놓은 편지
주제	아들에 대한 아버지의 따뜻한 사랑 / 사소한 것에서 얻는 삶의 위안
특징	• 글의 전개가 '현재 – 과거 – 현재'로 진행되는 역순행적 구성임. • 볼품없는 편지를 중간에 삽입하여 주제를 개성적으로 드러냄.

● 등장인물

나(서술자)	그림을 그리는 화가로 따뜻한 마음이 담긴 편지에서 위안을 받음.
나의 친구	은행에서 근무하며 편지의 숨겨진 가치를 발견함.
편지 쓴 사람	시골에 살고 있는 늙은 아버지로 추측되며 순박하고 아들을 사랑함.
지게꾼 청년	순박하고 수줍음이 많으며 근면하고 성실함.

● 이 소설에서 '편지'의 역할

• 편지에 담긴 소박하고 일상적인 내용을 통해 아들에 대한 아버지의 사랑을 엿볼 수 있다.

• 피곤할 때마다 편지를 보며 위안을 얻는 주인공을 통해 사소한 것에서도 삶의 위안을 얻을 수 있음을 알 수 있다.

주제를 드러냄.

● 편지에 대한 '나'의 생각이 바뀌는 과정

맞춤법도 틀리고 서투른 글씨로 쓰인 편지를 휴지로 생각함.

표구를 한 다음, 의미 없이 그냥 벽에 걸어 둠.

간간이 표구가 된 편지를 보면서 뭉클한 감동을 느낌.

피곤할 때 그 액자를 보면서 마음의 위안을 받음.

●이 소설에 나오는 편지 중 '밤에는 솟적다 속적다 하며 새는 운다마는' 다음에 이어질 문장을 아버지의 마음이 잘 드러나게 자유롭게 써 보자.

● 책 이름(출판사)   ● 지은이

● 줄거리 요약

　'나'는 피곤할 때면 화실 벽에 걸려 있는 액자의 편지를 읽는 버릇이 있다. 이 편지

는 볼품없는 종이에 삐뚤삐뚤한 글자들이 적혀 있는데, 그 내용으로 보아

● 인상 깊은 내용과 그 이유

● 읽고 난 후의 생각이나 느낌

　✎ 이 소설의 편지를 쓴 아버지에게 내가 그 아들이 되어 답장을 써 보자.

1. '표구된 휴지'는 무엇을 말하는가?

    ① 은행에 버려진 휴지

    ② 사람들이 돈을 쌌던 종이

    ③ 국보급으로 보존되어야 할 편지

    ④ 아들을 걱정하는 마음이 담긴 아버지의 책

    ⑤ 서울에서 일하고 있는 아들에게 쓴 어느 시골 아버지의 편지

2. 이 소설에서 편지를 쓴 사람과 관련이 없는 것은?

    ① 서울에서 일하는 아들이 있다.

    ② 고향을 떠난 아들을 그리워한다.

    ③ 시골에 있는 늙은 사람일 것이다.

    ④ 서울에서 일하고 있는 아들을 걱정한다.

    ⑤ 아들이 빨리 결혼하는 것을 바라지 않는다.

3. 다음 밑줄 친 부분의 의미로 알맞은 것은?

    나는 친구가 외국으로 떠나고 이태 동안 그 액자를 간간 바라보고 있는 사이에 차츰 그 친구의 심정을 느껴 알 것 같아졌다.

    ① 액자 속 편지에 담긴 친구의 우정에 감동받은 마음

    ② 액자 속 편지에 담긴 아내의 사랑에 감동받은 마음

    ③ 액자 속 편지에 담긴 남편의 사랑에 감동받은 마음

    ④ 액자 속 편지에 담긴 아버지의 사랑에 감동받은 마음

    ⑤ 액자 속 편지에 담긴 소박한 사람들의 모습에 감동받은 마음

4. 다음은 무엇을 가리키며 한 말인지 빈칸을 채워서 완성하시오.

> • "어쨌든 재미있지 않나. 뭔가 뭉클한 게 있단 말야."
> • "바가지에 담아 내놓은 옥수수 냄새 같은, 뭐 그런 게 있잖아."

→ 아들에게 쓴 어느 시골 아버지의 □□

5. 다음 편지의 내용으로 알맞지 <u>않은</u> 것은?

> 우물집할머니하루알고갔다. 모두잘갓다한다. 장손이장가갓다. 색씨는너머마을곰보영
> 감딸이다. 구장네탄실이시집간다. 신랑은읍의서기라더라. 앞집순이가어제저녁감자살마
> 치마에가려들고왔더라. 순이는시집안갈끼라하더라. 니는빨리장가안들어야건나.

① 우물집 할머니가 돌아가셨다.
② 구장네 탄실이가 시집을 간다.
③ 너는 장가를 빨리 안 가도 된다.
④ 앞집 순이가 어제 감자를 삶아서 가지고 왔다.
⑤ 장손이 건너마을 곰보 영감의 딸에게 장가를 갔다.

6. 다음 편지의 내용을 맞춤법과 띄어쓰기에 맞게 쓰시오.

> 애비보다제에미를더달맛다고덜한다.

7. 다음 편지에 나타난 부모의 마음이 잘 드러나게 빈칸을 채우시오.

> 돈조타. 그러나너거엄마는돈보다도너가더조타한다. 밥묵고배아프면소금한줌무그라하
> 더라.

→ 돈보다 자식의 □□을(를) 먼저 생각하는 부모의 마음

● 보물이 숨겨진 동굴의 문을 열려면 다음 문제를 모두 풀어야 한다. 다음 뜻에 해당하는 단어를 아래의 구슬에서 찾아 빈칸에 써 보자.

(1) 절대로 없다.

(2) 시골에 사는 늙은이.

(3) 일을 벌이기를 좋아하는 사람.

(4) 한집안에서 맏이가 되는 후손.

(5) 일을 융통성 있게 잘 처리하거나 또는 그런 재주.

(6) 그림의 뒷면이나 테두리에 종이 또는 천을 발라서 꾸미는 일.

촌로
목침
언문
주변
장손
호사가
표구
만무하다
이태

소를 줍다

전성태

아버지는 썩 훌륭한 농사꾼은 아니었다. 이웃 어른들의 입을 빌면, 농사를 지나치게 예술적으로 접근했다. 밭고랑을 타거나 못자리를 만

흙이나 시멘트 따위를 떠서 바르고 그 겉 표면을 반반하게 하는 연장

들 때 미장이처럼 흙손을 들고 꼼지락거렸다. 우리 집 논밭은 마치 농촌

벽이나 천장 등에 흙, 시멘트 따위를 바르는 일을 직업으로 하는 사람

지도소 시범 경작지처럼 보기에 미끈했다.

"농사는 뿌려 노믄 김매고 솎아 주는 일이 반이고, 오가며 들여다보

는 재미가 반이여."

아버지의 이 능률 없고 답답한 일 버릇은 가축 치는 일에서는 의외로

진가를 발휘했다. 돼지를 쳤는데 한번은 돼지가 새끼를 열네 마리나 낳

참된 값어치

아서 좋다가 말 일이 생겼다. 내 셈으로도 어미 젖꼭지가 두 개나 모자

라 새끼 돼지 두 마리를 그냥 앗길 판이었다. 아버지는 수유 때마다 새

빼앗길   젖먹이에게 젖을 먹임.

끼 돼지를 네 마리씩 교대로 빼내어 돌려서 어미젖을 고루 먹게 하였다.

열네 마리를 모두 살려내자 동네에는 희한한 소문이 나돌았다. 새끼 돼

지 두 마리를 우리 어머니가 손수 젖을 물려 기른다는 웃긴 소문이었다.

▶ 농사보다는 가축 치는 일을 더 잘 하는 아버지

가축 잘되는 집이라고, 한마을 오쟁이네가 우리 집에 암소를 맡겨 길

렀으면 하였다. 『남의 소를 빌려다가 쟁기질하던 시절이라, 마음껏 일

쟁기를 부려 논밭을 가는 일

소로 부려도 된다는 말에 아버지는 흔쾌히 받아들였다.』

『 』: 소가 농사짓는 데 중요하게 쓰이던 시절임을 알 수 있음.

그러나 나는 신 날 일이 하나도 없었다. 아침저녁으로 꼴 베다 주는

일도 귀찮았고, 오쟁이 녀석이 머슴 취급하는 꼴도 마뜩잖았다.
_{말이나 소에게 먹이는 풀}
_{마음에 들 만하지 않았다.}

"아부지, 우리도 수 한 마리 사 불어."

내가 골이 나서 말하면 아버지는 오냐, 그러자 하면 좀 좋을까만,
_{비위에 거슬리거나 언짢은 일을 당하여 벌컥 내는 화}
『"소가 토깽이냐? 사고 잡다고 달랑 사게. 당장 저 도짓소라도 없으
_{한 해 동안에 곡식을 얼마씩 내기로 하고 빌려 부리는 소}
면 니하고 니 형, 학교도 끝이여.』 그란다고 네놈이 목에다가 멍에를
_{수레나 쟁기를 끌기 위하여 마소의 목에 얹는 구부러진 막대}
걸그냐?』『 』: 소의 가격이 비싸다는 것과 '나'의 집안 형편이 넉넉하지 않음을 알 수 있음.

하며 씨도 안 먹힌다는 반응이었다.

『"그람, 차차 송아지 낳으면 우리 주라고 해. 우리가 키워 주는디 고
『 』: 소를 가지고 싶어 하는 '나'의 마음
것 하나 못해."』

"네 이……. 아부지가 뭐라고 하디? 입이 너무 허황되게 남의 밥그릇
_{헛되고 황당하며 미덥지 못하게}
을 넘보는 고것을 뭐라고 하디?"

"불량배."

"제발 우리는 그렇게 살지 말자. 강아지 한 마리 거저 얻어다가 길렀
_{허황된 욕심을 부리지 않고 분수에 맞게 살려고 하는 아버지}
다는 말은 들어 봤어도 송아지 한 마리 거저 얻었다는 말은 못 들어

봤응께."

"그것이 왜 공짜여, 우리 집에서 재우고 먹이고 다 하는디?"

"잔소리 그만 하고 얼른 풀이나 베 와야. 저번처럼 쑥만 해다가 멕이

지 말고. 소 똥구녕 맥히는 날엔 네놈 입구녕도 밥 구경 끝이여."
_{소가 농사짓는 데 중요하게 쓰이던 시절임을 알 수 있음.}
아버지는 꼴망태를 걸어 주고 나를 막 내몰았다.
_{소나 말이 먹을 꼴을 베어 담는 도구}
오쟁이네 암소는 우리 집에서 송아지를 두 배나 착실히 쳤다. 물론
_{동물이 새끼를 낳거나 깠다.}

어미 소도 송아지도 탈 없이 잘 자랐다. 소에 대한 믿음이 생기자 오쟁

이네는 이태 만에 소를 몰고 갔다.

> 두 해

▶ 다른 집의 소를 키워 주는 아버지와 소를 가지고 싶은 '나'

우리 집에 두 번째 소가 들어온 것은 초등학교 3학년 때였다. 긴 장마

가 조금 누그러지자 나는 아이들과 함께 강둑으로 나가 불어난 강물에

서 떠내려오는 물건들을 건져 냈다. 그것은 할아버지의 할아버지가 아

이였을 때로부터 내려오는 일이었다. 병, 깡통, 양은이나 플라스틱으로

된 가재도구, 버드나무에 걸린 비닐 조각 따위를 대작대기로 끌어내느

> 집안 살림에 쓰는 여러 물건

라 우리는 며칠째 강둑에서 낚시꾼마냥 붙어 지냈다. 모두 엿하고 바꿔

먹기 위해서였다. 간혹 수박이나 참외를 건져 내는 운도 따랐다. 그 몇

> 돈 대신 물건과 엿을 바꿔 먹을 수 있었던 시절임을 알 수 있음.

해 전에 마을 청년들이 염소를 주운 것을 빼면 그만한 횡재도 없었다.

> 뜻밖에 재물을 얻음.

그런데 그해 나는 염소 따위는 댈 것도 아닌 큰 횡재를 하게 되었다. 소

를, 그것도 숨이 붙어 있는 소를 줍게 된 것이다.

▶ 강물에서 떠내려오는 소를 줍게 된 때를 회상하는 '나'

소를 가장 먼저 발견한 사람은 내가 아니었다. 정신이 좀 모자란 필

구가 뭐라고 고래고래 소리를 지르며 수양버들이 엉킨 강어귀에 손가

락질해 댔다. 정확히 말하면 강 바위 너머였는데, 거기에서 음매 음매,

소 울음소리가 들려 왔다. 울음소리만 아니었다면 그 시뻘건 물에서 소

를 분간해 내기도 힘들었을 것이다. 바위에 부딪혀 튀는 흙탕물 속에서

소머리가 얼핏 보였다. 동네 소 한 마리가 강으로 잘못 든 게 분명하였

다.

▶ 장마로 인해 불어난 강물에서 떠내려오는 소를 발견한 '나'

아이들이 멍청히 보고 있는 동안에 나는 물로 뛰어들었다. 어린 마음

에도 소 주인에게 보상을 좀 받겠다는 계산속이 빠르게 굴렀다. 죽을 둥

살 등 바위에 닿아 바위 모서리를 잡고 돌아들자, 소는 엉덩이를 주저앉은 꼴로 버둥거리고 있었다. 나는 소머리께로 돌아가 굴레를 틀어쥐었다. 소는 머리를 되게 내저었다. 고삐를 찾아 쥐고 당기도 소는 한 발짝도 움직이려 들지 않았다. 나는 고삐를 바투 쥐고 물속으로 들어가 녀석의 다리를 더듬어 나갔다. 머잖아 뒷발 하나가 바위틈에 단단히 박힌 것을 손끝으로 확인할 수 있었다. 나는 강가에 대고 소리쳤다.

말이나 소를 부리기 위하여 머리와 목에서 고삐에 걸쳐 얽어매는 줄

말이나 소를 부리기 위해 재갈이나 코뚜레에 잡아매는 줄

길이가 아주 짧게

"소말뚝 하나 던져 주라!"

쇠고삐를 매어 두는 말뚝(땅에 두드려 박는 기둥)

그러나 그 장마철에 들판에 소를 내놓는 집이 없어서 소말뚝 같은 쇠막대기가 있을 리 없었다. 별수 없이 동무들이 몽둥이를 던져 줘서 나는 그것을 바위틈에 밀어 넣었다. 몽둥이가 소발 아래에 야무지게 자리를 틀자 나는 지렛대로 바위를 뜨듯 몽둥이를 내리눌렀다. 소는 꿈쩍도 하지 않았다. 동무들이 도와줄 생각으로 옷을 벗는 모습이 보였다.

"야, 들어오지 마!"

소 주인에게 자기 혼자만 보상을 받고 싶어서

나는 아이들을 향해 소리쳤다.

"한 놈이라도 오기만 해 봐. 가만두지 않을 거여. 절대루!"

나의 엄포에 아이들이 주춤주춤 그 자리에 섰다.

실속 없이 호령이나 위협으로 으르는 짓

더욱 다급해진 나는 아예 몽둥이 끝에 몸을 싣고 발을 구르기 시작했다. 그렇게 발을 구르는 한편으로는 소한테도 힘을 쓰라고 엉덩이를 철썩철썩 때려 대길 몇 번이나 했을까. 어느 순간 딛고 선 몽둥이가 주저앉으며 소가 거꾸러지듯 물속으로 머리를 처박았다. 소를 따라 나도 균형을 잃고 물속에 잠방 빠지고 말았는데, 허우적거리며 고개를 드니 아이들의 환호성이 들려왔다. 그 겨를에도 손에 그러쥔 고삐만은 놓치지 않고 있었다.

▶ 바위틈에 뒷발이 끼인 소를 혼자서 구한 '나'

강가로 끌어내 놓고 보니 소는 암컷인데다가 이미 코뚜레도 해 넣은 _{소의 코청을 꿰뚫어 끼는 나무 고리} 중소가 좀 넘는 놈이었다. 바위틈에 끼인 뒷발은 한 뼘쯤 가죽이 벗겨져 벌겋게 살이 드러나 있었는데, 피가 약간 배어 나올 뿐 뼈가 상한 것 같지는 않았다. 고삐를 끌어 걸음을 걷게 하자 놈은 뒤뚱거리며 문제없이 걸었다.

"누구네 집 소 같으냐?"

나는 숨을 헐떡이며 아이들에게 물었다.

"우리 동네 소는 아닌 것 같은디."

오쟁이가 대답했다. 나는 다른 아이들의 얼굴도 둘러보았다. 다들 동네 소가 아니라고 한결같이 고개를 저었다. 내가 봐도 그건 틀림없는 사실이었다. 열댓 마리도 안 되는 동네 소라면 우리는 그 워낭 소리만 가 _{말과 소의 귀에서 턱 밑으로 늘여 단 방울} 지고도 알아낼 수 있었다. 『그만 나는 낙심되어 고삐를 땅바닥에 내던 _{바라던 일이 이루어지지 아니하여 마음이 상함.} 졌다.』 「 」: 소 주인에게 찾아가서 보상을 받을 수가 없기 때문에

▶ 강물에서 건진 소가 '나'의 동네의 소가 아니어서 낙심한 '나'

"인자 어짤래?"

하고 오쟁이가 물었을 때 나는 너무 허망하여 쭈그려 앉아 있었다. 보아하니 오쟁이 놈은 쌤통이라는 표정을 감추지 않고 있었다.

나는 대꾸하지 않고 고삐를 다시 낚아채 집어 들고 소 <u>잔등</u>을 갈겼 _등 다. 나는 동네를 향해 방죽 길로 소를 몰았다. 아이들이 서너 발짝 떨어 _{물이 밀려들어 오는 것을 막기 위하여 쌓은 둑} 져서 주춤주춤 뒤를 따랐다. 어느새 우리 사이에는 견디기 힘든 침묵이

흐르고 있었다. 나는 문득 걸음을 멈췄다.

"느그도 봤겠지만 분명히 내가 주운 소여."

'나' 혼자 힘으로 구한 소라는 것을 강조함. 소를 갖고 싶은 '나'의 마음이 드러남.

해 놓고 아이들 표정을 살피자니 이것 봐라, 녀석들은 가타부타 아무 대

어떤 일에 대하여 옳다느니 그르다느니 함.

꾸가 없는 것이었다.

"필구, 봤어, 안 봤어?"

나는 물정 모르는 필구만 다그쳤다. 필구는 예의 그 벙싯거리는 얼굴

로 "바쪄 바쪄." 했다. 그러더니 두 손을 하늘로 번쩍 치켜들고 소리치

는 것이었다. "동맹이가 소를 주웠다아! 동맹이가 주웠다아!"

더 말할 필요도 없다는 듯 나는 돌아서서 소 잔등을 갈겼다. 워낭 소

리가 댕그랑댕그랑 경쾌했다.　　　▶ 자기 혼자 소를 구했다고 친구들에게 강조하는 '나'

"낼이라도 당장 주인이 찾으러 올걸."

뒤를 따르던 오쟁이가 들릴락 말락 중얼거리는 소리로 말했다. 어느

덧 우리는 감은돌이재에 이르러 있었다. 저녁 짓는 연기와 마당마다 놓

길이 나 있어서 넘어 다닐 수 있는, 높은 산의 고개

은 모깃불 연기에 덮여 잠잠해진 마을이 보였다. 나는 허리에 팔을 척

걸치고 오쟁이를 향해 돌아섰다.

"니 참외랑 수박 찾으러 온 사람 봤어?"

"아니."

"세숫대야랑 양푼이랑 찾으러 오는 사람 있디?"

"아니."

점점 목소리가 꺼져 가는 오쟁이를 나는 몰아붙였다.

작아지는

"그람 작년에 염생이 주인이라고 누가 나서디?"

오쟁이 녀석은 입을 다물고 희미하게 도리질만 했다.

_{머리를 좌우로 흔들어 싫다거나 아니라는 뜻을 표시하는 짓}

"그람 이제 주운 사람이 임자여. 알았어?"

내 말이 끝나기 무섭게 오쟁이 옆에 선 진칠이가 끼어들었다.

"그래도 손디?"

_{소이기 때문에 주인이 찾으러 올 것이라는 의미}

다음은 상구였다.

"저 윗동네에서 주인이 『쎄가 빠지게』 찾고 있을 거여."

_{'혀'의 방언   「」: 몹시 힘을 들여}

"그럼. 갈문리 소인 줄도 모르고, 그 너머 문대미 소인 줄도 모르

고……."

명철이었다.

_{▶ 강물에서 구한 소의 임자가 자기라고 말하는 '나'와 소의 주인이 찾아올 것이라고 말하는 친구들}

그만 안 되겠다 싶어 나는 고삐를 나무둥치에 잡아맸다. 그리고 아이

들 어깨를 툭툭 쳐서 다들 강을 향해 서게 했다. 강은 산과 들을 가르며

굽이굽이 뻗어 가다가 우중충한 대기 속으로 자취를 감추고 있었다. 맑

은 날 보아서 알지만 그 흐릿한 대기 너머에는 더 높은 산들이 첩첩이

어깨를 걸고 까마득할 거였다.

_{풀어지거나 자빠지지 않도록 서로 어긋나게 끼거나 걸치고}

"갈문리, 문대미 위에 또 뭔 동네 있어?"

나는 명철이에게 따져 물었다.

"고옥하고 문꾸지제."

이번에는 상구를 바라보며 물었다.

"고옥하고 문꾸지 담은 으디여?"

"비석금."

"그담은?"

"축도."

우리들의 시야에는 더 이상 마을이 보이지 않았다. 물론 강, 들, 산도 그 우중충한 대기 속으로 기멋없이 스며들고 있었다.

보이던 것이 전혀 보이지 않아 찾을 곳이 감감하게

"똑똑한 오쟁이 너, 그담 동네는 으디라?"

"추실일랑가?"

"가 봤어?"

"아니, 근디 우리 아부지가 거기 추실장에서 소를 사 왔디야."

"글믄 그다음 동네는 으디여?"

"몰러."

오쟁이는 머리를 저었다. 상구도 진칠이도 명철이도 시무룩해져서 머리를 저었다.

"가 보도 안 한 것들이! 저 강 위로 동네가 얼마나 많은지 알어? 저 소

▶ 소 주인이 여기까지 소를 찾으러 오는 것이 힘들다는 것을

터럭만치는 될 거구만."

친구들에게 말하는 '나'

발단 '나'는 장마 뒤에 불어난 강물을 타고 떠내려온 소를 끄집어내어 자기 소라고 우김.

나는 돌아서서 다시 고삐를 풀었다.

마을에 들어서자 필구가 앞서 달려가며 골목에다 대고 소리쳤다.

"동맹이가 주웠다! 동맹이가 주웠다!"

필구한테 어지간히 길들여진 마을 사람들은 아무도 내다보지 않았

필구가 평소에 실없는 소리를 많이 한다는 것을 알 수 있음.

다. 나는 차라리 다행이라고 생각했다. 괜히 소문이 퍼지면 주인이 나타

날지도 모르는 일이었다. 계속 필구가 그 짓거리를 하며 앞에서 얼쩡거

리자 나는 돌멩이를 집어 던졌다.

"필구야, 느그 엄마가 밥 묵으라고 부른다. 얼릉 가서 밥 묵어!"

필구는 이제 "밥 묵자."라는 소리를 내지르며 제집으로 달려갔다.

나는 고개를 뻣뻣이 들고 소를 몰았다. 진창이 가로막아도 나는 첨벙
거리며 지나갔다. 골목이 깊어지자 아이들도 하나둘씩 떨어져 나갔다.

　　　　　　　　땅이 질어서 질퍽질퍽하게 된 곳

『집 앞에 이르러 나는 잠시 멈춰 섰다. 어머니와 아버지, 그리고 형의 얼

『 』: 가족들이 자기가 강에서 주운 소를 보며 기뻐할 것을 생각하며 마음이 들뜸.

굴을 떠올리자 비로소 소를 주웠다는 사실이 실감 났다.』 나는 소 코뚜

레를 잡고 사립문 앞에 서서 "엄마!" 하고 불렀다.

　　　　　　　　　　　　　▶ 자기가 강에서 주운 소를 몰고 집으로 온 '나'

방문이 열리고 어머니의 얼굴이 보이기 전에 목소리부터 마중을 나

왔다.

"밥때 되믄 기어들어 와야제 어디를 싸돌아댕기다가……."

밥숟가락을 든 어머니는 말하다 말고,

"누구네 소를 몰고 다니는 거여? 별일이네, 니가 남의 소 풀을 다 멕

이고."

"시방 이 소, 내가 주워 갖고 오는 소여!"

　지금

나는 소리 높여 말했다. 절로 입이 벙글어지며 눈물이 막 나오려고

　　　　　　　　　　강물에서 건진 소를 자기 집으로 가지고 왔다는 것에 감격해서

했다. 문 너머로 아버지가 얼굴을 내밀었다.

"쟈가 뭐라는 거여?"

"소를 주워 왔다고 안 하요."

어머니와 아버지가 말을 주고받았다.

"뭣이여? 소를……."

아버지는 툇마루로 나왔다. 나는 아버지에게 말했다.

　건물의 안쪽 둘레 밖에다 놓은 마루

"나가 소를 주웠당께."

나는 소를 마당으로 끌어 넣었다.

"어떤 어수룩한 사람이 소를 함부로 내놓았디야."

아버지의 반응이 의외로 시큰둥하자 나는 안달이 나서 주절거렸다.
<u>아버지의 반응이 나의 생각과 다르게 나타남.</u>
"옥강에서 주웠당께요. 다 죽어 가는 걸 나가 건져 내 부렀어요. 이제

요것은 우리 것이에요." ▶ 아버지와 어머니에게 강에서 소를 주웠다고 말하는 '나'

나도 모르게 말투마저 바뀌어 괜히 간지러워졌다. 아버지는 젖은 내

몰골을 훑어보고 이내 고무신을 꿰고 마당으로 내려섰다. 소를 요리조

리 둘러보더니 내 손에서 고삐를 빼앗아 들고 감나무 밑으로 갔다. 감나

무에 소를 매어 놓고 아버지는 내 몸을 사립문으로 돌려세웠다.

"어딘지 가 보자."
<u>상황을 정확하게 파악하려고 하는 아버지</u>
"차암, 아부지는……. 옥강에서 주웠당께."

"긍께 말이여. 어서 앞장서!"

나는 아버지에게 질질 끌려가다시피 감은돌이재를 넘어 옥강 둑으로

갔다. 『이미 강에는 어둠이 질펀하게 내리고 있었다. 먼 마을에서 불빛
『 』: 시간의 경과를 감각적으로 표현함.
이 가물가물 돋아나 있었다.』 소를 건져 낸 강둑에 이르러 나는 아버지

에게 자세히 설명했다. 내가 얼마나 위태롭게 소를 건져 냈는지 조금 과

장하여 말하는 것도 잊지 않았다. 그런데 내 말이 끝나기가 무섭게 아버

지는 뒤통수를 냅다 내질렀다.

『"내가 그렇게 함부로 물에 기어 들어가라고 가르치든? 응? 목숨을
『 』: 자식을 걱정하는 아버지의 마음이 나타남.
왜 그렇게 조심성 없이 헛치고 다니냔 말여. 이 에미 애비를 튀겨 묵

을 놈아!"』

아버지는 몇 번을 더 그렇게 쥐어박았다.

"어여 집으로 가."

보통 손매가 매운 게 아니었다. 아버지는 칭얼칭얼 우는 나를 닦아세
_{꼼짝 못하게 휘몰아 나무라며}
우며 다시 마을로 향했다. 내가 운 것은 아버지의 손찌검 때문이라기보

다 내 심정을 몰라준다는 서러움 때문이었다. 나는 호박 덩어리를 건져
_{소를 주워 온 자신에게 수고했다고 말해 주기를 바라는 심정}
낸 것이 아니라 소를 주운 것이다. 그런데도 『이 가난하고 불쌍한 우리
_{『 』: 주워 온 소를 자기 것이라고 생각하는 '나'는 아버지가 들어온 복을 파악하지 못한다고 생각함.}
아버지는 자기 집에 무슨 일이 일어났는지 깜깜했던 것이다.』
_{▶ 소를 주운 과정을 듣고 오히려 '나'를 혼내는 아버지가 야속한 '나'}
아버지의 그 미적지근한 태도는 이튿날 아침 나를 더욱 망연자실하
_{기뻐하지 않는 태도} _{멍하니 정신을 잃음.}
게 했다. 잠든 밤 동안 아버지가 소 다리의 상처에 석유를 뿌리고 천까

지 싸매 준 것은 좋았는데, 우리 형제가 가방을 메고 집을 나설 때는 뜬

금없이 소를 몰고 나란히 나서는 거였다.

"소를 거기다 도로 몰아다 놓을 거여. 그람 주인이 찾아가겠제."
_{소 주인이 소를 찾아갈 수 있게 해야 한다고 생각하는 아버지('나'와 생각이 다름.)}
아버지는 그 말만 내놓고 더 입을 열지 않았다. 나는 시무룩해져서

동구 밖 갈림길에서 아버지와 헤어졌다.

하루 내내 소 생각만 하다가 학교를 파하자마자 나는 곧장 강둑으로

달려갔다. 소는 방죽에 배를 깔고 앉아 있었다. 소가 눈에 들어오자 나

는 그만 눈물이 핑 돌았다. 나는 쇠말뚝에서 고삐를 풀어 소에게 풀을

뜯겼다.

해가 지고 어둑어둑해졌는데도 나는 집으로 돌아갈 생각을 하지 않

았다. 이슬 내리는 강둑에 소만 남겨 놓고 돌아갈 순 없었다. 집에 돌아

갈 일도 걱정이었다. 될 대로 되라는 심정으로 소와 함께 방죽에 앉아

있는데 형이 찾으러 왔다. ▶ 강둑에 소만 남겨 놓을 수 없어서 늦게까지 소 곁에 있게 된 '나'

"니 아부지한테 죽었다. 아부지가 너 여기 있는 줄 다 안단 말여."

"안 가!"

나는 소고삐를 그러당겨 손안에 잡았다. 형은 풀밭에서 내 가방을 들
<u>소를 두고 갈 수 없는 '나'의 마음이 나타남.</u>
어 어깨에 둘러맸다.

"니가 그런다고 우리 것이 될 줄 아냐?『아부지가 지서에 신고를 해
경찰서
놨응께 주인이 금방 찾으러 올 거라고."』『 』: 양심적인 아버지의 모습

"뭐여, 신고를 했어? 바보 천치여. 아부지는 바보 천치랑께!"
<u>소 주인을 찾으려고 하는 아버지를 이해하지 못하는 '나'의 심정이 나타남.</u>
"어여 일어나! 저녁밥 차려 놨어. 니도 없는디 밥숟가락 들었다가 아

부지한테 혼났단 말여. 나도 니 땜에 성가셔 죽겠다. 숙제도 많구만."
자꾸 들붂거나 번거롭게 굴어 괴롭고 귀찮아
"행님아, 주인이 안 나타나믄 어떻게 되냐? 니 공부 잘하니께 알제?"

"그럼 주운 사람 차지겠제."

"참말로?"

"근데 누가 소 잃고 가만있겠냐? 벌써 마이크로 사방에 다 알렸을 건
디."

나는 풀이 죽어 일어났다. 형 어깨에서 가방을 벗겨 들고 터벅터벅

걸었다. 한참 만에 나는 형한테 다짐을 받듯 재차 물었다.

"암튼 주인 안 나타나믄 저건 우리 소란 말이제?"
<u>소를 갖고 싶어 하는 '나'의 마음이 나타남.</u>
형은 쯧, 하고 혀를 차곤 묵묵히 걸어갔다.
▶ 소 주인이 찾을 수 있게 소를 방죽에 메어 놓고 지서에 신고한 아버지가 못마땅한 '나'
집에 들자마자 아버지는 지겟작대기를 들고 닦아세웠다.

"너 이놈, 학교 파하면 집으로 핑 들어올 생각은 않고 어디서 자빠졌
어떤 일을 마치거나 그만두면

다가 이제 기어들어오는겨!"

아버지는 지겟작대기로 등에 짊어진 가방을 쿡 쑤시더니,

"니 숙제는 해 놓고 이러고 다니는 거여?"

하며 나를 지겟작대기 끝으로 콕 찔러 죽일 기세였다. 나는 마당 모깃불

<small>모기를 쫓기 위하여 풀 따위를 태워 연기를 내는 불</small>

옆에 주저앉아 입만 실룩거렸다. 왕겨를 한 삼태기 부어 놓은 모깃불에

<small>흙이나 쓰레기, 거름 따위를 담아 나르는 데 쓰는 기구</small>

서는 불꽃이 발근발근 일어나고 있었다. 아버지는 생솔가지를 올릴 셈

이었다가 내가 나타나자 잊어 먹은 듯, 불자리 옆에 생솔가지가 수북했

다. 눈물은 삐질삐질 나오는데 나는 소리를 내지 않았다. 그게 더 얄미

웠는지 느닷없이 아버지가 어깨에서 가방을 낚아챘다.

"니놈은 천상 가르쳐 봤자 소용없고……."

<small>이미 정하여진 것처럼 어쩔 수 없이</small>

하곤 가방을 모깃불에 집어 던져 버리는 거였다. 나는 그만 땅바닥에 벌

<small>남의 것을 탐내는 아들을 징계하는 아버지의 모습</small>

렁 드러누워 마당을 쓸며 울기 시작했다. 형이 후닥닥 달려가 모닥불에

서 가방을 꺼내려고 하자 아버지가 버럭 호통을 쳤다.

"냅둬!"

형은 주춤주춤 물러섰다. 그러자 이번에는 어머니가 달려들어 불에

서 가방을 꺼냈다. 벌써 불이 붙어서 불덩어리 하나가 통째로 떨어져 나

온 것 같았다.

"아이고매!"

어머니는 허겁지겁 부엌으로 달려가 바가지에 물을 떠다가 가방에

끼얹었다.

나는 밥도 안 먹고 가방을 챙겨 들고 방에 들었다. 방 안에선 잿내가

진동했다. 이미 책이며 공책은 비닐이 눌어붙고 타서 못 쓰게 돼 버렸다.

『밤중에 아버지가 툇마루를 내려서는 기척이 들렸다. 그때를 맞춰 부
　『 』: 아버지의 행동에 반항하는 '나'의 모습
러 나는 마당으로 나가 모깃불에 가방을 집어 던져 버렸다.』
　▶ 남의 소를 탐내는 '나'의 가방을 불에 던져 버린 아버지와 아버지에게 반항하는 '나'
이튿날 나는 학교에 가지 않았다. 가방도 책도 없이 무슨 수로 간단

말인가?『지난 학년, 책을 반납하던 날 정례가 선생님한테 혼나던 일을
　『 』: 교과서를 물려 가며 썼고 이를 중요하게 생각했던 시대라는 것을 알 수 있음.
생각하면 몸서리가 쳐졌다.』 정례는 도덕책을 반납 못했는데 제 할아버

지가 찢어서 담배를 말아 피워 버렸다고 한다.

밥상머리에서 아무 말도 없던 아버지로 보아 분명 당신도 후회를 하

고 있는 것 같았다. 나는 그런 아버지가 얄밉고 쌤통이라는 생각이 들었

다.『밤새 배를 곯았던 나는 아버지가 보란 듯 밥 한 그릇을 싹싹 비웠
　『 』: 아버지의 행동에 반항하는 '나'의 모습
다.』

"동맹아!"

아버지가 방문 너머로 날 불렀다.

"공부 안 가냐?"

나는 대답하지 않았다.

"그려. 니놈은 천상 공부할 싹수는 못 되는 거 같응께 농사나 배워라.
　　　　　　　　　　　　　　　　'혓바닥'의 방언
니 형 하나 공부시키재도 이 애비는『쌧바닥이 빠진다."』
　　　　　　　　　　　　　　　『 』: 혓바닥이 빠질 정도로 몹시 힘들다.
그래 놓고 아버지는 벌컥 문을 열었다.

"아, 뭣혀? 콩 뽑으러 가야제."

콩밭에 앉아 콩을 뽑자니 삐질삐질 눈물이 났다. 구름은 재를 넘어

흘러갔다. 풀무치랑 메뚜기 같은 날벌레들이 장글장글한 햇볕 속을 날
　　　　　　　　　　　　　　　　해가 살을 지질 듯이 따갑게 계속 내리쬐는

아다녔다. 나는 결국 흙 위에 퍼더버리고 앉아 울음을 터뜨리고 말았다.

▶ 공부 대신 콩을 뽑으러 가자고 말한 아버지를 따라 콩을 뽑다가 서러워서 울어 버린 '나'

아버지는 점심을 먹인 후 나를 앞세우고 학교로 갔다. 선생님에게 정

중하게 인사를 올린 후 아버지는 말했다.

"지난밤에 등잔이 넘어져서 방을 홀랑 태워 버렸구만요. 그 바람에

애 책이 그만 못 쓰게 돼 버렸는디 넓은 혜량으로다가 선처 부탁합니

남이 헤아려 살펴서 이해함을 높여 이르는 말

다."

선생님은 나를 데리고 창고로 가서 일일이 책을 찾아 챙겨 주었다.

돌아오는 길에 아버지는 가방도 하나 새로 사 주고 공책이며 연필에, 아

직 한 번도 가져 보지 못한 자석이 달린 필통까지 사 주는 것이었다.

"소는 집으로 데려다 놓을 거여. 주인이 찾아올 때까지만 집에서 키

우는 거니께 정붙이지 말어. 잉?"

소 주인이 나타나면 소를 돌려줘야 하기 때문에

나는 씩 웃으며 고개를 끄덕였다.

▶ 소 주인이 나타날 때까지만 소를 집에서 키우기로 결정한 아버지

그런데 그게 어디 말처럼 되는 일인가? 아침저녁으로 나는 꼴을 베어

나르고, 오후에는 소를 몰아 풀을 뜯겼다. 아버지는 그런 내 행동을 못

소에 정을 붙이면 정을 떼기 힘들기 때문에

마땅해했다.

"그걸 두고 소 궁둥이에다가 꼴 던지는 격이라고 하는겨. 소가 널 주

아무리 힘쓰고 밑천을 들여도 보람이 없음을 비유적으로 이르는 말

인으로 모실 성싶으냐?"

▶ 소를 정성껏 돌보는 '나'와 그것을 못마땅해하는 아버지

하지만 근 한 달이 지났는데도 주인은 나타나지 않았다. 소는 점차

기력을 회복해 제법 살이 올랐다. 『그러는 동안에 아버지의 매운 눈은

『 』: 아버지가 소에게 관심을 보이기 시작함.

퍽 부드러워지고 가끔 당신이 직접 고구마 줄기를 뜯어다가 지게로 부

려 놓는 일도 생겼다.』

"내버리기 아까워서 소나 먹이는 거여."

『나는 매일 이부자리 속에서 주인이 나타나지 않았으면 하고 기도를
　『 』: 소의 주인이 되고 싶은 '나'의 간절한 마음
드렸다.』 조마조마한 마음이 한시도 가시지 않았다.

　소를 들이고 두어 달이나 지났을까. 돌연 소가 풀도 잘 안 뜯고 울어

대기만 했다. 제집 그리는 짐승처럼 먼 하늘을 우러르는 큰 눈이 퍽이나

슬퍼 보였다. 아버지가 유심히 소를 살피고는 말했다.

"저것이 짝을 찾는 모냥이다."

"그러니까 우리 소가 이제 송아지를 밴단 말여?"
　　　주운 소를 자기 소라고 생각하는 '나'
"좋은 수놈이 어디 없을꼬."　　　　　▶ 주인이 나타나지 않자 소에게 관심을 가지는 아버지
　전개　주인이 나타날 때까지 소를 집에서 키우기로 한 후 '나'는 소를 열심히 돌보고, 아버지는 소에게 관심을 보임.
『이후 아버지는 슬금슬금 내 자리를 차지하고 들어왔다. 아침마다 쇠
　『 』: 소에게 정성을 다하는 아버지의 모습
꼴 베라고 불러 깨우지를 않나, 송아지 밴 소를 풀도 안 좋은 방죽으로

만 몰고 다닌다고 역정을 냈다. 아침저녁으로 여물을 쑤는 것은 말할 것
　　　　　　　　　　　　말과 소를 먹이기 위하여 말려서 썬 짚이나 마른풀
도 없고 읍내에서 사료도 져 날랐다.』 아버지가 그럴수록 나는 왠지 내

자리를 빼앗긴 듯 맥이 풀렸다.

　하루는 학교에서 돌아오자 마당에 큰 썰매 같은 게 널브러져 있었다.

그것은 쟁기질 뒤 마른써레질에 쓰는 끄슬쿠라는 농기구였다. 그 위에
마른논에 물을 넣지 않고 논을 파서 뒤집은 다음 써레(논바닥을 고르는 농기구)로 흙덩이를 부수면서 땅을 고르는 일
맷돌이 올라가 있어서 나는 의아하게 생각했다.

"아부지, 저게 뭐여?"

"니도 어디 가지 말고 저기 올라타라. 소 쟁기질 연습시킬 거여."

　아버지는 끄슬쿠에서 써렛발을 뽑아내고 소 뒤에다가 쟁기처럼 달았
　　　　　　써레의 몸에 박는, 끝이 뾰족한 나무
다. 그로부터 『한 닷새를 아버지는 온 동네 골목에 흙먼지를 일으키며
　　　　　　　『 』: 소에게 쟁기질 연습을 시키는 아버지의 모습

소를 몰았다.』 물론 나도 그 흙 썰매 같은 끄슬쿠 위에 타야 했다.

"이랴, 쩌, 쩌, 이랴, 쩌 쩌……."

날이 갈수록 아버지는 끄슬쿠를 점점 무겁게 했다. 나흘째에는 동네 아이들까지 태웠다. 오쟁이가 저희 집 앞에서 뾰로통하게 서 있는 모습은 참 쌤통이었다.

▶ 소에게 정성을 다하며 쟁기질 연습을 시키는 아버지

그럭저럭 석 달이 지난 무렵이었다. 하루는 학교에서 돌아와 보니 소가 간 곳이 없었다. 아버지도 보이지 않았다.『어머니가 툇마루에 앉아 한숨을 폭 쉬는 게 예감이 심상치 않았다.』

『♪: '나' 가 소 주인이 나타났음을 예감함.

"소 주인이 나타났다."

어머니는 또 한숨이었다.

"오려면 진작 오지. 이제서야 올 건 또 뭐라냐."

어머니는 뛰쳐나가려는 내 손을 끌어 잡았다. 나는 칭얼칭얼 울기 시작했다.

"울지 마라. 원래 그러자고 들인 소 아니었냐?"

주인이 나타날 때까지만 키우기로 했음.

그래 놓고 어머니는 또 한숨이었다.

아버지는 손수 고삐를 잡고 주인과 함께 고개 너머 경찰서로 넘어갔다고 했다. 나는 눈을 썩썩 문지르고 말했다.

"그람 아부지가 소를 다시 찾어올랑갑네이?"

"뭔 수로 고걸 다시 데려오겠냐."

"또 모르제. 그간 길러 줘서 고맙다고 주인이 싸게 팔지도."

나는 그 긴 오후 한나절을 막연한 기대를 품은 채 아버지를 기다렸

아버지가 소를 다시 데려올지도 모른다는 기대

다. 『혹시 쇠꼴을 베어다 놓으면 그게 무슨 주술이 되어 소가 다시 돌아

『♩: 소에 대한 '나'의 애착이 나타남.   불행이나 재해를 막으려고 주문을 외는 일

올 것만 같아 꼴을 두 망태기나 걷어다가 놓았다.』 점심 전에 나갔다는

아버지는 해거름 녘이 되어도 나타나지 않았다.

▶ 소 주인이 나타나 아버지가 소를 끌고 갔다는 말을 듣고 소가 돌아오기를 기대하는 '나'

저녁 무렵에 아버지는 오쟁이 아버지와 함께 집으로 들어왔다. 빈손

이었다.

"어떻게 됐다요?"

어머니가 먼저 물었다. 아버지는 한숨만 내쉬었고, 오쟁이 아버지가

대신 대답했다.

"일단 주인이 데려갔소."

그래 놓고 그는 아버지를 향해 덧붙였다.

"내 말대로 하란 말이지. 이참에 좀 세게 나가서 섭섭지 않게 받아 내

란 말여. 아까 순경도 안 그러등가? 그간 수고한 건 알아서들 허라고.

그것이 뭔 소리겄어? 사정이 이만저만 됐응께 소 주인이 정상을 참작

이리저리 비추어 보아서 알맞게 고려함.

해라. 그 소리제."

"거기도 영 불량한 사람은 아니던데. 그러지 말고 자네 여윳돈 좀 돌

리세."

"나가 뭔 여윳돈이 있당가?"

"콩이랑 보리 매상한 것 좀 있잖여?"

정부나 관공서에서 일반 백성들로부터 물건을 사들임.

"그게 얼마나 된다고?"

"아쉬운 대로 이것저것 좀 보태믄 흥정이라도 해 볼 수 있잖여."

물건을 사거나 팔기 위하여 품질이나 가격 따위를 의논함.

"흥정? 와따매, 아까부터 자꾸 그 소리인디 누가 빚내서 송아지도 아

니고 다 큰 소를 사겄다믄 안 웃겄어?"

"다른 말 말고 좀 돌리세. 나가 낼은 직접 찾아 다녀오겄다니께."

▶ 소를 사려고 하는 아버지

이튿날 아침 나는 학교에 가다 말고 동구 밖에서 걸음을 멈추었다. 밤부터 나는 마음을 단단히 먹고 있었다.

"너 시방 왜 그려?"

형이 몸을 틀고 물었다.

"나 소 찾으러 갈 거여."

"뭐?"

"아부지 따라 소 찾으러 간당께."

"니가 거기 가서 뭘 어쩌겄다고?"

"소 돌려달라고 할 거여. 그래도 안 되믄 외양간에 드러누워 버리제."

"칫, 싹수없는 소리 하고 있다. 얼렁 가야."

장래성이 없는

형이 몸을 돌렸다. 나는 한 걸음 물러났다.

"소 찾으믄 행님 니도 고등학교를 도시로 갈 수 있어."

소의 가치가 높았던 시대였음을 알 수 있음.

"그래서 시방 학교 안 가겄다고? 아부지가 가만있겄냐?"

그래 놓고 형은 걸어갔다. 별수 없이 내가 뒤따라올 줄 알았던 모양이다.

"행님아, 나는 숙제를 안 해서 가재도 갈 수가 없다."

형은 뒤도 돌아보지 않고 저만치 멀어졌다.

▶ 아버지와 함께 소를 찾으러 가기로 결심한 '나'

나는 팽나무 뒤로 물러나 아버지를 기다렸다. 머잖아 장에 나가는 차림새로 아버지가 마을 길을 걸어 나오는 게 보였다. 겨드랑이에 낀 노란 종이 꾸러미는 돈이 틀림없었다. 내가 팽나무 뒤에서 쭈뼛쭈뼛 나오자 아버지는 기가 막힌 얼굴로 빤히 쳐다보았다. 나는 가야 할 길로 몸을 돌리고 섰다. 뒤에서는 어떤 기척도 없었다. 아버지는 아무 말 없이 앞서 걸어갔다.

우리는 고갯마루에서 버스를 기다렸다.

"아부지, 동네가 어디래요?"

"왜, 말하믄 니가 다 알겠냐? 문대미랴."

아버지는 아무렇지도 않게 대답했다. 이제 나는 힘이 나서 까불었다.

"버스를 타긴 타야겠네이."

<u>아버지가 소 주인집에 자기를 데려갈 것이라는 확신이 들었기 때문에</u>

▶ 소 주인집으로 가는 아버지와 '나'

문대미에서 버스를 내린 아버지와 나는 장터를 지나고 큰 동네를 두 군데나 지나면서 강을 거슬러 올라갔다. 그곳 강은 우리 마을 강보다 폭이 좁았지만 물은 더 맑았다. 그동안 아버지는 서너 번이나 사람을 붙잡고 길을 물었다.

<u>담배를 묶어 세는 단위</u>

작은 마을이 나왔고, 아버지는 구멍가게에서 거북선 한 보루를 샀다.

<u>1970~1980년대에 생산된 담배 → 시대적 배경을 알 수 있음.</u>

주인 여자는 길로 나와 들판을 가리켰다. 들판 멀리 강둑 아래로 삼나무 뒤뜰이 어두운 민가가 보였다. 아버지는 꾸러미와 함께 담배 보루를 포개서 겨드랑이 깊숙이 찔러 넣었다.

집 곁을 지나자니 사철나무 울 너머로 타작 소리가 들려왔다. 우리는 잠시 멈춰 서서 집 안을 들여다보았다. 마당에 안주인이 앉아 늦콩을 털고 있었다.

<u>제철보다 늦게 여무는 콩</u>

『텔레비전 안테나도 안 보이는 게 우리 집하고 다를 것 없이

『 』: 소 주인의 집안 형편이 넉넉지 않음을 알 수 있음.

작고 추레한 집이었다.』

<u>겉모양이 깨끗하지 못하고 생기가 없는</u>

대문 밖 감나무 밑에서 아버지가 말했다.

"니는 여기 기둘러이."

아버지는 대문도 없는 마당으로 들어갔다. 나는 감나무 그늘에서 고개를 기웃 내밀고 집 안을 훔쳐보았다. 행랑채에는 외양간이 딸려 있었지만 비어 있었다. 『자연히 나는 집 주변을, 그러니까 들판이라든가 강둑을 살펴보았다.』 강둑에 염소 몇 마리는 보였어도 소 같은 건 보이지
『 』: 소를 찾기 위해서
않았다. 아버지를 툇마루로 안내해 앉힌 그 집 안댁이 냉수를 한 그릇 내다가 아버지에게 건넸다.

그녀는 바깥양반이 나무를 싣고 바닷가로 갔다고 했다.

"김 양식장에 말뚝을 한 사날 달구지로 내다 주고 있는디 점심은 드
소나 말이 끄는 짐수레
셔야 올 건디요."

"그 소가 달구지를 다 끈다요?"

아버지가 외양간을 건너다보며 놀란 눈으로 물었다. 좀 섭섭한 눈빛
이었다.
▶ 소 주인집을 찾아가서 소가 달구지를 끌고 나갔다는 소리를 들은 아버지

"그렇잖아도 애 아부지가 얼마나 고마워하는지. 소가 똑 우리 소 같
지 않게 실해졌어라. 내일 새나 일머리가 든다고 한 번 인사하러 다
든든하고 튼튼해   일을 본격적으로 시작한다고
녀오겠다고 허든만요."

아주머니가 아버지에게 한 번 더 굽실했고, 아버지는 큼큼 헛기침을
놓았다.

"내일 일머리가 든다고요? 그람 모레 새나 다시 한 번 올랍니다."

아버지는 말도 못 꺼내 보고 그냥 일어서는 눈치였다. 마당으로 내려
소를 팔라는 말도 하지 못하고

서던 아버지는 잊었다는 듯 아주머니에게 담배 보루를 내밀었다.

"오히려 우리가 선물을 해도 해야 하는디……."

아주머니는 황송한 듯 불편한 듯 담배 보루를 받아 들었다. 내가 툭 불거져 나가 아버지 곁에 서자 아주머니는 깜짝 놀라며 말했다.

"으매, 아들이 와 있었는갑네. 들어오제야?"

"야가 소 좀 보겠다고 학교도 안 가고 요래 삐득삐득 따라 안 오요."

"오매, 그랑게 니가 강에서 소를 건진 갸구나? 영 슬겁게 생겼네."

마음씨가 너그럽고 미덥게

아주머니는 내 머리를 쓰다듬었다.

『"소한테 정 주지 말라고 그렇게 말했는디도 요놈이 고만 정을 줘 갖

『 ♪: '나'와 아버지의 소에 대한 마음 ①

고 밤낮 밥도 안 묵고 울기만 해싸요."』

그렇게 말한 아버지는 『정말 짠하고 속상한 눈빛으로 나를 바라보았

『 ♪: '나'와 아버지의 소에 대한 마음 ②

다.』 그러자 갑자기 나는 눈물이 찔찔 나기 시작했다. 나는 점점 콧물까지 삼키며 서럽게 울어 버렸다. 나도 모를 일이었다. 안댁이 어쩔 줄 몰라 했다.

"허허, 넘 부담시럽게……. 뚝 못 그치냐?"

아버지는 꺼칠한 손바닥으로 내 낯을 훔쳤다. 안댁이 집 안으로 뛰어 갔다가 돌아와 내 손에 뭔가를 덥석 쥐여 주었다. 천 원짜리 한 장이었다.

"공책 사서 써라 잉."

"아따, 뭘 이런 걸 주고 그란다요. 애 버릇 나빠지게."

아버지와 나는 마을을 걸어 나왔다. 장터에서 아버지는 자장면을 사 주었다.

▶ 소를 사려고 왔다는 말도 못하고 돌아온 '나'와 아버지

읽기 소 주인이 나타나 소를 데려가고, 아버지가 그 소를 사려고 나와 함께 소 주인집으로 갔다가 그냥 돌아옴.

이틀 뒤 나는 수업이 끝나자마자 집으로 달려갔다. 아버지는 돌아와

<u>아버지가 소를 사러 소 주인집에 간 날</u>

있지 않았다.

"점심 드시고 가셨는디 금방 오겄냐?"

어머니가 찐 고구마를 내놓으며 말했다.

"소 꼭 사 온다고 했제?"

"그랄라고 갔다만……. 오쟁이 아부지가 따라나섰응께 잘 안 되겄

냐? 그 양반이 그래도 흥정 붙이는 데는 느그 아부지보다 나으니께."

해가 설핏 기울고 형이 돌아왔는데도 아버지는 돌아오지 않았다. <u>나</u>

<u>는 형과 함께 동구 밖까지 서너 차례나 들락날락했다.</u>

아버지를 초조하게 기다리는 '나' 의 마음이 나타남.

『"하긴 버스에 못 태운께 소를 걸켜 오자면 늦을 거네, 잉?"』

『 』: 아버지가 소를 데려올 거라는 기대감   걷게 해서

<u>위안이나 삼자고 나는 네댓 차례도 넘게 같은 말을 반복했다.</u> 어머니

아버지가 소를 데려오지 못할지도 모른다는 불안감을 떨치기 위한 '나' 의 행동

가 저녁상을 밀어 주었지만 우리는 뜨는 둥 마는 둥 했다.

▶ 소를 사러 간 아버지를 기다리는 '나'

아버지가 돌아온 것은 달빛이 훤할 때였다.

술에 취해 비틀거리며 사립문을 들어서는 아버지를 보며 우선 나는

소고삐가 들렸는지 살펴보았다. 그러나 달빛 아래 선 아버지는 맨손이

었다. 아니다. 겨드랑이에는 예의 그 종이 꾸러미가 달랑달랑 매달려 있

었다. 아버지는 종이 꾸러미를 땅바닥에 내던지고 감나무 밑으로 걸어

가 통나무처럼 털썩 주저앉았다.

나는 얼른 종이 꾸러미부터 풀어 헤쳤다. 돈다발을 확인해야 현실을

받아들이겠다는 조급함 때문이었다. 하지만 종이 꾸러미에서는 차갑고

물컹한 고깃덩어리가 나왔다.

"워매, 소를 잡아부렀는갑다. 씨!"

소를 잡았다고 생각하는 '나'의 순수함이 나타남.

나는 나도 모르게 그렇게 소리쳤는데, 형이 대뜸 내 뒤통수를 콕 쥐

어박았다. 아버지가 꺼꺽 울고 있었던 것이다.

『"그 집구석도 한심하더란 말이지. 그 소 없으믄 농사고 뭐고 못 묵고

『　』: 아버지가 소 주인에게 소를 살 수 없었던 이유

산디야. 워매!"』

아버지의 우는 모습을 본 것은 그때가 처음이었다.

▶ 아버지가 소를 사지 못하고 돌아옴.

절정 소 주인집의 집안 형편이 어려워서 아버지는 소를 사지 못하고 돌아옴.

온전히 우리 집 소유의 소를 갖게 된 것은 한참 뒷날의 일이었다. 송

아지가 송아지를 낳고, 그 송아지가 또 송아지를 낳아 지금은 얼추 네댓

대나 배 갈린 암소가 외양간을 지키고 있다.

『"요놈의 짐승이 정을 안 줄래도 정이 안 들 수가 없는 짐승이여. 하

『　』: 소에 대한 아버지의 애정과 소의 가치가 높았던 시대였음을 알 수 있음.

긴 우리 자식들은 요놈이 다 가르쳤응께. 난 힘 하나 안 썼구만."』

결말 한참 후에 우리 집 소유의 소를 갖게 됨.

● 작가 만나기

전성태(1969~) 전라남도 고흥에서 태어났다. 1994년 "실천문학"에 '닭몰이'
가 당선되어 등단하였다. 초기에는 농촌의 문제를 소재로 농촌의 소외된 삶을 토속
적인 언어와 해학적인 문체로 그려냈다. 이후에는 농촌의 문제에서 벗어나 변해 가
는 현대인의 삶을 소설에 담아내고 있다. 주요 작품으로는 '여자 이발사', '국경을
넘는 일' 등이 있다.

● 작품 만나기

'소를 줍다'는 장마에 떠내려온 소 한 마리를 통하여 가난한 농촌 가정의 어린
아들과 아버지의 심리를 해학적으로 묘사한 작품이다. 초반에는 주운 소를 데려가
키우려는 아들과 주인에게 돌려주려는 아버지가 갈등을 하지만 정작 소 주인이 나
타나자 아버지는 소와 정이 들어 헤어지기 싫어한다.

이 소설에서 또 한 가지 주목할 점은 1970년대 우리나라 농촌 생활의 모습을 전
라도 사투리를 사용하여 생생하게 보여 주고 있다는 것이다. 소 한 마리만 잘 키워
도 농사와 자식 교육 걱정을 할 필요가 없었고, 물건으로 엿을 바꿔 먹을 수 있었으
며 교과서를 소중하게 생각했던 시절의 모습을 정겹게 담아내고 있다. 모든 것이
각박하게 돌아가는 요즘, 소와 정을 주고받으며 소박하게 살았던 아버지의 모습이
더욱 그리워진다.

● 핵심 만나기

갈래	현대 소설, 단편 소설
성격	토속적, 해학적
배경	• 시간적: 1970~1980년대 / • 공간적: 농촌 마을
시점	1인칭 주인공 시점
제재	강물에서 주운 소
주제	소를 둘러싼 부자 간의 갈등과 사랑
특징	향토적인 어휘의 사용으로 토속적 정서를 드러냄.

● 등장인물

나	순박하지만 계산에 밝은 농촌 아이로, 장마 때 강물에서 주운 소를 통해 아버지의 사랑을 느끼게 됨.
아버지	양심을 지키며 살아가는 농부로, 가난하지만 자식들에게 올바른 가치관을 가르쳐 주려고 함.

● 아버지의 심리 변화

사건	아버지의 심리
'나'가 소를 주워 왔을 때 소 주인을 찾으려고 함.	남의 물건을 가지는 것은 잘못된 행동이라고 생각함.
주인이 찾아올 때까지만 소를 키우자고 했지만 소를 정성껏 돌보는 '나'를 못마땅해함.	소 주인이 나타나 소를 찾아가게 되면 '나'가 상처받게 될까 봐 걱정함.
소가 송아지를 밴 뒤부터 소를 정성껏 돌봄.	소에게 애정이 생김.
소 주인이 소를 찾아가자 소를 사려고 함.	빚을 내서라도 소를 사서 키우고 싶음.
소를 사지 못하고 빈손으로 돌아와 감나무 밑에서 소리를 내어 욺.	애정과 정성으로 돌본 소와 헤어지는 것이 안타까움.

● '소'의 가치

과거 농경 사회에서 소는 생계를 책임지는 동물이었다. 즉, 소를 부려 농사를 짓고, 그 농사를 통해 먹고 살아가기 때문에 소는 농촌 생활의 중심이었다. 끝 부분의 아버지의 말인 "그 소 없으믄 농사고 뭐고 못 묵고 산디야."는 이러한 소의 가치를 잘 보여 준다.

● '아버지'가 소에게 정을 붙이지 말라고 '나'에게 당부한 이유는 무엇인지 생각해 보자.

● 책 이름(출판사)　　　　　　　　　● 지은이

● 줄거리 요약

　　'나'의 가족은 집이 가난해서 남의 집 소를 대신 길렀다. 그러다가 '나'가 초등학교 3학년 때 장마 뒤에 불어난 강물을 타고 떠내려온 소를 건지게 된다. '나'는 소의 주인이 '나'의 동네 사람이 아니라는 것을 알고 갖고 싶어 한다. 그러나 아버지는

● 인상 깊은 내용과 그 이유

● 은고 난 후의 생각이나 느낌

✎ 내가 이 소설에 등장하는 소가 되어 주인공인 '나'와 헤어진 다음 '나'에게 하고 싶은 말을 써 보자.

1. '나'의 집에 두 번째 소가 들어오게 된 계기는?

   ① 아버지가 소를 사왔기 때문이다.

   ② 오쟁이네가 선물로 주었기 때문이다.

   ③ '나'가 강물에 떠내려온 소를 건졌기 때문이다.

   ④ 어머니가 일한 품삯 대신 소를 받았기 때문이다.

   ⑤ 정부에서 각 집마다 소를 한 마리씩 지원해 주었기 때문이다.

2. ㉠의 의미로 알맞은 것은?

   "그걸 두고 ㉠소 궁둥이에다가 꼴 던지는 격이라고 하는겨. 소가 널 주인으로 모실 성
   싶으냐?"

   ① 노력한 만큼 결과가 돌아온다.

   ② 좋은 일은 여러 사람이 함께 해야 한다.

   ③ 일을 시작했으면 끝까지 밀어붙여야 한다.

   ④ 아무리 힘쓰고 밑천을 들여도 보람이 없다.

   ⑤ 마음먹기에 따라 어렵고 힘든 일도 헤쳐 나갈 수 있다.

3. 다음 글에서 알 수 있는 소에 대한 아버지의 태도는?

   그러는 동안에 아버지의 매운 눈은 퍽 부드러워지고 가끔 당신이 직접 고구마 줄기
   를 뜯어다가 지게로 부려 놓는 일도 생겼다.

   ① 무관심하다.   ② 못마땅해한다.

   ③ 불쌍하게 여긴다.   ④ 관심을 보이고 있다.

   ⑤ 물질적 가치로만 여긴다.

4. 이 소설의 등장인물에 대한 설명으로 알맞지 <u>않은</u> 것은?

① '나' 는 고집이 세다.

② 아버지는 가축을 잘 기른다.

③ 어머니는 '나' 를 잘 이해한다.

④ 소 주인의 집안 형편은 넉넉하다.

⑤ 오쟁이는 소가 있는 집의 아이이다.

5. 아버지가 소 주인집을 다시 찾아간 이유는?

① 그 집의 소를 사기 위해서이다.

② '나' 가 소를 보고 싶어 하기 때문이다.

③ 소 주인에게 소값을 지불하기 위해서이다.

④ 소를 빌려 가서 농사일을 하려고 하기 때문이다.

⑤ 소 주인에게 소를 잘 기르는 법을 가르쳐 주기 위해서이다.

6. 이 소설에 나타난 갈등을 정리한 것이다. 다음 빈칸에 알맞은 등장인물을 각각 쓰시오.

㉠ ( )	㉡ ( )
주워 온 소를 가지려고 함.	주워 온 소의 주인을 찾으려고 함.

7. 다음 빈칸에 공통적으로 들어갈 말을 쓰시오.

"요놈의 짐승이 ( )을 안 줄래도 ( )이 안 들 수가 없는 짐승이여. 하긴 우리 자식들은 요놈이 다 가르쳤응께. 난 힘 하나 안 썼구만."

● 다음 단어의 뜻이 맞으면 ○쪽으로, 틀리면 ×쪽으로 가면서 미로를 통과해 보자.

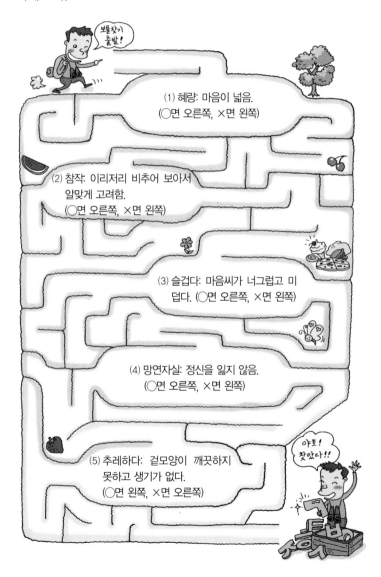

(1) 혜량: 마음이 넓음.
(○면 오른쪽, ×면 왼쪽)

(2) 참작: 이리저리 비추어 보아서 알맞게 고려함.
(○면 오른쪽, ×면 왼쪽)

(3) 슬겁다: 마음씨가 너그럽고 미덥다. (○면 오른쪽, ×면 왼쪽)

(4) 망연자실: 정신을 잃지 않음.
(○면 오른쪽, ×면 왼쪽)

(5) 추레하다: 겉모양이 깨끗하지 못하고 생기가 없다.
(○면 왼쪽, ×면 오른쪽)

고향

루쉰

    나는 혹독한 추위를 무릅쓰고 2천여 리나 떨어진 먼 곳에서 고향으로 돌아왔다. 20여 년 동안이나 떠나 있었던 곳이었다.

    마침 한겨울이라 그런지 고향이 가까워지면서 하늘은 잔뜩 찌푸렸고, 차가운 바람이 선창 안에까지 윙윙 소리를 내며 불어닥쳤다. 바람받이 휘장 사이로 밖을 내다보니 뿌옇게 흐린 하늘 아래『여기저기 쓸쓸하고 황폐한 마을이 누워 있었다. 아무런 생기도 느낄 수 없는 풍경이었다.』나는 마음이 슬프고 허전해졌다.

배의 창문

『 』: 변한 고향의 모습

집, 토지, 삼림 따위가 거칠어져 못 쓰게 된

무엇을 잃거나 의지할 곳이 없어진 것같이 서운한 느낌이 있었다.

    『아! 여기가 내가 지난 20년 동안 늘 기억하며 그리워하던 고향이란 말인가?』

『 』: 현재 고향의 모습이 기억 속의 모습과 너무나 달라서 슬퍼함.

    내가 기억하고 있던 고향은 전혀 이런 모습이 아니었다. 내 고향은 이보다 훨씬 더 좋았다. 그러나 내가 그 아름다움을 머릿속에 떠올리며 좋은 점을 말해 보려고 하면 그 모습은 순식간에 지워져 버린다. 표현하고자 했던 것이 그림자도, 형상도 모두 사라져 버리고, 해야 할 말마저 자취를 감춰 버린다.

▶ 20년 만에 먼 발치에서 고향의 모습을 보고 실망하는 '나'

    아마 고향이란 것은 이런 것인지도 모른다. 난 스스로를 위로하며 이렇게 해석해 보았다. 비록 아무 발전이 없다고 해도 내가 느낀 것처럼 쓸쓸하거나 허전한 것도 아니다. 단지 나의 심정 때문에 그렇게 느끼는 것일 뿐이다. 내가 이번에 고향에 돌아온 것은 사실 애당초부터 유쾌한 심정과는 거리가 있을 수밖에 없었다. 왜냐하면 나는 이번에 고향과 삭별하기 위해서 온 것이기 때문이다.

오랫동안 우리 가족이 함께 살던 오래된 집은 이미 성(姓)이 다른 사람에게 공동으로 팔아 버린 상태이다. 집을 비우고 넘겨줘야 할 기한이 바로 금년 말까지였다. 『그래서 정월 초하룻날 이전에 고향에 돌아와서

『 』: 20년 만에 '나'가 고향에 돌아온 이유

정들었던 옛집과 영원히 이별하고, 정든 고향을 멀리 떠나 내가 밥벌이를 하고 있는 다른 고장으로 이사를 해야 했다.』

▶ 고향의 옛집을 팔고 다른 고장으로 이사를 가기 위해 고향에 온 '나'

다음 날 아침 일찍 나는 고향 집 대문 앞에 이르렀다. 기와지붕 용마

두 개의 경사진 지붕면이 만나는 부분으로 지붕의 꼭대기에 위치하는 것

루 위에는 마른풀들이 가닥가닥 바람에 나부끼고 있었다. 그것은 이 오래된 집이 어쩔 수 없이 주인이 바뀌어야 하는 이유를 말해 주는 것 같았다.

별채에 살던 다른 친척들은 이미 거의 이사를 한 모양이어서 무척 조

본채와 별도로 지은 집

용했다. 내가 우리 집 방문 가까이 갔을 때 어머니께서는 벌써 마중을 나와 계셨다. 그리고 그 뒤를 따라 여덟 살 난 조카 굉이가 뛰어나왔다.

어머니께서는 나를 보고 무척 기뻐하셨지만 또 여러 가지 『처량한

마음이 구슬퍼질 정도로 외롭거나 쓸쓸한

심정을』 감추고 계신 것 같았다. 날더러 앉아서 차나 마시자고 하시면

『 』: 정든 고향을 떠나야 하는 데서 오는 서운함

서도, 이사에 관해서는 선뜻 말씀을 꺼내지 못하셨다. 굉이는 아직 나를 본 적이 없는지라 멀찍이 떨어져서 내 얼굴을 바라보고만 있을 뿐이었다.

▶ 고향의 옛집에서 나를 반겨 주신 어머니와 조카

하지만 우리는 결국 이사에 관한 이야기를 시작해야 했다. 나는 이미 우리가 살 고장에 거처할 셋집을 계약해 놓았고 또 가구도 몇 가지 사 두었다는 말씀을 어머니께 드렸다. 그리고 이제 집 안에 있는 목기들을 모조리 팔아서 필요한 가구를 몇 가지 더 장만해야겠다고 말씀드렸다.

<small>나무로 만든 그릇</small>
<small>필요한 것을 사거나 만들거나 하여 갖춤.</small>

어머니께서도 좋다고 하셨다. 짐짝도 대충 정리해서 한군데 챙겨 놓 았고, 목기도 운반하기 불편한 것들은 절반쯤 팔아버렸다는 말씀이었 다. 다만 아직 그 판값을 받지 못하고 있다는 것이었다.

"하루 이틀 쉬고 나서 떠나기 전에 친척 어른들을 한 번 찾아뵙고 인 사를 드려라. 그런 다음에는 바로 떠날 수 있다."

어머니는 이렇게 말씀하셨다.

"네."

"그리고 룬투 얘긴데 말이다. 그 애가 우리 집에 올 때마다 네 소식을 묻곤 했단다. 너를 꼭 한 번 만나고 싶다고 하더라. 네가 집에 도착할 날짜를 그 애한테 대충 알려줬으니, 아마 곧 찾아올 거야."

<small>생김새 따위가 이상하고 묘한</small>

『그때 내 머릿속에는 갑자기 기묘한 한 폭의 그림이 번갯불처럼 퍼뜩

<small>『 』: '나'가 아름다운 추억으로 간직하고 있는 룬투의 모습. 이 모습은 좋았던 옛 고향의 모습을 상징하기도 함.</small>

했다. 진한 쪽빛 하늘에 둥그런 황금빛 보름달이 걸려 있다...... 그 아래

<small>짙은 푸른빛</small>

는 바닷가의 모래사장에 끝없이 파아란 수박 밭이 펼쳐진다. 그 가운데 열 두어 살쯤 되는 소년이 목에는 은 목걸이를 걸고 손에는 쇠 작살을 들고서 어떤 오소리를 힘껏 찌른다. 그러나 오소리란 놈은 꿈틀 몸을 한

<small>족제빗과의 동물로 너구리와 비슷하게 생김.</small>

번 비틀더니 도리어 소년의 가랑이 밑으로 빠져 도망쳐 버린다.』

그 소년이 바로 룬투였다.

▶ 어머니와 이사에 대해서 상의하고 룬투가 찾아온다는 말을 듣고 룬투를 회상하는 '나'

내가 그를 알게 된 것은 기껏해야 열 몇 살밖에 안되던 무렵이다. 그러니까 지금으로부터 거의 30여 년 전의 일이었다. 그땐 나의 아버님께서도 생존해 계셨고, 집안 형편도 좋아서 나는 말하자면 어엿한 집안의 도련님이었다.

『그해는 우리 집에서 조상에게 드리는 큰제사를 치러야 할 순서였다.

「 」: 제사를 중시했던 사회임을 알 수 있음.

그 제사는 삼십여 년 만에 한 번씩 차례가 돌아오는 것이어서 아주 정중하게 치러야만 했다. 정월에 조상의 조각상 앞에서 제사 지낼 때에는 차려 놓는 물건도 많고 제기도 가장 좋은 것을 특별히 골라서 썼다.』또 제

제사에 쓰는 그릇

사에 절하러 오는 사람도 무척 많아서 제기를 도둑맞지 않으려면 정신을 똑바로 차리고 있어야 했다.

그때 우리 집엔 망월(忙月)이 한 사람이 있었다. 『우리 고향에는 남의 집에서 일하는 사람을 세 가지로 나눈다. 1년 내내 일정한 집에 고용되

「 」: 그 당시 중국에서 남의 집에서 일하는 사람의 종류

어 일하는 사람이 장년(長年), 날짜를 따져서 남의 집에 가서 일하는 사람을 단공(短工), 자기 농사를 지으면서 섣달 대목이나 명절 때, 또는 도

지료를 받아들일 때에만 일정한 집에 가서 일하는 사람을 망월(忙月)이

논밭이나 집터를 빌려 쓰기 위해 지불하는 대가

라고 한다.』그런데 그때 그 망월은 어찌나 바빴던지 아버님께 말씀을 드려 자기 아들 룬투에게 제기를 지키도록 시켰으면 좋겠다고 했다.

아버님은 그렇게 하라고 승낙하셨다. 나도 대단히 기뻤다. 난 진작 룬투라는 이름을 들은 일이 있었고, 또 그 애가 나와 거의 같은 또래인

우주 만물을 이루는 다섯 가지 원소. 금(金), 수(水), 목(木), 화(火), 토(土)를 이름.

데 윤달에, 그것도 오행 중에서 토가 빠진 날짜에 태어났다고 해서 그

달력의 계절과 실제 계절과의 차이를 조절하기 위하여, 1년 중의 달수가 어느 해보다 많은 달

애 아버지가 이름을 룬투로 지었다는 것도 알고 있었다. 그 애는 또 새

덫을 놓아서 새를 잘 잡는다는 것도 알고 있었다.

그래서 나는 허구한 날 새해가 오기만을 기다렸다. 새해가 되면 룬투도 올 테니까 말이다. 가까스로 섣달 그믐께가 되었는데, 어느 날 어머니께서 룬투가 왔다고 일러 주셨다. 나는 날아갈 듯 기뻐하며 밖으로 뛰
_{음력으로 한 해의 마지막 날이 가까워질 즈음}
어나가 보았다.　　　　　▶ '나'의 집 하인의 아들인 룬투를 만나게 된 배경

그 애는 마침 부엌에 있었다. 『발그스름한 둥근 얼굴에 머리에는 조
_{『 』: 건강하고 경제적으로도 어렵지 않아 보이는 룬투의 모습}
그마한 털모자를 쓰고 목에는 반짝반짝 빛나는 은 목걸이를 걸고 있었다.』 이것은 그 애 아버지의 아들에 대한 사랑을 보여 주고 있었다. 그 애가 일찍 죽을까 봐 두려워서 부처님께 불공을 드리고 이런 목걸이를
_{부처 앞에 공양을 드림.}
걸게 해서 룬투를 지키도록 한 것이다. 룬투는 사람들 앞에서 무척 부끄럼을 탔지만 나에게는 그렇지 않았다. 사람들이 옆에 없을 때면 그 아이는 내게 이야기를 걸어왔다. 한나절도 못 되어 우리는 금방 친해졌다.

우리가 그때 무슨 이야기를 했는지는 잘 기억이 나지 않는다. 단지 룬투가 성에 들어와서 무척 기뻐하던 기억이 난다. 그 아이는 그동안 자기가 보지 못하던 것들을 성안에서 많이 구경했다고 말했다.
　　　　　　　　　　　　　▶ 처음 본 룬투와 금방 친해진 '나'
그 다음날, 나는 룬투에게 새를 잡아 달라고 졸랐다. 그러자 룬투는 말했다.

"그건 안돼. 먼저 큰 눈이 와야 해. 모래사장에 눈이 오면, 눈을 쓸어 빈터를 만들고, 거기에 짤막한 막대기로 대나무 소쿠리를 버티어 놓는 거야. 그다음에 나락 쪼가리를 거기 뿌려 놓았다가 새가 와서 쪼
_{'벼'의 방언}
아 먹고 있으면 내가 멀찍이 떨어져 있는 곳에서 줄을 잡아당기지.

그러면 대나무 소쿠리가 넘어지고, 새는 소쿠리 안에 갇혀 도망칠 수 없게 되지. 그렇게 하면 무슨 새든지 다 잡을 수 있어. 참새, 꿩, 산비둘기, 파랑새⋯⋯."

그래서 나는 눈이 내리기를 간절하게 기다렸다. 룬투는 또 내게 말하였다.

"지금은 너무 추워. 나중에 여름이 되거든 우리 집에 놀러와. 『우리는 낮엔 바다에 가서 조개껍데기를 주워. 붉은 것, 푸른 것, 뭣이든 다 있

『 』: '나'가 경험하지 못한 것을 경험한 룬투 ①

어. 귀신을 쫓는 조개도 있고, 부처님 손 같은 조개도 있어. 그리고 밤엔 아버지하고 수박을 지키러 간단다. 너도 함께 가자.』

"네가 도둑도 지킨단 말이야?"

"아니야. 『우리 동네에선 길 가던 사람이 목이 말라서 수박 한 개쯤

『 』: '나'가 경험하지 못한 것을 경험한 룬투 ②

따 먹는 거야 도둑질도 아니지. 우리가 지키는 것은 두더지, 고슴도치 그리고 오소리야. 달밤에 어디선가 사각사각 소리가 나면 그건 오소리란 놈이 수박을 깨물어 먹는 거야. 그러면 쇠 작살을 들고 살금

작대기 끝에 뾰족한 쇠를 박아 만든 것

살금 다가가서⋯⋯."』

그때 나는 이 오소리란 놈이 어떤 짐승인지 전혀 몰랐다. 물론 지금도 자세히는 알지 못한다. 그저 어쩐지 조그만 개처럼 생긴, 영악스러운 동물일 것 같다는 느낌이 들었다.

"그놈이 물거나 그러지 않아?"

『"쇠 작살이 있잖아. 가까이 가서 오소리를 발견하면 당장 찔러 버려

『 』: '나'가 경험하지 못한 것을 경험한 룬투 ③

야 해. 그 자식은 워낙 약아빠져서 오히려 사람 쪽으로 달려들어선

가랑이 밑으로 빠져 달아나 버리거든. 털이 마치 기름칠한 것처럼 매

끄러우니까."』

나는 그때까지 세상에 이렇게 신기한 일이 많은 줄은 꿈도 꿀 수 없었

다. 바닷가에 형형색색의 갖가지 조개껍데기가 있고, 또 수박에 그렇게
<small>모양과 빛깔 따위가 서로 다른 여러 가지</small>
위험한 내력이 숨겨져 있다는 것을 몰랐던 것이다. 그때까지 나는 수박
<small>지금까지 지내온 경로나 경력</small>
이란 그저 과일 가게에서 파는 것으로만 알았을 뿐이었다.

『"우리 모래사장엔 말이야, 밀물이 들어오면 날치들이 팔딱팔딱 뛰
<small>『 』: '나'가 경험하지 못한 것을 경험한 룬투 ④</small>
어오른단다. 그 녀석들은 모두 청개구리처럼 두 다리가 달려 있어

서……."』

『아아! 룬투의 가슴속엔 그때까지 내 주변의 친구들이 전혀 알지 못
<small>『 』: '나'가 룬투를 좋아하고 아름답게 기억하는 이유 – '나'에게 새로운 세계를 알게 해 주었기 때문에</small>
하는 신기한 일들이 무궁무진하게 간직되어 있었던 것이다.』 룬투가 바
<small>끝이 없고 다함이 없음.</small>
닷가에서 그렇게 신기한 것들을 만나고 있을 때, 그 애들은 아무것도 모

르는 채 모두 나처럼 높은 담장으로 둘러싸인 안마당에서 네모진 하늘

만 바라보고 있었던 것이다.
<small>▶ '나'가 그전에 알지 못했던 신기한 일들을 룬투에게 전해 듣고 새로운 경험을 하게 되는 '나'</small>
안타깝게도 정월은 다 지나가 버리고 룬투는 집으로 돌아가야 했다.

나는 그만 어쩔 줄 모르고 큰 소리로 엉엉 울었다. 룬투도 부엌에 숨어

서 울면서 밖으로 나오려 하지 않았다. 하지만 결국 룬투는 아버지 손에

이끌려 가 버리고 말았다.

그 애는 나중에 자기 아버지에게 부탁해서 내게 조개껍데기 한 꾸러

미와 아름다운 새의 깃털 몇 개를 보내 주었다. 나도 한두 차례 뭔가 그

애에게 선물을 보내기도 했지만 그런 뒤로는 두 번 다시 만나지 못했다.
<small>▶ 어릴 때 룬투와 헤어진 다음 지금까지 그를 만나지 못한 '나'</small>
<small>**단락** '나'는 20년 만에 고향에 돌아와서 황폐해진 고향의 모습에 실망하지만 어릴 때 친구였던 룬투를 회상하며
그와 다시 만날 기대에 차 있음.</small>

이제 어머니께서 그 애의 얘기를 꺼내시자 나는 어렸을 적의 그 기억이 갑자기 번갯불처럼 되살아나서 마치 『나의 아름다운 고향을 다시 찾은 것만 같았다.』 나는 대뜸 어머니께 물었다.

『 』: '나'는 아름다운 고향의 모습과 룬투를 동일시함.

"그것 참 반갑군요! 그래, 룬투는 어떻게 지내요?"

"그 애 말이냐? 걔 살아가는 것도 무척 힘든 모양이더라."

어머니는 이렇게 말씀하시면서 밖을 내다보시더니 다시 말씀하셨다.

『"저 사람들이 또 왔구나. 말로는 목기를 사러왔다고 그러면서 닥치는 대로 아무 물건이나 손에 쥐고 가 버리니 내가 잠깐 나가 봐야겠다."』

『 』: 그 당시 궁핍한 농촌의 현실을 알 수 있음.

어머니는 일어서서 밖으로 나가셨다. 문밖에서 여자들 몇 사람이 주고받는 말소리가 들려왔다. 나는 조카 훙얼을 불러다가 내 앞에 앉히고 글씨를 쓸 줄 아는지, 다른 고장에 가 보고 싶은지 등을 물어보았다.

"우리, 기차를 타고 가요?"

"그래, 우린 기차를 타고 갈 거다."

"배는요?"

"먼저 배를 타고, 그런 다음에……."

"어머나, 세상에! 이렇게 컸네! 수염도 길게 기르고!"

갑자기 찌르는 듯 날카로운, 무척 괴팍한 목소리가 크게 들려왔다.

붙임성이 없이 까다롭고 별난

나는 깜짝 놀라서 얼른 고개를 들었다. 광대뼈가 튀어나오고 입술이 얇은 쉰 살가량 되어 보이는 여자가 내 앞에 서 있었다. 두 손을 허리에 짚고 치마도 두르지 않은 채 두 다리를 벌리고 서 있는 모습은 영락없이

자유롭게 폈다 오므렸다 할 수 있는 두 다리를 가진 제도용 기구
제도 기구 가운데 하나인 컴퍼스가 두 발을 벌리고 있는 모습과 똑같았
기계, 건축물, 공작물 따위의 도면이나 도안을 그림.
다. 나는 너무 놀라서 어안이 벙벙할 지경이었다.
뜻밖에 놀랍거나 기막힌 일을 당하여 어리둥절할
"날 모르겠어? 이전에 내가 안아 준 일도 있는데!"

나는 더욱 어리둥절할 뿐이었다. 마침 다행스럽게도 어머니가 들어

오시더니 옆에서 말씀하셨다.

"저 앤 너무 오랫동안 객지에 나가 있어서 아마 까맣게 잊었을 거야."
자기 집을 멀리 떠나 임시로 있는 곳
어머니는 그러더니 나를 보고 말씀하셨다.

"아마 너도 기억이 날 거야. 저 양반이 우리 집 길 건너편에 사시던 양

씨네 둘째 아주머니시단다. 왜 그 두부 가게를 하던……."

아, 그렇지. 이제 생각이 난다. 내가 어렸을 때, 우리 집 건너편의 두

부 가게에서 하루 종일 앉아 있던 양 씨네 둘째 아주머니였다. 사람들은

모두 이 여자를 '두부 가게 서시(西施)'라고 불렀다. 하지만 그때는 하
중국 춘추 시대 월나라의 미인
얗게 분칠을 했었고, 지금처럼 광대뼈도 튀어나오지 않았던 것 같다. 입

술도 이렇게 얇지는 않았다. 또 그때는 하루 종일 가게에만 앉아 있었던

탓인지 나는 이런 컴퍼스 같은 자세를 본 적이 없었다.
두 발을 벌리고 서 있는 자세
당시에 마을 사람들은 이 여자 덕분에 두부 가게의 장사가 잘된다고

말하곤 했었다. 하지만 그때만 해도 나는 나이가 어린 탓이었는지 그

런 말에 아무 느낌도 받지 못하고 그동안 그만 고스란히 잊어버렸던

것이다.
▶ 많이 변한 옛날의 양 씨네 둘째 아주머니를 만난 '나'

그러나 이 컴퍼스는 지금 몹시 비위가 상하는 모양이었다. 마치 업신
양 씨네 둘째 아주머니
여기는 듯한 표정으로 『마치 나폴레옹도 모르는 프랑스 사람이나, 워싱
프랑스의 군인이자 황제를 지낸 사람(1769~1821)

턴도 모르는 미국 사람을』비웃기라도 하는 것처럼 냉소에 가득 찬 목

「」: 사람들이 거의 다 알고 있는 지식을 모르는 사람을 의미함.   쌀쌀한 태도로 비웃음.

소리로 이렇게 말했다.

『"잊었다고? 하긴 정말 귀한 양반들은 워낙 눈이 높으시니……."』

　　　「」: 그 당시 가난한 사람들이 잘사는 지배 계층에게 좋은 감정을 가지고 있지 않음을 알 수 있음.

"설마 그럴 리가…… 전 그저……."

"그럼, 내 도련님한테 할 얘기가 있소. 도련님네는 부자가 됐고, 또
이렇게 무거운 짐들을 일일이 운반하기도 거추장스러울 테니, 내게
주지 그래요. 이런 낡고 하잘것없는 물건들을 어디다 쓰겠소. 우리
같은 가난뱅이에겐 그래도 이런 물건이 쓸모가 있을 테니까 말이오."

"난 부자가 아닙니다. 또 이걸 팔아야 그 돈으로……."

【"아이구 참! 지사 벼슬까지 하고서도 부자가 아니라고? 당신은 지금

　　【 】: 그 당시 가난한 사람들이 잘사는 지배 계층에게 좋은 감정을 가지고 있지 않음을 알 수 있음.

『소실이 셋이나 되고』문밖에만 나서면 여덟 사람이 떠메는 큰 가마

정식 아내 외에 데리고 사는 여자   「」: 구시대의 낡은 관습

를 타면서도 부자가 아니란 말이야? 흥! 그런 말로 날 속일 수 있을

것 같아?"】

나는 이제 무슨 말을 해도 소용이 없다는 것을 깨달았다. 나는 그저
입을 다물고 묵묵히 서 있었다.

"원 세상에! 부자가 될수록 지갑 끈을 죄고, 지갑 끈을 죌수록 더욱더
부자가 된다더니 정말 그 말 그대롤세."

컴퍼스는 화가 나서 돌아서더니 투덜대면서 밖으로 걸어 나갔다. 그
러나『나가면서 슬쩍 어머니의 장갑 한 켤레를 허리춤에 쑤셔 넣고 사

　　「」: 그 당시 가난한 사람들의 모습

라져 버렸다.』

그다음에는 또 근처의 친척들이 나를 찾아왔다. 나는 그들을 상대하

면서 틈틈이 짐을 꾸려야 했다. 이렇게 사나흘이 지나갔다.

▶ 양 씨네 둘째 아주머니에게 싫은 소리를 듣고 친척들을 만나며 짐을 꾸리는 '나'

날씨가 몹시 춥던 어느 날 오후에 나는 점심을 먹고 차를 마시며 앉아 있었다. 그러다가 나는 밖에서 사람이 들어오는 인기척에 머리를 돌려 바라보았다. 그를 보고 나는 그만 놀라서 부랴부랴 몸을 일으켜 맞으러 나갔다.

이번에 들어온 사람은 바로 룬투였다. 보자마자 나는 그가 룬투라는 것을 금방 알 수 있었다. 그러나 내가 기억하고 있던 그 룬투는 아니었다.

키는 갑절이나 커졌고, 『옛날 발그스름하던 둥근 얼굴은 누렇게 윤기 가 없어졌다.

『 』: 생기 없이 거칠게 변해 버린 룬투의 모습

얼굴에 깊은 주름이 패여 있고, 눈도 그의 아버지와 마찬 가지로 언저리가 온통 벌겋게 부어올라 있었다.』 바닷가에서 농사를 짓 는 사람은 하루 종일 불어닥치는 바닷바람 때문에 대개 이런 모습을 하 고 있다는 것을 나도 알고 있었다.

『그는 너덜너덜한 털모자를 쓰고, 몸에는 얇은 솜옷을 걸치고 있었

『 』: 룬투가 가난하고 힘든 삶을 살고 있음을 알 수 있음.

다. 초라한 온몸이 추위 때문에 부들부들 떨고 있었다. 손에는 종이 봉 지 하나와 기다란 담뱃대를 들고 있었다. 그 손 역시 내가 기억하고 있 던, 통통하고 혈색이 좋은 손은 아니었다. 거칠고 금이 가고 여기저기가 터져서 마치 소나무 껍질 같았다.』

▶ 많이 변해 버린 룬투를 보고 놀란 '나'

나는 이때 너무 흥분하여 뭐라고 말해야 좋을지 알 수 없었다.

20년 만에 만난 룬투가 반가워서 흥분함.

"아, 룬투 형, 이제…… 오셨어요?"

'나'는 룬투를 계급 관계가 아니라 어린 시절의 친구 관계로 대함.

이렇게 말했을 뿐이었다. 나는 하고 싶은 많은 말들이 꿰어 놓은 구 슬같이 계속 터져 나올 것 같았다. 『꿩이며, 날치며, 조개껍질, 오소

『 』: 아름다웠던 추억과 관련된 소재들

리…….』 그러나 어쩐지 무언가에 가로막힌 듯 그 말들은 머릿속에서만

빙빙 돌 뿐, 입 밖으로 나오지 않았다.

　그는 그 자리에 우뚝 섰다. 얼굴에는 기쁨과 처량함이 섞인 표정이

'나'를 만난 기쁨과 자신의 비참한 처지가 처량함.

선명하게 떠올랐다. 그는 뭐라고 입술을 달싹이긴 했지만 그래도 아무

가볍게 들렸다 놓였다 하긴

소리도 나오지 않았다. 마침내 그는 더욱 공손한 태도를 취하더니 분명

히 이렇게 불렀다.

　"나리!"

룬투는 '나'를 어린 시절의 친구 관계가 아니라 계급 관계로 대함.

『나는 오싹 소름이 끼치는 것 같았다. 우리 둘 사이에는 이미 두꺼운

「 」: '나'는 룬투가 이제 더 이상 어린 시절의 친구가 아니라 하인의 아들로서만 존재한다는 것을 깨달음.

장벽이 가로막고 있었던 것이다.』 그 슬퍼해야 할 장벽 말이다. 나는 아

둘 사이의 관계를 순조롭지 못하게 가로막는 장애물　　어린 시절의 소중한 추억을 간직한 친구를 잃은 슬픔

무 말도 할 수 없었다.

　　　　　　　　▶ '나'를 '나리'라고 부르는 룬투를 보며 둘 사이에 장벽이 있음을 깨달은 '나'

그는 뒤를 돌아다보며 말했다.

　"슈이성아, 나리께 인사드려라."

룬투의 아들

그는 자기 등 뒤에 숨어 있던 어린아이를 앞으로 끌어냈다. 그 아이

야말로 20년 전의 룬투 그대로였다. 『단지 안색이 나쁘고 비쩍 마른데

「 」: 궁핍한 룬투의 삶을 알 수 있음.

다 목에 은 목걸이가 없을 뿐이었다.』

　"이놈이 다섯째 놈입니다. 아직 세상 구경을 못해서 그런지 비실비실

낯만 가리고……"

어머니와 훙얼이 위층에서 아래로 내려왔다. 아마 룬투의 말소리를

들은 모양이었다. 룬투는 어머니께 말했다.

　"마님, 보내 주신 편지는 벌써 받았습죠. 정말 어찌나 기뻤는지요. 나리

어린 시절 친구였던 '나'

께서 돌아오신다는 것을 알고……"

『"룬투, 자네 왜 이렇게 서먹서먹하게 인사치례를 하나. 자네들 옛날
『 』: 위아래가 있는 계급 관계에서 벗어나 옛날처럼 편하게 대하라고 함.
에는 서로 형, 동생 하고 부르지 않았나? 옛날같이 그냥 쉰이라 부르
게나."』

어머니는 기뻐하시면서 이렇게 말씀하셨다.

"참, 마님두 무슨 말씀을…… 그게 될 법이나 한 얘깁니까. 그땐 철없
는 어린아이여서 아무것도 모르고……."

룬투는 이렇게 얘기하면서 또 슈이성에게 이리 와 인사를 드리라고
했다. 하지만 아이는 여전히 부끄러워하면서 저의 아버지 등 뒤에 찰싹
달라붙어 있었다. 어머니가 말씀하셨다.

"그 애가 슈이성인가? 다섯째랬지? 모두 낯선 사람뿐이니 겁을 내는
것도 당연하지. 얘 홍얼아, 네가 슈이성이랑 같이 밖에 나가 놀아라."

홍얼은 이 말을 듣고 슈이성에게 손짓을 했다. 슈이성은 그제야 한결
가벼운 걸음으로 홍얼과 함께 밖으로 나갔다.

어머니는 룬투에게 자리에 앉으라고 권하셨다. 그는 한참 동안 망설
이다가 겨우 자리에 앉았다. 그는 자리에 앉아 긴 담뱃대를 탁자 옆에
기대 놓더니 종이 봉지를 앞으로 끌어당기면서 말했다.

"겨울이라서 변변한 게 아무것도 없습니다. 이건 푸른콩을 말린 것인
'나'에 대한 룬투의 마음이 담긴 선물
데, 정말 변변찮지만 그래도 저희 집에서 말린 것이라서 나리께서 맛
이라도 보시라고……."   ▶ 말린 푸른콩을 '나'에게 주는 룬투

나는 그가 사는 형편이 어떤지 물었다. 그는 그저 머리를 흔들 뿐이
었다.

『"말이 아닙니다. 여섯째 놈까지 나서서 집안일을 거드는데도 먹고

『 』: 부조리한 사회에서 착취를 당하며 힘들게 살아가고 있는 룬투의 모습. 이 모습이 그 당시 농민의 모습임.

살기가 힘듭니다. 세상 공기는 온통 뒤숭숭하고…… 무슨 이유도 없

이 여기저기서 돈만 마구 거둬 가고…… 그러니 버는 게 형편이 없

죠. 게다가 소출은 점점 나빠져요. 농사를 지어서 짊어지고 가서 팔

논밭에서 나는 곡식

려고 하면 세금만 몇 번씩 내야 합니다. 그러니 본전만 까먹고 말죠.

장사나 사업을 할 때 본밑천으로 들인 돈

그렇다고 팔지 않고 두자니 그냥 썩혀 버릴 형편이구요……"』

그는 머리를 흔들어 댔다. 숱한 주름살이 새겨져 있는 룬투의 얼굴은

그 당시 힘들게 살아가고 있는 농민을 대표하는 인물

마치 석상처럼 전혀 표정의 변화가 없었다. 그가 느끼는 감정은 오직 괴

돌을 조각하여 만든 사람이나 동물의 형상

로움뿐이었는데 그것을 표현하려 해도 표현할 방법이 없는 듯했다. 그

는 잠시 입을 다물고 있더니, 이윽고 담뱃대를 집어 들고 묵묵히 빨았다.

▶ 룬투의 형편이 어려운 것을 알게 된 '나'

어머니가 물어보자 그는 집안일이 바빠서 내일 돌아가야 한다고 말

했다. 그가 점심도 먹지 않은 것을 알고 어머니는 부엌에 가서 손수 밥

을 볶아 먹도록 일렀다.

그가 나간 뒤, 어머니와 나는 그가 사는 형편을 이야기하며 탄식했

한탄하여 한숨을 쉼.

다. 자식들은 많고, 『농사는 해마다 흉작이고, 세금은 가혹하다. 군인

『 』: 당시 지배 계급에 의해 착취를 당하는 농민의 현실

들, 강도떼, 벼슬아치들, 지방 토호들이 한꺼번에 달려들어 괴롭혀서』

어느 한 지방에서 오랫동안 살면서 세력이 있는 사람

그가 마치 말라비틀어진 장승처럼 되어 버린 것이다. 어머니는 우리가

돌이나 나무에 사람의 얼굴을 새겨서 마을 어귀나 길가에 세운 푯말

가져가지 않아도 될 물건은 모두 그가 골라서 가져가도록 하자고 나에

게 말씀하셨다.

오후에 그는 몇 가지 물건을 골랐다. 기다란 탁자 두 개, 의자 네 개,

향로와 촛대 한 벌씩 그리고 짐을 짊어질 때 쓰는 가로대 한 개였다. 그

향을 피우는 자그마한 화로

는 또 재(우리 고향에서는 밥을 지을 때 짚을 땐다. 그리고 그 재는 모래밭에 뿌리는 비료로 쓴다.)를 전부 달라고 했다. 우리가 떠날 때에 배로 실어 가겠다는 얘기였다.

밤에 룬투와 나는 또 이것저것 자질구레한 얘기를 나눴다. 그러나 별로 중요하지 않은 잡담일 뿐이었다. 다음 날 아침 일찍 그는 슈이성을 데리고 돌아갔다.

▶ '나'의 가족이 쓰지 않을 물건 중에서 필요한 물건을 고르고 다음 날 자기 집으로 돌아간 룬투

그로부터 아흐레가 지났다. 바로 우리가 떠나야 할 날이다. 룬투는 아침 일찍부터 우리 집에 와 있었다. 그러나 슈이성은 데려오지 않고 그 대신 다섯 살짜리 계집애를 데리고 와서 배를 지키도록 했다. 우리는 하루 종일 정신없이 바빴다. 그래서 룬투와 나는 다시 한가하게 이야기를 나눌 틈도 없었다. 집으로 직접 찾아온 손님도 많았고, 전송하러 온 사람, 이것저것 물건을 가지러 온 사람, 전송도 할 겸 물건도 가져갈 겸 온 사람 등 가지각색의 사람들로 붐볐다. 저녁때 우리가 배에 오를 무렵에는 『이 오래된 집에 있던 낡고 오래된, 크고 작은 온갖 잡동사니들은 마

『 』: 과거의 아름다웠던 추억이 남아 있는 고향 집이 없어짐. 고향을 잃어버린 상실감이 느껴짐.

치 빗자루로 쓸어 버린 것처럼 깨끗이 사라져 버렸다.』

▶ 다른 고장으로 이사를 가기 위해 세간을 모두 정리하고 배에 오른 '나'의 가족

전개 '나'는 룬투와의 만남에서 관계의 변화를 확인하며 씁쓸해하고, 고향 집을 정리한 후 가족과 배에 오름.

우리가 탄 배는 앞으로 나아갔다. 양쪽 강기슭에 줄지어 서 있는 푸른 산들은 황혼 속에서 검푸르게 물들고 있었다. 그리고 그 산들은 하나씩 하나씩 배 뒤쪽으로 사라져 갔다.

홍얼은 나와 함께 선창에 몸을 의지하고 바깥의 아스라한 풍경을 바라보고 있었다. 그러다 그 아이는 갑자기 이렇게 물었다.

"큰아버지! 우리 이제 언제 돌아와요?"

"돌아와? 너는 어째서 가기도 전에 돌아올 생각부터 하는 거냐?"
'나'는 고향에 돌아올 기약이 없다고 생각하고 있었음.
『"하지만, 슈이성이랑 약속했어요. 그 애 집으로 놀러가기로요……."』
『 』: 어린 시절의 '나'와 룬투처럼 홍얼과 슈이성도 우정을 쌓음.
홍얼은 크고 새까만 눈을 똑바로 뜨고 뭔가 이상하다는 듯이 생각에

잠기는 것이었다.　　　　　▶ 언제 다시 돌아오는지를 묻는 '나'의 조카 홍얼

나와 어머니는 갑자기 멍해졌다. 그리고 다시 룬투의 이야기를 끄집

어냈다. 어머니가 말씀하시기를 그 '두부 집 서시'라는 양 씨네 둘째 아

주머니는 우리 집이 이삿짐을 챙기면서부터 매일같이 꼭 찾아왔다고

한다. 엊그제 그 여자는 잿더미 속에서 접시와 그릇을 열 몇 개씩 찾아

냈다는 것이다. 그리고 룬투가 재를 나를 때 함께 가져가려고 숨겨 둔
　　　　　　　　　　　　　　　룬투의 비도덕적인 모습
것이라고 따따부따 떠들어 댔다고 한다.
　　떽떽한 말씨로 따지고 다투는 소리
『양 씨네 둘째 아주머니는 이 발견으로 마치 큰 공이라도 세운 것처
　　　　　　　『 』: 양 씨네 둘째 아주머니의 비도덕적인 모습
럼 자랑하며 '구기살(狗氣殺, 개 애간장 태우기: 우리 고장에서 닭을 기

를 때 쓰는 도구이다. 나무판 위에 창살을 치고 그 속에 모이를 넣어 두

면 닭은 목을 길게 뽑아서 쪼아 먹을 수 있지만 개는 그럴 수가 없어서

그저 바라보며 속을 태울 뿐이라서 붙여진 이름이다.)'을 집어 들고 쏜

살같이 달아났다는 것이다.』 어머니는 전족을 한 그 여자가, 그렇게 뒤
여자의 엄지발가락 이외의 발가락들을 어릴 때부터 힘껏 묶어 자라지 못하게 한 일이나 그런 발. 중국의 낡은 관습
축이 높은 신발을 신고 어쩌면 그렇게 빨리 뛰어가는지 모르겠다고 말

씀하셨다.　　　　　▶ 룬투와 양 씨네 둘째 아주머니의 비도덕적인 행동을 전해 들은 '나'

『옛 고향 집은 내게서 점점 멀어져 갔다. 그만큼 고향의 산천도 점점
　　『 』: 고향과 거리상 멀어지는 것뿐만 아니라 마음으로도 멀어지고 있음을 나타냄.
멀어지며 작아졌다.』 하지만 나는 아무 미련도 느끼지 않았다. 나는 단
　　　　　　　　　　　　고향의 모습과 사람들에게 실망해서
지 보이지 않는 높은 담이 나의 주위를 둘러싸며 나를 외톨이로 만들고

있다는 생각을 했을 뿐이다. 그리고 『나는 뭔가 헤아리기 힘들게 마음

『 』: 아름다운 추억과 옛 모습이 남아 있는 고향을 잃어버린 상실감

이 텅 빈 것 같은 느낌이었다.』

저 수박 밭에서 은 목걸이를 걸고 있는 작은 영웅의 형상은 무척 뚜렷

어릴 때 룬투의 모습. 아름다운 추억이 있는 고향의 모습이기도 함.

했다. 그러나 이제는 그것조차 갑자기 흐릿해졌다. 이것 역시 나를 무척

슬프게 했다. ▶ 고향을 떠나면서 허전함과 슬픔에 사로잡힌 '나'

위기 · 절정 '나'는 비참하게 변해 버린 룬투와 고향에 대해 슬픔을 느낌.

어머니와 홍얼은 모두 잠이 들었다.

나도 자리에 드러누웠다. 그리고 배 밑바닥에 부딪히는 잔잔한 물소

리를 들으며, 난 내가 나의 길을 가고 있다는 사실을 깨달았다. 생각해

보면 룬투와 나는 이미 딴 길을 가고 있는 것이다. 하지만 우리 어린아

다음 세대

이들의 마음은 아직 하나로 이어져 있다. 홍얼이 바로 슈이성을 생각하

고 있지 않은가?

난 그 애들이 또다시 나와 같은 단절을 겪지 않기를 바란다. 하지만

그렇다고 해서 서로 마음을 잇기 위해 『나처럼 괴롭게 이곳저곳 떠도는

『 』: 현재 혼란스러운 사회에서 힘들게 살고 있는 사람들의 모습

생활을 하는 것도 결코 원하지 않는다. 또 그 아이들이 모두 룬투처럼

괴롭고 힘들어서 마비된 것 같은 생활을 하는 것도 원하지 않는다. 또한

감각이 없어지고 힘을 제대로 쓰지 못하게 됨.

다른 사람들처럼 괴로워하면서 생활을 포기하고 방탕하게 지내는 것도

바라지 않는다.』 그 아이들은 마땅히 새로운 생활을 가져야 한다. 우리

다음 세대에 거는 희망

가 아직 경험해 본 일이 없는 그런 생활 말이다!

▶ 다음 세대가 '나'와 룬투처럼 단절된 삶을 살지 않고 새로운 삶을 살기를 바라는 '나'

나는 희망이라는 것을 생각하면서 갑자기 무서워졌다. 룬투가 향로

와 촛대를 달라고 했을 때, 나는 그를 속으로 우습게 여겼다. 그가 아직

종교적 대상을 우러러 믿고 받듦.

도 우상을 숭배하고 그 버릇을 버리지 못하는 인간이라고 생각한 것이

신처럼 숭배의 대상이 되는 물건이나 사람

다. 그러나 내가 지금 말하는 희망 역시 내가 직접 만들어 낸 또 하나의

어떤 일이나 때가 가까이 닥쳐서 몹시 급한

우상이 아닌가? 단지 『그의 희망이 보다 현실에 가깝고 절박한 것인 반

『 』: 룬투가 바라는 것은 힘든 생활에서 벗어나는 것이므로 현실적임.

면,』 나의 희망은 더 막연하고 아득하게 멀다는 차이일 뿐이다.

뚜렷하지 못하고 어렴풋함.　　　　　　▶ 자신의 희망에 대해서 회의를 느끼는 '나'

　　몽롱한 나의 눈앞에 파란 바닷가 모래사장이 펼쳐지는 것을 보았다.

의식이 흐리멍덩한

짙은 쪽빛 하늘엔 동그란 황금빛 보름달이 걸려 있었다. 나는 생각했다.

『희망이란 것은 있다고도 할 수 없고, 없다고도 할 수 없다. 그것은 마치

『 』: 희망을 길에 비유함. 희망도 길처럼 사람이 만들어 가는 것이므로 계속 좇다 보면 삶의 희망이 보인다는 의미

땅 위의 길이나 마찬가지이다. 원래 땅 위에는 길이란 게 없었다. 걸어

가는 사람이 많아지면 그곳이 곧 길이 되는 것이다.』

　　　　　　　　　　　　　▶ 희망을 계속 좇다 보면 삶의 희망이 보일 것이라고 믿는 '나'

결말 '나'는 다음 세대가 룬투와 나처럼 단절된 삶을 살지 않기를 바라며 다음 세대의 삶에 희망을 가져 봄.

🌐 작가 만나기

루쉰(1881~1936) 중국의 소설가이면서 사상가로 본명은 저우수런(周樹人)이고, 필명이 루쉰이다. 지주 집안에서 태어났으나 어렸을 때 가정이 몰락하면서 힘들게 살았다. 일본으로 유학을 가서 의학 전문학교에 입학했지만, 낡은 관습에 빠져 있는 중국 국민의 정신을 개조하기 위해 의학 공부를 그만두고 문학 활동을 하게 된다. 주요 작품으로 '광인일기', '아큐정전', '축복' 등이 있다.

🌐 작품 만나기

'고향'은 루쉰이 자신의 경험을 바탕으로 1918년~1922년 사이에 쓴 소설이다. 이 시기의 중국은 왕이 지배하던 청나라가 무너지고 주권이 국민에게 있는 중화민국이 세워지면서 사회가 몹시 혼란스러웠다. 이 소설은 이런 시기에 옛 모습이 남아 있지 않은 고향의 모습을 보며 안타까워하는 마음과 지금보다 더 나은 사회를 꿈꾸는 희망이 담겨 있다.

또한 생기가 넘쳤던 룬투의 과거 모습과 비참하게 변해 버린 룬투의 현재 모습을 대비시키면서 낡은 신분 제도와 혼란스러운 사회에서 약탈당하는 농민의 모습을 비판하고 있다. 이 소설 속에 등장하는 룬투는 그 당시 빈곤한 농민을 대표한다고 볼 수 있다. 지은이는 다음 세대에서 더 이상 이런 농민이 나오지 않기를, 더 이상 자신과 룬투와 같은 어색한 우정이 존재하지 않기를 바라고 있다.

🌐 핵심 만나기

갈래	현대 소설, 단편 소설
성격	회상적, 감상적, 체험적
배경	• 시간적: 1910년대 / • 공간적: 중국의 어느 농촌 마을
시점	1인칭 주인공 시점
제재	비참하게 변해 버린 고향의 모습과 옛 친구와의 만남
주제	비참해진 고향에 대한 안타까움과 새로운 희망을 찾으려는 의지
특징	• 이야기가 '현재-과거-현재'로 진행되는 역순행적 구성임. • 인물 사이의 관계가 변한 것을 통해 시대 상황을 보여 줌.

나 (서술자)	• 도지사가 되어 20년 만에 고향에 돌아옴. • 비참한 현실에 절망만 하지 않고 긍정적으로 미래를 바라봄.
룬투	• '나'의 집안의 하인 아들로 어릴 때 '나'의 소중한 친구임. • 1910년대 중국의 궁핍한 농민을 대표하는 인물임.
어머니	• 고향의 옛 모습이 사라지는 것을 안타까워하면서도 변화에 잘 적응함. • 어려운 사람들을 도와주는 따뜻한 마음을 지님.

● 이 소설이 쓰인 당시의 중국 상황

　루쉰이 살았던 19세기 말에서 20세기 초의 중국은 절망의 시대였다. 1840년에 일어났던 아편 전쟁에서 중국이 영국에게 패배한 이후부터 약 100년 동안 중국은 서구의 여러 나라들에 의해 반식민지 상태가 되었다. 이에 따라 정치 · 사회적 혼란과 경제적 궁핍으로 인해 중국 사람들은 고통받고 있었다.

　이런 상황에서 중국의 지식인들은 중국 사회에 널리 퍼져 있는 낡은 관습을 고치려고 하였다. 신분 제도, 전족, 미신을 믿는 행위 등 중국 국민들의 후진성이야말로 중국의 발전을 가로막는다고 생각했다. 그래서 국민들을 계몽하고, 사회를 개선하기 위한 신문화 운동이 지식인들 사이에서 일어나게 되었고, 루쉰은 이 운동을 주도하였다.

● 이 소설의 결말 부분에서 지은이가 '희망'을 '길'에 비유한 이유를 생각해 보자.

● 책 이름(출판사)　　　　　　　　　　● 지은이

● 줄거리 요약

　　'나'는 20년 만에 고향에 돌아와서 황폐해진 고향의 모습에 실망하지만, 어릴 때

친구였던 룬투를 회상하며 그와 다시 만날 기대에 차 있다. 그러던 어느 날

● 인상 깊은 내용과 그 이유

● 읓고 난 후의 생각이나 느낌

✎ **고향을 사물이나 사람에 비유해 보고, 그렇게 비유한 이유를 다음과 같이 써
보자.**

　　고향은 참기름이다. 왜냐하면 고소한 참기름처럼 고소한 추억들이 많은 곳이
고향이기 때문이다.

1. '고향' 의 지은이를 쓰시오.

2. 이 소설에서 '나' 가 고향에서 보고 싶어 했던 친구의 이름을 쓰시오.

3. 이 소설에서 '나' 가 20년 만에 고향에 돌아온 이유는?

　① 룬투를 만나기 위해서

　② 조카를 교육시키기 위해서

　③ 어린 시절을 회상하기 위해서

　④ 어머니의 일을 도와드리기 위해서

　⑤ 온 가족이 다른 고장으로 이사를 가기 위해서

4. 20년 만에 다시 만난 룬투의 모습과 거리가 먼 것은?

　① 얼굴이 누렇고 윤기가 없다.

　② 목에 은 목걸이를 걸고 있다.

　③ 얼굴에 깊은 주름이 패여 있다.

　④ 눈언저리가 온통 부어올라 있다.

　⑤ 손이 마치 소나무 껍질같이 거칠다.

5. 룬투에 대한 설명으로 알맞지 않은 것은?

　① 현재 자식들이 많다.

　② 현재 살림이 넉넉하다.

　③ 바닷가에서 농사를 짓는 농민이다.

　④ 어린 시절 '나' 가 좋아했던 친구이다.

　⑤ '나' 의 집에서 일하던 사람의 아들이다.

6. 다음 내용을 보고 짐작할 수 없는 것은?

> "세상 공기는 온통 뒤숭숭하고…… 무슨 이유도 없이 여기저기서 돈만 마구 거둬 가고…… 그러니 버는 게 형편이 없죠. 게다가 소출은 점점 나빠져요. 농사를 지어서 짊어지고 가서 팔려고 하면 세금만 몇 번씩 내야 합니다. 그러니 본전만 까먹고 말죠. 그렇다고 팔지 않고 두자니 그냥 썩혀 버릴 형편이구요……."

① 사회가 혼란스럽다.

② 농민들의 삶이 궁핍하다.

③ 불합리한 사회에서 농민들이 힘들게 살고 있다.

④ 농민들이 지배 계층에 의해서 착취당하고 있다.

⑤ 농사를 잘 지으면 돈을 많이 벌 수 있다는 희망이 있다.

7. 이 소설에 등장하는 '나'의 심리와 거리가 먼 것은?

① 다시 고향을 찾아올 것이라고 다짐함.

② 고향 집을 정리하고 이사를 가면서 마음이 허전함.

③ '나'를 '나리'라고 부르는 룬투를 보면서 두꺼운 장벽을 느낌.

④ 궁핍하게 살아가면서 많이 변해 버린 룬투를 보며 마음이 아픔.

⑤ 황폐하고 아무런 생기를 느낄 수 없는 고향의 풍경을 보며 슬퍼함.

8. 이 소설에서 '나'는 희망을 무엇에 비유했는지 쓰시오.

9. 이 소설의 주제가 잘 드러나게 빈칸을 채우시오.

→ 비참해진 ☐☐에 대한 안타까움과 새로운 ☐☐을(를) 찾으려는 의지

● 다음 순서대로 아래에서 단어를 찾아 연결하면 어떤 도형이 완성되는지 써 보자.

(1) '집, 토지 따위가 거칠어져 못 쓰게 되다.'를 뜻하는 단어에서 시작해 보자.
(2) '끝이 없고 다함이 없음.'을 뜻하는 단어까지 선으로 연결해 보자.
(3) '어떤 일이나 때가 가까이 닥쳐서 몹시 급하다.'를 뜻하는 단어까지 선으로 연결해 보자.
(4) '딱딱한 말씨로 따지고 다투는 소리'를 뜻하는 단어까지 선으로 연결해 보자.
(5) '짙은 푸른빛'을 뜻하는 단어까지 선으로 연결해 보자.
(6) 처음 시작했던 단어까지 선으로 연결해 보자.

해답

I. 소년, 어른으로 성장하다

🌑 소나기

생각 톡톡 27쪽

❶ 갑자기 세차게 내리다가 곧 그치고 마는 소나기처럼 소년과 소녀의 순수한 사랑도 거세게 퍼붓듯이 시작되어 짧게 끝나게 되기 때문이다.

❷ 소년과 소녀의 맑고 순수한 사랑의 추억을 의미한다.

독서 퀴즈 29~30쪽

1. ③ 2. ② 3. ① 4. 소녀의 죽음 5. 호두 6. ① 7. ④ 8. ① 9. 소나기

어휘력 팡팡 31쪽

(1) ⓒ (2) ⓔ (3) ⓗ (4) ⓜ (5) ⓖ (6) ⓛ

🌑 동백꽃

생각 톡톡 45쪽

❶ 점순이는 자신의 마음을 알아채지 못하는 '나'가 얄밉고 원망스러워서 괴롭힌 것이다.

❷ '나'가 앞으로는 점순이의 관심과 애정을 거절하지 않겠다고 말했기 때문이다.

독서 퀴즈 47~48쪽

1. 노란색 꽃 2. 점순이, 17세 3. ④ 4. 닭싸움 5. '나'에 대한 점순이의 애정 6. ② 7. ⑤
8. ① 9. 느 집엔 이거 없지? 10. ②

어휘력 팡팡 49쪽

(1) 긴하다 (2) 소보록하다 (3) 걱실걱실 (4) 암팡스레 (5) 실팍하다 (6) 알싸하다 (7) 얼김

🌑 나비를 잡는 아버지

생각 톡톡 67쪽

잘못한 것도 없는데, 나비를 잡아 가서 경환이에게 사과를 하는 것은 억울하고 자존심이 상하는 일이기 때문이다.

독서 퀴즈 69~70쪽
1. 나비(호랑나비) 2. ④ 3. ④ 4. 참외밭 5. ① 6. ⑤ 7. ⑤

어휘력 팡팡 71쪽
(1) 마름 (2) 소견 (3) 기색 (4) 도지 (5) 고학 (6) 반색

🚲 자전거 도둑

생각 톡톡 95쪽
❶ 자동차 주인이 요구한 수리비 오천 원이 수남이에게는 너무 큰돈이기 때문이다. 또한 물건 대금으로 받은 만 원을 혹시나 신사에게 들켜 빼앗길까 봐 두려워서 도망을 쳤다.
❷ 수남이가 잠시 가졌던 불순한 마음과 그에 대한 죄책감을 떨치고, 양심과 도덕성을 회복했음을 의미한다.

독서 퀴즈 97~98쪽
1. 청계천 세운 상가 뒷길의 전기용품 도매상 2. 오천 원 3. ① 4. 누런 똥빛 5. ④ 6. ⑤
7. 도덕적 8. 부도를 막는다. 9. ① 10. 부도덕성

어휘력 팡팡 99쪽
(1) 공연히 (2) 검부러기 (3) 자초지종 (4) 회심 (5) 빈들대다

🦋 나비

생각 톡톡 109쪽
한 번 저지른 잘못은 다시 되돌려서 바로잡기 어렵다는 것을 깨달았다.

독서 퀴즈 111~112쪽
1. ④ 2. ⑤ 3. 점박이(점박이 나비) 4. ④ 5. 양심 6. ⑤ 7. ① 8. 용서

어휘력 팡팡 113쪽
(1) 옳다 (2) 옳다 (3) 그르다(황홀감: 어떤 사물에 마음이나 시선이 혹하여 흥분된 느낌.)
(4) 그르다(유희: 즐겁게 놀며 장난함. 또는 그런 행위.) (5) 옳다 (6) 옳다

2. 행복과 불행 사이에 서다

호동 왕자와 낙랑 공주

생각 톡톡 121쪽
아버지를 배신하고 자명고를 찢어야 할지, 아니면 자명고를 지키는 대신 호동 왕자를 저버릴 것인지 고민에 빠졌다.

독서 퀴즈 123~124쪽
1. 설화 2. ① 3. ③ 4. ③ 5. ⑤ 6. 자명고 7. ① 8. ④ 9. 호동 왕자와 낙랑 공주의 슬픈 사랑

어휘력 팡팡 125쪽
(1) 칭송 (2) 용모 (3) 주검 (4) 시중 (5) 극진하다 (6) 낌

사랑손님과 어머니

생각 톡톡 152쪽
❶ 어린아이의 천진난만하고 순수한 생각이나 말투가 웃음을 불러일으킨다. / 어른들의 사랑을 순수하고 아름답게 전달한다.
❷ 여성의 재혼을 좋지 않게 생각하는 당시의 봉건적인 사회 분위기 때문이다.

독서 퀴즈 154쪽
1. ② 2. (삶은) 달걀 3. ③ 4. 요새 세상에 내외합니까? 5. ⑤

어휘력 팡팡 155쪽
(1) ㉠ (2) ㉣ (3) ㉢ (4) ㉤ (5) ㉥ (6) ㉡ (7) ㉣

메밀꽃 필 무렵

생각 톡톡 171쪽
동이가 제천에서 태어나 홀어머니 밑에서 자랐다는 점과, 동이 어머니의 고향이 봉평이라는 점, 두 사람 모두 왼손잡이라는 것을 볼 때 두 사람이 부자 관계라는 것을 짐작할 수 있다.

독서 퀴즈 173~174쪽
1. ③ 2. ④ 3. 조 선달 4. 대화 5. ⑤ 6. 나귀 7. ① 8. 허 생원 9. ③

어휘력 팡팡 175쪽
(1) 서름서름하다 (2) 적적하다 (3) 궁싯거리다 (4) 탐탁하다 (5) 훔치다 (6) 실심하다

● 항아리

생각 톡톡 184쪽
(1) 살아남은 의미와 가치를 찾지 못해 가슴이 무척 아팠고, 자신이 초라하고 안타깝게 느껴졌다.
(2) 처음에는 슬프고 처량했지만 자신이 남을 위해 쓰였다는 생각에 그런대로 살만한 가치가 있다는 생각도 들었다. 하지만 시간이 갈수록 오줌독이 아닌 아름답고 소중한 그 무엇이 되고자 하는 간절한 열망을 가지게 되었다.
(3) 아름다운 종소리를 만들어 주는 자신의 존재 의미이자 가치를 깨닫게 되어 행복하고 기뻤다.

독서 퀴즈 186쪽
1. 항아리 2. 가랑잎 3. 그 무엇을 위해 소중하게 쓰이는 존재가 되는 것이다. 4. 날마다 마음을 고요히 가다듬었다. 5. ① 6. ④

어휘력 팡팡 187쪽
(1) 가업 (2) 종각 (3) 폐허 (4) 가마 (5) 범종

● 목걸이

생각 톡톡 204쪽
인간의 허영심(인간의 허영심과 헛된 욕망)

독서 퀴즈 206쪽
1. 목걸이 2. ④ 3. ③ 4. ⑤ 5. 반전

어휘력 팡팡 207쪽
(1) 선망 (2) 도취 (3) 완전무결 (4) 의기양양 (5) 산해진미

🌑 20년 후

생각 톡톡 216쪽
20년 전의 약속을 지킨 친구에게 예의를 지키고, 경찰관으로서의 자신의 의무도 다하기 위해서이다.

독서 퀴즈 218쪽
1. ⑤ 2. 20년 후에 '빅 조 브래디' 레스토랑 앞에서 다시 만나는 것이다. 3. 경찰관 4. 우정 5. ㉠: 밥 ㉡: 지미

어휘력 팡팡 219쪽
(1) 번성하여 화려한 거리. (2) 다시 만남. (3) 편지. (4) 믿음성이 있다. (5) 전보문.

3. 도시 변두리 사람들의 삶을 마주하다

🌑 노새 두 마리

생각 톡톡 244쪽
⑩ 카세트테이프이다. 예전에는 카세트테이프에 음악을 녹음하여 들었지만 요즘에는 CD나 MP3 파일로 음악을 내려받아서 듣기 때문이다. / 흑백텔레비전이다. 요즘에는 대부분의 사람들이 컬러텔레비전을 이용하여 방송을 시청하기 때문이다. / 이 밖에도 요즘에 사람들이 거의 사용하지 않아서 사라질 위기에 처해 있는 물건들을 이 글에서 말하는 '노새'라고 할 수 있다.

독서 퀴즈 246쪽
1. ① 2. ⑤ 3. 노새 4. ⑤ 5. 아버지

어휘력 팡팡 247쪽
별 모양
(1) 시적시적, (2) 풍비박산, (3) 황망히, (4) 헛헛하다, (5) 을씨년스럽다

🌑 아홉 살 인생

생각 톡톡 262쪽
부모가 없는 아이를 괴롭히면 벌을 받아 자신도 고아가 된다는 말을 믿고 두려웠기 때문이다.

독서 퀴즈 264쪽

1. ② 2 ④ 3. ⑤ 4. 애꾸 5. 어머니

어휘력 팡팡 265쪽

(1) ② (2) ⑩ (3) ⑭ (4) ⓛ (5) ⑦ (6) ⓒ

🌑 우리 동네 예술가 두 사람

생각 톡톡 272쪽

❶ 자신이 하는 일에 자부심을 가지고 최선을 다하며, 책임감이 강하다.

❷ 자기보다 더 좋은 품질의 물건을 파는 사람이 없다는 것, 즉 자기가 파는 물건의 품질이 매우 좋다는 것을 의미한다.

독서 퀴즈 274쪽

1. 김밥 아주머니, 채소 장수 아저씨 2. ② 3. ① 4. ④, ⑤ 5. ④

어휘력 팡팡 275쪽

(1) 불티나게 (2) 놓아 (3) 떼 (4) 몰두해

🌑 난쟁이가 쏘아 올린 작은 공

생각 톡톡 290쪽

❶ '낙원구 행복동'이라는 반어적인 표현을 통해, 난쟁이 가족의 삶이 '낙원에서의 행복한 삶'과는 반대로 '지옥에서의 불행한 삶'이라는 것을 냉소적으로 드러내고 있다.

❷ 지은이는 산업화 과정에서 소외된 도시 빈민 노동자 계층의 무기력하고 힘없는 모습을 드러내기 위해 주요 인물을 '난쟁이'로 설정했다.

독서 퀴즈 292쪽

1. ③ 2. 철거 계고장 3. ② 4. ③ 5. ②, ③, ⑤

어휘력 팡팡 293쪽

(1) 계고장 (2) 유습 (3) 거간꾼 (4) 입주권 (5) 양성화 (6) 방죽

4. 잊혀져 가는 삶의 모습을 그리워하다

🌑 돌다리

생각 톡톡 310쪽
아버지가 '돌다리'를 고치는 것은 아버지의 추억과 가족사가 담긴 장소를 회복하는 행위이자 전통적 세계관이 후대에까지 이어지기를 염원하는 행위이다.

독서 퀴즈 312쪽
1. ④ 2. ④ 3. ① 4. 나무다리 5. ㉠ 아버지, ㉡ 창섭(아들)

어휘력 팡팡 313쪽
(1) 홀대 (2) 임종 (3) 순리 (4) 본위 (5) 정평 (6) 타산

🌑 표구된 휴지

생각 톡톡 323쪽
㉠ 네 모습은 보이지 않아 이 마음도 우네.

독서 퀴즈 325~326쪽
1. ⑤ 2. ⑤ 3. ④ 4. 편지 5. ③ 6. 아비보다 제 어미를 더 닮았다고들 한다. 7. 건강

어휘력 팡팡 327쪽
(1) 만무하다 (2) 촌로 (3) 호사가 (4) 장손 (5) 주변 (6) 표구

🌑 소를 줍다

생각 톡톡 353쪽
소 주인이 나타나 소를 찾아가게 되면 '나'가 상처받게 될까 봐 걱정했기 때문이다.

독서 퀴즈 355~356쪽
1. ③ 2. ④ 3. ④ 4. ④ 5. ① 6. ㉠ 나, ㉡ 아버지 7. 정

어휘력 팡팡 357쪽
(1) × (2) ○ (3) ○ (4) × (5) ○

🌑 고향

생각 톡톡 377쪽

원래 땅에는 길이 없었지만 여러 사람이 지나가면서 길이 되는 것처럼 희망도 여러 사람이 미래에 대한 믿음을 버리지 않고 만들어 가면 생기기 때문이다.

독서 퀴즈 379~380쪽

1. 루쉰 2. 룬투 3. ⑤ 4. ② 5. ② 6. ⑤ 7. ① 8. 길 9. (순서대로) 고향, 희망

어휘력 팡팡 381쪽

오각형

(1) 황폐하다, (2) 무궁무진, (3) 절박하다, (4) 따따부따, (5) 쪽빛

교과서 탐구 여행 시리즈

국어 교과서 소설 탐구 여행①

2013년 3월 3일 초판 인쇄
2013년 3월 10일 초판 발행

펴낸이 양철우
엮은이 OK통합논술연구소
　　　　장재현, 김태정, 홍연숙, 양미애, 김지우, 곽소영, 김하림, 박은주, 김요한, 이보현,
　　　　조민경, 주혜정
표지 디자인 (주)교학사 디자인센터
내지 디자인 블루 디자인 오홍만

펴낸곳 (주)교학사
등록 18-7호(1962. 6. 26.)
주소 서울 마포구 마포대로14길 4(공덕동)
전화 편집부 02) 707-0968, 영업부 02) 707-5155
팩스 편집부 02) 712-2218, 영업부 02) 707-5160
홈페이지 http://www.kyohak.co.kr

ISBN 978-89-09-18038-2 04810
ISBN 978-89-09-18042-9(세트)